中央大学人文科学研究所
翻訳叢書
8

ケルティック・テクストを巡る

「ケルティック・テクスト研究」チーム
小菅奎申　松村賢一
三好みゆき　大澤正佳
北　文美子　木村正俊
真鍋晶子　盛　節子
訳

A Pilgrimage through Celtic Texts

中央大学出版部

はしがき

本書は、ブリテン諸島のケルト文化、またそれについての言説を、関連テクストの翻訳を通して提示しようとするものである。

古代ギリシア及びローマの史書に言及が見られるように、ヨーロッパ大陸におけるケルト人の存在は紀元前から知られていた。ただ、固有の文字を持たなかったと言われるこのケルト人は、自らの事蹟や心性を文字で書き表すことをしなかった。その後、この大陸のケルト人との関係は定かでないが、五世紀頃、ブリテン諸島にもケルト人が姿を現した。これら島嶼のケルト人は文字テクストを遺している。そして、文字テクストは文字テクストを産み、そこから浮かび上がる島嶼ケルトの歴史と文化は連綿として現代に通じている。

こうした文字テクストは、島嶼ケルト人の事蹟を記し、英雄や聖人を称え、掟や禁忌を定め、神話や物語を伝え、特異な体験を語り、祈願・呪詛・喜怒哀楽・愛情・自尊心・アイデンティティを表している。本書は、それらに深い関心を寄せる八人の研究者が、長年に亘る共同研究の成果を翻訳と解説という形でまとめたものである。

八章から成る全体は、テクストの歴史的な位置づけから見て三つのグループに分けられる。最初の三つの章は、いわば島嶼ケルトの源流に関わる原典を紹介しており、選ばれた文献はそれぞれ古アイルランド語、中世ウェールズ語、中世ラテン語で書かれている。中間の二つの章、第四章と第五章では、島嶼ケルト文化の長い衰退過程の中で、とりわけ大きな転換期となった一八世紀の詩歌を扱っている。原語は近世アイルランド語と近世スコットランド・ゲール語である。第六章以下の三つの章では、島嶼ケルト文化がなんらかの意味で対象化された近・現代の文献を採り上げている。いずれも英語で書かれたものである。

この最後の三章について一言添えておく。現在、ヨーロッパの文化的古層の一つとして広く注目され、そのヨーロッパを中心に世界の至るところで盛んに研究されている「ケルト文化」なるものは、ある意味で、一九世紀末葉から二〇世紀初頭に、とりわけブリテン諸島で起こったケルト復興（Celtic Revival）の産物である。即ち、この時期に明確な形をとり始めた（ケルト文化に関わる）研究スタンスと文化的アイデンティティと文学的想像力とは、その後のケルト文化の有り様と文脈に深い影響を及ぼしているのである。当時この関連で産み出された夥しい言説ないし作品は、先立つ時代の文字テクストから立ち上がって来るケルト文化を、いわばコンテクスト（文脈）化したテクストとして捉え直すことができるだろう。このような消息を重く見た結果、本書全体の有機的部分を成すものとして、この時期の代表的なテクストが選ばれ、最後の三章に組み込まれたのである。

各章とも一つの作品、ないし一人の作者による数点の作品を紹介しているだけであるから、数多存在する島嶼ケルト関連テクストのごく一部を提示するにとどまる。しかし、意匠として、いわば八つの地点で定点観測を行い、それを繋げて一つの大きな流れを見ようという本書の試みには、我が国におけるケルト文化研究になにほどか資するものがあると思う。

本書の執筆主体である研究チーム、「ケルティック・テクスト研究」は、当初より翻訳叢書の刊行を目標として、二〇〇六年に活動を開始した。発足時のメンバーはそのまま本書各章の翻訳担当者であり、解説の執筆者である。第四章、第六章、第七章のテクスト選定には、研究会メンバーの意見が反映しているが、他はすべて翻訳担当者自身が選んだものである。それぞれのテクストに関しての詳細は、各章の担当者による解説を参照されたい。

一冊の書物としては、訳語や文体などはある程度統一されているほうがよいという考え方もあるだろう。しかし、島嶼ケルトに関わるという共通点を除くと、八人がそれぞれ採り上げているテクストは千差万別である。したがって、そろえるのは固有名の表記だけにとどめ、それ以外はすべて各執筆者の判断に委ねることにした。本書は共同研究の産物ではあっても、共同執筆ではないからである。

類例のない試みということもあって、本書の完成までには、チーム発足時に予見し得なかった様々な困難があり、結果的に研究期間を二年延長せざるを得なかった。

その延長期間中の二〇一二年三月、病魔に侵され半年ほど入退院を繰り返していた盛節子さん（本書第三章の担当者）が帰らぬ人となった。耐え難い衝撃であり、痛惜の極みであった。初校ゲラは言うに及ばず、翻訳叢書刊行に係る審査の結果すら出ていない段階であったから、遺された原稿の取り扱いについては研究会の責任で対応するほかはなかった。盛さんは、八人のなかで唯一人の歴史家であり（専門分野は初期中世アイルランド教会史）、深い学殖と熱い情熱を注いで来られた研究は真に余人をもって代え難いものである。遺された原稿は極力そのまま印刷に付すことにした。

この間、陰に陽に励ましをいただき、また便宜を計らってくださった中央大学人文科学研究所の運営委員会並びに出版委員会、研究所及び出版部のスタッフには深甚の謝意を表する次第である。

二〇一三年三月

研究会チーム「ケルティック・テクスト研究」

翻訳者を代表して　小菅　奎申

目次

第一章　『ダ・デルガの館の破壊』

エイリュー(1)には名高いエーヒー・フェーレフ(2)という高潔な王がいた。あるとき市《いち》の開かれるブリーレイ(3)の広場にやってきた王は、泉のほとりで、黄金の飾りの付いた、まばゆい銀の櫛を手にした女を見た。まばゆい銀の水盤(4)の内側に四羽の黄金の鳥、それに縁のまわりには深紅の玉石がはめこまれていた。女は銀の縁飾りの波うった美しいマントを羽織り、あでやかな金をあしらった銀のブローチで留めていた。長いフードの付いたチュニックは張りのあるなめらかな緑色の絹地で、金で刺繍され、胸と肩には金と銀で動物の装飾がほどこされていた。陽光が女にふりそそぎ、緑の絹布に照り返して黄金がひときわ輝いた。頭には山吹色の二つの下げ髪が長くたれ、それぞれ四つにねじった髪の先をガラス玉の髪飾りで留めていた。その髪の色は夏に咲きほこるアイリスの花のようであり、さては磨きをかけた純金のようであった。

女は髪をほどいた。チュニックの開かれた首もとから腕《かいな》が見えた。両の手は一夜に降り積もった雪のように白く、柔らかい。色つやのよい美しい頬は柔らかくなめらかで、ジギタリスのように赤みをおびている。眉毛は甲虫の背のように黒く、歯は真珠の霰のようであり、目はヒヤシンスのように青く、唇はナナカマドの実のように赤い。真っすぐ伸びたたおやかで真白い肩、抜けるような白い長い指、長い両の手。寄せる波の泡のように白い脇腹はすらりとして長細く、なめらかで羊の毛のように柔らかい。両腿はしとやかで温かみがあり、色白の膝頭は小さく丸みをおびて引き締まっている。短く、すっきり伸びた白い脛《すね》、平らな美しい踵《かかと》。足を測ったとしたら、ほとんど非の打ち所がないだろう。女の高貴な顔はきらきらと月が輝くようであった。品のある眉毛には高い誇り、威厳のある目には求愛の光。両の頬には心をときめかせるえくぼがあり、時には子牛の血のように赤く染まり、時には輝く雪のように白くなる。声にはやさしい女性の気品があり、緩《ゆる》りと歩く姿は女王のようであった。世の男たちの目にはこの上なく高貴で、美しい女性に見えた。エーヒー王と従者たちには、その女は妖精の塚から来たようにおもえた。彼らは言った、「エイディーンほど美しい容姿の女性はいない、エイディーンほど高貴な女性はいない。」

この女への憧れがすぐさま王の心をつかんだ。そこで、彼女を待たせておくように一人の者を使わした。王は彼女のことについて尋ね、自らを名のり、「われと床を共にするひと時をもてないか」と言った。

「そのためにわたしたちはここに来ました、あなた様のご加護を受けるために」と彼女は言った。

「尋ねるが、そちはどこから来たのか、どこへ行くのか。」

「はい、わたしは妖精の国の王エダールの娘です。わたしは妖精の国に生まれてから二十年ここにいます。これまで妖精の王や貴人たちに結婚を請われてきましたが、わたしは拒みました。話すことができるようになってから、あなた様の光輝にみちた営為とあなた様についての気高いお話を耳にし、私は子どもながらにあなた様を愛し、お慕いしていました。あなた様にお会いしたことはありませんが、いまお言葉をお聞きして、その方だとすぐにわかりました。」

「まさに、そちがずっと求めてきた者は悪い男ではない。歓んで迎えよう。そちに仕える者たちすべてに侍女をつけよう。そちだけが、好きなだけ長くわれと暮らすがよい。」とエーヒー王は言った。

「それではまず、ご結納をお願いします。そのあと、わたしの望みを……」

「かなえてあげよう」と王は言った。

七クーヴァル[5]が女に与えられた。

それからエーヒー・フェーレフ王は、母親と同じ名前の娘エイディーンを残して世を去った。エイディーンはウリーの王コルマックに嫁いだ。


ウリー[6]の王コルマック[7]はその後エーヒーの娘エイディーンを見捨てた。なぜなら、エイディーンが娘を生んだあと、妖精の塚からきた母親が彼女のためにポリッジをつくり、それがもとで彼女は子を産むことができない体になってしまったからである。エイディーンは母親に言っていた、「わたしはあんな悪いものを食べたから、生まれてくるのは女の子よ。」

「それはまずいわね。どこかの王がその子を求めることになりましょうよ。」

それからコルマックは再び妻のエイディーンを娶った。王は見捨てた女の娘を殺そうと願った。コルマックは娘の母親エイディーンがその子の世話ができないように、その子を連れて行って穴に埋めるよう二人の召使いに命じた。彼らが穴の中へ投げ込もうとしたとき、子どもは笑い出し、それから二人に微笑んだ。すると二人はその子がかわいそうになってテヴィルの王イアルの曾孫エディルスゲールの牛飼の牛小屋に連れて行った。その子はすぐれた縫師になるまでそこで養育された。美しさにかけてはエイリューのいかなる王の娘も彼女にはおよばなかった。

召使いたちは娘のために枝を編んで家を造った。出入り口がなく、窓が一箇所、そして屋根には明かりを取るための隙間があった。エディルスゲール王の民たちはこの家ができたことに気づいてはいたが、そこは牛飼たちの食糧置き場だと思っていた。しかし、ひとりの者が屋根の隙間から中を覗くと、目の醒めるような美しい乙女を見た。このことが王の耳に入ると、王は直ちにその家を打ち壊し、容赦なく乙女を運び去るよう配下の者を行かせた。王には子どもが無く、素性のわからぬ種族の女によって男の子が授かるだろうと予言されていたからである。

「その女こそわれに予言された者だ」と王は言った。

翌朝、彼女は屋根の隙間を通って入ってくる一羽の鳥を見た。それは羽根を床に脱ぎ、彼女を抱きながら言った。「王の差し向けた者たちはお前の家を壊し、力ずくでお前を王の元へ連れていこうとしている。お前はわたしの子を孕み、男の子を産むだろう。その子は鳥を殺してはならない。その子をメシュ・ブーアハラ(9)の息子コナーラと名付けよ。」

その後、彼女は王の元に連れて行かれ、彼女の養い親たちも同行した。彼女は王と婚約した。王は彼女に七クーヴァルを与え、養い親たちにも七クーヴァルを与えた。それから養い親たちは族長に列せられ、かくて二人はフェリミー・レフターズという名を得た。その後、彼女は王に男の子、つまりメシュ・ブーアハラの息子コナーラを産んだ。そして彼女は三者によるこの男の子の養育を王に嘆願した。すなわち彼女の養い親であるマーニ・ミルスコアハという名の二人、それに彼女自身による養育である。さらに彼女はエイリューの民に告げた、「この子に何かを所望する者はこの子を守り育てる三人に尽くさなければなりません。」

かくてコナーラはそのように育てられた。エイリューの民はそもそも誕生した日からこの子を知っていたのである。他の三人の子どもが里子[10]として共に養育された。移動戦士団[11]の首領ドン・デーサの三人の息子たちで、フェル・レー、フェル・ガル、フェル・ロガンである。

今やコナーラは三つの天賦の才をもっていた。類い稀な聴力と視力と判断力である。コナーラは三人の里子兄弟にそれぞれの能力を伝授した。コナーラに食事が用意されると、四人が一緒に食卓についた。たとえ三人のために食事が用意されても、三人のいずれもがコナーラに用意された食事に手をつけた。四人とも同じ服、同じ武具、同じ毛色の馬をもっていた。

その頃、エディルスゲール王が世を去った。王位継承者を定める〈牡牛の宴〉が行われ、エイリューの男たちが集まった。牡牛が殺され、一人の男が肉をたらふく食べ、肉汁を飲み、眠りについた。それから、真を告げるべく呪文が寝入った者に唱えられた。眠りの中に現れた者が王位につくという託宣の儀式である。もしその者が嘘偽りを語れば、死ぬことは必定であった。

コナーラは三人の里子兄弟たちと二輪戦車《チャリオット》[12]にのってリフィーの原野[13]で遊んでいた。すると、養い親たちが〈牡牛の宴〉に連れて行こうとやってきた。〈牡牛の宴〉の男は眠りの中で、夜明けにテヴィルへ向かう道を石をくるんだ投石器[14]を手に丸裸でやってくる者を見たからである。

「朝早く行きます」とコナーラは言った。

コナーラは遊んでいる里子兄弟たちをあとにして二輪戦車の御者[15]に命じてアーハ・クリーア[16]に向かった。そこで彼は大きな白い斑の鳥たちに出会った。それらは桁外れに大きく、色鮮やかで、美しかった。コナーラは向きを変え、二輪戦車の二頭の馬が疲れるまで鳥たちを追った。どんなに追っても鳥たちは一槍の射程距離を保ち、それ以上の間隔をあけることはなかった。それからコナーラは投石器を手にして二輪戦車から降り、鳥たちを追っているうちに海辺へやって来た。鳥たちは波の上におもむき、コナーラが追いつくと、羽根の頭巾を脱ぎ、槍と剣をもって向かってきた。そのうちの一人がコナーラの身を守り、こう言った。「われはネーヴグラン、そなたの父親が率いる鳥たちの王である。よって、そなたが鳥たちに槍を投げることはまかりならぬ。生れからして、ここにいる鳥は皆そなたと血のつながりがあるからだ。」

「そんなことは今日まで知らなかった」とコナーラは言った。

「今宵テヴィルへ行かれよ。そちにとって最も時宜にかなっているからだ。あそこで〈牡牛の宴〉がある。それによってそちは王になるであろう。石と投石器をたずさえてテヴィルの街道を夜明けにやってくる丸裸の男、これぞ王となる者。」

かくてコナーラはテヴィルへ向かって前進した。テヴィルへ通じる四本の街道[17]のそれぞれに三人の王が着衣を用意して待っていた。その者は丸裸でやってくると予言されていたからである。とそのとき、養い親たちは待っている街道にコナーラの姿が見えた。彼らはコナーラに御衣を着せて二輪戦車に乗せた。そしてコナーラは彼の人質[18]を連れていった。

テヴィルの民は口々に言った、「牡牛の宴と真を告げる呪文は失敗に終わったのではないか。眠りに現れたのがあんな若く、髭[19]のない、青二才とは。」

「そんなことはない。わたしのように若く寛容な者が王位につくのは恥ではない。わたしの父と祖父の権利によりテヴィルで民をたばねるのはこのわたしである」とコナーラは答えた。

「そうだ！　あなたこそ、テヴィルの王！」と大勢が口をそろえて喝采し、エイリューの王権がコナーラにあることを認めた。そしてコナーラは言った、「わたしが賢いかどうか、知恵者に問うてみよう。」

それから、コナーラは波の上の鳥人から教えられたことを呟いた。この鳥人がコナーラに言ったことは、「そなたの治世は時には制約を余儀なくされようが、鳥の治世は気高いものでなければならない。これはそなたが無視[20]してはならない制約、つまり禁制《タブー》である。

テヴィルを右手に、ブレガを左手に見て進んではならない。

ケルナ[21]の邪悪な獣[22]たちを狩ってはならない。

九夜に渡ってテヴィルの外に出てはならない。

日没後、火明かりが中から外に洩れたりせず、外から中の明かりが見えない館で夜を過ごさねばならない。

そなたが赤い館に向かうとき、そなたの前方に三人の赤い者を行かせてはならない。

そなたの治世に略奪があってはならない。

日没後、女であれ男であれ、訪れる者をそなたのいる館に入れてはならない。

二人の僕《しもべ》同士の争いに干渉してはならない。


さて、コナーラの治世は大いなる豊かさの中にあった。毎年六月にはボイン川[23]の河口、インヴェール・コルブサ[24]に七隻の船がやってきて、秋には膝までくるほどカシの実が穫れ、川は魚が豊富で、六月にはブーシュ川[25]とボイン川は魚で溢れるほどだった。善心に満ちあふれたコナーラの治世において人を殺める者はエイリューには誰一人としていなかった。エイリューではどの隣人の声もハープの弦のように甘く響いた。春の半ばから秋の半ばまで、牛の尾を揺り動かすほどの風が吹くこともなかった。コナーラの治世には雷や嵐のかけらもなかった。

しかし、コナーラの里子兄弟たちは父や祖父から受けるべき特権を奪われたことに不平をこぼし、盗みや強奪、人殺しや略奪をはたらいた。彼らは毎年三回同じ人から豚と子牛と雄牛を盗んで、王が彼らにどのような制裁を下すか、盗みが王の治世をいかに損なうかを見ようとした。
かの農人は毎年王のもとに赴いて不平を述べ立てた。王は言った、「ドン・デーサの三人の息子が泥棒したのであるから、行って話をつけたらよい。」しかし、彼が三人の息子に話をする度に、彼らはこの農人を殺そうとするのであった。そこで、王を怒らせないよう、彼はもう二度と王のもとに戻ってこようとはしなかった。

それ以来、強欲に取り憑かれた強情な三人はエイリューの族長の息子たちを多数集めて略奪をくり返した。百五十人の年のいかない者たちがコナハト[26]の地で狼男になるのをマーニ・ミルスコアハの豚飼が目にした。彼はこんな様を今まで見たことがなく、仰天して必死に逃げた。悲鳴を聞きつけた彼らは豚飼を追った。豚飼は叫び声をあげたため、マーニの二氏族が駆けつけた。百五十人が下っ端共々捕らえられ、テヴィルに連行された。彼らがこの一件について王に伺いを立てると、「父親にそれぞれ自分の息子を殺すことを命ずる。ただし、わが里子兄弟の命は助ける」と王は言った。
「いかにも。そうします」と誰もが言った。「われが下した判断はわが命を縮めることになろう。この者たちを首つりに処してはならない。アルヴ[27]を略奪するよう老兵を共に行かせよ」と王は言った。

その通り事は進んだ。略奪者たちは海に乗り出し、やがて海上でブレダンの王の息子コンマックの孫である一つ目のインゲールに出会った。彼は百五十人の男たちと老兵たちの匪賊を率いていた。

ドン・デーサの息子たちはインゲールと徒党を組んで略奪行為を行うことにした。

これはインゲールが綿密に計画した破壊行為である。ある夜、インゲールの両親と七人の兄弟がその領地の王家に招かれたが、一夜にして王家と家族もろともインゲールに殺害された。その後、これと似たような殺略をもくろんで彼らはエイリューに向けて進航した。インゲールの軍配に報いるためである。

コナーラの治世ではエイリューは平和そのものであった。ただ、トゥーアウウの王国(28)でコルブレという名のコナーラの二人の里子兄弟の間で紛争があり、コナーラはやってきて和解させた。争いの当事者がコナーラの元へくる前に、コナーラが二人の間に入って取りなすことは禁忌であった。しかし、この禁忌にもかかわらず、コナーラは出向いて二人の争いの仲裁をしたのである。コナーラは両者のもとでそれぞれ五夜にわたって滞在した。これもコナーラに負わせられた禁忌である。

争いが治まり、コナーラはテヴィルへの帰途についた。一行がウーシュナ・ミーザ(29)を通ると、四方八方で急襲による騒ぎがあり、軍勢や丸裸の男たちを見た。そしてイー・ネール(30)の領地に火の手が上がっていた。

「これはなんだ?」とコナーラが尋ねると、「はい、地が炎上し始めたのは王の定め事が破られたからです」と従者は返答した。

「どの道をいったらよかろう」とコナーラが言った。

「北東です(31)」と従者は答えた。

そこで一行はテヴィルを右回りに進み、ブレガを左回りに進んだ。それから、ケルナの邪悪な獣が狩猟された。しかし、狩りが終わってはじめてコナーラはそのことに気づいたのである。

禁忌が犯されたために、妖精たちが煙のような妖しい霧をつくりだした。

恐怖がコナーラを襲った。彼らはミズーアフラ[32]道かクルー[33]道を進むほかなかった。

そこで一行は海沿いのクルー道を南に進んだ。

途中コナーラは言った、「今夜はどこで過ごすとしようか。」

「申し上げてよろしいか。エイリューの民はあなたが一夜の宿泊所を捜し求めるよりももっと頻繁に毎夜あなたのもてなしを求めてきました」とエディルスゲールの息子コナーラを護衛するスネード・テヒズの息子マッケーフトが言った。

「裁きの時はやってこよう。この地に知り合いがいる。行き方がわかればよいのだが。」

「その方のお名前は?」とマッケーフトが尋ねた。

「ライン[34]のダ・デルガ。彼は贈り物を所望してわが館に来たことがある。彼を空手で帰しはしなかった。わしがダ・デルガに与えたのは、百頭の牛、百頭の太った豚、体に合う百着の外套、百点の光る武器、十個の金色のブローチ、十本の桶、茶の毛色をした十頭の馬、十人の召使い、十基のひき臼、首に銀の鎖をつけた二十七頭の白い猟犬、そして野鹿の群よりも速く走る百頭の駿馬である。彼のためにならないものは何一つない。彼がまた来ようものなら、さらにもっと与えよう。今夜彼の館にたどり着いて、もし彼が顔をしかめたりするようなことがあったら奇妙だ。」

「おっしゃる通りです。わたしはその館をよく知っています」とマッケーフトは言った。「この道はダ・デルガの館にぶつかり、そのまま館を突き通って道は続いています。館には七つの入口があって、各入口の両側に七つの部屋があります。ただ、扉は一枚のみで、風が吹く方向の入口に扉が動くようになっています。館の真ん中に到着するまで、大勢の供を率いてこの道をそのまま進まれればよろしいかと。行き先がそこと決まりましたら、わたしは一足先に行って知らせます。」

このあと、コナーラがクルー街道を南下していると、馬に乗った三人がダ・デルガの館へ向けてコナーラの前方を進んでいるのに気づいた。三人とも赤い上着と赤いマントを羽織り、赤い丸楯と赤い槍を手にし、赤い馬に乗り、赤い髪をしていた。三人はことごとく赤かった。

「前に行くのは誰か?」とコナーラは言った。「赤い館《ダ・デルガ》へ向かう途中、赤い三人の者がわしの前を行くのはわしに下された禁忌である。誰かあの三人をこっちに引き戻してくれぬか。」

「わたしがやります」とコナーラの息子レー・フェル・フラスが言った。

彼は馬に鞭打って三人の後を追ったが、三人に追いつくことはできなかった。三人が彼から遠ざかることもなく、彼がその間隔を縮めることもなく、槍の一射程の距離が保たれたままだ。追いつくことができず、彼は王の前を行かないよう三人に呼びかけた。これにたいして三人のうちの一人が肩越しに歌った。

「見よ、大いなる知らせ！　館からの知らせ。船足の向かう道。投げ槍で刺された者のかすかに輝く目、傷を負って手柄を立てた戦士の勇ましさ。大いなる破滅。赤糸で運命の刺繍を縫う美しい女。見よ。」それから三人は先を進んだ。レー・フェル・フラスは彼らを引き留めることができなかった。

少年は王の一行を待った。彼は三人から言われたことを父親に伝えたが、コナーラは気に入らなかった。

「彼らのあとを追え。雄牛を三頭、塩漬けにした豚を三匹与える、それにわしの所にいるかぎり、炉床から壁まで誰一人として立ち入らないだろう、と伝えよ。」

少年は三人の後を追い、父親から言われたことを伝えた。またしても追いつくことはできなかったが、三人のうちの一人が肩越しに歌った。「見よ、大いなる知らせ！　寛容なる王の大いなる熱い思いはお前を熱くする。古の妖術により九人の仲間が倒れる。見よ！」少年は戻って、この歌をコナーラにそのまま伝えた。

「彼らのあとを追え。雄牛を三頭、塩漬けにした豚を三匹、わたしの残り物、それに贈り物を明日あげる、それにわたしの所にいる限り、炉床から壁まで誰一人として立ち入らないだろう、と伝えよ」とコナーラは言った。

少年は三人の後を追ったが、追いつくことはできなかった。だが、三人のうちの一人が返事をした。「見よ、大いなる知らせ！　われらの馬はくたびれている。われらは妖精の国からドン・テードスコラの馬に乗ってきた。われらは生きているが、われらは死んでいる。大いなる日没後の前兆が現れている。絶命の嵐、大鴉の食物、鴉の餌(35)、騒がしい殺し合い、血に濡れる剣の刃、心の壊れた楯。見よ！」それから三人は先を進んだ。

「彼らを引き留めることができなかったな」とコナーラは言った。

「父上に背いたのはわたしではありません」とレー・フェル・フラスは言い、先ほどの詩を声に出した。

コナーラと臣下の者たちはまたしても気に入らなかった。その後、恐るべき不吉の予感が彼らを襲った。「今夜、すべての禁忌がわたしに降りかかった。赤い三人は妖精の国から追放された者たちだ」とコナーラは言った。

こうして、コナーラの前に行く赤い三人はダ・デルガの館に入っていき、中に座り、それから館の戸口に赤い馬をつないだ。

さて、コナーラの一行がアーハ・クリーアに向かっていた時である。腕が一本、目が一つ、足が一本の男がコナーラを追い越した。髪の毛は真っ黒で短く、もじゃもじゃしていた。その頭には山ほどの林檎がはげしく揺れ動くが、どれもが髪の毛にくっついて地面に落ちることはなかった。また醜い大鼻が荒々しく揺れても、落ちずにそのまままくっついていた。向こう脛は轅《くびき》の外側と同じくらい長くて厚く、左右の尻は小枝でしばったチーズの大きさだった。手に二股の鉄棒を握っていた。黒くて短い剛毛の焦げた豚を背負っていたが、それは金切り声をあげていた。男の背後に、大きな口をし、陰鬱で見るも恐ろしい大女がいた。その大鼻がはげしく動いても、鼻柱が支えていた。女の下唇は膝まで垂れていた。

この男はコナーラの方にいきなりやって来て、挨拶した。「ようこそ、コナーラ王。王がこちらにお出でになるのはずっと前から知っておりました。」

「わしを迎えてくれたのはどなたかな」とコナーラが尋ねた。

「フェル・カーリェです。空腹になりませぬよう、今宵食べていただきたく黒豚をお持ちしました。コナーラ王は世を治められる中でもこの上なくすばらしい王と崇めています。」

「そちの妻の名は?」とコナーラが言った。

「キフルといいます。」

「よかったらいつか夜にでもうかがおう。今夜はひとりにしてくれ」とコナーラは言った。

「いや、今宵、王がいる所にわたしは参りましょう、汚れのない王よ」と野卑な男は返事した。

そこで男は黒くて短い剛毛の焦げた豚を背負いながら、大口の妻を従えて館に向かった。これはコナーラがかかえる禁忌のひとつであった。また、彼の治世においてエイリューに略奪行為があることはコナーラのかかえるもうひとつの禁忌であった。

さて、ドン・デーサの息子たちは略奪を企てていた。予備軍を数に入れなくても、五百人の略奪者の一団であった。これもコナーラに下された禁忌であった。北の王国に一人の善良な戦士がいた。その名は「枯れ枝の上の荷車」という。彼は荷車が枯れ枝を踏みつぶして通るように敵に挑んだのでそう呼ばれた。この者も略奪に加わった。だが、この上手をいく者たちがいた。いやに偉そうに構えた、傲慢な戦士の一団だ。アリルとメーヴ(36)の八人の息子たちである。それぞれがマーニという名で、あだ名がついていた。父親似のマーニ、母親似のマーニ、お人好しのマーニ、親孝行のマーニ、はしこいマーニ、お上手のマーニ、鷲づかみのマーニ、お喋りマーニ。みんな略奪者だった。母親似のマーニとはしこいマーニには二百八十人、父親似のマーニには三百五十人、お上手のマーニには五百人、鷲づかみのマーニには七百人、お喋りマーニには七百人の略奪者たちが集結していた。残りの息子たちにはそれぞれ五百人の略奪者がいた。ラインのクルーには剛勇の三人組がいた。クルーの赤い猟犬と呼ばれ、名はケハ、クロア、そしてコナルといった。彼らは略奪者で二百四十人の手下をかかえ、狂人の一隊をも従えていた。コナーラの治世でエイリューの男の三分の一は略奪者であった。コナーラはそうした略奪者たちを別の地で略奪させるように仕向け、エイリューから追放する力と権力を充分に持ち合わせていた。だが、略奪者たちは追放後にまたエイリューに戻ってくるのだった。

エイリューの略奪者たちが荒れ狂う波の砕ける岸辺に着いた時、一つ目のインゲール、エゲル、トゥールキニに出会った。この三人はブレディンの王コンマックの孫であった。インゲールは巨体で血の気が引くほど恐ろしく、異様な荒くれ者であった。頭部の一つ目は一枚の牛皮くらい大きく、甲虫のように真っ黒で、目には三つの黒目があった。彼は千三百人の略奪者を従えていた。しかし、エイリューからやってきた略奪者たちはその数を凌いでいた。両者は海上で一戦を交えようとした。「やめよ。あなたの名声を傷つけてしまうことになるぞ。あなたの兵はわれらよりも多いのだから」とインゲールが言った。

「では、同じ条件で戦うのがあなたにふさわしい」とエイリューの略奪者たちが言った。

「いい考えがある。あなたたちはエイリューから追放され、われわれはアルヴとブレディン[37]から追放された。そこでだ、一緒にわれらの地で略奪しないか、それからわたしはあなたたちと一緒にエイリューで略奪する。これで折り合いをつけよう」とインゲールが言った。

インゲールの考えが受け入れられた。誓約として双方に人質が差し出された。インゲールがエイリューで破壊行為におよび、ドン・デーサの息子たちがアルヴとブレディンで破壊行為をする誓約として、エイリューの略奪者たちからフェル・ガル、ガヴル、フェル・ロガンが人質として差し出された。どこを最初に襲うのか。采は投げられた。インゲールと共にブレディンへ向かうことに決まった。混成の一団がブレディンでインゲールの両親と七人の兄弟を殺した。その後アルヴへ足を伸ばして破壊におよび、それからエイリューへ帰還した。

その頃、エディルスゲールの息子コナーラは館に向かってクルー街道を進んでいた。エイディール山[38]の反対側のブレガの沖に略奪者がやってきたのはその頃であった。略奪者は言った、「帆を降ろせ。

陸から見られてはまずい、船団を一列にしろ。誰か足の速い者を上陸させて、破壊するものがあるかどうか確かめよう。破壊を約束したインゲールの顔が立つというもの。」

「だれが偵察するのか？　とびきり耳がよく、目がよく、判断に狂いの無い者に行ってもらおう」とインゲールが言った。

「わたしは千里耳だ」とお上手のマーニが名乗り出た。

「わたしは千里眼だ。それに、見分ける力にかけては誰にも負けない」とはしこいマーニが言った。

「それだったら、二人に行ってもらおう」と略奪者たちは言った。

それから九人がエイディール山の頂上に行って、耳を澄まし、目をこらした。

「静かに！」お上手のマーニが言った。

「どうした？」とはしこいマーニがきいた。

「馬の足音が聞こえる。」

「うん、こっちも遠目で見える。」

「何が見える？」

「壮麗な騎馬行列だ。気高く、雅やかで威厳がある。戦の気配、すらりとした馬の腹帯、疲労の色、活気、厳しさ、意気込み、輝き。行列は広い地を揺るがす道を進んでいる。彼らは数々の丘を越え、不思議な川や入江を渡る」とはしこいマーニが言った。

「どこの川や丘や入江なのか？」

「そりゃあ、インデーン、クールト、クルテーン、マーファト、アマト、イアルマーハト、フィンニ、ゴイステ、ギスティネ。二輪戦車にかかる灰色の槍、腿の上に象牙の柄がはまった剣、肘にかざした銀の楯、半分は赤で半分は白。色とりどりの着衣。輪をかけて目立つのが百五十頭の斑点のある灰色の馬だ。小さめの頭、赤い頸、とがった耳、幅広の蹄、大きな鼻の穴、赤い胸、にじむ汗、従順、轡にゆったりとかかった紐、急襲時のすばやい動き、鋭敏、意気込み、輝き、つややかな赤い馬勒。」

「わが部族の面子にかけて断言する。これらの馬はある立派な支配者のものだ。これはエディルスゲールの息子コナーラ王の行列とみる。エイリューの従者たちに囲まれて街道をやって来たのだ」と千里眼の男は言った。

二人は略奪者たちのところへ戻り、見たもの、聞こえたものについて語った。

海上の至る所に多数の船団がいた。百五十艘の舟に五百人が乗っているというおびただしい数である。彼らは帆を揚げてフルプサ[39]の入江を目指した。舟が着岸したちょうどその時、マッケーフトがダ・デルガの館で灯をともしていた。火花の音で百五十艘の舟は海の傍らに跳ばされたが、再び岸へ戻ってきた。

「静かに！　フェル・ロガン、これはどういうことだ」とインゲールが言った。

「わからん。エヴィン・マハの風刺家ルフドンの仕業かもしれない。やつは自分の食べ物が取り上げられてしまうと、激しく手を叩くんだ。それともテヴィル・ルーアフラのルフドンの叫び声か。マッケーフトがエイリューの王のために灯をともした時に出た火花か。マッケーフトが家の真ん中で灯をともすと、火花が出る度に百頭の子牛と二歳の豚一匹が焼かれる。

「コナーラが今夜ここにいなければいいが。いたら悲惨なことになる」とドン・デーサの息子たちが言った。

「いや、いれば好都合だ。あんたたちがブレディンで破壊した時の気分と同じで、平気だ。もしコナーラがここにくれば、御の字だ。」とインゲールが言った。

そうして、百五十艘の舟が浅瀬に乗り上げたときの轟音はダ・デルガの館に振動し、楯や槍が残らず棚から落ちた。武器は悲鳴を上げて館の床にことごとく倒れた。

「コナーラ王、何があったんですか?　この轟音は何でしょう?」とみんなが尋ねた。

「わからん。地面がぐるりと向きを変えたか、それとも大地を取り巻くレヴィアタン[40]が尾を大地に叩きつけてひっくり返そうとしているのか。それとも、ドン・デーサの息子たちの舟が浅瀬に乗り上げたのか。いや、そんなはずはない。親愛な里子兄弟だったし、大事な仲間だった。その心配はなかろう。」それからコナーラは館の空地にやってきた。

荒れ狂う音が外から聞こえ、マッケーフトは兵どもがこちら側を攻撃していると思った。彼は仲間に加勢しようと、いきなり跳び上がって武器を手にした。この跳び上がる音は、外にいる者たちにはまるで三百の雷鳴が轟いたようだった。

ドン・デーサの息子たちの船には闘士がいた。強力な武具を身につけ、気味の悪い気配を漂わせながら舳先にいた。恐ろしく残忍なコンマックの孫、一つ目のインゲールだ。額から突き出た一つ目は一枚の牛皮くらい大きく、甲虫のように真っ黒な瞳孔が七つあった。両膝は若い雌牛を煮る大釜のように大きく、握りこぶしは収穫物用の篭の大きさで、左右の尻は小枝でしばったチーズのように大きく、向こう脛は軛の外側と同じくらい長かった。

その後、百五十艘の舟で五百人がフルプサの浅瀬に上陸した。

そのころコナーラとその一行は館に入って、腰をおろした。また、赤い三人も座り、フェル・カーリェも豚を連れて座った。それからダ・デルガがやってきてコナーラを迎えた。百五十人の戦士を連れていたが、みんな長い髪をうなじまで垂らし、短い赤のマントは尻に届くほどで、緑色の斑点のある短いズボンをはいていた。そして鉄の帯のついた極太のいばらの棒を手にしていた。

「ようこそ、コナーラ王！　どんなに大勢のエイリューの人たちを連れてこられても、おもてなしするつもりでした。」

日が沈み、一人の女が館の入口に現れ、中に入れてくれるよう乞うた。女のむこうずねは機織りの巻棒のように長くてクワガタムシのように黒く、灰色がかった毛織りのマントを着ていた。髪の毛は膝まで伸び、唇は顔の片側についていた。女は片方の肩で入口の柱にもたれて王と取り巻きの若い従者に邪悪な目[41]を投げかけた。コナーラは内側から女に話しかけた。

「女よ、もし妖術師ならば、われわれに何が見えるか言ってくれ」とコナーラは言った。

「あなたが来たこの館から、あなたの皮膚も肉も逃れることができない、鳥たちが鉤爪《かぎづめ》で取っていってしまうものを除いては。」

「われわれが予感したのはそのようなことではなかったし、そちもわれわれのために予言する必要はない。女よ、名は何という？」

「カーレヴ」

「それだけか」とコナーラは言った。

「そう。でもほかにも名前はいくつもあるさ。」

「どういう名だ？」とコナーラは尋ねた。

「はいよ。カーレヴ、サヴォン、シナン、セーシュグレン、ソヴ、サーリェン、サムロフト、ギル、コル、ディホーヴ、ディフール、ディーヴ、ディフィヴネ、ディフネ、ディフルーネ、ディルネ、ダールニナ、デールナ、エーヘヴ、アハヴ、エアヴナ、ニーヴ、クルーハ、ケアルダヴ、ニー、ネーヴィン、ノーネン、バヴ、ブロスグ、ブロール、ウーア、メーゼ、モー。」女は入口で片足で立ちながら、これらの名を一気に唱えた[42]。

「われは神々に誓って言おう。わが滞在が長かろうが短かろうが、そちをいずれの名でも呼ぶことはない。そちの望みは何か」とコナーラが言った。

「あなたが望むもの」と女はこたえた。

「日没後に女ひとりを迎え入れてはならない。これがわたしに下された禁忌だ」とコナーラが言った。

「禁忌であろうとも、今夜すぐにもてなしを受けるまでわたしはここを離れない」と女は言った。

「もし今夜どこか他の所で泊まるならば、雄牛を一頭、塩漬けにした豚を一匹、それにわしの残り物をあげる、と女に伝えよ。」とコナーラは従者に言った。

「へえ、もし王が一人の女のために食事も寝る所も与えることができないなら、もしこの館にいる君主のもてなしがもはやないのなら、ほかの誰か、礼儀を心得た人が何かをくれるでしょうよ。」

「無礼な口をきく女だ。禁制だがしかたない、入れてやりなさい」とコナーラが言った。

このやりとりと女が口にした運命の予言のあと、コナーラの一団は大きな恐怖に襲われたが、なぜか誰にもわからなかった。

その間に、略奪者たちは上陸してレカ・キン・シュレーヴまで前進した。館は昼夜をおかず開いていた。館《ブルーイエン》とよばれるのはあくびをしたときの口に似ているからだ。

毎夜、コナーラは〈森の猪の首輪〉とよばれる大きな火を燃やした。それには七つの吹き出し口があった。片側から薪が切り取られると、各吹き出し口から出ていた炎は、燃え上がる小さな礼拝堂と同じくらい大きくなった。館のそれぞれの入口には一七台の二輪戦車が止めてあり、中の大きな炎の明かりが車輪の隙間から洩れ、岸辺の舟からよく見えた。

「フェル・ロガン、向こうのあの大きな火はなんだ」とインゲールが言った。

「なんだろう、まさか王の火では」と彼はこたえた。

「王は今夜ここにいなければよいが。痛ましいことになる」とドン・デーサの息子たちが言った。

「エイリューで彼の治世だけに見られるものはなんだ」とインゲールが問うた。

「それは平和だ」とフェル・ロガンがこたえた。「彼が王になってから、春の半ばから秋の半ばまで、日々太陽が雲に隠れることはなかった。草の上の露は正午になるまで一滴も雫となって垂れることはなかった。牛の尾を揺り動かすほどの風は夜の帳につつまれるまで一度も吹かなかった。また、彼の治世では、一年を通して、柵の中の雄牛を二頭以上襲う狼は一匹もいなかった。そして、この決まり事を守るために、七匹の狼が人質として住居内の側壁に置かれている。そして、さらなる保証がある。マックロックがいる。事が起きると、マックロックはコナーラの館で弁護するのだ。コナーラの治世では、エイリューに三つの冠がある。つまり、麦の冠、花の冠、樫の実の冠。コナーラの治世では一人ひとりの声はハープの弦のように隣の人に美しく響いた。見事な法と平和と善意がエイリュー全土に行き渡っているからだ。王は今夜あそこにいなければよいが。彼を殺めるのは痛ましい。花を突き通した枝、木の実の前で倒れる豚、年長けた子ども。哀れだ、あの短い命！」

「王がいるなら運がいい」とインゲールが言った。「これまでの破壊に釣り合う破壊をここでやろう。ここの破壊は、お前たちと取引としてやった、わが両親と七人の兄弟とその地の王の殺害と同じくらいたやすい。」

「その通りだ！」とブレディンの略奪者についてきた悪人たちが言った。

略奪者たちはフルプサの入江《フィアナ》から出陣した。まず、石塚《ケルン》を積み上げるために一人ひとりが石を持ち運んだ。石塚ははじめは戦士団が破壊と戦場を区別するために設けた標であった。敗戦には石柱を立て、破壊が行われる時には石塚をつくるのが習わしであった。かくて、破壊と殺略のために石塚がつくられた。館から見えたり、聞こえたりしないよう、遠く離れて石塚がつくられた。それから略奪者たちは石塚の前に集まって作戦を練った。

コナーラに警告するため、ドン・デーサの息子たちは〈猪の火〉を燃やした。

「ところで、ここから一番近い所はどこかな」とインゲールがこの地をよく知っている者たちにきいた。

「エイリューの高貴な館主、ダ・デルガの館です」

「それは都合がいい。今夜、首領たちがその館に行くだろう」とインゲールは言った。

そこで、略奪者の一人が館に赴いて中の様子を見ることに決まった。

「誰が偵察に行くのだ」と略奪者の面々が問うた。

「わしが行く。わしには借りがある。」

それからインゲールは額から突き出た一眼の七つの黒目の一つと共に館の偵察に赴いた。インゲールはその不気味な目をこらして、二輪戦車の車輪の隙間から王や周りの若い従者を覗き見た。

しかし、インゲールは館の者に感づかれてしまい、急いで仲間の元に戻って行った。

インゲールが略奪者たちの所に着くと、館の様子を聞こうと仲間が輪になった。輪の中央には六人の首領たちがいた。フェル・ガル、フェル・ゲル、フェル・ロゲル、フェル・ロガン、道化のロヴナ、それに一つ目のインゲール。そしてフェル・ロガンがインゲールに問うた。

「どうだった、インゲール?」とフェル・ロガンは言った。

「どうあれ、王の一行らしい立ち振る舞いだ。堂々と騒いでいる。王がいようがいまいが、わしはこの館を攻め落として借りを返す。こっちの番がやってきたのだ。」

「インゲール、あなたにまかせよう。ただし、誰が中にいるか分かってから館を破壊してくれ」とコナーラの里子兄弟たちが言った。

「インゲール、館をよく見たのか?」とフェル・ロガンが言った。

「ざっと見回したよ。これで借りを返せるだろう」とインゲールは言った。

「インゲール、そうしてもよかろうが……しかし、われわれの里子兄弟があそこにいるのだ。エイリューの王、エディルスゲールの息子コナーラだ。王の真向かいの戦士の座には誰がいたのか」とフェル・ロガンが言った。

コルマック・コンロンギィエス[43]の部屋

「大柄で高貴な顔立ち、澄んだ輝ける眼、歯並びがよく、狭い顎下から額にかけて顔幅が広くなっている。亜麻色の混ざった金髪とそのまわりには髪ひも。銀のブローチで留めたマント、手には金をあしらった柄の剣。もう一方の手には黄金の五本の円で装飾された楯。血色のいい顔をしていて、髭は生やしていない。ひかえめの男だ。」

「それから、誰を見たのか。」

コルマックの九人の仲間の部屋

「コルマックの西側に三人、東側に三人、前に三人がいた。みんな母親と父親が同じらしく、同じ歳の九人の仲間は外見がみな同じだ。髪が長く、黄金の留め金が付いたマントを羽織り、湾曲した銅の楯を持っていた。畝模様をあしらった槍が頭の上に、それと象牙の柄が付いた剣を手にしていた。珍しい離れ業をやってたよ。二本の指で剣先を挟んで回転すると、剣がひとりでにまっすぐ伸びるといった芸当だ。説明してくれ、フェル・ロガン」とインゲールが言った。

「おやすいことだ。それはコンホヴァルの息子でコルマック・コンロンギィエスだ。エイリューにその名を馳せる槍の名手だ。慎みのある若者だ。今夜彼が恐れをなすことはあるまい。武技にすぐれた勇ましい戦士だし、日々の暮らしでは慈悲深い。彼を取り巻く九人はコルマック・コンロンギィエスの仲間だ。彼らは困窮のつらさから人を殺めたことはないし、富み栄えても骨を惜しむことはなかった。彼らに囲まれたコルマック・コンロンギィエスは立派な勇士だ。わが部族にかけて誓う、最初の攻撃でコルマックは九十人を倒し、彼の仲間も九十人を倒す。コルマックは館の前で戦う者たちと共に勇ましく戦い、王や貴族の略奪者に対して勝利を誇るだろう。たとえ皆が傷を負ってもコルマック自身は逃れるだろう。」

「館を破壊する者は災いなるかな、たとえコンホヴァルの息子のコルマック・コンロンギィエスひとりのためだけでも。忠告する。彼一人だけのために、彼の美男子ぶりや美徳のためだけならば、破壊攻撃をやってはならない」とドン・デーサの息子、道化のロヴナが言った。

「襲撃は止められぬ。お前、臆病風に吹かれたな。山羊の両頬を危険にさらすきびしい試練はフェル・ロガンの誓いに背いている。ロヴナ、声がびくびくしてるぞ。お前は取るに足りない戦士だ。」

「インゲールよ、われわれの名誉を汚すでない。地が割れ、われら全員が討ち果たされないかぎり、破壊行為に出るべきではない」とゲルとガヴルとフェル・ロガンが言った。

「そのとおり。インゲール、あなたには訳があろう。破壊によって失うもの、それはあなたに関係ない。異境の王の首を持ち去り、あなたと兄弟たちは破壊から逃れる」とドン・デーサの息子、道化のロヴナが言った。

「わたしにとってはもっとつらい。誰よりも前に、誰よりもあとに、悲嘆に暮れるのはわたしだ。今夜、悪党どもが二輪戦車の車軸のところに集まるが、一時間後に最初にわたしの首がはねられ、館の中へ三度放り投げられ、館から三度放り出される。来る者に災いあれ、共に行く者に災いあれ。向かってゆく者は人でなしだ」と道化のロヴナが言った。

「お前たちと共に滅ぼしたわが母と父、七人の兄弟、それに領地の王に代わるものは何ひとつとしてない。わしがこれから耐えねばならないことは何もないのだ」とインゲールは言った。

「彼らを殺すものに災いあれ。それから誰を見たのか、インゲール」とロヴナは言った。(44)

ピクト族の部屋

頭の前後に同じ長さの茶色の髪をたらした三人の茶色の大男がいる。三人は大きな黒い剣と楯、黒光りする長い槍を手にし、槍の柄は大釜を持ち上げる鉄棒のように太い。ピクト(45)では最強の三人だが、国を離れてコナーラ王のもとに住まう者たちである。三人は最初の襲撃で九十人を倒すだろう、とフェル・ロガンは言う。

バグパイプ奏者の部屋

世に最高の九人のバグパイプ奏者たちがいる。最初の襲撃で九十人を倒し、後に逃れる。彼らと戦うのは影と戦うようなものだ。彼らは妖精の塚からやってきたので、殺しはするが、殺されることはない、とフェル・ロガンは言う。

コナーラの執事の部屋

毛むくじゃらでボサボサ頭をし、羊毛の外套を着こんでいる。彼がしゃべると、その声で針が落ちるのが聞こえる。彼はインゲールによって殺される、とフェル・ロガンは言う。

コナーラを護る戦士、マッケーフトの部屋

坊主刈りの醜い三人の若い戦士がいる。そのうちの一番大きいのが真ん中にいる。やかましく、汗をかいている体はがっちりしている。気が荒く、戦では九百人を殴り殺すほどの拳骨の持ち主だ。褐色に塗られた木製の楯はぎざぎざの鉄で縁取りされている。前面は十人の弱虫の四隊が入れるほどの大きさである。楯の突起は頑丈だ。内側は四匹の豚の上に四頭の雄牛を重ねて入れることができる大釜のように深い[46]。この男には、五つの座席を備えた小舟が二艘つながれている。それぞれ、十人からなる五つの集団を乗せるのに充分な大きさである。手にきらめく赤い槍は床から天井までのび、鉄の先が黒ずんで、滴り落ちていた。槍先の間隔は四歩、死をもたらす黒みがかった剣の先端から鉄の柄まではゆうに三十歩。剣は火花を放ち、館の床から屋根まで照らす。三人を覗いたインゲールは恐怖で息の根が止まるところだった。マッケーフトは眠っていたのである。これほど奇妙なことはないとインゲールは言う。髪の毛が生えた頭の両側に二つの坊主刈りの頭（頭の位置まで曲げた両膝）、山の両側に二つの湖（鼻の両側にある眼）、オークの木の両側に二つの皮（頭の両側にある耳）、その近くにイバラでいっぱいの二艘の舟が丸板の上に浮いている（楯の上に置いたサンダル靴）。そして陽を浴びてしたたり落ちる小川のようなもの（ちらちらする剣の放つ光）、その後の巻いてある皮（剣のさや）。そして巨大な槍のような形をした王宮の柱（長槍）[47]。

ロガンは言う、最初の襲撃の際、マッケーフトによって六百人が倒れるだろう。彼は館の一人ひとりと力を合わせ、館の前でわれわれ略奪者の首長や王に勝利したことを誇らしげに声をあげるだろう。彼は傷を負うが、後に逃れるだろう。

コナーラの三人の息子の部屋

金のブローチで留めたマントをまとう三人の若者がいる。彼らの声と言葉と行いにかけては並ぶ者はこの館にはいない。成熟した乙女の作法と修道士の心、熊の雄々しさと獅子の荒々しさが三人にそなわっている。最初に受ける襲撃でそれぞれが三十人を討ち果たすだろう。傷を負うが、逃れる。あなたたちのうち二人が彼らによって倒れるだろう。

フォヴォール族の部屋

姿形が人間ではない、三つの頭をした恐ろしい三人のフォヴォール族[48]がいる。荒れ狂う海が彼らを不気味な姿にしてしまった。それぞれの頭には、両耳にのびた三列の歯が剝き出しになっている。マッケーフトがフォヴォール族の国で決闘を申し入れたが、誰一人として名乗りを上げなかったので、この三人を連れてきた。彼らによって六百人が最初の襲撃で倒れるだろう。それも、咬まれたり、足蹴りされたり、吹き飛ばされて。彼らは館の中では悪事をはたらかないよう腕を使うことが許されず、壁に張り付く人質である。もし三人が武器をもったらわれわれの三分の二が彼らに殺されてしまうだろう。

ゲルキンの息子ムウィンレヴァル、ルアンの息子ビルデルグ、テルバンドの息子モイルの部屋

三人の色黒の巨人がいる。長い黒っぽい上衣を着て、脚は腰の太さほどある。黒い巻き毛のでかい頭。赤い斑のマントを着ている。黒ずんだ楯、五つ又の投げ槍、象牙の柄のついた剣を持っている。彼らは剣を上に投げ、続いて鞘を投げると、鞘が床に落ちる前に剣が鞘に戻る。そして、鞘を上に投げ、そのあと剣を投げると、剣が床に落ちる前に鞘に収まる。こんな芸当をやってのける。三人は王

の血筋をひき、エイリュー屈指の勇猛な英雄である。最初の襲撃で、彼らによって百人の戦士たちが倒されるであろう。略奪者たちの首長や王に対して勝利を誇るだろう。

コナル・ケルナハの部屋

エイリューのなかで最も美貌な英雄が飾りたてられた部屋にいる。ふさの付いた紫のマントをまとい、片方の頬は雪のように白く、もう片方はジギタリスのように赤い斑になっている。片方の眼はヒヤシンスのように青く、もう片方はクワガタムシの背中のように黒い。ふさふさした美しい黄金色の髪は、収穫の篭に入れたらあふれるほどに多く、羊毛のようにふわっとしている。大袋に入った赤い木の実を手のひらに空けても、一個も床に落ちることはない。両手には黄金の柄のついた剣、白金と金の板金の鋲で飾られた血のように赤い楯、軛のように太い柄のついた三つ又の長い槍を手にしている。これはコナーラ王がこよなく気に入っている戦士、コナル・ケルナハである。「今宵は館の前で血の雨がたっぷり降るだろう。彼は館の七つの戸口に立ち、そこから離れることはない。最初の戦いで三百人がコナルによって倒れるだろう。館でコナルがあなたに出くわしたら、霰《あられ》や草の葉、空の星の数ほどにあなたの頭や骨を粉々に砕くだろう。傷を負うものの、彼は逃れる」とフェル・ロガンは言う。

コナーラ王の部屋

館の他の部屋よりも美しく装飾されている。部屋の周りは銀のカーテンが取り付けられ、中に装飾品が置かれている。そこに三人がいた。両脇の二人は見目麗しく、亜麻色の髪をし、頬を赤く染めてマントをまとっている。二人の間に、賢者の知恵と情熱と意気込みがみなぎる年若い王がいる。身にまとったマントの色と形は夏が初まる時[49]の霧のように、刻一刻と変わる。マントの前側には黄金の輪が顎から臍《ほぞ》あたりまで掛かっている。髪の色は精錬された金の光沢のようだ。わたしがこれまで見た中で最も美しい。脇には金の柄のついた剣があり、剣の前腕の長さの部分に反射した光で、館の外にいる者が肉蝿のウジを見抜くことができる。この剣の奏でる美しい音は王宮に響く黄金のバグパイプよりも美しい。

インゲールはコナーラを見つめながら、つぶやく。

「わしは威厳のある高潔な王子、豊かな春の季節とともに騒がしく花が開くのを見た。美しいものへの燃えるような情熱が高まっている。わしは正義によって統治する、高貴で慎みのある王を見た。わしは支配者にふさわしい威厳をそなえた王子の王冠を見た。その気高い顔立ちはきらめき、両頬は輝いている。雪のように白く輝き、気品のある色。両目はヒヤシンスよりも青灰色で鮮やかだ。黒い睫毛と境をなす眉毛は堅く引き締まっている。頭につけた冠は、黄色い巻毛に映える金色だ。わしは上等の絹地でできた赤い、多色のマントを見た。満月の盛りで輝く、金で装飾されたブローチ、椀のようにふさをなす深紅色の宝石の輪。頭は真っすぐで快活な両肩の間にあって美しい。わしは絹の光沢のある見事な布で織られたチュニックを見た。それは屈折してさまざまな色に変化する。この人によって民の間に正義が保たれる。足首から膝までを覆う絹には金の飾りがついている。彼の剣を見た。柄には金の装飾がほどこされ、白銀の鞘に収まっている。頭上には純白に輝く楯があり、これで敵の軍勢をあざける。彼の黄金にきらめく槍は宴を照らし、その柄は黄金で飾られている。何をも寄せ付けぬ右手は王の手だ。彼は王の威厳をもって槍をしっかりと掲げ、ねじる。この寛大な王の周りには三百人の完全無欠の臣下がいる。彼は戦にあっても、この悲しみの館にあっても、ハイイロガラス[50]のように恐れを抱かせる。」

このやさしい戦士は両足を一人の膝に置き、頭をもう一人の膝の上にのせて眠っていた。やがて眠りから覚め、立ち上がって吟じた。

「オサール[51]の遠吠え。戦士の叫びがトゥールゴシの頂にひびきわたり、冷たい風が危険な崖に吹きわたる。王が殺される夜はまさに今夜。」

彼はまた眠りにつき、それから目覚めてうたう。

「オサールの遠吠え　戦が告げられる　民の終わり　略奪と館の破壊　悲しみに沈む戦士たち　負傷　恐怖の嵐　投槍が宙を切る音　穢い戦の混乱　テヴィルの荒廃　見ず知らずの継承者　コナーラを悲しみ泣く涙　穀物の壊滅　悲鳴と叫び声　エイリューの王の滅亡　二輪戦車は走り回る　テヴィ

ルの王の苦難　笑いは悲嘆のうめきに消される」

彼はさらにうたう。

「オサールの遠吠え　猟犬オサール　英雄たちの戦い　若者たちの残酷な殺し合い　勇士たちは殺されよう　疲れ果てた軍勢　敵を打ち倒す　ドスラ[52]での戦い　テヴィルの王の苦難　オサールの遠吠え」

これぞこの世で最も立派で気高く、偉力をそなえた目もあやな王である。最も温和な全き王、その名はエディルスゲールの息子コナーラ。エイリューの王である。姿形や装い、背格好、目や髪、英知や技や雄弁、武器や装備、誉れや富や威厳、知識や武勇や家系、どれひとつとっても非の打ち所がない。

武器を手にするまでは純真な眠れる若武者だ。館でエイリューとアルブの戦士たちが一戦を交えれば、彼の激しい力が烈火のごとく沸き起こり、館の破壊は叶わないだろう。コナーラが武器を手にする前に六百人が倒れ、いったん武器を手にすれば最初の戦いで七百人が倒れるだろう。彼から飲物を取り上げなければ、館にひとりでいても、トン・クリドナ[53]から遥かトン・エサルア[54]の人々に告げるであろう。

館には出入口が九箇所あり、それぞれの出入口で彼の手によって百人の兵が倒れる。戦いが止めば、その時こそ彼の武勇が華々しくなる。館の外で彼と鉢合わせになったら、剣によって半切りにされた頭や割れた頭骸骨は霰や草の葉のごとく無数にのぼるだろう。彼が館の外へ出ないことを願う。一緒にいる二人は彼にとって親愛な里子兄弟である。出入り口の一歩内の距離で百五十人の兵がこの三人によって倒されるだろう。

護衛の部屋

十二人が銀の剣をもってテヴィルの王の護衛にあたっている。黄色の長い髪をして青いチュニックをまとい、同じ姿形をしている。部屋の周りにあった馬の鞭を集める時を除いては、それぞれ象牙の柄の剣を握ったたままだ。この十二人によって多数の者が館の周りで殺されるだろう。彼らは負傷するが、後に逃れるであろう。

コナーラの息子の部屋

深紅色のマントを羽織った、赤いそばかすの子がしくしく泣いている。三千人の者たちがそれぞれその子を胸に抱く。

この子は館の真ん中の輝く銀の椅子に座ってすすり泣いている。その泣き声を聞くと、みな痛ましくなる。その子は髪の毛が緑と深紅と山吹色の三色だが、多色の髪からなっているのかどうかわからない。だが、今夜、彼が何かを恐れていることは確かだ。彼の周りには百五十人の子どもたちが銀の椅子に座っている。こうした赤いそばかすの子らは十五本の葦を手にしている。インゲールとともに偵察にいった十五人の右目が見えなくなり、インゲールの七つの瞳のうち、ひとつが見えなくなった。この子はコナーラの息子で七歳。この子を取り巻く百五十人の子らは特別な集団なのだ。

酌取りの部屋

黄色の長い髪をして、緑色のマントを羽織り、胸元に錫の飾り留めを付けた六人の者たちは半人半馬(55)である。それぞれが相手にマントを投げて羽織らせるが、それは目も止まらぬ早さで、まるで水車の回転のようだ。彼らはテヴィルの王に仕える酌取りだ。彼らによって十六人が倒れるだろう。この三人は妖精の国からやってきたので、敵から逃れるだろう。彼らはエイリューきっての酌取りである。

奇術師の部屋

ワタスゲのように白い髪をした者がいる。耳には黄金の耳飾り、まだら模様のマントを着ている。九振りの剣、それに九帖の銀の楯と九個の黄金の林檎を手にしている。彼はそれらをひとつひとつ上に投げ、一つとして地面に落ちず、手のひらには一つだけ。これらが相互にすれ違いながら上がったり下ったりする様は、うららかな日に蜂が飛び交う動きに似ている。「小さい頃からそちと一緒だったが、これまでそちの曲芸は失敗したためしがない」と王は言った。

「ああ、コナーラ王、鋭い怒りの目がわたしを睨んでいます。男が第三の瞳で九つの隊が行くのを見ています。戦があります。館の前に悪がいるのを運命の日までに知っておかねば」とテヴィルの王に仕える奇術師の頭トルキンは言った。

それから彼は剣と銀の楯と黄金の林檎を手に収めると、それらが悲鳴を発し、館の至る所に響きわたった。

「館の前でわれわれを襲おうとしている者を見つけ出せ。」

「フェール・クールニ、フェル・レー、フェル・ガル、フェル・ロゲル、フェル・ロガンがいる。ドン・デーサの五人の息子たちで、コナーラの愛すべき五人の里子兄弟たちだ。」

この男は大きな力の持ち主で、最初に出くわした二十七人が彼によって倒れるだろう。負傷するものの、逃れるであろう。

豚飼たちの部屋

黒い房の髪をもち、緑の上っ張りを着た三人の豚飼たちがいる。彼らは兄弟で、王に仕える豚飼である。

二輪戦車の御者の部屋

額に黄金の板を付け、金で刺繍された短い前垂れと深紅の肩マントを付け、銅の突き棒を手にした三人は王に仕える二輪戦車の御者たちだ。

コンホヴァルの息子クースクリーの部屋

中には八人の剣士がいる。そのうちの一人は黒髪の若者で、口ごもりながら話をしている。館の連中はそれを聞いている。彼は最も顔立ちがよく、鮮やかな赤いマントを羽織り、銀の飾り留めを付けている。エヴィン・マハのコンホヴァルが王へ人質として差し出した息子のクースクリーである。八人の剣士が彼を取り巻いて護衛している。

見習い御者の部屋

九人の男たちが高所の寝床にいる。肩マントを付けて深紅の紐で留め、金の頭飾りをして、突き棒を手にしている。王に仕える二輪戦車の御者たちのもとで年季勤めをする見習いの御者たちだ。彼らによって九人が倒れるだろう。

イングランド人の部屋

館の北側に九人組がいる。いずれも黄色い長い髪をして、いくぶん短めの布のフロックコートを着ている。深紅の肩掛けには飾り留めが付いていない。上部には幅広の穂先を付けた槍と赤い楯が掛けられている。彼らは王と同行したイングランドの王子たちである。

御馬番の部屋

いがぐり頭の三人組がいる。外套を着て、マントをまとい、鞭を手にしている。三人は兄弟で、王の御馬番である。

裁判官の部屋

顔立ちのよい男と長髪の二人の年若い者がいる。三人は肩掛けをしていて、マントには銀の留め金が付いている。ひとそろいの武器が壁の上部に掛かっている。彼らは王に仕える三人の裁判官だ。

ハープ奏者の部屋

東側に九人組がいる。いずれも巻き毛で、黄金のピンで留めた灰色のマントをまとい、水晶の腕輪や親指には金の指環をはめ、銀の首飾り、金の耳飾りをしている。黄金の面輪の張りついた袋が壁の上の方に掛かり、白銀の枝を手にしている。彼らは王に仕える九人のハープ奏者である。

手品師の部屋

台座の上に寝間着を帯で締めた三人組がいる。金の突起の付いた楯と銀の林檎、それに象眼細工をほどこした小振りの槍を持っている。三人とも同じ歳で兄弟である。

諷刺家の部屋

王の部屋のそばで、諷刺家の三人組が青いマントをまとい、赤い刺繍のある寝間着を着ている。彼らの武器は壁に掛かっている。三人は王に仕える風刺家である。

バヴ(56)の部屋

棟木の上にいる三人は裸で、体から血が噴き出て、首に綱が結わかれている。(57)哀れな三人は戦のある度に殺されるのである。

食膳係の部屋

三人組が短い象眼模様の前掛けをして、若い二人が白髪まじりの男と一緒に料理している。彼らは王の食膳係だ。

詩人たちの部屋

金の頭飾りをした三人組が見える。金の飾り留めを付け、まだら模様のマントをまとい、赤い刺繍の胴着を着ている。壁には木製の短い投槍が掛かっている。彼らは王に仕える三人の詩人で、同じ歳の兄弟たちである。

下級衛兵の部屋

二人の衛兵が赤いキルトと白銀の飾り留めの付いたマントをまとい、二帖の楯と先太の剣をもって王を護衛している。

王の衛兵の部屋

黄色い長い髪をした九人の衛兵が部屋の前にいる。短い前垂れと斑点のある肩マントをまとい、楯を携えている。象牙の柄の剣を手にし、館に入ってくる者に剣を振りかざす。彼らの許しがないと、王の部屋へは入れない。最初の戦いで九十人が彼らの手によって倒れるだろう。

コナーラの給仕人の部屋

前垂れをつけた、かっぷくのよい色黒の二人がいる。短髪で黒々としているが、額の髪は逆立っている。回転する水車のように機敏で、一人が王の部屋へ向かえば、すれ違いに一人が炉床に向かう。二人はコナーラの給仕人だ。二人とも色黒で髪が逆立っているのは絶えず炉床に足を運ぶからだ。最初に二十七人が彼らの手で倒れるだろう。彼らは逃れるだろう。

勇猛な戦士たちの部屋

コナーラの隣の部屋に三人の剛勇な老戦士がいる。ウリーのイリィラの息子シェンハとドゥヴタリー・ドール、それにルールネフの息子ギヴネンである。武器を手にしたら誰も敵う者はいない、エイリューで最強の戦士たちである。手足は腰くらいに太く、灰色の上衣を着ている。手にしている巻棒のように長い大きな剣は、水に浮かぶ一本の髪の毛も切り裂くことができる。そして、ドゥヴタリーの手にはモイテューラの戦い(58)で見つかった〈ウーヘヒルの息子ケルトハールの槍(59)〉が握られている。真ん中の戦士は五十本の鋲が突き出た長大な槍を手にしている。柄の重さは二頭の牛に掛ける軛と同じくらいだ。彼は火花が出るまで長槍を振り回し、それから把手を三度掌《てのひら》に打ち当てた。彼らの前には牛を煮るほどの巨大な釜があり、その中にぞっとするような黒ずんだ液物が入っている。彼は槍をその液物に浸ける。槍の火花をすぐ消さないと、それが柄に燃え移り、さながら館の上段に火を吹く竜がいるかのようである。敵兵に流血を見舞う時が熟すと、きまってこの離れ業が見られるのである。毒で満たされた大釜は殺害におよんで火花を消すのに必要なのだ。さもないと槍が燃え、柄を握っているこぶしまで火がおよび、体を突き刺す。この長槍の一突で、相手に触れずに、敵を倒すことができる。またこの長槍を投げれば、一度に九人が殺される。ある王かその血筋、あるいは略奪者の首領が殺されるであろう。〈ケルトハールの槍〉は館の前を修羅場にするだろう。最初の衝突で、この三戦士によって三百人が倒れるであろう。彼らは勝ち誇り、後に逃れる。

フェル・ファルガ(60)の巨人の部屋

勇ましくて太々しい、強力《ごうりき》の三人がいる。見るも恐ろしい奇形をしている。もじゃもじゃした髪の毛で頭から爪先まで体を覆っている。馬のたてがみのように逆立った、身の毛もよだつ髪が脇腹まで伸びている。この獰猛な戦士は七本の鎖のついた殻竿形の鉄の武器を携え、鎖はねじれて三本のより糸になっている。その端には、燃焼している十個の金属を持ち上げる棒と同じくらい重い握り玉が付いている。三人の茶色の大男たち。踵まで伸びている馬のような黒い後ろ髪。腰帯の三分の二あまりは牛皮で、それを締める四角い留め金は人の腿ほどの厚さ。髪の間から伸びる着衣。後ろ髪の先はばらばらに広がり、轅のように太くて長い鉄の棒を手にしている。棍棒の先に鉄の鎖が付いて、鎖の先には中位の轅のような長さの太いすりごきが付いている。彼らは悲しみに沈んで館の中に立っているが、その顔つきは見るも恐ろしい。館では彼らを避けようとする者は誰一人いない。「フェル・ロガン、これはどういうことだ」とインゲールは言った。

フェル・ロガンはしばらく黙っていたが、口を開いた。「彼らのことを話すのはわたしにはむずかしい。フェル・ファルガを攻囲した時、クーフリンが助命した巨人たちのほかには考えられない。助命を受けている時、彼らは五十人の戦士たちを殺した。彼らの驚くべき力に免じて、クーフリンは彼らを殺さなかった。コナーラはクーフリンから彼らを譲り受けたのだ。だから彼らは今コナーラと一緒にいるのだ。この三人に出くわすと三百人が倒れるだろう。彼らは館の中のどの三人組よりも武勇に秀でている。あなたが彼らに出くわしたら、鉄のから竿で打ちのめされ、大麦の篩《ふるい》にかけられるくらいに微塵に砕かれるだろう。」

ダ・デルガの部屋

別の部屋に一人の戦士がいる。その前にたてがみのように長い髪をした二人の僕がいて、片方は黒髪で、もう片方は金髪。戦士の髪は赤く、眉毛も赤い。両頬は赤味を帯び、一つ目は青く、美しい。緑の外套を羽織り、白の頭巾の付いた、赤い刺繍のあるチュニックを着ている。象牙の柄の剣を手にし、すべての部屋に酒や食べ物を足早に配って、客たちをもてなしている。

彼はこの館を建てたダ・デルガだ。館ができてから、戸口の扉は風の吹く側を除いては閉まったことがない。また、彼が館を取り仕切ってからこれまで、大釜の火を絶やしたことがなく、エイリューの人たちのために食べ物を煮炊きしてきた。二人の若者はダ・デルガが里子として養育した者たちで、ラインの王の息子たちだ。この三人によって三十人が館の前で倒れるであろう。それから彼らは逃れる。

妖精の塚からきた三人の英雄たちの部屋

中に三人組がいる。三人とも赤いマントと赤いシャツを着て、赤い頭髪、赤い歯をしている。三帖の赤い楯が頭上に掛かり、彼らは三本の赤い槍を手にしている。館の入口には手綱でつながれた三頭の赤い馬。

三人は妖精の塚で嘘偽りをはたらいた英雄たちだ。妖精の塚の王は、テヴィルの王によって三度殺されるという罰を三人に科した。エディルスゲールの息子コナーラは彼らを抹殺する最後の王である。彼らは逃れる。自分たちが破滅するためにやってきたのだが、殺されることはなく、殺しもしないだろう。

門衛の部屋

館の真ん中の戸口の扉近くに三人組がいる。三人とも鎚矛《つちほこ》を握っている。それぞれが扉に向かって脱兎のごとく動き回っている。彼らは短いズボンをはいて、斑のある灰色のマントを羽織っている。三人はテヴィルの王の戸口の番人で、九人を倒すだろう。彼らは負傷するが、逃れる。

フェル・カーユの部屋

炉床の前に黒い坊主頭の者がいる。一つ目で一本足で片腕の男だ。彼は焦げた針毛のある豚を炉に運ぶ。豚はとめどもなく金切り声を上げている。とてつもなく大きい口をした女が連れ添っている。彼の妻だ。

二人は今夜エイリューの王コナーラを法にかなって滅ぼすことになる。フェル・カーユと豚はコナーラが抱える禁忌である。

ブレディンのバーイスの三人の息子たちの部屋

この部屋には各九人からなる三組がいる。みな黄色の長髪で、同じように顔立ちがよい。黒の肩マントを掛けている。襟元に鉄の飾り留めを付けたマントには白い頭巾と赤い羽飾りが付いている。外套の下には、水に浮かぶ一本の髪の毛を切り裂くこともできる、黒い剣と波形に縁取りされた楯を携えている。

三人はブレディンのバーイスの息子たちで、盗賊である。最初の戦いで二十九人が彼らによって倒れるだろう。

道化師の部屋

炉床の端に三人の道化師がいる。三人とも焦げ茶色のマントをまとっている。もしエイリューの民が一同に集まり、たとえ父親や母親の遺体を前にしても、誰もがこの道化師たちを笑わずにはいられない。もし館に三千人の王の従者がいるとしても、この三人の道化師の可笑しさのあまり、座ったり、寝転んだりしてもいられない。

三人はエイリューの王がかかえる道化である。彼らによって三人が倒れるであろう。

酌取りの部屋

灰色の外套をなびかせた三人がいる。それぞれの前には水の入ったコップがあり、コップの上には一束のクレソンが置かれている。この三人はテヴィルの王の酌取りである。

やぶにらみのナールの部屋

左目は盲《めしい》で、右目がいまにも破壊をもたらすようなやぶにらみの男がいる。火にかけた豚がしきりに金切り声を立てている。彼はやぶにらみのナールで、フェヴェン(61)にある妖精の宮の王ボヴに仕える豚飼だ。食事の支度をしているのはナールだ。彼が宴に顔を出せば、かならずや流血の惨事が起きる。

「いざ、皆の者、立ち上がれ！　館に突撃！」

インゲールの合図で略奪者たちは館に向かって進撃し、雄叫びを上げた。

「静かに。この騒ぎはなんだ」とコナーラは言った。

「館を取り巻いている戦士たちです」とコナル・ケルナハが答えた。

「彼らに立ち向かう若武者たちがここにいる」とコナーラは言った。

「今夜は彼らが必要です」とコナル・ケルナハが言った。

それから道化のロヴナが略奪者たちの一団を館へ手引きした。門衛たちはロヴナの首を打ち落とした。するとその首は、ロヴナが予言した通り、館の中へ三度放り投げられ、館から三度放り出された。

そこで、コナーラ自ら数人の戦士と共に館からさっそうと出てきて、略奪者たちと一戦を交えた。コナーラは武器を手にする前に六百人を倒した。それから館に三度火がつけられたが、三度とも消し止められた。コナーラにその武芸の腕をふるわせないようにしないかぎり、破壊はとてもおぼつかないことは明らかだった。

やがて、コナーラは武具で身を固めて一隊を率い、目も覚めるような武技を繰り出して、略奪者たちと戦った。武器を使った最初の戦いでコナーラは六百人を倒した。

それから略奪者たちは総崩れになった。「それいったことか。エイリューとアルヴの戦士たちが館のコナーラを襲撃するのであれば、コナーラの激烈、勇猛な武者振りを鎮めない限り、殺すのは無理だ」とドン・デーサの息子フェル・ロガンが言った。

「じきに彼も終わりさ」と略奪者たちに同行していた魔術師(62)たちが言った。鎮めるすべを用意していたのである。喉の渇きが急にコナーラを襲うことになる。

その後、コナーラは館に入り、水をもってくるよう命じた。

「ああ、執事のマッケーフト、水をくれ」

「水をお持ちすることなど、これまで王から承ったことはありませんでした。水のお申し付けでしたら、給仕人や酌取りがおります。これまでわたしに申し付けられたのは、館を包囲したエイリューやアルヴの戦士たちから王をお護りすることでした。王はわたしが守ります。槍の一本とて王の体に触れることはありません。水は給仕人か酌取りにお申し付けください」とマッケーフトは言った。

そこでコナーラは館にいる給仕人と酌人に水をもってくるよう申し付けた。

「水は一滴もございません。館にあった飲水はすべて火を消すのに使い果たしてしまいました」と彼らは言った。

酌取りたちは館を貫流するドスラ川にも王に飲ます水を見つけることはできなかった。

それから、コナーラは再び水を要求した。「ああ、わが養い子のマッケーフトよ、わたしに水をくれ。死はいとわぬ。どの道死ぬ身だ。」

それからマッケーフトは館にいるエイリューの剛勇な戦士たちのところへ行き、王を護るか、王のために水を探しに行くか、決断をせまった。

コナル・ケルナハが館の中から返事をした。彼は酷なことを言うものだと思い、その後はマッケーフトと反目し合っていた。「王はわれらが護る。あなたが水を探しに行かれよ、頼まれたのはあなたなのだから。」

そこでマッケーフトは水を探しに向かった。コナーラの息子レー・フェル・フラスを脇の下に抱え、ベーコン用の豚と一緒に雄牛を入れて煮ることができるくらい大きいコナーラの金色の杯をもう片方の脇の下に挟んだ。それから剣と楯と二本の槍を手にし、そして王の大釜の下に敷いてあった鉄の棒を携えた。

彼は飛び出すと、館の前で鉄の棒を九度振り回し、九人の略奪者を一撃のもとに倒した。それから楯を斜めに構えて剣太刀を振りかざし、頭上でうちふる刃がきらめいた。彼は敵意を剝き出しにして激しい攻撃を加えた。六百人を倒し、それからさらに数百人を斬り倒して陣を抜け出た。

館の方では、コナル・ケルナハが立ち上がって武器を取り、館の戸口へ進み、外に出た。彼は三百人を倒し、略奪者たちを三つの尾根のかなたへ放り投げた。そして勝ち誇って、負傷しながらも、館に戻っていった。

コルマック・コンロンギィエスは九人の仲間と打って出て、略奪者に攻撃をかけた。コルマックによって八十一人が倒れ、九人の仲間が一騎打ちで八十一人を倒した。そしてコルマックは略奪者の首領の一人を殺したと誇らしく言った。彼らは負傷したが、無事に逃れた。

ピクト族の三人組は館から飛び出すと、早業の武器さばきで略奪者たちに立ち向かい、八十一人を倒した。傷を負ったが、うまく逃れた。

九人のバグパイプ奏者も館から出てきて、略奪者たちに向かって猛々しく奏でて味方の士気を鼓舞した。

みなの衆、これ以上語ると長たらしくなる。同じことを二度も語るのはくどいし、うんざりもし、こんがらかり、聞くのもだらけてしまうというもの。フェル・ロガンと道化のロヴナによれば、館にいた者たちは次から次へと出てきて略奪者たちを倒した。つまり、それぞれの部屋からなおも打って出て戦を交え、そのあと逃れたのである。コナーラの従者たちは、コナルとシェンハとドゥーヴタフを除いて、館には残っていなかった。

さて、コナーラは地を揺るがす激しい戦いから、喉の渇きに襲われた。口にする水がなく、ひどい高熱に苦しんで息絶えた。王が死んだ時、三人は策略をこらして攻撃に出た。そして傷を負ってままならぬ体で館をあとにした。

そこで、マッケーフトのことだが、彼は近くのクリーフ・クーアラン[63]にあるカサルの泉に行った。しかし、そこには持ってきたコナーラの金色の杯を満たす水はなかった。明け方、彼はエイリューの主な河川を歩き回った。すなわち、ブーシュ、ボイン、バーナ[64]、ベルヴァ[65]、ネヴ[66]、リー[67]、ラーダ[68]、シァナン[69]、シュゥール[70]、シュリゲフ[71]、サーヴィル[72]、フィン[73]、ルールセフ[74]、スラーナ[75]を。そして、いずれにも杯を満たす水はなかった。

そこで明け方、マッケーフトはエイリューの主な湖水[76]を廻り歩いた。デルデルグ[77]、ルヴネフ[78]、リー[79]、フェヴァル[80]、マスカ[81]、オルブシェン[82]、リー[83]、クーアン[84]、アハフ[85]、マールロフ[86]。そして、いずれにも杯を満たす水はなかった。

彼はさらに足をのばしてアーイの原野[87]のウアラーン・ガラにたどり着いた。そこに水をたたえた泉が姿を見せた。彼は杯を満たした。そしてコナーラの息子を脇の下に抱えた。

それから彼はダ・デルガの館へ取って返し、明け方に着いた。

館への途上、マッケーフトが三番目の尾根を越えた時、略奪者の二人がコナーラの首を打ち落としているところだった。マッケーフトはその一人の首を打ち落とした。もう一人はコナーラの頭首を抱えて逃げ出した。館の床に立ちはだかるマッケーフトの足下にたまたま石柱があった。マッケーフトはこの石柱を逃げる男をめがけて投げた。石は男の背骨を突き抜けて背中に穴をあけた。それからマッケーフトはコナーラの喉頚《のどくび》に杯の水を注いだ。するとコナーラの頭首は吟じた。

すぐれた勇士かな、マッケーフト、立ち勝るマッケーフト
内にあっても外にあってもよき戦士
彼は水を差し出し、王を救い、気高いつとめをはたした
敵の武将たちを首尾よく討ち取り
敷石を敵兵に投げつけて倒し
館の戸口では剣をふるい、斬り倒し
槍を腰にあてた雄姿
わしは名高きマッケーフトを厚くもてなすのだが
もしわしに命があったなら、すぐれた勇士よ

このあとマッケーフトは逃げる敵を追った。

コナーラの周りには極めて少数の者たち、すなわち九人が倒れ、館の外にいた略奪者たちに王の首をはねたことを伝える者は生き残っていなかった。

五千人いた兵たちのうちで、逃げることができたのは五人だけだった。インゲールと二人の兄弟の

エゲルとトゥルキナ、コンマックの三人の曾孫、それにコナーラに最初に傷を負わせた二人のルアーズ・ロイランである。

さて、傷を負って戦場《いくさば》で横たえていたマッケーフトは三日目が終わる頃、そばを通り過ぎる女を見た。

「女よ、ここへ来てくれ」とマッケーフトは言った。

「恐ろしく、怖くて、とても行けません」

「わたしが恐ろしく、怖く見える時はあった。だが、今はわたしを恐れなくていい。わが名誉にかけて約束する。」

すると、女はマッケーフトに近づいた。

「わたしの傷口を咬んでいるのは蝿か蟻か、それとも蚋《ぶよ》か、よくわからない。」

そこにいたのは毛の粗い穀蛾であることがわかった。その両肩が傷口の奥まで入り込んでいた。

女はその尻尾をつかんで引きずり出すと、その口の部分がまるごと傷口から出てきた。

「ほんとに、これは大昔からいる蟻よ」

「まこと、蝿や穀蛾や蟻ほど大きくないとは思っていたよ」とマッケーフトは言った。

マッケーフトは蚋の喉をつかみ、額を一撃して殺した。

それからコナーラの息子レー・フェル・フラスはマッケーフトの脇の下の高熱と大汗がもとで息絶

えた。

そのあと、マッケーフトは多数の死者たちを洗い清め、三日目にそこをあとにした。そしてコナーラを背負ってテヴィルに行き、埋葬した。それからマッケーフトはモイ・ブレーンギル(88)で傷を癒そうと自国のコナハトへと立ち去った。

さて、コナル・ケルナハは館から逃れた。しかし、楯を握るコナルの腕を百五十本の槍が貫通していた。彼は割れた半分の楯を手にし、剣と破損した二本の槍をたずさえて父親の館に赴いた。そして、タルテューの要塞にめぐらされた柵の入口で父親に会った。

「お前、はしこい狼たちにやられたのか」と父親が言った。

「父上、わたしは邪悪な戦士たちとの闘いで傷を負ったのです」とコナル・ケルナハがこたえた。

「すると、ダ・デルガの館に変わったことがあったのか。主君は無事か」と父親のアヴォルギンは言った。

「亡くなりました。」

「わしはウリーの偉大な部族たちの神に誓って言う、亡くなった主君を敵の手に置き去りにして、生きながらえるとは卑劣である。」

「古豪の父よ、わたしは負傷して血まみれになりました」とコナルは言った。

コナルは楯を握る腕に負った百五十箇所の傷を父親に見せた。ひどい傷だが、腕を防御する楯がその腕を救ったのである。しかし、右腕は楯で防ぐことができなかったので、ずたずたに裂かれて、腱によってかろうじて体にくっついていた。

「その腕が今夜火花を散らしたのだな」とアヴォルギンが言った。

「いかにも、父よ。今夜、館の前で大勢の者が死んでいきました。」

（1）Ériu　中世で使用されたアイルランドの名称。地母神でもあり、初期の物語にはこれと同義の女性の名が現れる。Érinn（エーリン）はÉriuの与格で、アイルランドの名称として詩的に使われた。なお、現在のアイルランドの公式の国名はÉire（エーラ）。
（2）Eochaid Feidleach　紀元前三世紀頃のアイルランド王。『クーリーの牛捕り』（*Táin Bó Cúailnge*）に登場するメーヴ（Medb）の父。『エイディーンの求婚』（*Tochmarc Étaín*）の第二話ではタラの王エヒー・アレヴ（Eochaid Airem）になっている。
（3）Brí Léith　*brí*は「丘」の意。レイの丘。現ロングフォード州（Co. Longford）アーダーの西にある妖精の塚。エイディーンが愛したミィル（Midir）の住処。現在のアーダーの丘（Ardagh Hill）。図１。
（4）*luiig argit*　金や銀の水盤は宗教的な意味合いをおび、特に鳥の宝石がはめこまれたものは悪霊を追い払うとされる。
（5）*secht cumala*　値段の単位。一クーヴァルは牛三頭。よってここでは牛二一頭。
（6）Ulaid　ほぼ現在のアルスター地方にあたる。
（7）Cormac　ウリーの王、ラクティファ（Lactighe）の息子で、紀元四八年にウリーの王。John O'Donovan,

The Banquet of Dun na n-Gedh and the Battle of Magh Rath : An Ancient Historical Tale (Dublin : The Archeological Society, 1842) p. 329.

(8) Temair　現在ターラ（Tara）として知られ、遺跡がある。アイルランドに君臨した王国で、とりわけ戦士団の首領フィン・マクーヴァル（フィン・マクール）にまつわる物語で広く知られている。

(9) Mess Buachalla「牛飼たちの養い子」の意。

(10) 里子兄弟とその絆はケルトの物語の展開のなかで重要な役割を果たす。解説を参照。

(11) *shochraid*（*shochraite*）依頼をされて警護にあたる戦士団。王の配下として警護をする戦士団とは違うので、ここでは移動戦士団とした。

(12) *cairpthig*（*cairptech*）「二輪戦車の戦士」の意。「二輪戦車」は *carpat*。アイルランドを駆けめぐった二輪戦車の最も古い伝統は三世紀か四世紀の鉄器時代にさかのぼる。一二世紀にクロンマクノイズの修道院で編纂された最古の手稿『灰褐色の書』（*Lebor na Huidre*, 12C）に次のようなくだりが見られる。「そこにいたとき、われわれは、馬と二輪戦車の戦士たちが霧の中から疾風のごとく現れるのを見た。馬の後ろの馭者の頭……それから間もなく、二頭。大きい強固なこしきがついた巨大な二輪戦車。やってくる二つの大輪。まっすぐのびる強靱の剣のように後部に突出した軸。見事に巻き付けた二つの馬勒……。」

(13) Lifiu（Life）Mag Life のこと。図2。

(14) *thailm*（*tailm*）投石器は紐の中央の小袋に投弾の石をつけ、頭上でその紐を振り回し、遠心力によって敵に石を飛ばす武器。

(15) *aria*（*ara*）二輪戦車の戦士と御者の一体感はしばしば物語の一場面に描写される。

(16) Ath cliath「障害物の浅瀬」の意。現在のダブリン（Dublin）でリフィー（Liffey）川の河口にあり、ダブリン湾に臨む歴史的な町。もともとリフィー川の一部をなしていたDuibhlinn（ドゥヴリン）に都市を建設したためこの名がついた。ただし、Dublin Cityのアイルランド語名はBhaile Ath Cliath（Bhaileは「町」の意）である。図2。

（17）北西のSlige Asal（アーサル道）、西のSlige Mór（モール道）、南西のSlige Dála（ダーラ道）、南のSlige Cualann（クルー道）。図2。

（18）*giallu*（*giallán*）　人質は王の統治を堅固にするために重要であった。タ－ラの城塞内に「人質の塚」があったことが考古学的調査によって明らかになっている。例えば、五世紀頃にNiall Noígiallach（ニーアル・ノイイーアラフ）というアイルランドの王がいたが、「九人の人質を束ねるニーアル」という名が王と人質の関係を示している。

（19）男が髭を生やしていないと一人前にはみられなかった。

（20）Breg（Brega）　図2。

（21）Cernai（Cerna）　図2。

（22）*clanmila* (Stokes), *claenmila, claen-mil ?*（Knott）　不詳。

（23）Boind（Boand）　ボイン川（River Boyne）　図2。

（24）Inbiur Colbtha　図2。

（25）Buais　ブーシュ川（River Bush）　北アイルランドのアントリム州（Co. Antrim）のバリモニー（Ballymoney）やモイル（Moyle）を流れる川。アントリムの丘（Antrim Hills）を水源とする。図1。

（26）Connacht　西の地。現在は「コナハト地方」（Province of Connacht）。図1。

（27）Albu　アルバ（ブリテンの北部、スコットランド）Albaは Albuの与格。

（28）Túathmumain　アイルランド南西の王国であるトーモンド（Thomond）。図1。

（29）Usnech Midi　ミーズ州（Co. Meath）のウシュナ（Usnech）で、アイルランドの中心に位置し、古くは諸王がここで集会を開いた。図1。

（30）Úa Néill（Uí Néill）　五世紀から一〇一四年のクロンターフの戦いまでアイルランドを支配した一大王朝。

（31）*Saerthúaid*　アイルランド語と日本語の方位の語源を比べてみると、両者とも日の出が基本になり、東は太陽が登る方向で *airther*（前）で、日本語では「ひむかし、日向処」、北は *tuascert*（左）に対して「そとも（背面）、山の日の当たらない面」、南は *descert*（右）に対して光を意味する「かげとも（影面）」で、類似性が見られる。

（32）slig Midlúachra（Midluachair）　北の街道。図2。

（33）sligi Cualann（Cualu）　図2。

（34）Lagnib（Laigin）　東の地。現在は「レンスター地方」（Province of Leinster）。図1。

（35）*airdbi séguil*「鴉の餌」は死体を意味している。「フンディング殺しのヘルギの歌 I」にも、「お前の犬に餌をあてがい、牝豚に喰わせる前に、フレカスティンで、お前の死体に鴉をたからせたいよ。悪魔といい合いするがいいさ」（V・ネッケル、H・クーン、A・ホルツマク、J・ヘルガソン共編、『エッダ—古代北欧歌謡集』谷口幸男訳（新潮社、一九七三年）一〇六—一〇七頁）という箇所がある。

（36）Ailella, Medba（Ailill, Medb）　コナハトのクルーアハン（Cruachan）に王宮を構えた王と女王。『クーリーの牛捕り』の冒頭に現れるためによく知られている。クルーアハンはロスコモン州のラスクローハン（Rathecroghan）の地。図1。

（37） Brettan（Bretain） ブリテン。

（38） Étuír（Étair） 現在のダブリン湾を臨むホウスの山（Ben of Howth）。図２。

（39） Trácht Fuirbthi この浜がどこなのか不明である。問題はこの固有名詞の格変化のとらえ方にある。写本『灰褐色の書』のある箇所ではTrácht Fuirbthiであり、また別の箇所ではTracht Fuirbthenとなっている。また、『レカンの書』でもTrácht Fuirbthiだ。W・ストークスはこれを"the Strand of Fuibthe"と英訳している。しかし、この浜がどこにあるかはわからない。もし、これをTrácht Fuirbthenとすると、ダブリン湾に臨む「メリオンの浜」（Merrion Strand）の古称という見方も出てくるだろうが、話全体が聞く者の想像力を刺激し、膨らませていくように仕掛けられているので、あえて場所を特定する必要はないだろう。

（40） Luiadán 地にとぐろを巻く蛇としてのレヴィアタン。ミズガルズの大蛇。『エッダ』に登場し、旧約聖書の「詩篇」などに現れる。

（41） 破壊的な目。バロール（Balor）をはじめ多くの邪眼が神話や伝説に現れる。ハイランド（スコットランド）の民間伝承に現れるグロテスクな巨人もいる。一つ目の恐ろしいファカンで、腰臀部から一本足がのび、胸から腕が一本突き出て、釘のように先端が尖った、もじゃもじゃの髪をしている。農民が最も怖れていた山人で、寂しい峡谷や湖に出没するといわれていた。ファカンに出会って心臓発作を起こす者もいたといわれる。（J. F. Campbell, trans., *Popular Tales of the West Highlands*, Vol. IV (Edinburgh : Edmond and Douglas, 1862), pp. 326–7.）

（42） 糸でたぐり寄せるように一気に名を唱えるのは呪術的である。ここには破壊と創造の女神の名が入っている。これと似た呪文が古い時代のルーマニアの農民から採話されている。髪が地面まで垂れて、目は星のようにぎらつき、両手は鉄で、手足の爪は鎌のようで、口から火を吹いている、見るも恐ろしい女。その女が子どもをさらいに来る話である。女は犬とか猫、蝿、蜘蛛、鴉、あるいは人相の悪い女の子に変身して人の家に入り込んで子どもをさらうのだが、大天使ミカエルにその秘術を白状する。その時、「わたしには十九の名前がある」と言って、一気にそれを唱える。「一つヴェスティツァ、二つノヴァダリア、三つヴァルノミア、四つシーナ、五つニコズダ、六つアヴェンズハ、七つスクロコイラ、八つティーハ、九つミーハ、十グロンパ、十一スラロ、十二ネコーサ、十三ハタヴ、十四フリラ、十五フーヴァ、十六ギアナ、十七グルヴィアナ、十八プラヴァ、十九サムカ」この名が書いてある家には近づくことができない、と女は言う。(M. Gaster, 'Two Thousand Years of a Charm against the Child-Stealing Witch,' *Folklore*, Vol. XI, No. II (1900), p. 133.)

(43) Cormac Condlongas　ウリーの王コンホヴァルの息子。

(44) このあと、インゲールは館を偵察した者たちについてフェル・ロガンに聞き、フェル・ロガンは事細かに説明する。これは『イーリアス』第三歌の「城壁よりの物見」とよく似ている。ある人物が見晴らしの利く城壁などに立って、戦闘などの場面をつぶさに報告するという手法である。

ドン・デーサたちが館の破壊をおもいとどまらせようと、そのたびに同じようなことばがかわされ、延々と繰り返す。なお、『灰褐色の書』(*Lebor na Huidre*) にも各人物の部屋が示され、それからインゲールとフェル・ロガンの問答が続く形になっている。そこで、これ以降の問答はできるだけ要約することに留めたい。

(45) ブリテン諸島に古代から住んでいた民。どのような形にせよ、おそらくケルト語派の言語を話した最も初期の人たちだと考えられている。

(46) *coir*　物語に現れる大釜は死からの蘇生や詩の創作に至るまで不思議な力をもっている。そのため、大釜にまつわる伝説は多い。

（47）　この巨人像の描写はストーリーテリングの特徴である。ウェールズの『マビノギオン』の第二枝話「スィールの娘ブランウェン」にこれと似た描写が見られる。簡略に記しておこう。ウェールズのブランウェンはアイルランドのマソルッフ王に嫁いだ。だが、ブランウェンが冷遇されていることを知るや、兄のベンディゲイドブラン王は船団を率いてアイルランドへ向かった。ベンディゲイドブランは巨人で、楽人たちを背負いながら海を歩いて渡った。ある日のこと、浜に出て豚の世話をしていたアイルランドの豚飼いたちが海上に異様な光景を見て、それをマソルッフ王に知らせた。以前には一本の木もなかった海上に森が見え、そのわきには大きな山、てっぺんには高い尾根、その両側に湖があり、森も山も湖も、みんな動いている、と豚飼いたちは言った。王は、これがなんであるかブランウェンを除いてわかる者はいないと言って、豚飼いたちをブランウェンのところへやった。ブランウェンに対するむごい仕打ちや恥辱を耳にしたブランウェンの兄とその軍勢がやってきたことが告げられる。海上に見える森は船の帆桁と帆柱、船のわきに見える山は巨人のベンディゲイドブラン、高い尾根は鼻、その両側にある湖は目で、立腹してこちらを睨んでいる、とブランウェンはこたえる。（中野節子訳『マビノギオン』（JURA出版、二〇〇〇年）、五三―七六頁を参照されたい）。

（48）　Fomoire　Fomorians　フォヴォール族は『侵寇の書』（*Lebor Gabála*）の「モイテューラの戦い」（*Cath Maige Tured*）に登場する。『侵寇の書』では、フォヴォール族（一足一手）はアイルランドにおける最初の戦いでポルフローン（Parthalón）に敗れた。しかし、ポルフローンの五〇〇〇人の部族たちは疫病で絶えた。三〇年後にノアの子孫のネヴェ（Nemed）がやってきて、フォヴォール族との戦いで勝利するが、ネヴェは疫病で世を去る。後継者はフォヴォールの圧制をうけたため、フォヴォール族を襲撃するが殺され、生き残った者たちは永遠にアイルランドを離れた。「モイテューラの第二の戦い」では、フォヴォール族陣には邪眼の巨人バロール（Balor）がいたが、トゥアハ・デ・ダナーンに敗れた。

（49）アイルランドにおけるケルトの暦は、それぞれ祭によって区分される。暦は休閑、発芽、成長、収穫といった農業生産の循環過程に基づいている。一年が十一月に始まるのは奇妙なようだが、収穫が終わり、冬にそなえる種まきが晩秋に始まるという農耕の暦年には太陰周期のシステムが組み込まれているからである。また、多数の巨石の位置と方向から推測できるように、アイルランドの民は太陽の動きをしるす冬至と夏至、春分と秋分を知っていた。彼らは太陽の祝祭を行なうことはなかったが、その動きと光が一年の生活の枠組みにもなっているのであり、太陽はことわざや物語にたえず顔を出す。四季を画する祭はサヴィン（Samain）、インボルグ（Imbolc）、ベルティナ（Beltaine）、それにルーナサ（Lugnasad）である。サヴィンは冬と闇の始まりを、ベルティナは夏と光の始まりをしるす。日本ではその昔、清少納言が「星はすばる」（『枕草子』二五四）と言って陰暦の晩秋の趣を綴っているが、古のアイルランド人たちが見たすばる星はサヴィンの祭に現れ、ベルティナの祭に消える。

（50）*boidb*（*badb*）この部分は『レカンの書』に基づいている。ハイイロカラスは「戦いの女神」の意もあり、バヴ（Badb）はしばしばハイイロカラスに変身する。

（51）Ossar　コナーラの愛犬の名。

（52）Dothrai（Dothra）　館を貫流するドダー川（River Doddor）。ウィックロー山系（Wicklow Mountains）からダブリンへと流れる川で、リフィー川の最も大きな支流。図2。

（53）Thuind Chlidna（Tonn Chliodna）　*thuind*（*tonn*）は「波」の意。アイルランド南のコーク州（Co. Cork）グランドア（Glandore）の岸に寄せる伝説的な波。

（54）Thuind Essa Rúaid　アイルランド北西のドニゴール州（Co. Donegal）バリシャノン（Ballyshannon）に寄せる波。
（55）*lethgabra*　*leth*（半）と *gabra*（馬）の合成語。
（56）Badb　badb は「戦いの女神」の意だが、badbda で「死」や「運命」の形容詞となる。ここでは「死者たちの部屋」としてみた。
（57）súanemain a n-airlig ar a mbraigti　「首には綱が結わかれている」これは命運が尽きたことを意味する。ホメロスの『オデュッセイア』（第十二歌）では、イタケに帰還したオデュッセウスが、妻に結婚を迫る若者たちを睨んで「破滅の綱は結わえ付けられているのだぞ」と言う場面がある。また、「ソロモンと悪魔の対話」では悪魔が「ソロモン王よ、教えてくれ。運の尽きた者の四本の綱とは何なのだ」と問うと、ソロモンは「成就された命運だ、それが運の尽きた者の四本の綱である」と言った。（John M. Kemble, trans. *The dialogue of Salomon and Saturnus* (London : The Ælfric Society, 1848) p. 164.）
（58）「モイテューラの第二の戦い」注（48）を参照。
（59）Luin Celtchair　*lúin*「槍」の意。初期アイルランド文学に登場するケルトハール所有の名槍。血の渇望を消すためには黒い液あるいは毒の入った大釜に時折浸さなければならなかった。そうしないと、槍の軸が火を吹いてしまうのである。
（60）Fer Fálga　「マン島の人たち」の意。アイルランドの東に位置する不思議な島で、長いぼさぼさの毛をはやしたファルガがアイルランドの英雄たちを脅かした。
（61）Femen フェヴェン　ティペラリー州（Co. Tipperary）のキャシェル（Cashel）からクロンメル（Clonmel）に広がる原野で、近くのシュリーヴナモン山（Sliab na mBan シュリアヴナヴァン）の東肩に妖精の宮があり、アイルランドの神話・伝説の中でよく知られた場所である。図1。

（62） druid（druí） ドルイド、魔術師、詩人を意味するが、ここでは妖術師と考えたい。

（63） Crích Cúaland（Cualu） クルー（リフィー川の南、ウィックロー州北部の地域）図1。

（64） Banna バン川（River Bann） 北アイルランドの南東から流れ、ネイ湖（Lough Neagh）に注ぐ。図1。

（65） Berba バロー川（River Barrow） シュール川、ノア川とともに三姉妹といわれている。一番長いのがバロー川である。水源はリーシュ州（Co. Laois）のシュリーヴ・ブルーム山系（Slieve Bloom Mountains）である。図1。

（66） Neim ブラックウォーター川（River Blackwater） ケリー州（Co. Kerry）のマラガレアク山系（Mullaghareirk Mountains）から東のコーク州とウォーターフォード州（Co. Waterford）を流れ、ヨール湾（Youghal Bay）に流れ出る。図1。

（67） Luae リー川（River Lee） コーク州のシーヒー山系（Shehy Mountains）からコーク港に流れる。図1。

（68） Láigdae バンドン川（Bandon River） コーク州のノーウェン丘陵（Nowen Hill）から東のダンマンウェイ（Dunmanway）の町、バンドン市を流れてキンセール港（Kinsale Harbour）に注ぐ。図1。

（69） Sínand シャノン川（River Shannon） アイルランドで最も長い川。アイルランドの西と東と南を分けている。水源はキャヴァン州（Co. Cavan）のシャノン・ポット（Shannon Pot）でリムリック州（Co. Limerick）の河口から大西洋に注ぐ。図1。

（70） Siúr シュール川（River Suir） ウォーターフォード州のウォーターフォード市から大西洋に流れ出る。図1。

（71） Slicech スライゴー川（Sligo River） スライゴー州（Co. Sligo）のギル湖（Lough Gill）からスライゴー

の町を通ってスライゴー湾に注ぐ川であるが、正式にはガーヴォグ川（Garvogue River）とよばれる。図1。
（72）Samair　アーン川（River Erne）キャヴァン州から流れてファーマナー州（Co. Fermanagh）を通り、バリシャノンへ流れ出る。図1。
（73）Find　フィン川（River Finn）ドニゴール州のフィン湖（Lough Finn）に発して東に流れ、モーン川（River Mourne）と合流してフォイル川（River Foyle）となる。図1。
（74）Ruirthec　リフィー川（River Liffey）ウィックローのボッグ（湿原）に源を発し、ダブリンを貫流してダブリン湾に注ぐ。図2。
（75）Sláne　スレイニー川（River Slaney）ウィックローから南のウェクスフォード（Wexford）の港へ流れる。図1。
（76）古期アイルランド語のLoch がアイルランド英語Lough になった。Lough はさまざまな水域を総称する語であり、湖（lake）、峡湾（fjord）、河口（estuary）、入江・入海（bay, sea inlet）などを指す。
（77）Loch Dergderc　デルグ湖（Lough Derg）「赤い目の湖」の意。岸辺は南西のクレア州（Co.Clare）、北西のゴールウェイ州（Co. Galway）、ティペラリー州（Co. Tipperary）の東に接している。図1。
（78）Loch Luimnig　リムリック州の州都リムリックを流れるシャノン川の河口。図1。
（79）Loch Rí[b]　リー湖（Lough Ree）アイルランドの中央部にあり、シャノン川沿いの湖では三番目に大きい。図1。
（80）Loch Febail　フォイル河口（Lough Foyle）北岸のフォイル川の河口で、ドニゴール州（アイルランド）とデリー州（北アイルランド）との境界をなす。図1。
（81）Loch Mesca　マスク湖（Lough Mask）メイオー州（Co. Mayo）の南部に位置し、ゴールウェイ州のコリブ湖の北に位置する。図1。

（82）Loch m-Erbsen　コリブ湖（Lough Coribb）ゴールウェイ州（Co. Galway）に浮かぶ湖で、マスク湖の南に位置する。図1。

（83）Loch Láig　ベルファーストの入海（Belfast Lough）アントリム州の南端に位置する。図1。

（84）Loch Cúan　ストラングフォードの入海（Strangford Lough）北アイルランドのダウン州（Co. Down）にある大きな入江。図1。

（85）Loch n-Echach　ネイ湖（Lough Neagh）大きな湖で、アントリム、ダウン（Down）、アーマー（Armagh）、ティローン（Tyrone）、デリー（Co. Derry）の五つの州に囲まれている。図1。

（86）Mórloch　ロングフォード州レイネスボロー（Lanesborough）寄りのリー湖（Lough Ree）はこのように呼ばれたといわれる。図1。

（87）Mag Ái　Magh Ái　ロスコモン州に広がる原野。ここにウアラーン・ガラ（Uarán nGarad）の流れがある。

（88）Mag Bréngair　不詳。

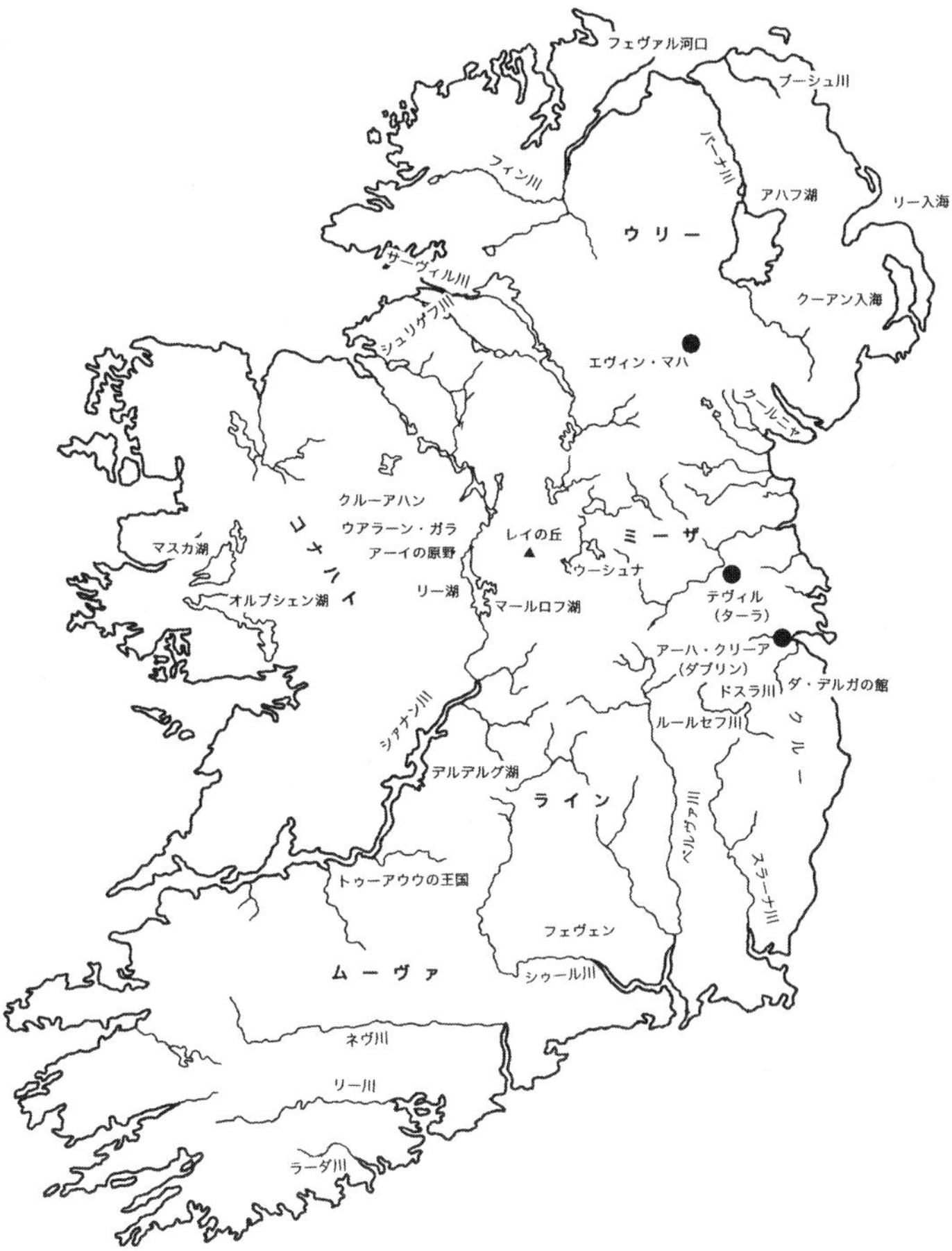

図１　マッケーフトが歩き回った水辺

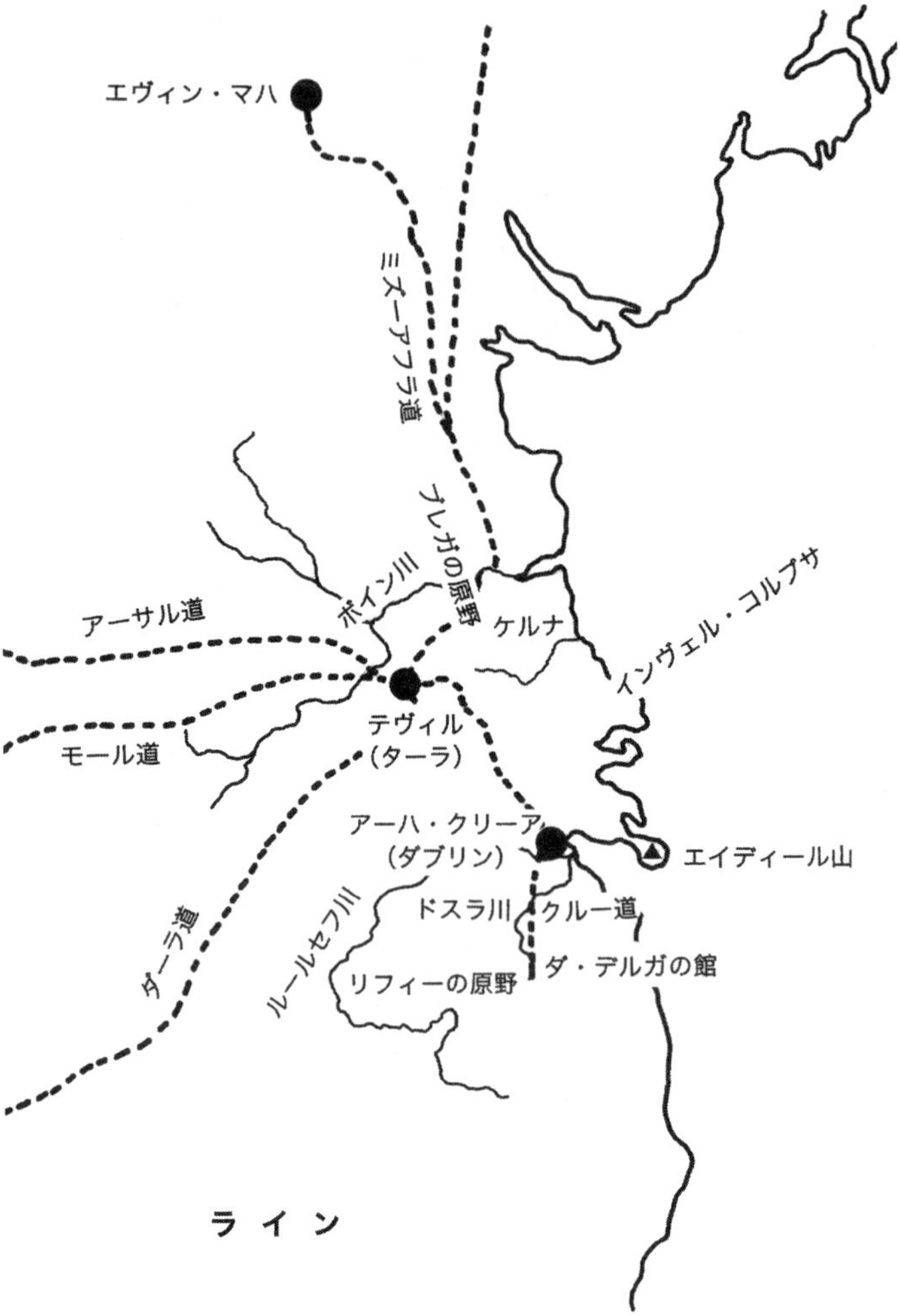

エヴィン・マハ
ミズーアフラ道
ブレガの原野
ボイン川
アーサル道
ケルナ
インヴェル・コルプサ
テヴィル
(ターラ)
モール道
アーハ・クリーア
(ダブリン)
エイディール山
ドスラ川
クルー道
ルールセフ川
ダ・デルガの館
リフィーの原野
ターラ道
ラ イ ン

図2　テヴィルと五街道

解説

松村賢一

I 解題

本翻訳のテクストはWhitley Stokes, ed. and trans., "Togail Bruidne Dá Derga / The Destruction of Da Derga's Hostel", *Revue Celtique*, XXII：1901–XXIII：1902（Paris：Libraire Émile Bouillon）ならびにEleanor Knott, ed., *Togail Bruidne Da Derga* (Dublin：The Dublin Institute for Advanced Studies, 1936) を底本としている。

ホウィットリー・ストークス編に使用された校訂本について

LU. *Lebor na hUidre*（The Book of the Dun） 一一世紀末、もしくは一二世紀初頭に成った手稿で、ロイヤル・アイリッシュ・アカデミー所蔵。物語の〈始まり〉の部分が欠如。最初の語は "airiut. Nate em ol sesseom"（MS 83^{a}, Stokes：§21）

YBL. *The Yellow Book of Lecan* 一五世紀頃に成る。ダブリン大学所蔵。九一―一〇四頁。*LU*よりもかなり新しいが、ある程度古期アイルランド語を残している。

YBL.^{2} 物語の始まりを含む断片的なページ（432, 433）が見られる。後の手になるものだが、スペリングの誤りが多い。

H.　H. 2. 17（現在は1319）　一五世紀頃に成る。ダブリン大学所蔵。四七七頁に物語の三つの断片を含む。（§15, §39；§62, §92；§101, §111）

F.　*The Book of Fermoy.*　一五世紀頃に成る。羊皮紙。ロイヤル・アイリッシュ・アカデミー所蔵。二一三—二一六頁に物語の二つの断片を含む。

S.　The Stowe MS. 992（現在はD. 4. 2）　一三〇〇年頃に成る。ロイヤル・アイリッシュ・アカデミー収蔵。fo. 85^{a}-90^{a}2 に物語の三つの断片（§126–§133, §161）を含む。

Eg.　Egerton 1782（MS）　大英博物館所蔵。

Eg.^{1}　Egerton 92　一四五三年に成る。大英博物館所蔵。物語の二つの断片（§54；§72, §100）を含む。

エレナー・ノット編に使用された校訂本は基本的にYBLである。これに基づいた英訳がJeffrey Gantz, *Early Irish Myths and Sagas*（Penguin Classics, 1981）に収められている。

初期アイルランド文学の源は多くが口承の物語であり、文字文化が興隆した中世以降において書き写され、さまざまな手稿が、断片的であれ、今に残っている。『ダ・デルガの館の破壊』は首尾一貫した一点の手稿で成り立っているわけではない。ケルト学者ホイットリー・ストークスは中世アイルランド語による八点の手稿を精究し、主に『レカンの黄書』（*The Yellow Book of Lecan*）と『灰褐色の書』（*Lebor na hUidre*）に基づいて『ダ・デルガの館の破壊』を編み、詳しい付注とともに英訳付きで『レヴュ・セルティーク』誌に掲載した。この決定稿からおよそ三〇年後にエレナー・ノットの『ダ・デルガの館の破壊』が Mediaeval and Modern Irish Series の第八巻として刊行された。これは主に『レカンの黄書』に基づき、注と語彙解説を付したものである。

Ⅱ 解説

初期アイルランド文学は一般的にアルスター説話群、フェニアン説話群（あるいはオシアン説話群）、神話・伝説群、王の説話群（あるいは歴史説話群）など、物語のモチーフと内容によって物語群として分類されている。時にはひとつの物語が別の説話群に入ることもあり、必ずしも厳密な枠を形成しているわけではない。さらに、夢・幻の物語、冒険譚、航海譚といった別のジャンルが形成されている。『ダ・デルガの館の破壊』（*Togail Bruidne Da Derga*）の成立は古く、ウリー（Ulaid アルスター地方）の王と戦士を中心に織りなすアルスター説話群に属してはいるが、その主な舞台はライン（Laigin レンスター地方）である。アルスター説話群の中で英雄クーフリンの物語としてひときわ光を放つ『クーリーの牛捕り』（*Táin Bó Cualnge*）があるが、『ダ・デルガの館の破壊』はこれに次いで長く、アイルランドの上王コナーラ（Conaire Mór）の誕生と運命と死が異界の気配を濃厚に帯びながら幻想的に展開する物語である。

語り

『ダ・デルガの館の破壊』は「エイリューには名高いエーヒー・フェーレフという高潔な王がいた」という他のサガの冒頭にもみられるような語り口で始まる。これは頭韻を用いてリズムの整った形容語句によって早口で語られるラン（run）という定型文句で、中世のサガにおいて冒頭と結末、戦いの場面、船出や航行、宴の模様などの口上に頻出する。『ダ・デルガの館の破壊』に用いられた頭韻や韻律は物語の荘重な雰囲気を醸し出している。

時代や場所を異にするさまざまな英雄がめまぐるしく登場するので興味をそそるのだが、種々の校訂本によってテクストが編集されているためか、辻褄の合わないことも出てくる。例えば、数である。七人の戦士と言いながら、九人の名が挙げられている。これはストーリーテリングの手法のひとつと解することもできようが、その部分の手稿が失われているか、脱落していた可能性も考えられる。

王国の形成と里子兄弟

中世のアイルランドは、ウェールズやスコットランド、ブルターニュのケルトと同じように、国家を形成していなかった。五つの王国が存在し、それぞれ戦士を基盤として貴族社会をつくっていた。五人の上王がそれぞれ五つの王国に君臨し、上王の下に領主のような諸王侯がいくつかの領地を治め、そして各王の下に一領地を治める小王がいた。このように、それぞれ上王を頂点としたピラミッド型のヒエラルキーが形成されていた。

小王の下は上級貴族、下級貴族、非貴族の自由民、非自由民という階層になっていた。自由民は主に土地所有者であるが、武器を造る職人や呪術をなす者もこの階層に入る。非自由民は拘束された身で、精神的圧迫をうけた特別な庇護のない階層であり、武器の所有が許されなかった。彼らは財産のない小作人や労働者や下級の職人などである。自由民と王との間には基本的な同意に基づいた主従の関係が保たれていた。つまり臣下が王から資本を借り受け、利子をもって返済したり、戦にすすんで出向き、公共の場では従者として仕えたのである。一方、王は臣下の利害、特に法的な利害の面倒をみたり、困ったときには擁護するという賠償制度によって保護されていた。そして臣下の数が王の勢力を左右していた。

中世アイルランドの法と制度に関しては膨大な法律文書が残っているが、とりわけ世俗法によって社会の最小単位がトゥアとよばれるものである。こうした社会構造をかなり知ることができる。

なかでも里子制度は注目すべき社会制度で、あらゆるケルト社会で実施されていた。アイルランドの法では一四歳以下の男女は何ら法的責任を負うことがなく、また訴訟を起こす権利をもっていなかった。こうした子どもたちが一定期間、里親に預けられて養育されるのが里子制度である。アイルランドにおける里子養育の開始は一歳で、終了は男子が一七歳、女子が一四歳（必要に応じて一七歳まで のばすことができた）であるが、いずれも結婚適齢期と考えられていた。費用については厚意（無料）と有料の二つの形態があり、有料の場合は女子の養育費の方が高かった。ときには土地の譲渡によることもあったが、たいていの場合は数頭の牛によって支払われた。里子期間はあらゆることで実子のように扱われ、年齢にあった教育がほどこされた。また子供が何らかの行為で罰金が科せられた場合は里親が一切の責任を負うことになっていたため、契約は両親と里親との間で慎重に取り交わされた。里子期間の終了にあたり、里親は里子に階級や境遇に応じて餞別を贈る習わしがあった。また里親が晩年に貧窮に陥り、生計を支える実子がいなかった場合、また里子契約の責務を滞りなく果たしていた場合、里子に扶養を要求する権利があった。両親も保護者もいない子供はトゥアの費用で里子教育を受けた。

小王はたいていの場合、子供を彼に次ぐ地位にある者に里子に出したが、しばしば同等の小王を選んだ。ときには小王は大人数の里子を抱えた。マンスター王国では同時に四〇人の男子を里子に持った小王の記録が残っている。王や小王の子供を里子にしたいという要望があとを絶たず、これに応えるために時には二、三組の里親のもとで順次養育された。このように数カ所で里子養育を受けることは高貴な者の印と考えられていた。

子供は家の階級に応じて教育された。小作人の娘は穀物のふるい分けや粉のこね方、針仕事などを里親から教わり、息子は穀物の乾燥の仕方や麦芽の調製などのほか、家畜の飼育法を学んだ。上の階級の娘は縫い物、裁断、刺繍などを教わり、息子はチェスや泳法、乗馬、剣と槍の使い方を学んだ。

下級貴族の息子は上級貴族や小王のもとに送られて養育され、戦術の訓練を受け、貴族の道義を身につけた。それは忠誠の証として下の者がその主人に人質として息子を預けるようなものであったようである。その結果、里親と里子の絆が結ばれ、とりわけ里子兄弟は何ものも侵し難い、堅い絆で結ばれていた。里親や里子兄弟の命を救うためなら自ら命を投げ出すほどの絆であった。『クーリーの牛捕り』でフェル・ディアとクーフリンのように互いに敵として一騎打ちを余儀なくされ、殺し合わなければならない里子兄弟の忌まわしい運命はまさに悲劇的な場面を創り出す。また、サミュエル・ファーガソンの叙事詩『コンガル』には六三七年のモイラの合戦が描かれているが、アルスターの上王ドヴナルが戦を交える相手はダール・アリー（現在のアントリム州南部とダウン州北部の地域にあたる）を治める小王コンガル・クリーンという彼のかつての里子であった。戦いがくりひろげられる中で、いまや許されぬ反乱者コンガル（コンイーアル）の無事をひたすら気遣う王の姿は痛ましい。

『ダ・デルガの館の破壊』では、コナーラと共に養育されたドン・デーサの息子たちの里子兄弟たちが、館の襲撃を前にして略奪者の首領インゲールに止めるようひたすら忠言する場面が続くが、里子兄弟の絆が沸点に達した感がある。

王とその治世

コナーラ王についてはいくつかの年代記に現れているが、遥か古の伝説的な王のためか、在位の年代がそれぞれかなり異なっている。一七世紀に編纂された『アイルランド王国年代記』（*Annála Ríoghachta Éireann*）（四人の編纂者にちなんで『四師の年代記』*Annála na gCeithre Máistrí* とも呼ばれる）によると、コナーラ・モールは紀元前一一〇年から四〇年までアイルランドの上王であったとされている。「エディルスゲールの息子コナーラは、七〇年間のアイルランド統治後、ダ・デルガの館で殺害された」とあり、さらに「コナーラの治世にあって、海は年ごとに沢山の魚をインヴェール・コルブサの岸辺にもたらし、ボイン川の流域はあまたの木の実に恵まれた。大いなる泰平と平穏が王国にいきわたり、牛は気ままに草を食み、たわむれた。春の半ばから秋の半ばにかけて、牛の尾を揺り動かすほどの風が吹くこともなかった。豊かな果実が枝もたわわに実った。」と記されている。これは『ダ・デルガの館の破壊』に基づいて編纂者が書き加えたことが考えられる。このように自然や社会、正義を抽象的に表現することにより、治世のいやさかを鮮明に伝えることが様式化したのである。平和や世の安定、恵まれた天候、豊穣、ならびに真の統治を語る場面は初期アイルランド文学に多く見られる。それは舒明天皇の国見の歌、「大和には　群山あれど　とりよろふ　天の香具山　登り立ち　國見をすれば　國原は　煙立ち立つ　海原は　鷗立ち立つ　うまし國そ　蜻蛉島　大和の國は」（万葉集　巻一　第二歌）が喚起する風景にも通じるものがある。

誕生と王位継承の儀式

『ダ・デルガの館の破壊』は神話・伝説群に属する『エイディーンの求婚』の華麗な三番目の話から始まり、それからコナーラ王の出自が語られる。エイディーンは妖精の王ミヤールの妻だったが、人間に生まれ変わってタープの王、ヨーハ・アレムの妻になった。だが、彼女はミヤールのところに戻った。彼女の娘の娘である同名のエイディーンは人間で、タープの王エディルスゲールと結婚した。間もなくコナーラを産んだが、エイディーンは王と結婚する前にすでに身ごもっていたのである。鳥が小屋の天辺の隙間から降りてきてエイディーンと交わり、「お前はわが息子を産むだろう、その息子は鳥を殺してはならない、そしてその子をコナーラと名付けよ」と告げてその場を去る。のっけからヒエロガミー、鳥のトーテミズムを彷彿とさせるコナーラの誕生だが、自然と超自然、人間と動物の境界に跨がるこの懐妊の秘密は民に洩れることはなく、人間と神々の世界の仲介者としての神秘的な性質を帯びる聖なる王権の誕生を暗示している。

やがてエディルスゲール王が世を去り、王位継承者を決める「牡牛の宴」（*tairbfeis*）とよばれる託宣の儀式が行われる。ドルイドが、牡牛の肉と肉汁をたらふく食べて寝た男に呪文を唱え、眠りの中に現れた者が王位を継承するという儀式である。牡牛は古代の王権儀礼において聖を表象し、大釜で煮た肉汁（血）とともに真を予言するものとされた。それはさながら古代ギリシアにおいてアカイアの女祭司が牡牛の血を飲んで身の清浄を証し、それから予言の洞穴の中へ、はるか地底の神域へと下り立つ光景（パウサニアス『ギリシア記』巻七）を彷彿させる。
「牡牛の宴」が執り行われ、リフィーの野で二輪戦車に興じていたコナーラはターラに呼び戻される。途中アーハクリーア（ダブリン）付近で大きな鳥の群に出会うと、鳥人の長が若いコナーラに、「牡牛の宴」で眠りの中に現れたように投石器をもって裸でターラに行くように告げる。コナーラがターラに着くと、まだ髭のない年若の王を見た民は託宣に疑いをいだく。髭も生えていない男は青二才で一人前には扱われなかったからである。これに対してコナーラは王の世襲権を主張した。そしてその道義をわきまえた賢明な言葉はターラの民を魅了し、民は歓声をあげてコナーラを王として迎える。こうしてストーリーテラーは声の通路の堰を切るかのように王権への道筋を語るのである。

コナーラ王の誕生に際して、鳥人はゲッシュ（*geis*）をコナーラに言い渡す。ゲッシュ（複数形はゲッサ、*gessa*）とは禁忌（タブー）を意味し、それは同時に命を遵守しなければならない、いわば誓約である。ゲッシュはこの他に「禁止」「命令」「要求」「呪文」などの意味がある。初期アイルランド文学では『ウシュナの息子たちの逃亡』（*Longas mac nUislenn*）や『ディアミッドとグラーニャの逃亡』（*Tóraigheacht Dhiarmada agus Ghráinne*）のように、英雄たちがゲッシュによって翻弄され、悲劇的な運命を辿る物語が多い。『ダ・デルガの館の破壊』では八つのゲッサをかかえるコナーラが、ひとつひとつのゲッシュを破ることで凶兆を孕んでいく。

運命の館

コナーラの一行がマンスター北部のトーモンドに出かけ、禁止されている二人の臣下の争いを仲裁してターラに戻ろうとするが、ターラの宮を九夜にわたって離れてはならないというゲッシュをすでに破り、帰途ウシュナから進行し、ターラを右手に、ブレガの野を左手に見て進むことでゲッシュに背き、宮に帰還できず、ターラから南に走る街道へと進むうちに日が暮れてくる。そして街道沿いのダ・デルガの館へ向かって南下する。道中、赤い装束をまとった騎馬の三人が前方を行き、コナーラはどうやってもこれを追い越すことができず、「赤い館に向かうとき、三人の赤い者たちを先に行かせてはならない」というゲッシュが破られる。「あらゆるゲッサが今夜われに降りかかった」とコナーラは悲痛の声をあげる。その上、コナーラは焼け焦げの豚を背負った一眼一足一手の男、その背後で、口が顔の横にあり、髪の毛を足まで垂らした女に出会い、たちまち怪異な気配があたりに漂う。

ダ・デルガ（Da Derga）は「赤い神」の意で、館（*bruiden*）は主に高位の者が宿泊する迎賓館ともいうべき宴の館である。それは戦士たちが死後に赴くオーディンの宮殿ヴァルハラ（『エッダ』）のような神秘的な館に似たものだろうか。あるいは広い中庭のある立派な宿泊所、キャラバンサラ（ヘロトドス『歴史』巻五、五二節）のような構造も連想できなくはない。その昔、アイルランドにはこのような館が北と西と南にのびる五街道の三箇所にあったといわれている。この物語の舞台となるダ・デルガの館はアーハクリーアの南あたりに位置すると考えられるが、川が館を貫流しているという異様な光景である。入口が七箇所、各入口の間には七つの大きな部屋があり、入口の扉は一枚のみで風によって別の入口へ動くという不思議な構造をした館である。この館は四九室からなる円形の造りで、屋根から吊るされた一枚の扉が風に吹かれてそれぞれ七つの入口に風見のように移動すると考えたらよいのだろうか。ダ・デルガの館は幻想的でまさに異界の風景の中にあるため、おぼろな輪郭しか見えてこない。

コナーラの一行がこの館に入ったあと、各部屋の明かりが外に洩れることによって、「日没後、中から外の火の明かりが見え、また外から中の火の明かりが見える建物に宿泊してはならない」とうゲッシュが破られる。さらに、見るも恐ろしい老婆が戸口に現れ、これを館の中に入れることにより、「日没後、連れのない男あるいは女の来客を住居の中に入れてはならない」というゲッシュが破られる。やがて、アイルランドから追放されたコナーラの三人の里子兄弟とブリテンの王の息子インゲールが率いる五千人からなる匪賊がベン・エイディール（エイディール山）の岬（図2）から上陸し、大地にとぐろを巻くレヴィアタン（ここでは北欧神話のミズカルズの大蛇に類似が見られる）のように館を激しく揺らす。その衝撃でダ・デルガの館の部屋に立て掛けてあった槍や楯が棚から外れ、武器は悲鳴をあげて床に倒れる。

館の七つの入口の外にはそれぞれ一七台の二輪戦車が止めてある。館の中にいる者については何も知らないインゲール、そして周知している里子兄弟の一人フェル・ロガンの二人が偵察に行き、車輪の隙間から明かりの洩れる部屋を覗く。インゲールが問うと、フェル・ロガンが答える。ここでは偵察という形になっているが、いわば物見の手法（τειχοσκοπία）とよく似ている。これはストーリーテラーが話を視覚化して聞く人たちを惹き付けるための手法である。ただし、インゲールとフェル・ロガンの偵察は、フィルムがスライドしていくように、延々と部屋から部屋へと移動するが、そこにはこの物語に特有の要素が組み入れられている。すなわち、フェル・ロガンは次々とクローズアップされる人物が誰であるかを明らかにするだけでなく、これからの戦いで道化も含めて戦士たちがどのようなことになるのかをも予言的に逐次映していくのである。このように戦の模様が事細かに語られるので、いざ急襲が始まっても、語ることがほとんど残されていないために大詰を迎えるのも早い。

　匪賊たちの陣営に加わっていたドルイドはコナーラに喉が乾く魔法をかけ、エイリューの川や湖から水を消し去った。臣下のマックケフトが水を探しに陣を抜け出てようやく泉の水を手にして夜明け前に持ち帰ると、時既に遅くコナーラの首が刎ねられていた。マックケフトがコナーラ王の喉に水を注ぐと、「マックケフトはりっぱな男だ、マックケフトは勇敢な男だ、彼は王に水をあげ、貴い戦士のつとめをはたす。」と王の口から声が発せられる。こうしてコナーラ王は悲壮な最期を遂げるのである。

　名君コナーラ・モールがゲッシュに翻弄される『ダ・デルガの館の破壊』は、異界と現実味を帯びた世界が交じり合い、王権をめぐって運命の主題が語られている。

サミュエル・ファーガソンは『ダ・デルガの館の破壊』を素材に『コナリー』（*Conary*, 1880）という長詩を書いている。ファーガソンは中世アイルランドの物語を素材にして英語で詩や劇を書いたが、当時の伝統的なイギリス文学偏重のアイルランドにおいてはそれほど注目されることはなかった。この傾向は、ダブリンでケルト文学について講義してもアイルランド人は興味を持たないだろう、というマシュー・アーノルドの見方にも現れている。しかし、装飾を排した力強い詩行が漲る『コナリー』はW・B・イェイツの詩作に大きな影響を与えた。とりわけファーガソンの物語詩がそなえたケルトの主題と構成と詩魂はイェイツの詩作や劇作の足場ともなり、アイルランド文芸復興運動を推進していく原動力にもなったのである。

また、ジェイムズ・ジョイスの短篇「死者たち」（'The Dead', 1914）には『ダ・デルガの館の破壊』の構成要素がそこかしこに織りなされている。

「コンロイさん、まだ雪が降っていますの？」とリリーがきいた。

彼女は彼を食器室につれていって、外套をぬぐのに手をかしていた。ゲイブリエルは彼女が自分の苗字を呼ぶ三音節にほほえみながら、彼女をちらと見た。

これは「死者たち」の主人公、ゲイブリエル・コンロイが妻のグレタと一緒に叔母のモーカン家の舞踏会にやって来た冒頭の場面である。管理人の娘リリーがConroyをフラットなダブリン・アクセントで発音したために三音節になったのかどうかは別にして、英語の／n／の音をそのままゆっくりと発音してカタカナ表記にすると「コナロイ」という三音節になる。このようにジョイスは「死者たち」の冒頭から主人公コンロイとコナーラを結びつけている。

ゲイブリエル・コンロイは自宅があるモンクスタウンを出発し、ドダー川の流れに架かるボールズブリッジ（このあたりでダ・デルガの館が破壊された時の遺跡が発見されたともいわれる）を渡り、カスタムハウスとトリニティ大学の間を結ぶタ一ラ・ストリートを右手に見て通り、宴が催されるリフィー川沿いのアッシャーズ・アイランドに到着する。ゲイブリエルがランサーズ（the *lancers*）の踊りで一緒に組んだアイヴァーズ嬢に、「あなたに文句をつけたいことがあるの」（I have a *crow* to pluck with you.）と言われ、挙げ句に「イギリスびいき！」（West Briton !）と罵しられる。晩餐では上座に着席したゲイブリエルがフォークをしっかりと鵞鳥に突き刺して、肉切りナイフで切り分ける。飲んだくれのフレディー・マリンズがこの宴に道化のように生気を吹き込み、彼が翌週無料で宿泊することになっているウォーターフォードの修道院や棺の中で眠る修道僧たちのことが話題になる。そして朝まだき、宴が終わり、ゲイブリエルとグレタはモンクスタウンには帰らず、馬車をトリニティ大学へ飛ばし（make like a *bird* for Trinity College）、それからグレシャムホテルへ向かい、そこで宿泊する。

グレシャムホテルの佇まいはどこかダ・デルガの館を連想させるところがある。数多くの貴賓が宿泊するこの高級ホテルはサックヴィル・ストリート（現オコンネル・ストリート）に面し、重厚感のある窓が通りに沿って並んでいる。この夜は停電中で、ポーターがロウソクをもってくるが、明かりが外に洩れてはいけないことを意識してか、それを断って室内を暗くしておく。やがてグレタの過去の哀話がゲイブリエルを不意にとらえる。ゴールウェイのガス工場（*gasworks*）で働くマイケル・フューリーはグレタのボーイフレンドで、グレタがダブリンの女子修道院へ発つ前夜に病を押してやってきて、明かりの洩れる部屋の窓に砂利を投げ、雨に濡れながら庭に立っていた。それは今生の別れであった。彼がその一週間後に死んだことをグレタから聞き、ゲイブリエルは深い思いにとらわれて窓辺に佇み、墓に降りしきる雪を想い、死者たちが眠る西へ行く時がきたことを悟り、ひそやかに降りかかる雪の音を耳にしながらやがて意識を失っていく。

ゲイブリエル・コンロイは宴のスピーチで、時代を俯瞰し、新しい観念や主義に動かされた新しい世代が成長しつつあるが、雄大な古い時代に誇りと愛情をもちたいと述べる。これは取りも直さず、グレゴリー夫人の『神々と戦士たち』（*Gods and Fighting Men*, 1904）に寄せたイェイツの序文に符合し、かつての文学がどれほど民族に活力を与えたかを示唆している。

もっとも、ジョイスはダグラス・ハイドがアイルランド文芸協会の設立に際して行った講演「アイルランドの脱英国化の必要性」（'The Necessity for De-Anglicising Ireland', 1892）で主張したゲール語の復興やイェイツ、グレゴリー夫人、シングらのアイルランド国民文芸劇場には批判的で、それをしたためたエッセイ「喧騒の時代」（'The Day of the Rabblement', 1901）を、出版にあたって紆余曲折があったものの、八五部印刷して配った。この頃、ジョイスの目はすでにヨーロッパに向いていたのである。

「死者たち」でランサーズを踊りながら民族主義丸出しのアイヴァーズに、「アイルランド語はぼくの国語じゃありません」とゲイブリエルが答える場面がある。言語をめぐるジョイスの姿勢は『若い芸術家の肖像』（*A Portrait of the Artist as a Young Man*, 1916）にも反映されている。「ぼくたちがいま口にしている言葉は、ぼくのものである前に、この男のものなんだ。ホウム、クライスト、エイル、マースター、こういった言葉はこの男の口から出るのと、ぼくの口から出るのとでは、何という違いだろう！　こうした言葉を口にしたり書いたりするとき、ぼくはいつも心に不安を感じてしまう。この男の国語は、とても馴染み深いものなのに、そのくせ何ともよそよそしいものであって、つまるところ、ぼくにとってはいつまで経っても習い覚えた言葉たるにとどまっているのだ。こうした言葉をぼくはつくったわけじゃないし、自分のものとして受け入れたわけでもない。それを口にするぼくの声はいつもこわばってしまう。ぼくの魂はこの男の国語のかげに覆われて苛立つのだ。」（大澤正佳訳『若い芸術家の肖像』岩波文庫、三五一―三五二頁）。

ジョン・V・ケレハーは「ジェイムズ・ジョイスの『死者たち』におけるアイルランドの歴史と神話」（John V. Kelleher, 'Irish History and Mythology in James Joyce's "The Dead"', *The Review of Politics* Vol. 27, 1965）の中で、「死者たち」と『ダ・デルガの館の破壊』の相関性を巧みに論じているが、ポール・マルドゥーンはこの特質をさらに古今のアイルランド文学の地平に広げ、『じゃ、こっちはアイルランドへ』（Paul Muldoon, *To Ireland, I,* Oxford : Oxford University Press, 2000）において、多くのアイルランドの文人たちと作品を取り上げ、「死者たち」の視角によって入念に論じている。

Ⅲ　参考文献

Best, R. I. and Osborn Bergin, eds. *Lebor na Huidre*. Dublin : Royal Irish Academy, 1929.

Byrne, John Francis. *Irish Kings and High-Kings*. New York : St. Martin's Press, 1973.

Cross, Tom Peet and Clark Harris Sover, eds. *Ancient Irish Tales*. New York : Henry Holt and Company, 1936.

Carney, James. *Studies in Irish Literature and History*. Dublin : Dublin Institute for Advanced Studies, 1979.

Ferguson, Samuel. "Conary", *Poems*. Dublin : William McGee, 1880.

McCone, Kim. *Pagan Past and Christian Present in Early Irish Literature*. Maynooth : National University of Ireland, Maynooth, 2000.

O'Curry, Eugene. *On the Manners and Customs of the Ancient Irish*. III Volumes. London : Williams and Norgate, 1873.

O'Rahilly, Thomas F. *Early Irish History and Mythology*. Dublin : Dublin Institute for Advanced Studies, 1976.

Dictionary of the Irish Language based mainly on Old and Middle Irish materials (Dublin : Royal Irish Academy, 1913-76).

eDIL (electronic Dictionary of the Irish Language : a digital edition of the complete contents of the Royal Irish Academy's *Dictionary of the Irish Language based mainly on Old and Middle Irish materials*).www.dil.ie/

付記　図1および図2は Cross and Sover, eds., *Ancient Irish Tales* と R. A. S. Macalister, *Tara : A Pagan Sanctuary of Ancient Ireland* (London : Charles Scribner's and Sons, 1931）に基づいて作成した。

第二章　『タリエシンの詩』

ブロホヴァイルの息子、キナン・ガルウィンに献じる

I

戦いの守護者キナンが、わたしに贈物を賜わった。
彼を讃えるのは詩人の務め、わたしの邸宅は財宝であふれている。
銀の馬飾りをつけた、いずれ劣らぬ駿馬が百頭、
同じ仕立ての紫色の上着が百着、
膝上を締める止め帯が百本、襟飾りが五十個。
比類なき石鞘入りの、黄褐色のつかの剣も、
憎悪することなき、キナンから与えられたもの。
カデル一族の、無敵の大群が、
ワイ川のほとりで猛攻撃し、槍の雨を降らせた。
グウェントの人々を殺戮し、剣は血にまみれた。
壮大で見事なモンの戦いは、賛美詩で格別に知られている。

メナイ川を渡ると、あとはきわめてたやすかった。
ダヴェド丘陵の戦いでは、アイルゴルを敗走させた。
キナンの牛が他の囲いの中で見つかることはなかった。
広大な領地の支配者、ブロホヴァイルの息子は、
コーンウォール征服の野望の持ち主、相手の苦難をいささかも気にせず、
慈悲を求めて泣き叫ぶまで、情け容赦なく痛めつける。
わたしの安寧は、全軍の統率者キナンあってのもの。
その輝く光は、大かがり火のごとくあまねく照らし、
ブラヘンの国の戦いで、隊列は轟くばかりに進撃した。
哀れな首長どもが、キナンを前に恐れおののく。
戦闘の盾となる守護者、火を吐く巨大な龍。
キンゲンと違わぬ能力をもつ、広大な王国の統治者。
人々のうわさ話を耳にした。皆がひたすらほめたたえていた。
この世の果ての果てまで、すべてがキナンの掌中にあると。

Ⅱ

カトライス軍が夜明けとともに勢ぞろいした、
意気揚々と牛を奪う王のもとに。
彼こそは名高い統治者、イリエンその人。
王は首長たちを追い詰め、残らず斬り倒す。
戦いを好む威厳ある守護神は、まさにキリスト教国の王。
戦列を組んだピクト人を数多く殺した。
グエン・アストラードで、王は猛然と反撃した。
原野も森林もくまなく襲撃した。
波打つ大声をあげて迫り来る敵軍に対し、
王は民の守り手となった。
わたしは見た、戦列に立つすぐれた戦士が、
朝の戦闘の後、たたき切られた肉片に変わっているのを。
わたしは見た、国境での騒音の後、死者の山ができたのを。

戦士たちの大きな喜びの叫び声が聞こえた。
グエンの谷間を守る戦士たちの厚い人垣が見えた。
彼らは危険な苦労を背負い、疲れきっていた。
わたしは見た、浅瀬の入り口で血まみれになった戦士たちを。
彼らの武器は、白髪の王のそばに捨てられている。
憔悴のあまり敵は和平を求めていた。
浅瀬で胸に両手を組んで恐怖に震えていた。
首長たちはイドン川の豊饒な葡萄酒を大量に飲んだ。
さざ波が馬の尻尾を洗っていた。
わたしは見た、死んで見捨てられた戦士たちと
彼らの血に染まった衣服を。
おびただしい戦士が整然と隊列を組み、
王の指揮下で逃亡する者はいなかった。
レゲッドの王に立ち向かう人がいるのに驚く。
わたしは見た、セッヘ・ウェンで敵と戦うとき、
イリエンの周囲にすばらしい軍団ができたのを。

怒りをもって敵軍を追い散らすことが王の喜び。
戦士たちよ、艱難にあっても盾を放すではない、
イリエンに従う者は戦うさだめなのだから。

わたしが年老いて病み、
無情な死を迎えるまで、
イリエンをほめたたえなければ、
わたしに喜びはない。

Ⅲ

エヒウィズのイリエンは、キリスト教国で最も気前のよい人、
あなたはこの国の民に、たくさんの贈物を賜わる。
蓄えたものをすべて、惜しみなく分け与える。
あなたがこの世にあるかぎり、キリスト教国の詩人たちは喜ぶ。
名高い栄誉と財宝をもっているから、より大きな喜びがある。

イリエンとその子息が生きているから、より大きな栄光がある。
イリエンは統治者にして最高の君主、
遥かな地まで守りを固め、すばやく手を打つ英雄。
アングル人は彼のこととなれば、ありありと覚えている。
彼によって死がもたらされ、しばしば悲嘆にくれたから。
彼らの家屋敷は焼かれ、衣服は略奪された。
多大の損害をこうむり、ただならぬ苦難に陥った。
イリエン・レゲッドからは、いかなる救いも得ることはできない。
レゲッドの守護者、名高い君主、王国の錨《いかり》となる人。
あなたについて聞いたすべてのことを、わたしは喜ばしく思う。
戦さのことを聞き知ると、あなたの投槍は強烈になり、
決戦となれば、あなたは敵を総崩れさせる。
夜明け前エヒウィズの主君の前で、彼らの家屋敷は炎に包まれる。
エヒウィズは最もすばらしく、その民は最も気前のよい人たち。
アングル人は最も勇気ある王を前にして、援護する者がいない。
あなたは最も勇気ある末裔の中でも、とりわけ勇気がある。

これまでにも、またこれからも、あなたに勝る相手はいない。
あなたを見れば、恐怖が果てしなく広がる。
この荒々しき王のまわりにはいつも謙虚さがあり、
財宝もあり余るほどある。
北方の国の至高の王、王の中の王。

　わたしが年老いて病み、
　無情な死を迎えるまで、
　イリエンをほめたたえなければ、
　わたしに喜びはない。

Ⅳ

レゲッドの民と共におれば、わたしは安らぐ。
栄誉と歓迎の気分がみなぎり、潤沢な蜂蜜酒があり、
蜂蜜酒が潤沢にふるまわれ、歓喜の声があがる。

わたしにとって美まし国は財産になる。
大いなる財産に加え、黄金、さらにまた黄金。
黄金と贈り物と尊敬をわたしは受ける。
わたしの求めるものと与えてくれる人の願いが一致し、
わたしは安らぎを手に入れる。
彼は殺す、縛り首にする、育てる、分け与える。
彼は分け与える、育てる、先頭に立って殺す。
彼は特別の栄誉を王国の詩人に授与する。
たしかに、人々はあなたに頭を下げる。
あなたの望みどおり、それは、あなたのために神が定めたこと。
諸国の王たちが不安な声をあげる、あなたの突撃を恐れて。
戦いの扇動者、国の守り手、
国の守り手、戦いの扇動者。
あなたのまわりにはいつも、馬のひずめの鳴る音がする。
馬のひずめの音とビールのがぶ飲み、
がぶ飲みされるビールと快適な邸宅。

きれいな衣装がわたしに与えられた。
すばらしいスウィヴェニズとエイルヒのすべてのものが、
何もかも、大きなものも小さなものも調和して、
あなたに捧げるタリエシンの歌がみんなを楽しませる。
あなたは最高の人だ、その美徳のおかげで。
イリエン王よ、
わたしはあなたの手柄をほめたたえる。

　　わたしは年老いて病み、
　　無情な死を迎えるまで、
　　イリエンをほめたたえなければ、
　　わたしに喜びがない。

V

一年を通じて主君は、ワイン、ビール、蜂蜜酒をなみなみと注いでくれる、

それは武勇への、あふれるばかりの報い。
大勢の詩人たちが、焼き串のまわりに群がり、
頭飾りをつけ、立派な席を占めている。
宴の席からだれもが、勇ましく戦場へ向った。
駿馬にまたがり、マノウの戦いにのぞむために。
より豊かな富を求め、多数の戦利品を欲して。
百六十頭の、同じ色の子牛と雌牛、乳牛と雄牛、
さらにまた多くのすばらしい物を手に入れようと。
イリエンが命を落とせば、このわたしに喜びはない。
槍のうなりの恐ろしい場所へ赴く前は、人にやさしい男。
その白髪が血に染まり、棺台に載せられ帰還する、
頬は血まみれ、戦士たちは血に汚れる。
力強く勇猛な王、その妻が寡婦になってしまう。
戦いの騒ぎが始まる前のイリエンは、
真の君主、真の希望、支え手、妻との誓約者であった。
番人よ、戸口へ行って、あの轟く音が何なのか確かめよ、

大地が震えているのか、海が押し寄せてきているのか。
いや、あれは行進する兵たちの叫び声。
もし敵が手強いなら、イリエンが撃退するだろう、
もし敵が谷間にいるなら、イリエンが突き刺すだろう、
もし敵が山にいるなら、イリエンが征服するだろう、
もし敵が斜面にいるなら、イリエンが傷を負わすだろう、
もし敵が塁壁にいるなら、イリエンがうち倒すだろう。
逃走する敵、山上にいる敵、川のくねったところにいる敵も
イリエンはことごとく倒すだろう。
くしゃみを二度する間に、敵は死を迎えるだろう。
周りに家畜がいるので、餓えることはない。
鉄灰色の武器をもち、家来を従えて、
彼の槍は死神さながら敵を倒すだろう。

　わたしは年老いて病み、
無情な死を迎えるまで、

イリエンをほめたたえなければ、
　わたしに喜びはない。

VI

アルゴイド・スウィヴェインの戦い

土曜日の朝、大いなる戦いがあった、
日の昇る時から、日の沈む時まで。
フラムズウィンの率いる、四つの軍団が侵入してきた。
ゴゼイとレゲッドが、迎え撃つ軍勢を、
アルゴイドから、遠くアルヴァニズからも召集した。
一日たりとも遅れは許されない。
フラムズウィンがいばりくさった大声で叫ぶ、
「人質どもはもう来たのか、用意はできたのか」
東方を苦しめる猛者、オワインが答えて言う、

「彼らは来てはいない、そんなものはありもしない、用意することもない。
われはコイル王の血を引く子、意気地なしの戦士ではない、
だれかを人質に差し出すことは断じてない。」
エヒウィズの王、イリエンが叫んだ、
「和平の交渉には応じない、さぁ、みなの者、
山の天辺にわれらの戦旗を掲げるぞ、
盾の縁からわれらの顔を上げるぞ、
兵たちの頭上でわれらの槍を振るぞ、
兵たちに守られたフラムズウィンを突撃し、
彼とその仲間どもを皆殺しにするのだ。」
アルゴイド・スウィヴェインの森のそばに、
屍がるいるいと横たわっていた。
　大烏は兵士の血で赤く染まり、
隊長と兵士たちが駆け寄った。
この勝利の歌を、私は今年うたいつづけよう。

わたしが年老いて病み、
無情な死を迎えるときまで、
イリエンをほめたたえなければ、
私に喜びはない。

Ⅶ

起ち上がれ、堂々たる王たちを生み出したレゲッドよ、
わたしはあなたに属していないが、あなたを支えてきた。
戦いの剣と槍を目前に戦士たちは震え、
盾の陰でうめき声をあげた。
マースレイの兵の叫びは、白き鷗の鋭い鳴き声に似ている。
王の周囲の戦いは首尾よく進まなかった。偽りを言うのはよくない。
王は苦難を防ぐために準備する。
王は敵と交渉する者を送り出さない。
名だたるグリオンはすばらしき駿足の騎手、

ドンの賢明な子息が、無能な支配者の出でありえようか。
ウルフが敵を激しく襲うまで、
イリエンが勢い盛んにアイロンに到るまで、
戦闘はなく、その場所もなかった。
高潔な額のイリエンはポウイスに敵対した。
グルウィスの後継ぎは大いに血気だって、
ゴドズィン族に大胆にも立ち向かい、輝かしい先陣を切った。
グウィジエンは勇ましくも槍の飛来に耐え、その行状に落ち度はなかった。
スウィヴェニズの民は見た、王たちが、
人目につくアイル・メヒンの砦で、
槍を力強く投げているさまを。
アルクルートの浅瀬で王権をかけての戦いがあった。
ケラウル・フレウインの戦闘は長く知られる。
プラスグ・カドレイでの戦闘、アベルでの戦闘、
武器の打ち当る音が大きかった。
クルドヴァインでの大きな戦い、ペンコイドでの戦い、

餓えた狼の群れが血のご馳走を存分に味わった。
敵の猛り狂う戦士たちの激烈な攻勢の力も弱まった。
アングル人たちは敵対する姿勢を崩さず、
浅瀬でのウルフの戦いは血なまぐさいものとなる。
この国にふさわしい王、ブリテンを広く治め、
相和して生きる王がいれば、より幸運になる。
彼は青色の服も、灰色の服も着ることがない、
赤色も聖なる緋色も、彼にはそれほどすばらしくない。
際立った斑《まだら》のある高貴な馬、
ヴァエラウルにまたがることもない。
夏から冬まで、兵たちは手に武器をもち、
浅瀬や砦で見張りをする。
塁壁の下で一夜を過し、身体をいっぱいに伸ばす。
この世の終わるまで、雄弁な詩人たちにたたえられるだろう。
形をなす必要のある軍団の姿が消えた。

明かりのまわりに集まる破壊者たち。

肩にかけた槍の重みでできた腫れのために、
わたしは胸からうめき声を発した、盾を手にして。
わたしは見た、ゴゼイとレゲッドの軍勢が前進し、
一人の雄雄しい男が兵士たちを囲いの中に閉じ込めるのを。
名声ある英雄イリエン、見事に敵を踏みつける人。
わたしは戦いが必ず起こることを知っている。
戦いで多くの人が死すべきことを知っている。
わたしはまた敵を攻めるのに熟達した、
大胆な男の注いでくれた蜂蜜酒に酔った。
　わたしは争いが起こればイリエンの保護を求めた。
わたしの主君はあちこちに喜んで贈物をした。
国中の立派な人たちも、イリエンと比べれば、取り柄のない者となった。

わたしが年老いて病み、

無情な死を迎えるまで、
　イリエンをほめたたえなければ、
　　わたしに喜びはない。

Ⅷ

タリエシンへの賜物、イリエンへの賛美詩

勇ましくもわたしは戦場で声高に尋ねる、
わたしがこの目で見たものは真実なのかと。
誰よりもすぐれた王をわたしは仰ぎ見、王もわたしを認めた。
民に愛される王は、きまって戦いを勝利へ導く。
わたしは見た、復活祭の日に飾られる色とりどりの草花を。
わたしは見た、いつものように芽を吹く木の葉を。
わたしは見た、花が一様に咲いている枝を。
わたしは見た、この上なく寛大な王の気心を。

わたしは見た、平原の彼方をゆくカトライスの王を。
わたしは不幸を望まぬ主君から
わたしの歌へのお返しを賜わりたい。
燃える戦士たちの首長は、莫大な戦利品を獲得する。
トネリコの槍は、わたしの聖なる詩神、
輝かしい主君を守る盾は、微笑みの源泉。
すばらしきは、勇者の中の勇者、イリエン王。
騒がしいこの牛泥棒を、わたしは意に介さない。
鉄灰色の武器を携え、輝く青色で装った家臣たちを
統率する王の気は若く、振る舞いは気高い。
気弱な、ふさぎ込んだ臆病者たちを、王は踏みつける。
自ら思うとおり戦争に赴くとき、王は恐るべき君主になる。
大広間の黄金色の財宝はすばらしく、
アイロンの守護者は裕福そのもの。
楽の音と狩りを愉しむ気持ちは大きい。
敵に対する怒りは大きくて烈しく、

親戚であるブリトン人への支えは大きくて強い。
イリエンはこの世の彼方で火と燃える輪に似ている。
スウィヴェニズの正統な王は波に似ている。
戦いや祈りと同じく、身近な歌に似ている、
広大無辺な海に似ている、イリエン王は。
すばらしきは、夜明けの輝き。
すばらしきは、熱情あふれる王。
すばらしきは、敏捷な馬上の騎兵たち。
五月の初めに軍勢は休息をとる。
すばらしきは、川水あふれるダヴィ川の岸辺。
すばらしきは、テイル・ティヒルへ飛んで来る鷲。
仲間とともに元気のよい馬に乗り、略奪に出かけていきたかった、
タリエシンの戦利品を手に入れるために。
すばらしきは、駿馬にまたがる英雄の突進。
すばらしきは、主君への忠臣である貴人。

すばらしきは、群れから離れている鹿。
すばらしきは、エニシダの茂みに潜むどん欲な狼。
すばらしきは、エギニルの民の国。
私がある戦士との戦闘を望んだとすれば、
ニズ・ハイルの子孫が長らく支配したこの領地で、
その若者に災いが降りかかるのを喜んだことになる。
万事が望みどおりに運ぶなら、
王は世の詩人たちを幸せにするだろう。
グウィジエンの息子たちが死なないうちは、
イリエン王はこのすばらしき土地の支配者である。

IX

イリエンとの和解

最も勇敢な統治者を、わたしは軽んじはしない。

わたしはイリエンのもとに赴き、彼のために歌う。
わたしを守護する人が来れば、わたしはその人を迎える。
その主君のもとにこそ、わたしの最高の居場所があるのだから。
いかなる由緒ある家柄の者であれ、わたしは歯牙にもかけない。
彼らのもとに参ずることはなく、一緒にとどまることもない。
大いなる君主を求めて、北へ行くこともない。
あなたとの和解を求めて、大いなる賭けをするけれども、
わたしの贈物を誇る必要はない。イリエンはわたしを拒まないだろう。
スウィヴェニズの地のもたらす富はわたしのもの、
彼らの与えてくれた好意はわたしのもの、彼らの示した寛容はわたしのもの、
彼らの贈物である衣服はわたしのもの、彼らの与えてくれた食べ物、
角《つの》の杯から注がれた蜂蜜酒、ご馳走がふんだんにある。
耳にした中でも最高の君主、最も心ひろい君主。
すべての民の王たちがあなたに従属する。
あなたのためにこそ悲嘆し、あなたから逃れることはできない。
わたしは彼を求めていたのに、彼の老齢を嘲ってしまった。

だが、彼を知る前は、彼ほどわたしが心捧げた人はいなかった。
そして今、どれほど大きなものを手にしているか、わたしは知っている。
至高の神にゆだねる時以外、わたしは彼を見捨てることはしない。
あなたの国土を引き継ぐ息子たち、最も物惜しみしない人たちは、
敵の領土に向けて、槍の音を立てるだろう。

　　わたしは老いて病み、
　　無情な死を迎えるときまで、
　　イリエンをほめたたえなければ、
　　わたしに喜びはない。

X

イリエンの息子オワインの悲歌

神よ、イリエンの息子オワインの、

　魂が必要としているものにご配慮ください。
緑なす芝土がレゲッドの王を覆っている。
　才なき詩人は、彼をほめたたえることはできない。
地下の墓所に横たわる、たえず歌にうたわれた名高き人。
　その研ぎすまされた槍は、まさに暁のきらめく光。
スウィヴェニズの輝くばかりの王に
　並びうる者がほかにいようか。

敵を刈り取る人、捕りおさえる人。
　彼の父祖たちと同じ才腕の持ち主。
オワインがフラムズウィンを殺したとき、
　彼はそれを眠りと違わずたやすいことと考えた。
イングランドの大勢の兵士は、
　目を見開いたまま眠っていた。
そして逃げ去らなかった者は

　勇敢ではあっても愚か者だ。
オワインは彼らに天罰を加えたのだ、
　狼の群れが羊をむさぼり食うように。
彩り豊かな馬飾りに映える、このすばらしき戦士は、
　褒美を求める詩人に馬を与えた。
彼は守銭奴のように財産を貯え、
　魂の安らぎのため、それを分け与えた。
神よ、イリエンの息子オワインの、
　魂が必要としているものにご配慮ください。

XI

グワッサウク

天の王の名において、
　多くの富める家臣を従えた、
守護者の威厳ある槍は鋭い。
戦いを好む、すばやい動きの王は、
セノーグのすばらしい村を守った。
守護者たる王はインフーフを打ち破る。
モーとエイディンで起こったことは
　長い間ブリテンの語り草。
クラトゥインの戦闘仲間は、
敵対する者を容赦しない。
怒りに満ちた戦いで、おのれの船隊のために、彼はたくさんの槍の柄を木材に使った。
戦いはすべての者にとって熱情の源。
多くの戦いでグワッサウクは敵を圧倒した。
　熊の餌食になるよりは槍に倒れるほうを好む。
海辺での戦いで、彼は賞賛に勇気づけられ、
　ヨークの民に多大の打撃を与えた。
ヴレトゥルンの戦いでは、大かがり火さながら、
燃え上がった怒りは激しかった。
カムルイ・カノンでの戦い。
戦いにつぐ戦いは、アイロンに轟いた。
アルジニオンでの戦い、またアイロン・エイザウェドでの戦いは、
若者たちの悲しみとなった。
コイドヘイズでの戦いは日暮れまで続き、
　敵をものともせずに打ち負かした。
グウィードルとマボンの近くでの戦いでは、
生き残った者で苦境を語る者はいなかった。

グウェンステリの戦いでイングランドの民は屈服した。
　そこでは槍が激しく投げられた。
ロス・エイラの戦いは夜明けと共に始まった。
グランガウンは戦いで勇猛さを発揮した。
戦いにすぐれた王たちと不運な戦闘の中で、
最初にわたしの詩心を高ぶらせる人。
ハイアルジール、ハヴェイズ、グワッサウク、
　これらの勇者は多くの牛のいる牛舎を襲う。
モンのオワインは、マイルグインに似て、
略奪者を平伏させるのが慣わし。
　ペンコイドでは剣によって斃《たお》れた
　腐臭を放つ多くの死体に、
　烏が散らばっていた。
彼は、プリディンとエイディンで名高い男、
ガルヴァン、ブレヘイノーク、エルビンでもよく知られる。
勇ましく、鎧《よろい》で身を整えたグワッサウクを見ないで、

真の英雄を見たとは言えないぞ。

XII

グワッサウク

天の王の名において、家臣たちは
　主君のことを歌い、悼む。
王はアイン、ニイド、ヌイソンらの
　結集した敵軍を撃退した。
わたしはあなたをたたえる、ブリトン人の賛美詩で、
学識豊かな見者たちの洞察力で、
　すぐれた詩人たちのすぐれた詩と声に合わせて。
わたしはその領土で大いに恐れられている王について
言葉を紡ぎ、歌う。
王はわたしに危害を加えることなく、わたしも王に損害を与えない。

富を手放すことは難しいもの。惜しみなく与える王に
　富が欠乏することはない。
傍《はた》目には、生前に富を蓄えなかった王は
墓に入ってから憐れまれる。
彼はその人生を自慢できず、
彼らの受けるべき苦悩はよりむごいものとなる。
ブリテンの彼方の世の人々は、計り知れぬ不遇に苦しむ。
あまりに傲慢なものはやがて破滅する。
破滅せずにはすまない。
小心なる者は裁きを受けよ、エルメットでは
裁かれるべき者をだれでも裁くことができる。
エルメットのグワッサウクは勇猛果敢な王。
不手際とは縁なき人。
グワッサウクは軍勢を進めるときは足が速く、
退却するときは足どりが重い。
主君のなすべきことを誰かに聞くことはしない。

彼は拒絶することなく、退くこともしない。

夏の終わりに肥えた牛を売りに出させてみよ。
彼はその富を楽しい使い方でのみ増やす。
蜂蜜酒で養われた、戦いへの活力に満ちた王たちを
ほめたたえる豊かな詩人の言葉は、
あなたにとってより楽しいものとなろう。
輝く夏の日輪にも似て、
最大にして最高の名声。
賢明なる者を軍勢の統率者にするがよい、
軍勢は夏のごとき顔の勇者と力を合わせよ。
塁壁のあたりに立つセノーグの子息の顔に、
わたしは輝きを認める。わたしは暑さを感じる。
暑さからくる靄《もや》、靄からくる暑さ。
彼が燃えているかぎり、逃亡者がいても恥じる必要はない。
馬上の戦士は剣をふるい斬り倒す。

彼の軍勢はひそかに領地に潜入することはないのに、
隣国の兵たちは、この敏腕の戦士からすばやく逃げ去れなかった。
敵方の盾の先端が、彼らの軍馬の頭飾りを刺し貫いた。
軍馬の通るところで激しい騒ぎが起こった。
選び抜かれたあなたの家臣は、勇敢この上ないあなたを敬愛する。
人質となった富裕な人々は、自らの身を人質となすことを誓う。
カエル・グルドからカエル・グラダウグまで、
それにペンプリスの地の駐屯地も含めて、ああ、グワッサウクよ、
すべての王は、平静を保ち、おとなしく従う。

*各注釈の冒頭のアラビア数字は行数を示している。

I

題名　ブロホヴァイルは、六世紀後半に隆盛したウェールズ中東部の王国ポウイス（Powys）の王だったブロホヴァイル・アスギスログ（Brochfael Ysgithrog, c. 502–c. 560）のこと。別名はブロホヴァイル・アプ・キンゲン。キンゲン王ともよばれる。タリエシンは一時期ブロホヴァイルに仕えた詩人であった。

題名　キナン・ガルウィン（Kynan Garwin）はブロホヴァイル・アスギスログ王（キンゲン王）の長子。ウ

エールズ各地で多くの戦争で勝利を収めたとされるが、その生涯や経歴などについて信頼できる資料はほとんどない。この詩でうたわれる内容にも、系図や歴史的事実からみて不確かな要素がある。

7 カデル一族（Cadellig）はポウイスの王カデル・ズルンサグ王（c. 430-?）一家のこと。カデル王国は隣接するキンズィラン（Cynddylan）王国と激しく対立した。カデル王は王国の首都をカエル・グリコンに築き、首都は六世紀以降まで存続した。

9 ワイ（Gwy）川はウェールズ南東部とイングランド西部を流れてセヴァン（Severn）川に合流する。

10 グウェント（Gwent）はウェールズ南東部にあった王国で、ローマの撤退直後に成立した。

11 モン（Môn）はウェールズ最北西端にあるアングルシー（Anglesey）島のこと。XIにも出てくる。

11 賛美詩（panegyric poetry）〔あるいは賞賛詩〕は、主君お抱えの詩人が、主君の戦争での活躍や勝利を伝え、人物としての偉大さをたたえるもの。王権の正当性や永続性をとなえるこの詩のジャンルは戦乱の時代にことに重要視された。『タリエシンの詩』は全体にわたってタリエシンが仕えた主君を賛美する詩であり、タリエシンは典型的な賛美詩人であった。

12 メナイ（Menai）はアングルシー島とウェールズ本土を分ける狭くて長い海峡。長さは二〇キロメートルあるが、幅は場所によって二三〇メートルほどまでに狭くなり、川のように見えることから、ふつうメナイ川（ウェールズ語でAfon Menai）と呼ばれる。戦闘の時には長いあいだ戦略的に重要な場所であった。

13 ダヴェド（Dyfed）は初期の時代にウェールズ中西部・南西部にあった王国。四世紀末にアイルランドに住んでいたケルト人がウェールズ最西南端に侵入して樹立した。現在のペンブロークシャーとカーマーゼンシャーの一部から成り立つ。

13 アイルゴルは六世紀初め、王としてダヴェドを支配したアイルゴル・ラウヒル（Aelgol Lauhir）を指すと

20　考えられている。
ブラヘンは人名。

23　キンゲンはブロホヴァイル・アスギスログ王のこと。キナン・ガルウィンの父。

II

1　カトライス（Katraeth）はVIIIにも出てくる地名で、現在のヨークシャーのカタリック（Catterick）と同じとされている。六〇〇年頃、エディンバラ周辺の地域に居住していたゴドズィン族がレゲッドの王イリエンの領土であるカトライスを攻め、ゴドズィン族は敗北した。タリエシンと同じく六世紀の詩人であるアナイリン（Aneirin）の作『ゴドズィン』（*Y Gododdin*）にもカトライスが出てくる。

2　ケルト社会では、牛は財産を評価する基準であり、王たちは牛の略奪によって財をなすことに力を入れた。それによって激しい抗争や戦闘が行なわれることが多かった。XIの35行を参照。

3　イリエン（Urien）は六世紀に活躍したブリテンの北方の王国レゲッド（Rheged）の王。ネンニウス（Nennius）の『ブリトン人の歴史』（*Historia Britonum*）によれば、アングル人がブリテンに侵入してくるに抗戦した四人の王の一人。リンディスファーンで敵を包囲中に彼の功績を妬んだ別のブリトン人によって殺された。宮廷はカーライルにあったと推測されるが、カタリックにまで広い領地を支配した。タリエシンは、イリエンの宮廷つき詩人として、彼をたたえる九篇の「賛美詩」を書き残した。

6　原語 prydein をピクト人ととるか、ブリテン人ととるか解釈がわかれる。ここではピクト人（の国）を指すと解釈しておく。一般に Prydyn はピクトランド、Prydain はブリテンのことであるが、ウェールズ中世のテクストではしばしば混乱が生じ、同意語となる。

7　グエン・アストラードは地名であるが、所在については確定されていない。

21　イドン（don = Idon）川はカンバーランドとウエストモーランドのエデン川と同じとも推測される。

28　セッヘ・ウェンは地名。所在は未詳。

33　四行からなる「わたしは年老いて病み……」のリフレインは、ⅡのほかⅢ、Ⅳ、Ⅴ、Ⅵ、Ⅶ、Ⅸでも用いられる。

Ⅲ

1　エヒウィズは地名であるが、所在は特定できない。18行目、19行目でも言及される。I・ウィリアムズは、冒頭の'yr echwyd'（「きれいな水の前」の意）から、川や湖に面した場所、具体的には、カンバーランドやウエストモーランド、さらにヨークシャーなどの川や湖の多い地域を推定している。

1　ウェールズでは五世紀以降キリスト教が顕著に広がり、イリエンの時代にはレゲッド王国を含めキリスト教国となっていた。

9　ゲルマン人の一派アングル人はブリテン島に侵入してから、ノーサンブリア、イースト・アングリア、マーシアの王国をつくった。ノーサンブリアは一時は現在のエディンバラを含むスコットランド南東部まで勢力を広げた。アングル人を迎え撃つためにブリテンの諸王国は死力を尽くして戦った。Ⅵはその戦いの模様を伝える。

Ⅳ

2　蜂蜜酒は、蜜、ホップ、イースト、水から造られる酒。ケルト社会で戦士と君主との間で伝統的な関係を保つためにさまざまな機会に好んで飲まれた。多くの神話や伝説で取り上げられ、象徴的な飲み物となっている。Ⅳ、Ⅴ、Ⅶ、Ⅸ、Ⅻでも蜂蜜酒が飲まれることへの言及がある。

21　スウィヴェニズ（Llwyfenydd）はイリエンの領土になっていた地名。カタリックとカーライルの間のレヴネット（Levennet）川がその名をとどめているとの説がある。

21　エイルヒはイングランドにあった土地の名と考えられる。

23　王をたたえるタリエシンの歌が民の前で公にうたわれたことを表しているであろうか。

Ⅴ

1　蜂蜜酒についてはⅣの注を参照。

6　マノウ（mynaw）は固有名詞と解釈しておく。

12　「その白髪が……」以下三行は、この詩の作者タリエシンが、主君イリエン王が戦場で死んで、血まみれのまま棺台に載せられ帰還したときのことを想像した箇所。続く17行目からは劇的な対話的表現を用い、この詩に変化と盛り上がりをもたらしている。

Ⅵ

題名　五八〇年から五九〇年頃にかけて起こったアルゴイド・スウィヴェインの戦いで、レゲッドの王イリエンとその息子オワインが攻撃してきたアングル人フラムズウィンと戦い、勝利を収めた。アルゴイド（Argoed）もスウィヴァイン（Llwyfein）も地名であるが、特定されていない。レゲッドの領地内にあるウエストモーランドのエデンの渓谷で戦われたと信じられているが、アルゴイドはストラスクライド王国の北部にあった地名とする主張もあり、はっきりしない。

3 フラムズウィン（Flamdwyn または Fflamddwyn）はレゲッド王国を攻撃してきた「炎を運ぶ人（flame-bearer）」のあだ名をもつアングル人の軍団の指揮者。この詩で彼は、迎え撃つイリエンおよびオワインと劇的に対決した場面で、人質を要求する言葉を吐くが、結局オワインに殺され、アングル人兵士たちも大量に殺戮された。史実としては、彼はバーニシアの王テオドゥルフ（Theodulf）である可能性がある。

4 ゴゼイ（Goddeu）はレゲッド王国と隣接する王国。所在地として現在のレンフルーシャー、あるいはセルカークシャーがこれまで示唆されている。

5 アルゴイドについては題名の注を参照。

5 アルヴァニズ（Arfunydd）は地名。

9 オワインとは、レゲッドの王イリエンの息子オワイン・アプ・イリエン（Owain ap Urien）のこと。五九〇年頃、父とともにバーニシアのアングル人と戦い、アングル人の指揮者フラムズウィンを殺したとされる。この詩はそのときの勝利を収めた戦いをうたっている。

11 コイル王家の初代はコイル・ヘン（Coel Hen, c. 350–c. 420）で、彼は五世紀の初期、ローマ軍撤退後の北西ブリテンとスコットランド南部を支配した。コイル老王（Old King Coel）ともよばれた。ピクト人とスコット人の連合軍とたびたび戦い、国を守る功績をあげた。彼の死後、王国は息子二人の間でエブラウク（Ebrauc）とレゲッドの王国に分割された。レゲッドの最初の王はケナイ・アプ・コイル（Ceneu ap Coel, c. 382–?）で、オワインは彼の子孫であるとされる。

Ⅶ

5　原注によれば、地名マースレイ（Mathreu）はマハレイ（Machreu）であることも考えられる。Mach は Moch に同じく豚を意味する。

9　グリオンは、ウェールズ中世の物語『マビノギ』の第四話で、プレデリのもっていた異界の豚を魔法でだまし取った魔術師グウィディオン（Gwydion）の名の変種・変形とも考えられる。

10　ドン（Dôn）はアイルランド神話のダヌ（Danu）に相当するウェールズの母神。『マビノギ』第四話でドンの息子二人と娘が登場する。息子の一人グウィディオンはあらゆる学芸にすぐれた、世界で最高の語り部として造型されている。

11　ウルフは傑出した戦士の名であろう。

12　アイロンは、原注によれば、スコットランド南西部のエア（Ayr）であると考えられる。

14　ポウイスはウェールズ中東部にあった強大な王国で、タリエシンの時代にはイングランド北部やスコットランド南部方面まで広がっていた。

15　グルウィスは人名。

16　ゴドズィン（Gododdin）は古い時代の部族の名。その王国はスコットランドのディン・エイディン（エディンバラ）の周辺にあり、領土はフォース湾からタイン川まで広がっていたとみられる。六三八年にアングル人に襲撃され、王国は壊滅した。六〇〇年にゴドズィン族はカタリックでアングル人と戦闘し惨敗したが、その戦いの様子はタリエシンと同じ時代の詩人アナイリン（Aneirin）の作とされる長編詩『ゴドズィン』（*Y Gododdin*）にうたわれている。

17　グウィジエンは人名。Ⅷにも出てくる。

18　スウィヴェニズはⅥの中で「イリエンに属する土地」とあり、Ⅷにも出てくる。所在地は明確でないが、ウエストモーランドのリヴネット（Lyvennet）川にその名が残っているとの説がある。以下の行にある、アイル・メヒン、アルクルート（現在のダンバートンにある地名アルクルート付近と推定される）、ケラウル・フレウイン、プラスグ・カドレイ、アベル、クルドヴァイン、ペンコイドはイリエンが戦闘で勝利をおさめた地名であると考えられる。

30　30行の「この国にふさわしい王……」以下41行までは、Ⅰ・ウィリアムズによれば、他の詩に含まれるべきものが、この箇所に混入したものと判断される。従って、前後の文脈と無関係なうえ、意味もかなり不明瞭である。メイリオン・ペナーの英訳では省略されている。マージド・ヘイコックも現代ウェールズ語訳の中でこの箇所のいくつかの部分を解釈不能としている。ここでは根拠に欠けるが、あえて仮訳を掲げておく。

50　蜂蜜酒については、Ⅳの注を参照。

Ⅷ

題名　賛美詩については、冒頭のⅠの注を参照。

9　カトライス（Catraeth）は現在のヨークシャーのカタリック（Catterick）と同じとされている。Ⅱの注を参照。

22　アイロンはスコットランド南西部のエア（Ayr）であると考えられる。Ⅶ、Ⅺにも出てくる。

27　スウィヴェニズ（Llwyfenydd）はイリエンの領土となっている土地。Ⅸ、Ⅹにも出てくる。

34　ダヴィは地名と解釈しておく。

35 テイル・ティヒルも地名。
42 エギニルは人名。44行のニズ・ハイル、48行のグウィジエンも人名である。グウィジエンはⅦにも出てくる。

Ⅸ
10 スウィヴェニズはイリエンの領地となっている土地。Ⅷ、Ⅹにも出てくる。
13 蜂蜜酒については、Ⅳの注を参照。

Ⅹ
題名 賛美詩については、Ⅰの注釈を参照。
7 スウィヴェニズはイリエンの領地となっている土地。Ⅷ、Ⅸにも出てくる。
11 フラムズウィンについては、Ⅵの注を参照。

Ⅺ
題名 グワッサウクは正式にはグワッサウク・アプ・セノーグ（Gwallawg ap Lleenawg）〔セノーグの息子グワッサウク〕。エルメット（現在のヨークシャーのリーズ地方）の王で、「オールド・ノース」の英雄の一人。ネンニウスによれば、バーニシアの王フッサ（Hussa）ほかアングロ・サクソン人の支配者たちに対抗してイリエン・レゲッドらブリテンの諸王と連合を組む計画を立てたが、イリエン王がショヴァン・シャヴ・ディヴォに殺され、失敗に終った。後にグワッサウクはイリエンの王国と戦争をし、イリエンの息子エルフィン（Elffin fab Urien）を殺したと伝えられる。

6 インフーフについては不詳。人名とも解釈できる。

7 モーは地名。

7 エイディンは地名。エディンバラとその周辺であろうか。

9 クラトゥインは人名。

18 ヴレトゥルーンは地名。トゥルーン岬のあるエアシャーの一地域を指すと考えられている。

20 カムルイ・カノンは地名と解釈しておく。本来は「カムルイ（kymrwy）」は「美しい」、「カノン（canhon）」は「囲い込み地」の意である。

21 アイロンはイリエンの領地である地名。Ⅷの注を参照。

22 アルジニオンとアイロン・エイザヴェドは地名。

24 コイド・ベイズは、本来は「コイド（coet = coed）」は「森」、「ベイズ（beit = beid とすれば）」は「猪」の意であるが、ここでは地名と解釈しておく。

26 グウィードルとマボンはともに地名。

28 グウェンステリは地名。

30 ロス・エイラは、本来は「ロス（ros）」は「荒野」、「エイラ（eira）」は「雪」の意であるが、ここでは地名と解釈しておく。

31 グランガウンは人名のようである。

34 ハイアルジール、ハヴェィズは人名。

36 モンのマイルグイン、マイルグインは人名。

35 「牛舎を襲う」については、Ⅱの2行目を参照。
38 ペンコイドは地名。
42 ガルヴァンは地名。以下、ブレヘイノーク、エルビンも地名。

Ⅻ
3 アイン、ニイド、ヌイソンは三者ともに敵軍の指導者の名前。
20 エルメットはエルヴェッドに同じ。グワッサウクの王国。
30 蜂蜜酒については、Ⅳの注を参照。
37 セノーグはグワッサウクの家名。
48 カエル・グルドは次のカエル・グラダウグと同じく地名。
49 ペンブリスは地名。

解説

木村正俊

Ⅰ 解題

本書の『タリエシンの詩』（一二編）を訳出するにあたり使用した底本は、*The Poems of Taliesin*, translated by J. E. Caerwin Williams（The Dublin Institute for Advanced Studies, 1987）である。このテクストは、ウェールズ中世文学の碩学、イヴォー・ウィリアムズ（Ifor Williams, 1881–1965）が編集し、ウェールズ語『タリエシンの詩』にウェールズ語による序文と注釈をつけ、ウェールズ大学出版部から発行された *Canu Taliesin*, Gyda Rhagymadrodd a Nodiadau, gan Ifor Williams（Caerdydd Gwasg Prifysgol Cymru, 1960）を、イヴォー・ウィリアムズの弟子の一人J・E・カーウィン・ウィリアムズが改訂を加えて英訳したものである。翻訳に際してはカーウィン編のテクストの中のタリエシンのウェールズ語原詩を用い、あわせてイヴォー・ウィリアムズ編の原著も参考にした。

ウェールズの初期の詩はW・F・スキーンによってまとめられた『ウェールズの四大古書』（*The Four Ancient Books of Wales*, edited by William Forbes Skene, 2 vols, 1868）のなかに含まれる。一四世紀初頭に成立し、タリエシン作とされる詩が含まれる『タリエシンの書』（*Llyfr Taliesin*, or *The Book of Taliesin*）、一三世紀以降に成立し、宗教詩、予言詩などを主に収めた『カイルヴァルズィンの黒書』（*Llyfr Du Caerfyrddin*, or *The Black Book of Carmarthen*）、一四世紀から一五世紀のさまざまな時期に筆記され、伝統的なウェールズの散文・詩を記録した『ヘルゲストの赤書』（*Llyfr Coch Hergest*, or *The Red Book of Hergest*）、それに一二六五年頃成立し、長篇英雄詩『ゴドズィン』（*Y Gododdin*）を含む『アナイリンの書』（*Llyfr Aneirin*, or *The Book of Aneirin*）である。『タリエシンの書』の写本は現在アベリストゥイスに（Aberystwyth）にあるウェールズ国立図書館（The National Library of Wales）に収蔵されている。

ところが、『タリエシンの書』に記録され、タリエシン作とされてきた多くの詩は、長い間真偽が問題視された。サー・ジョン・エドワード・ロイド（Sir John Edward Lloyd）は『ウェールズ史』（*A History of Wales*, Longmans, Green and Co., 1954）で、「中世の手稿のなかで、タリエシンやアナイリンが作ったとされる詩のうち、実際どのくらいの数が彼らの作品であると考えてよいかは、一世紀間にわたって研究者たちが追究してなお解決されていない問題である」と述べている（同書、第一巻、一七〇頁）。また、H・I・ベル（H. Idris. Bell）も、『ウェールズ詩の発展』（*The Development of Welsh Poetry*, Oxford, 1936）において「六世紀に作られた本物の作であると長い間無批判に受け入れられ、それから後世の偽物であると根拠もなく断定され、公正な判断といよりは一方的な肩をもって、支持されたり攻撃されることの多かったタリエシンの詩なるものは、……そのなかの一部が六世紀終り頃か七世紀に書かれたかまだ議論の多い問題であるとしても、さまざまな人によって、さまざまな時期に書かれたものが混ざりあったものと現在では認められている」（同書、一八頁）。

二〇世紀にタリエシンの詩の研究が精密になり、タリエシンの作とみなされてきた詩群の多くが学術的、科学的検証の対象となり、真偽のふるいにかけられた。現存する『タリエシンの書』（*The Book of Taliesin*）の写本は、一九一〇年にファクシミリ版で刊行され、多くの研究者の目にふれることになる。イヴォー・ウィリアムズは『タリエシンの書』を言語学的に厳密に分析し吟味した結果、そのなかの五八編の詩のうち一二編だけがタリエシン自身のものであることを突き止めた。彼はその一二編をまとめ、解説と詳細な注釈を付して『タリエシンの詩』と題して刊行したのである。ただし、それら一二編のなかでも最初に配置されている作品Ｉ「ブロホヴァイルの息子、キナン・ガルウィンに献じる」はタリエシンの作とすることに研究者の間から疑義が出されており、必ずしもタリエシンの真作として保証されていない。しかしながら、現在タリエシン自身の書いた詩として信頼し、テクストとして依拠できるものはこれ以外にはない。

なお、前記のテクスト *The Poems of Taliesin*, translated by J. E. Caerwin Williams を底本として用い、ウェールズ語原詩 *Canu Taliesin*（一二編）を日本語に翻訳するに際し、発行元の The Governing Board of the School of Celtic Studies of the Dublin Institute for Advanced Studies から翻訳権を与えていただいた。ここに記して謝意を表する。

Ⅱ　解　説

初期ウェールズ詩の時代背景

『タリエシンの詩』（一二編）を書いた詩人タリエシンは、八世紀頃のウェールズの年代記編者ネンニウス（Nennius）の『ブリトン人の歴史』（*Historia Brittonum*, c. 830）のなかで、アナイリン（Aneirin）と並んで初期ウェールズを代表する詩人として名を挙げられた。しかし、タリエシンの時代のウェールズはブリトンとよばれ、現在のウェールズよりはるかに広い地域、つまり現在のイングランド北西部、スコットランド南西部、スコットランド中東南部までを包含する領土を指していた。したがってタリエシンの詩、そしてアナイリンの詩も、古ウェールズ語で書かれているとはいっても、厳密にはウェールズの所産とはいえない。むしろ歴史的・地理的には、イングランドあるいはスコットランドの生んだものというべき側面がある。とはいえ、文学は民族性を象徴する言語による表現形式であることを基準にすれば、正統的なウェールズ語で表現されたタリエシンの詩（およびアナイリンの詩）はまぎれもないウェールズ文学に属することは動かしがたい事実である。

ウェールズの国家的領域を示す境界がこの当時不分明で、また流動的であったのは、五世紀初めにローマ軍が撤退した後のブリテン島（ことに現在のイングランド北部とスコットランド南部）の政治

図　ローマ軍撤退後のブリテン島諸王国の領土（後450-600）

的、社会的変化がきわめてめざましかったことに起因している。六世紀のブリテン北部は有力で強大な王国に割拠され、エディンバラを中心とした北東部はゴドズィン（Gododdin）、ソルウェイ湾から北の西部（おそらくカーライル周辺の一帯）はレゲッド（Rheged）、クライド川から南の西部はストラスクライド（Strathclyde）など諸王国が支配していた。これらブリテンの王国は互いの勢力や領地をめぐって激しい内部対立や抗争を繰り返し、ときには大規模な戦闘を繰り広げることが多かっただけでなく、ブリテン外から侵入してくる強力な敵軍を迎撃する戦いで存亡の危機に追い込まれることもしばしばであった。どの王国も四面を敵に囲まれ、半永続的な戦闘状態にあったといっていい。北にはピクト人、南東にはゲルマン人の一派アングル人、西には隣国アイルランドのゴイデル（ゲール）人などの敵がいた。実際、タリエシンやアナイリンの詩は、こうした王国の生死をかけた、悲惨で残酷な戦闘場面の記録である。

いうまでもなく戦乱の時代にあって、王国の運命を左右したのは王の力であった。王の統治力、戦闘での王自身の戦いぶりと軍勢への指揮命令、王の国民の掌握の仕方などが、王国の存亡を分けるかなめとなった。なによりも戦闘では勝利を収め、国を守ることが至上の命令であり、王の義務であった。戦いの敗北は臣民の死や不幸を意味する。王たるものの資格は、何よりもまず戦いに強いことであった。ここに王の戦場での活躍と勝利を伝え、王の武勲をたたえる宮廷詩人の役割が高まったのは当然である。王を英雄としてたたえ、王権の正当性や永続性を唱える、いわゆる「賛美詩」（panegyric poetry）がこの時期に盛んにつくられることになる。初期ウェールズ詩が賛美詩や哀歌の領域で傑作を生み出したが、それが戦乱の世を背景にしていたことは皮肉に思われる一面である。ネンニウスの『ブリトン人の歴史』によれば、初期ウェールズの詩人として五人の名が挙げられているが、タリエシンとアナイリンの二人が中核であったのはたしかである。二人の作品は残っているが、ほかの詩人のものは現存しない。タリエシンの詩作品はまさに「賛美詩」の典型で、それら詩群の中で彼は、自ら仕えた王たちの戦地での武勇と宮廷での寛大なもてなしの模様を、誇張と言っていいほど大げさにうたっている。タリエシン自身が詩人として特権的な待遇を受け、多大な報酬を与えられていたこともあからさまにうたわれており、お抱えの詩人が当時いかに高い地位を占めていたかをうかがい知ることができる。

初期ウェールズで詩人は「バルズ」（*bardd*, 複数 *beirdd*）とよばれていたが、その社会的地位は非常に高く、王に召抱えられ宮廷などで職務につく上席のバルズは特権的な待遇を受けていた。ケルト社会では、古来文字によらず口承による伝達と記録が慣習的に行われたことから、詩人の役割が絶対的に尊重される結果をもたらした。詩人は部族や王国の重要な史実や家系、伝説などを記憶し、それを代々にわたって口頭で伝承する義務を果たさなければならなかった。その内容は正確に、しかも公的な場で、語られる必要があったとされる。詩人の資格は、それ相当の才能を有する者が長期にわたって訓練を受け、その実力が認証されたときにはじめて付与されるのがふつうであった。

ウェールズでは、特別の教育機関で、歴代の王の名前や事績、王家の系図、伝説的英雄や聖人、それぞれの王を賞賛する方法のほか、詩の技法について、たとえば韻律の規則、詩行を飾る修辞法、文章の仕組みなどをについての知識を修得した。それらは宮廷詩人になるための必須の知識であった。厳しく長い訓練をとおして詩人の資格を得、その上で実際の体験を経て、名声を確立した詩人であればこそ、王の相談役ともなり、特使として任命されたりもしたのであろう。詩人は王の国を守る英雄的功績をたたえて王であることの正当さや権威を臣民に伝え、王はそうした詩人の貢献に惜しみなく報いたのである。王と詩人が互いに依存しあう、いわば「双方向の支えあい」が行なわれた時代であった。

移動する宮廷詩人タリエシン

詩人タリエシンの生涯については、当時の直接的な資料や記録がなくほとんど不明である。経歴の構成も、詩や物語を通しての推測によるしかない。カンヴェイルズ（Cynfeirdd, ブリテンのケルト人のなかで最初に名前を残した詩人たち）の一人として、タリエシンの名はアナイリンほか三人とともにネンニウスの『ブリトン人の歴史』に挙げられているが、それによれば、彼は六世紀後半イングランドの北部に生きたとされる。イヴォー・ウィリアムズは、タリエシンはポウイス（Powys）王国で宮廷詩人としてのキャリアを始めたとみる（『タリエシンの詩』）。ポウイスで生まれ育ったことも想定される。ただし、タリエシンが活躍した当時のポウイスは、後の中世・近現代史で区分されるポウイスよりも範囲がかなり広く、北東（北部イングランド、スコットランド方面）にまで延びていた。

イリエン（Urien）の国レゲッド（Rheged）に近かったかもしれない。

タリエシンがポウイス王キナン・ガルウィン（Cynan Garwyn）に捧げた賛美詩（『タリエシンの詩』に一編収載）をみれば、タリエシンがすでに高度な英雄賛美詩の技法に通じ、王に手厚く抱えられるに十分な名声を得ていたことがうかがわれる。ポウイス国内で王ははなばなしい戦果をあげたことから、詩人はそれを記録し、王の偉業としてたたえ、臣民を鼓舞する必要があった。詩人は王から絶大な信頼を得て、豪華な贈り物を多く賜わったことが詩で語られている。

何が詩人に転機をもたらしたか不明であるが、タリエシンはやがてレゲッド王国に移り、イリエン王をパトロンとし、王の賛美詩をうたった（『タリエシンの詩』に八編収載）。さらに王の息子オワイン（Owain）の死を悼むエレジーも作った（『タリエシンの詩』に一編収載）。イリエン王はネンニウスの『ブリトン人の歴史』によれば、侵入してくるアングル人と激しく戦い抵抗したブリトン人の四人の王の一人である。彼は臣下の大きな犠牲と引きかえに何度も偉大な勝利を収める功績をあげた。レゲッドの領地は現在のカンブリア全体を含む広さであったと考えられ、カーライルが本拠地であった。王の軍団に随行したタリエシンは（戦場には出かけなかったようであるが）詩のなかで、イリエン王が戦場でみせる超人的な勇猛さ、力強さを賛美し、勝利を喜ぶ一方、宮廷において王が家臣にたいして示す寛大でやさしい振る舞いを賞賛し、王への絶大な敬意をあらわした。王の国を守るための残虐な殺戮行為と、臣民・詩人への慈愛という二面性が詩のなかでリアルにうたわれる。戦闘での無残な敗北、王の突然の死への恐怖や不安など、詩人の内面で起こる葛藤劇も明かされる。詩人は王の側近として不可欠の存在であったことがわかる。高齢に達したイリエン王がグウェン・アストラード（Gwên Ystrad）の激戦で勝ち得た戦果を詩人がうたったことで、詩人が王からの崇敬と栄誉をわが物にしたことも詩でうたわれる。

オワインが死んでからどのくらいレゲッド王国にとどまったかは不明であるが、タリエシンは新たなパトロン、エルメット（Elmet *or* Elfed）の王グワッサウク（Gwallawg）の宮廷に移る。エルメットは現在のリーズ（Leeds）周辺の地域に位置していた。この移動はイリエン王に嫉妬心を与えたらしく、タリエシンは詩のなかでイリエン王に詫びるような気持ちを表している。詩人は新任地で、イリエン王の場合と同様に、グワッサウク王を賛美する輝かしい詩を残した（『タリエシンの詩』に二編収載）。ケルトの戦士たちの戦闘・武器などが鮮明に語られ、詩の技巧はイリエン王のものより装飾的、修辞的になっている。これはグワッサウク王の宮廷の雰囲気が影響したとも考えられる。

当時のブリテンやアイルランドでは、有能な宮廷詩人は、パトロンたる王からの招請を受けて複数の宮殿に出向くことが多かった。タリエシンほどの詩人ともなれば各地の王からの断りきれぬほどの招請があったかもしれない。タリエシンはパトロンを替えてウェールズを移動したが、その土地の言語の差異にとらわれず、同じ言語を用いていたようである。

タリエシンのパトロンたち

(1) ポウイスのキナン・ガルウィン王

タリエシンが賛美したポウイスのキナン・ガルウィン（Cynan Garwyn）の父親は有名なブロホヴァイル・アスギスロク（Brochfael Ysgithrawg）である。『タリエシンの詩』のなかでタリエシンは、「私はセヴァン川のくねるところに住まわれる、名高い王の御前でうたった、私の詩神を愛する、ポウイスのブロホヴァイルの御前でうたった」経験をもつ。たしかにポウイス王の宮廷はペングウェルン（Pengwern：Shrewsbury）のセヴァン川（the Severn）の曲がり目沿いに造られていた。後にポウイスの首席宮廷詩人、キンゼルウ・ブラディズ・マウル（Cynddelw Brydydd Mawr, fl. 1135–1200）は、オワイン・キンヴェイリオグ（Owain Cynfeiliog）を賛美する詩で、彼を「美しきポウイス、ブロホヴァイルの国」の守り手と表現する。これらの言及は、ブロホヴァイルの王としての名声は後の世までも伝えられていることを証拠立てる。

キナンが父から引き継いだ王国の範囲をいま正確に定めることは困難であるが、一時はシュルーズベリーの東方へかなりのところまで広がっていたらしい。チェスター（Chester）の北東までも範囲だったようである。チェシャー（Cheshire）とサウス・ランカシャー（South Lancashire）の平原は一時期レゲッドあるいは北ウェールズの支配者に統治された。その後（六五五年頃？）この地域はアングル人（メルシア人〔the Mercians〕）に占領され、北部のブリトン人とウェールズのブリトン人は分断された。シュルーズベリーの宮廷も放棄された。キナン・ガウィンの息子セリブ・アプ・キナン（Selyf ap Cynan）はチェスターの戦いで戦死する（六一五年頃）。

キナン・ガルウィンを賛美した詩は『タリエシンの詩』の冒頭に一編（作品番号Ⅰ）収載されている。イヴォー・ウィリアムズが真正のタリエシン詩として認めているとおりとすれば、この詩はウェールズ語による現存する最古の詩ということになる。内容は典型的な「賛美詩」（panegyric poetry）で、王から詩人へ与えられた豪華な贈り物をほめることから始めて、王のグウェント（Gwent）やモン（Mon）〔アングルシー Anglesey のこと〕、ダヴェド（Dyfed）、ケルヌウ（Cernyw）などへの遠征が成功に終わったことをうたい、王の武勇を称揚する。王の指導者としての戦闘のみごとさ、敵を恐れさせる力が称えられる。イヴォー・ウィリアムズはこの詩に、自分のパトロンを賛美することだけをおのれの関心事にしている純粋な宮廷詩人の声を聞き取る。

(2) レゲッドのイリエン王とオワイン

タリエシンの真作とされる一二編の詩のうち八編がイリエン・レゲッドとその息子オワイン・アプ・イリエンについて述べたものである。イヴォー・ウィリアムズの精細な分析によれば、レゲッド王国はスコットランドのソルウェイ湾（Solway Firth）周辺の地域で、タリエシンの時代にはメリン・レゲッド（Merin Rheged）と呼ばれていた（メリンは海の意）。現在のカンバーランド（Cumberland）の最北部を占め、カーライル（Carlisle：Caer Lielydd）にまで及んだ。また、ストランラー（Stranraer）やエア（Ayr）の方に広がっていた。東の限界は推測によれば有名な戦闘のあったカトライス（Catraeth：Catterick）を含んでいたかもしれない。イリエンの王国の一部はスウィヴェニズ（Llwyfendd）とよばれていたことから、イヴォー・ウィリアムズはウエストモーランド（Westmorland）のリヴネット川（Lyvennet）と関連づける。

また、イリエンはエルフ（Erch）の王とも呼ばれたことからイヴォー・ウィリアムズはカタリック（Catterick）の近くを流れるアルク川（Ark）と関連づける。おそらく征服によってエルフの王になったことも考えられる。いずれにしろ、レゲッド王国はカーライルを中核とした周辺地域であるとみなされる。『タリエシンの詩』にはイリエン王への賛美詩八編とオワインへの哀歌一編が載っている。

『タリエシンの詩』（*Canu Taliesin*）に載っている作品番号Ⅱ（以下の数字は『タリエシンの詩』の作品番号）ではグウェン・アストラド（Gwên Ystrad）の戦闘でイリエン王が敵（イングランド人）を打ち負かし国を守った手柄が称賛される。ⅢとⅣではイリエン王の寛大さ、武勇が称えられ、家臣も敵も同じように王を恐れる様子がうたわれる。王の周囲には疾駆する馬や大宴会の音がたえない。詩人には豪華な贈り物が与えられる。Ⅴはイリエン王が戦いで死ぬことを想像し、不安に襲われているところへ、王は不死身の人間のように戻ってくる劇的な場面をうたう。Ⅵではイングランド軍の指揮官と老王イリエンおよびその息子オワインとの間で、無人地帯をはさんで、激高したやり取りがある。その脇で死体を食うカラスが血に染まる一場面は戦慄的である。Ⅶではいくつかの戦闘場面と血に染まった戦場が描写される。Ⅷでは季節が春になると、自然が生命を取り戻すさまがうたわれる。勇者のなかの勇者である王も輝かしさを増す。Ⅸでは詩人とパトロンである王との微妙な感情の対立がある。詩人はパトロンの好意を取り戻そうと詫びる。タリエシンが他の宮廷とかかわりがあることが王の感情を害したか。詩人は後悔し、イリエン王が最高であるとあらためて称賛する。Ⅹはイリエン王の息子オワインへの哀歌である。ウェールズ語文学で最も有名なもので、タリエシンの作とされる唯一のエレジーである。

(3)　エルメットのグワッサウク王

『タリエシンの詩』にはエルメット王国を統治した王グワッサウクを扱った詩が二編ある。ネンニウスによれば、王はアングリア王フッサ（Hussa）の侵入を食い止めようとイリエン王とともに戦った王である。詩人アナイリンはグワッサウク王の姉妹ドウィワイ（Dwywai）の息子であった。「カドワッサウンの賛歌」（'Moliant Cadwallawn'）のなかの記述によれば、王はカトライスの戦いに何らかの関係があったらしい。王は武人の模範となるような人物であったらしく、それがタリエシンをひきつけたとも考えられる。

Ⅺの詩では勝利をおさめた一連の戦いを挙げ、王を称賛する。雨と降らす投槍などすさまじい戦場の描写があり、王がイリエンに勝るとも劣らぬ武人であることを伝える。これがイリエンとの軋轢を生んだ原因であったとみることもできるであろう。XIIはグワッサウク王への哀歌ともみられる詩であるが、王は戦いの仕事を終え、今は沈黙し、安らかに生きている。

『タリエシンの詩』(一二編)の主題

『タリエシンの詩』をつうじて根幹となる主題は詩人のパトロンである王たちに捧げる絶大な賞賛である。一二編の詩はいずれも王をたたえる「賛美詩」である。タリエシンの活躍した時代は、五世紀初めローマ人が撤退後、ブリテンの力と支配が優勢を誇った最終の時期であった。アングロ・サクソン人のブリテンへの侵入が猛烈になり、スコットランド南部、ブリテン北部を支配する各王国は外敵を防止することが至上の任務となった。先頭に立つ指導者である王は、強力な支配力で臣民を戦闘に駆り立て、苛烈な戦いを勝ち抜く才腕を発揮しなければならなかった。国の守護者たる王は、戦場においてめざましい武勇を発揮し、王国に勝利をもたらさなければならなかった。実際『タリエシンの詩』では、タリエシンが仕えたポウイスのキナン・ガルウィン王、レゲッドのイリエン王とその息子オワイン・アプ・イリエン、エルメットのグワッサウク王の英雄的功績をたたえたこの上なくすぐれた「賛美詩」である。王は戦いに勝ち、国土に平和と安定をもたらし、臣民の生活を守ってこそ王権を維持できる。王に仕える宮廷詩人は、王の功績を詩のかたちで記録し、王を含む公衆の面前でそれを朗誦し伝達することで、王権を正当化しなければならない。

王の偉大さは戦場で発揮される。タリエシンの賞賛した王たちはいずれも天下無類の、超人的な力をもった戦士であった。刀、槍での戦闘はもちろん火を放って焼き払うなど戦略もダイナミックである。戦場では斃れた多数の血まみれの死体、それに群がるカラスを横目に、血の川をわたり勇ましく戦う。ウェールズ人とアングロ・サクソン人の支配権をめぐる生死を分かつ戦いで、王は家臣を前に冷酷で、残忍なまでの殺戮する力を発揮する。

たとえばⅡでは、イリエンは「首長たちを追い詰め、残らず斬り倒す」王であり、「戦列を組んだピクト人を数多く殺した」英雄である。その結果、すぐれた戦士も戦闘の後、「たたき切られた肉片に変わっている」ことになる。詩人は従軍記者のように現場を目撃し、王の英雄行為を高らかにうたう。同じくⅡの例でいえば、敵の首長たちは死体となってイドン川に浮かび、豊穣な葡萄酒（血の雑じった川水）を大量に飲むことになる。戦場の見るも無残な状景が詩人によってリアルに描写される。このように戦いを重ねることで、ブリトンの王国を死守しようとする軍神としての王に、詩人から絶大な賛美の言葉が捧げられる。

戦場で活躍する馬も見逃せない主役である。ウェールズの指導者は馬泥棒であったという。イリエン王も、その従者もそうであった。騎馬の戦士の英姿、疾駆する馬の音がうたわれる。馬を賛美する伝統、馬への信仰がウェールズの伝承に際立つ。

戦場でみせる王の勇気、残忍なまでの破壊力とうらはらに、宮廷では王の心の大きさ、優しさが目立つ。王は双面神のように、相反する性格をもつ。詩人の王賛美への礼として、王は各種の豪華な贈り物を詩人に下賜する。王が豊かさを分かつことで詩人の資産も豊かになり、詩心がますます活動的になる。王のこの二面性が人間の本質としてとらえられているといえる。

『タリエシンの詩』には激烈な戦闘や王たちの勇猛な戦いぶりが主題として扱われているだけでなく、生命の賛歌も一つの主題になっている。たとえば、イースターとともに自然が生気を快復し、たくさんの植物が葉をつけ、花を咲かせる。勇者である王の力は至高のものとなり、詩人の歌心も無上の高まりをみせる。自然の存在物、森羅万象にみなぎる活力はこの世の根源であり、そのことが詩人の重要な認識として見事な表現で提示されている。

Ⅲ　参考文献

Williams, Ifor, golygwyd. *Canu Taliesin*, Caerdydd：Caerdydd Gwasg Prifusgol Cymry, 1960.

Williams, J. E. Caern, trans. *The Poems of Taliesin*, Dublin：The Dublin Institute for Advanced Studies, 1987.

Pennar, Merrion, trans. *Taliesin Poems*, Lampeter：Llanerch Enterprises, 1988.

Parry, Thomas, trans. *A History of Welsh Literature*, Oxford：Clarendon Press, 1970.

Andrews, Rhian M, eds. *Welsh Court Poems*, Cardiff : University of Wales Press Cardiff, 2007.
Clancy, J. P. trans. *The Earliest Welsh Poetry* London : Macmilan, 1970.
Jarman, A. O. H. and Gwilyn Rees Hughes, eds. *A Guide to Welsh Literature* Swansea : Christopher Davies, 1984.
Johnston, Dafydd, *The Literature of Wales* Cardiff : University of Wales Press and the Western Mail, 1994.
Lloyd, Sir John Edward, *A History of Wales : From the Earliest Times to the Edwardian Conquest*, 2Vols. Harlow : Longman, 1954.
Stephens, Meic, ed. *The Oxford Companion to the Literature of Wales*, Oxford : Oxford UP, 1986.
Thomas, R. J. et al. eds. *Geiradur Prifysgol Cymru* 〔*A Dictionary of the Welsh Language*〕 4Vols. Cardiff : University of Wales, 1967–2002.

付記　本詩を訳出するに際して、ウェールズ大学アベリストゥイス校教授マージド・ヘイコック氏、同イアン・ヒューズ氏、オクスフォード大学ピーターハウス・コレッジのペトロフスカイヤ・ナタリア氏からいろいろご教示をいただいた。また、元神戸海星女子学院大学教授吉岡治郎氏による『タリエシンの詩』についての詳細な注解は非常に有益であった。以上の諸氏にたいし、この場をかりて深甚の謝意を表する。

第三章　『トゥンダルのヴィジョン』

プロローグ

神への献身と神の賜によって女子修道院長に召されたレディー・G院長様に対し、彼女の献身的僕《しもべ》マルクス修道士が、強靭さと迅速さをもって奉仕しますように。招かれる者は多いが選ばれる者は少ないので、(1)疑わしいことについて真実を証明する時のように、多くの人々から賞賛されている女性を賞賛に値すると述べることに大きな議論はないでしょう。人類はその初めから罪を犯しやすい、(2)と預言者が言うように、最も難解で最も適しい問題が、彼女の誉に対する小さな褒め言葉も、どんな非難にも勝っていると判断される女性に捧げられることだけを考えます。何故なら、彼女は、使徒(聖パウロ)とともに「わたしたちは神に捧げられるよい香りです」(3)と言えるからです。

それ故に、G院長様、わたしたちは、あなたへの相応しい賞賛を妨げることがないように、あなたの謙遜と満ち溢れる慈愛、善き意図と偉大な信心による慎み深いご依頼を決して断ることはできません。何故なら、「慈愛は、無知によって拒否される強さを与える」と、正統キリスト教徒のある学者が述べたように、わたしたちは彼に従い、そしてあなたの聖なる祈りを信じながら、わたしたちの謙遜を取り払い、わたしたちの愚かさをあなたに見せることを恥と感じないようにせねばなりません。なぜなら、服従は犠牲に優り、(4)特により高尚な仕事に従事する時には、わたしたちは、あなたの叡智が私の愚かさを愚弄するよりむしろ憐れんで下さるだろうと信頼しています。あなたの叡智が望まれているので、教育の乏しいものではありますが、アイルランド人トゥンダルに示された神秘を、私たちの筆でアイルランド語からラテン語に翻訳し、あなたの配慮の下で複写されるようにお送り致します。短いけれども、この作品は確かに有用なものです。しかし、あなたに最高の信頼をおく一方で、わたしは無能で、雄弁なラテン語には殆ど無知ですが、わたしの貧弱な能力ながらそれを再び語れることを思いながら、この話を綴ることは幸せです。なぜなら、神は喜んで与える人を愛してくださるからです(5)。

しかし、あまり簡明でない句が脱落している場合は、あなたの博学で遠慮なくそれを訂正し、適切な言葉に直すようにお願いします。そのようにして、この短く簡潔な様式のこの小さな贈物と無学なわたしの話が、信心の祈りとともに受け入れられ、あなたがそこに何か正確さを欠くことを見出すなら、それはわたしたちの未経験に帰せられることであり、反対に、あなたの叡智を喜ばせることがあれば、それは神の恩寵とあなたの祈りによるものなので、たとえその文体的様式が完全に適当でないとしても、その善き真の話を軽蔑なさらないで下さい。文体は実際わたしたちのものですが、その作品はキリストのものです。賢明な院長様、諺を思い出させて下さい。「あなたがあなたの友人の悪に耐えることができないならば、彼らをあなたのようにさせなさい(6)」と。このように、あなたの賢明さで、あなたは喜んで愚か者たちを我慢され、今またわたしの愚かさにも我慢されている(7)。

しかし、特にこのヴィジョンは、それを実際見た人がわたしたちに語ったことなので、わたしたちはよき信仰のうちにあなたに書いています。このヴィジョンを見た時期は、主の受肉から一一四九年目、ローマ人の王コンラッドのエルサレム遠征（十字軍）の二年目、教皇エウゲニウス三世の治世四年目で、ガリアからローマに戻った年にあたる。同じ年、ダウン司教兼教皇特使マラキーがローマへの途上クレルヴォーで死去する。彼の奇跡を含んだ伝記をクレルヴォー修道院長ベルナルドが荘厳な様式で書いており、ヴィジョン挿話の中でも彼に触れる。また同じ年、その学識・出生・聖性において秀でたクロイン司教ネミアスが、九五歳にして聖なる尊い長老として司教の座にいたが、現世の苦痛に満ちた戦いから永遠の喜びの生命に赴きました。あなたがご自身のために聖人たちの範例を知りたいと依頼されたので、彼の生涯や奇跡についても（ヴィジョンの中で）若干触れる。しかし、大言壮語を書き続けるつもりはないので、神のご助力を得て、わたしたちに託されたこの小さな作品を始めるために先を急ぎます。

プロローグ終わる。

導入 多くの人々の教化のために書かれたアイルランド人騎士のヴィジョンのはじめに

アイルランドは西の大洋の端に位置し、南北に伸びる島である。湖と河川を張り巡らせ、森林で被われ、穀物は豊かに実り、ミルクや蜂蜜、あらゆる種類の魚と鳥に溢れ、ぶどうはないがワインは豊富にある。蛇、蛙やすべての有害動物は生息せず、それらを駆逐するとされる樹木、皮ひも、角や土がよく知られている。多くの男女の修道者がいることで有名だが、残忍な戦闘でもよく知られている。アイルランド島の南方はイングランド、東にはスコッツとウエルシュとも呼ばれるブリトン人、北方にはシェトランド人とオークニー人、反対の南側はスペイン人がいる。アイルランドは二大司教の下に三十四司教区に分かれる。北部の大司教座アーマーに対して、南部の大司教座はキャシェルだが、トヌグダルスという名の騎士はそこで生まれた。彼の不行跡——むしろ彼に対する神の憐れみの働き——が我々の小さな仕事の主題である。

彼は貴族の家柄で、顔立ち・容姿端麗な若者で、宮廷風に養育され、身なりに注意深く、精神的には高邁で、武道の鍛錬も悪くない。しかし私には、苦悩なしにはこれを語れない。彼は肉体的外見や強靭さに対する強い自信を持っているが、霊魂の永遠の救いについては否定する。彼自身が後の多くの機会に涙して告白したように、だれかが彼の霊魂の救いについて少しでも注意を向けさせようとするとよく怒った。彼は神の教会については無関心で、キリストの貧しさを見ようともしない。道化師・演芸師・曲芸師にはなんでも与えてしまう。だが神の憐れみによって、彼の悪徳の数々に終りを遂げる時がきた。当時彼の近くにいた多数のコーク住民の証言によると、彼は三日三晩死んだ状態で横たわっていた。その間彼は、それまで快楽的生き方で犯した罪の全てについて厳しい苦しみを味わった。その後の彼の人生は、彼が経験したすべての苦しみの証人となる。実際彼は、あらゆる種類の信じられないほど耐え難い苦痛を蒙ったが、あなたがたの信仰を強めるために、私たちはその苦しみを見て味わった本人から直接聞いた通り、その身分や名前を書くことを厭わない。

トヌグダルスには多くの友人がいたが、その一人が相互契約で彼に馬三頭の債務を負っていた。その支払い最終期限が来たので、彼はその友人を訪ねた。彼は友人の歓迎を受け、肝心の債務の件で話し合うまでに三晩滞在した後、友人から債務支払いができないと言われ、激怒して帰り支度を始めた。友人は彼をなだめたいと思い、帰る前に食事をともにしたいと頼んだ。彼は友の願いを断るのはできないとわかり、手にした斧をおいてテーブルにつき食事を始めた。しかし、神の憐れみによって彼の食欲を妨げた。突然何が起こったかは私も解らないが、彼は食べ物に伸ばした手を口まで上げることができなくなった。それから彼は大声で、「剣を持ってくれ、私は死ぬ」と叫びながら、彼の剣を友人の妻に渡した。その直後、彼の身体は、魂がないかのように、意識を失い、死の徴候が現れる

——髪は白くなり、額は冷たく、両目は朦朧とし、鼻は尖がり、唇は青白く、頬は削げ、手足は硬直してくる。家族は慌てて走り回り、食べ物は片付けられ、騎士の従者は泣き叫び、主人は悲しみで呻き、身体は横たえられ、教会のベルが鳴り、司祭が駆けつけ、住民は驚き、町全体が良き騎士の突然の死で持ちきりになった。

だが、ぐずぐずしてはならない！　水曜日の第十の時刻から土曜日の同時刻までの間、彼の身体を触診した人たちが身体の左側に感じた微かな温かさ以外には、彼が生きている徴候はまったくなかった。彼の身体の一部に微かな温かさが残っているために、彼等は彼の埋葬を拒否した。だが三日目に、彼の埋葬に集まった司祭と人々の前で、彼は意識を取り戻し、一時間のうちに微かに呼吸を始めた。「霊魂が離れたらもう戻らないのではないか？」(8)とだれもが不思議に思ったが、答えは明らかだ。彼は弱々しい眼差しであたりを見渡し、聖体拝領を受けたいかと聞かれてこう答えた。主の御身体を持ってくるようにと指示し、聖体とぶどう酒を拝領した後、彼は感謝を込めて神を褒め称えた。「神よ、あなたの憐れみは私の狡猾さより偉大だ。あなたは私に多くの災いと苦しみを思い知らせたが、再び命を得させてくださり、地の深い淵から再び連れ戻された」(9)。そう述べた後、彼は聖書の行いに従い、自分の持ち物をすべて貧しい人々にふるまい与えた(10)。彼自身は贖罪の十字架の贖罪の徴が自分の上に掲げられるように命じ、以前の自分の生活をすべて捨てることを誓った。そして彼が見た、あるいは受けた拷問の苦しみのすべてを私たちに語った。

1　霊魂の出発

彼は身体を離れ、死んだとわかると、霊魂は彼自身の罪の状態に驚き、どうしたらよいか分からなくなった。彼は身体に戻りたかったが、入ることもできなく、また外に出たかったが、どこへ行くのかと恐れた。この最も哀れな霊魂は放り出されて彼自身の罪の状態を知り、神の憐れみを除いて他にないと確信するにようになった。だが彼はどうすべきかわからず、かなり長い時間泣き続け、嘆き悲しみ、震えていた。とその時、彼は一群の邪悪な霊魂が彼に向かってくるのを見た。あまりに数が多いので、彼らは家や死体が横たわっている庭まで溢れただけでなく、町の通りや広場にも隙間さえ見えなかった。だが彼らはこの哀れな霊魂を囲みながら、彼を慰めようともせず、反対にこのような言葉を言って苦しめた。「この不運な霊魂のために死の聖歌を歌おう。彼は死の子供、消えることのない火で焼く食べ物、暗闇の友、光の敵」。彼の方に向かって彼らは歯ぎしりし(11)、怒りで頬を爪で掻きむしりながらこう言う、「さあ、ならず者、ここにお前が選んだ人々がいる。彼らと一緒にお前も焼け付く地獄の底に行くだろう。醜聞を言い歩く者、仲たがいの愛人、なぜお前の傲慢を見せないのか？　なぜ姦淫を犯さないのか？　なぜ私通をしないのか？　お前の虚栄や華美はどこにあるのか？　お前の節操のない笑いはどうした？　お前がいつも多くの人を侮辱した虚勢的な感謝はどこか？　お前がいつもしていたような目配せを今はなぜしないのか？　なぜ足を引きずり、指で合図をし、お前の堕落した心の悪企みをしないのか？」[12]。この話し振りに恐れをなした哀れな霊魂は、彼の周りの人たちから切迫した死を期待されながら、ただ壁の中に閉じこもるだけだった。しかし、罪人の死を望まない唯一の方が[13]、死後の救いを行う力を持っており、彼自身の神秘の裁断によってすべてを統御する、正義と憐れみの全能の主だけが、彼の意志に従ってこの悲惨さを和らげて下さった。

2　霊魂に会うために天使が到来

神は彼の天使を霊魂のもとに送った。トヌグダルスが光り輝く大きな星のように遠方から来た天使に会った時、彼から何らかの忠言を受けられることを期待しながら、彼に不屈の目を向けた。彼が近づくと天使は彼の名前を呼んで挨拶した、「トゥンダルさん、ごきげん如何ですか」。だが、私たちの不運な霊魂は、人間の息子たちと比較して格別美しい容姿の若者と会い、自分の名を呼ぶのを聞いて、喜びと恐れが入り混じって涙が溢れ、こう切り出した、「ああ、私の主なる父よ、私は地獄の苦しみに囲まれ、死のわなに襲われています」[14]。天使は彼に言った、「今、あなたは私を主なる父と呼んだ。これまでもあなたはいつもどこにでも私と一緒にいるのに、私をそのような名にふさわしいものとして扱ったことがない」。彼は答える、「主よ、私はどこであなたに会ったことがあるのでしょうか。どこであなたの甘い声を聞いたのでしょうか」。天使は言う、「私はあなたが生まれた時から、あなたが行くところへはどこでもいつも一緒でした。でもあなたは決して私の忠言に耳を傾けようとはしなかった」。そして、彼を最も侮辱した邪悪な霊魂の一人を指して言った、「あなたが私の望みにまったく注意を払わなかった間に、あなたが常に信頼していた忠言者がここにいる。だが、神は審判における許しを常に示しておられるので、(15)受けるに値しない憐れみはあなたにさえ及ぶことでしょう。反対に、あなたは幸運で安全です。なぜなら、キリストの憐れみがあなたを助けるために来られたので、あなたが受ける多くの苦しみの殆どは受けないでしょう。では、私についてきて下さい。そして私があなたに見せることはみな心に留めるように注意して下さい。なぜなら、その後、あなたは自分の身体に戻らなければならないからです」。

霊魂はひどく恐れをなして、彼が以前いた肉体から離れて、彼の傍に近づいた。しかし、これらの言葉を聴いた悪魔は、この霊魂を脅して虐待することができないと悟り、天を見上げて言った、(16)「神は何と残酷で不正義なことか。彼は自分が望む者に死を与えたり、命を取り戻したりするが、彼が約束したように、各々の働きや功労に応じて報いを与えない。(17)彼は解放されるべきでない霊魂を解放し、非難されるはずもない者を断罪する」。この言葉で、彼らはお互いに向かって殴り傷つけ合った末に、苦痛のうちに酷い悪臭を残しながら撤退する。天使は先に進みながら霊魂に言う。「私の後についてきなさい」。だが彼は答える、「ああ、ご主人様、あなたが先に行くと、彼らは私を引きずり戻して、永遠の炎に送り込むでしょう」。天使は言う、「恐れてはならない。わたしたちとともにいる者の方が、彼らとともにいる者より多い[18]。もし神が私たちとともにおられるならば、誰が私たちに敵対できるだろうか[19]。あなたの傍らに一千人、あなたの右側に一万人が倒れるだろう。だが、彼らはあなたの近くにはこないだろう。ただあなたの目はそれを眺め、罪深い者の報いを見るでしょう[20]。実際、先にあなたに話したように、あなたが受けるべき多くの苦しみのいくつかをあなたは受けるでしょう」。それから、彼らは自分たちの道を進んで行った。

3 殺人者への最初の罰

彼らは、天使の明るさ以外に灯りも持たずにかなり長い間歩き続けた後、死の闇に被われた黒く最も恐ろしい穴に着いた。穴は非常に深く、燃える木炭が詰まっており、六腕尺位の厚さの鉄の蓋は木炭の灼熱を発散していた。その悪臭は、その時まで彼が受けたどの試練よりも酷かった。多数の邪悪な霊魂がこの赤熱の金属板に落ちて燃え、最後には鍋で作ったクリームのように完全に溶ける。更に苦痛なのは、ワックスが布を通して濾されるように、彼らはこの金属板を通してふるいにかけられ、彼らは今度は火力を増していく木炭の中で新たな責苦を受ける。この様子を見ながら、霊魂は酷く驚き慄いて天使に訊ねる、「どうぞ教えて下さい。これらの霊魂がこのような苦しみの審判を受けたのは、どんな悪行をしたのでしょうか」。天使は答えた、「殺人、親殺し、兄弟殺しです。これはそのような罪の犯人と共謀者（黙認者）の最初の罰だが、この後、罪人は更に重い罰の場所に連れていかれる。これからきみもそれを見るでしょう」。霊魂は更に訊ねる、「私もこの苦しみを受けるのでしょうか」。天使は答える、「きみはそれに値するが、その罰は受けない。きみは親殺しではないが、殺人を犯している。ただ、今きみはこの罪の審判を問われていない。しかし、これからきみが身体に戻った時、このような罪やそれ以上の悪事を犯さないように注意しなさい」。そして彼を促す。「行きましょう。私たちの道のりはまだ長いのだから」と。

4　反逆罪と背信罪の罰

彼らは旅を進めるうち、ごつごつして荒涼とした巨大な山に辿りついた。そこを越えるために狭い道がある。道路の一方には悪臭の強い硫黄を含む暗い炎、他方の側には雪とあられ混じりの冷たい強風が吹き荒れている。山のいたるところに霊魂の罰のための拷問が用意されており、そこを渡ろうとする者に安全な道はなかった。罪人の霊魂は赤熱の鉄の熊手と三叉槍で道端に突き落とされて拷問を受ける。彼らは硫黄の炎の側に突き落とされてかなり長い間罰を受けた後、熊手で引き上げられて今度は雪の側に放り込まれる。このように、彼らは雪と炎の中で交互に拷問を受ける。これを見て、騎士の霊魂は最悪の状況を予測して天使に訊ねた。「私は自分を撲滅するために設置された罠がはっきり見えるので、どのように私はこの道に近づくことができるのか、どうぞ教えて下さい」と。天使は言う、「恐れることはない。私の後か前を歩いて下さい」。それから天使はこれまで通り先に歩き、霊魂は彼に従った。

5　高慢の谷間と罰

天使と騎士の霊魂は、恐れのため注意深く歩みを進めるうちに、深淵の谷に着いた。そこは悪臭が漂い、暗く、下がまったく見えないぐらい深かったが、硫黄の川の音と多くの霊魂が苦しむ大きな唸り声が聞こえてきた。硫黄と死体から放つ悪臭の煙が谷の上まで立ち上り、これは彼がすでに見たすべての拷問を超えていた。

谷間には長さ千歩、幅一歩の一枚の長い厚板が一方の山から他方の山に橋のように架けられていた。そこを渡りきれるのは選ばれた者だけだった。騎士が見た中では一人の司祭を除いて無事に渡った者はなく、殆どが橋から奈落の底に落ちていった。司祭は巡礼者で、詩編を持ち、巡礼者の外套を着用して、大胆にも誰よりも真っ先に橋を渡った。その狭い橋を見ながら、その下にある永遠の破滅を知って、騎士の霊魂は天使に訊ねる、「ああ、この死への道から、だれが私を救ってくれるでしょうか」[21]。天使は嬉しそうな顔で振り向きながら答える、「心配することはない。あなたはこの罰からは逃れます。だがこの後にくる別の罰を受けることになるでしょう」。天使は彼を導きながら橋を安全に無事渡り終えた。危険な道の反対側に着いた時、騎士は喜びと安心な気持ちで天使に訊ねた、「私たちが見たこれらの罰をどんな霊が受けるのか教えて下さい」。天使は「この最も恐ろしい谷間は高慢の罪人の住家で、悪臭漂う硫黄の山は反逆者の罰です」と答えた。そして「これ以上の拷問のところまで行きましょう」と促す。

6　貪欲とその罰

天使の案内で、彼らは長く、苦しく、困難な道を進んだ。彼らが暗闇の道を最大の努力で旅をしていた時、それほど遠くないところに、信じ難いほど巨大で、恐ろしい獣が見えた。その巨体はこれまで見たどの山よりも大きく、その両眼は燃える丘のようであった。口を大きく開け、まるで九千人ほどを両腕に抱えることができるかのように見えた。開いた口は、不恰好な姿勢で反対方向に頭を向けた二人の男によって支えられていた。一人は、獣の上歯を頭で支え、下歯を両足で押さえる。もう一人は、反対に、頭を下にし、両足で上歯を押さえている。このように、彼らは口の中で二本の柱のようになって三つの入り口に分けた。猛烈な炎が三つの入り口を通って噴出し三つに分かれた。罰を受ける霊魂はこの炎によって中に吸い込まれ、酷い悪臭が口から出てきた。騎士は口を通って腹の中に入った多数の霊魂の唸り声や泣きわめく声を聞いた。その中で何千人もの男女が恐ろしい拷問を受けていたに違いない。また、口の前には、霊魂を強制的に中に入れる邪悪な一群がおり、彼らを中に入れる前に、様々な種類の棍棒や鞭で繰り返し殴打していた。

騎士はこの恐ろしい驚くべき光景を長い間見て、驚愕と恐れで息も止まりそうになり、弱々しい声で天使に言った、「あなたは私が見るこれらのことをよく知っているのですね。なぜ、彼らに近づくのですか」。天使は答えた、「私たちがこの拷問の苦しみそのものの証人にならなければ、私たちの旅は完成しないのだ。なぜなら、人は選ばれた者の中にいなければ、この災いを避けることはできない。」これはアヘロンと呼ばれる獣で、すべての貪欲な者を食い尽くす。この獣について聖書が述べている。「川が押し流そうとしても、彼は動じない。ヨルダンが口に流れ込んでも、ひるまない。」(22) 上下の歯の間に逆方向にいる二人は巨人で、生きている時には、彼ら自身の人々の信仰にも非常に忠実だったので、あなたがよく名前を知っている人たちと同人物であることは分からなかった。彼らはファーガスとコナルだ。」騎士は天使に訊ねた、「少し混乱してきた。あなたは彼らが信仰に忠実だと言ったが、それではなぜ主は彼らにそのような拷問を与える審判を下したのでしょうか。」天使は答えた、「あなたがこれまで見てきたすべての罰は厳しい。だが、きみは身体に戻る前にもっと重い罰をみるでしょう。」天使はそういうと、獣に近づき、その前に立った。騎士は気が向かなかったが彼の後についていった。二人で獣の前に立っていると、天使は突然姿を消し、哀れな霊魂はそこに一人で取り残された。彼が置き去りにされたのを見て、悪魔が狂犬のようにこの哀れな男に襲いかかり、彼を鞭で打ちながら、他の霊魂共々獣の胃袋に引きずり込んだ。

彼の顔色とその後の彼の生き方の完全な変化からみて、たとえ彼がそれについて沈黙を守ったとしても、そこでどんなに恐ろしい拷問をうけたかは容易に理解できる。ただ私たちには簡潔さが必要なので、彼から聞いたことをすべて書くことはできない。しかし、私たちの主題を否定はしないように見えるので、彼が受けた多くの拷問の苦しみのうちいくつかを読者の教化のために項目だけでもあげたい――獰猛な犬・熊・ライオン・蛇の他、得体の知らない無数の巨大な怪物、悪魔の鞭打ち、灼熱の炎と厳しい寒さ、硫黄の悪臭、暗闇、あふれる涙の洪水、絶え間ない苦難と歯ぎしり[23]。これらの試練を経験しながら、哀れな騎士はこれまでの自分の行いを責め、その悲しみと失望から頬を掻きむしるほかなかった。しかし、彼が自分の罪を知り、永遠に続く責苦の恐怖に慄いている間に、彼は、どのようにして出たかはわからないが、怪物の外にいるのを感じた。彼は弱り果てて長い間横たわっていたが、両目を開けた時、自分の傍に、彼を導いてきた光の霊を見た。彼は弱りきった身体にもかかわらず、喜び溢れて天使に言った、「ああ、主によって私に与えられた唯一の希望、私の慰め、私の目の光、惨めで禍の時の支え、どうしてあなたはこの哀れな私を捨てようと思ったのですか。この哀れな私は、主が私になした恩恵のすべてに対してどのように報いることができるでしょうか[24]。たとえ、主があなたを私に使わすだけだとしても、どのように主に感謝を捧げたらよいのでしょう」。天使は答えた、「あなたが最初に言ったように、またあなたも知っているように、主の哀れみはあなたの罪悪よりも大きい。実に、主はすべての人に、そのおのおのの行いと功罪に従って報われるが、(25)主はまた、すべての人の最後の運命を裁く審判者である。ですから、すでにあなたに話したように、あなたが身体に戻った時にはこれらの罰を再び受けることのないように注意して生きなければなりません」。そして「では、これから先にある責苦の場所にいきましょう」と促した。

7　泥棒と盗賊の罰

弱り果てた騎士はようやく起き上がり、よろめく足を踏ん張りながら、必死で天使について行こうとしたが、酷い傷のためまったく歩くことができなかった。しかし、天使は彼を支えて楽にし、快活な足取りで道程を導いて、この旅を完成するために勇気付けた。しばらく歩いていると、離れたところに、波が空を隠すほどに天高く舞い上がっている、非常に大きく、荒々しい湖が見えた。湖には、大声で吼える恐ろしい獣が数多く棲んでいて、霊魂だけを常食に貪って生きていた。湖を横切って、全長二マイル程で、手幅程度の狭い橋が架けられていた。それは先に述べた橋よりも長く狭かった。その板には、鋭い鉄釘が打たれており、そこを渡る人の足に突き刺さるので、何人も無傷で通るのは不可能であった。しかも、すべての獣が餌を捕えるために橋の下に集まってくるので、霊魂はそこを渡りきることはできなかった。獣は巨大なので、まるで大きな塔のようであった。その口から炎が吹き出しているので、湖全体が煮えたぎっているように見えた。

トゥンダルは橋の上に一人の霊魂が激しく泣きながら、犯した多くの悪事を自ら責めているのを見た。彼は非常に重い小麦の束を背負いながら橋を渡ろうと努力していた。彼は鉄釘が足の裏を突き刺して苦痛だったが、それよりも、獣が大きな口を開けて炎を吹き上げている湖に落ちるのも恐ろしかった。騎士はこの霊魂の危険な状況を見て、天使に訊ねた、「なぜこの霊魂はそのような思い荷物を背負って橋を渡ろうとしているのでしょうか。また特にどの霊魂がこの罰を受けるか教えて下さい」。天使は答えた、「この罰は特に、君や君のように、その大小に拘らず盗みを犯した霊魂が受ける。ただ、小さな盗みの場合は、それが冒涜罪でないかぎり、大きな強盗罪と同じ罰は受けない」。騎士は訊ねる、「何を不敬罪と呼ぶのですか」。天使は答える、「聖所から聖なる者を盗む者は冒涜罪として断罪される。だが、この罪を聖職・修道者が犯した場合は、告解の秘蹟を通して改心しない限り、大罪の罰を受ける」。

そして「さあ、この橋を渡らなければならないので、急ごう」と天使は騎士を促した。だが「あなたは、神の御力で渡ることができるだろうが、私を連れては行けないでしょう」と騎士は言った。天使は答える、「私はあなたと一緒に渡りません。あなた自身が一人で行くのです。それに、あなたは何の邪魔もされずに渡れないでしょう。なぜなら、あなたは猛々しい牛に乗り、橋のもう一方の側で、それを無事に無傷で私に引き渡さなければならないからだ」。それを聞いて、騎士の霊魂は、悲嘆の涙を流して泣きながら天使に言った、「そのような苦痛を受けるだけならば、なぜ神は私をお造りになったのでしょう。それに、そのような危険に直面して、神の憐れみが私を助けに来ないならば、どのように私自身が立っていられるでしょうか」。天使は言った、「あなたが肉体にいた時、あなたは良き友人の一人から牛を盗んだことを思い出しなさい」。だが騎士は言う、「私は、その問題の牛を元の持ち主に戻したではありませんか」。天使は言った、「確かにあなたはそれを返しましたが、それはもはやそうせざるをえなくなったからです。そういうわけで、欲することは行うことより罪は軽いので、神の目から見て双方とも悪いことだが、あなたは完全な罰は受けません」。そして天使は「これがあなたの連れていく牛だ」と、騎士に逞しい牛を差し出した。

それで騎士は、もはや罰は避けられないとみて、牛を受け取り、自分の罪を泣き悲しみながら、牛をあれこれ脅しながら橋に連れていった。湖の獣が、騎士と牛が橋の上に立っているのを見て、餌食にしようと吼えながら集まってきた。だが、騎士が歩き始めると、牛は彼についてこようとしなかった。なぜ話を引き延ばすのか？　霊魂が立ち上がると牛が倒れ、牛が立ち上がると霊魂が転ぶ、これを交互に繰り返しながら、彼らは橋の真ん中まで辿り着いた。その時、彼らは小麦の束を背負った男が近づいてくるのを見た。彼についていて、「彼らは戻った時、小麦の束を背負い、喜びながら帰ってはって（の）いる人々を引き合いに出さない。

来なかった」(26)と言われる人々を引き合いに出さない。むしろ、私は聖書が戒める人々に言う、「今笑っている人々は、不幸である。あなたがたは悲しみ泣くようになる」(27)と。なぜなら、彼らのように、真実と慈しみ、(28)あるいは正義と平和のようにお互いに抱き合うのではなく、お互いに悲しみ泣きながら会うために来た。なぜなら、穂の束を運んでいる霊魂は騎士の霊魂に橋の上にスペースを取らないように頼み、反対にわが霊魂は、この困難を一部完成させている道を塞がないように彼に懇願した。しかしながら、どちらも戻れとは言わないまでも、振り返りさえしなかった。そして、彼らは悲しみながらそこに立ちつくしていたので、彼らの足から流れる血で橋板が覆われた。彼らは、自分らの犯した罪を嘆きながら長い間そこに立っていたが、そのうち、どのようにかは知らないが、それぞれお互いを超えて通り過ぎたのが分かった。

騎士の霊魂が反対側に着いた時、置いてきた天使と会った。天使は彼にこのような慰めの言葉をかけた、「お帰りなさい。牛のことはもう心配しなくてよい。あなたはもうそれに関して債務は負わない」と。だが騎士が天使に足を見せて、もう歩けないと訴えると、天使は答えた、「あなたの足はすぐに血を流すのを肝に銘じなさい。もし全能の方の哀れみがあなたを救いに来ないならば、あなたの道は間違いなく破滅と不幸だった」(29)と。この言葉の後、天使は騎士に触り、癒された。それから天使は彼の先を歩みはじめた。「私たちはどこに行くのですか」という騎士の問いに天使は答えた。「最も恐ろしい（醜怪な）拷問者があなたの来るのを待っている。彼はフィリスティヌスという名で、私たちは彼の宿泊所を避けては通れない。彼の家はいつも宿泊者で一杯だが、にもかかわらず、主人はなおも拷問にかける客をもっと見つけたいと欲している。」

8　大食と姦通の罰

暗闇と不毛地帯を過ぎたところで、彼らの前に開放された家が見えた。その家はまるで険しい山のように巨大で、パン焼き釜のように丸い形をしていた。一千歩幅をゆうに超える大きさの釜からは、霊魂を焼く炎が噴出していた。騎士は、同様の拷問を部分的に受けた経験はあるが、それ以上前に進むことは不可能だった。彼は、案内していた天使に訊ねた、「私のような不運な者はどうしましょうか。私たちは死の門に近付いた。誰が私を自由にしてくれるのでしょうか」(30)。天使は答えた、「あなたは実際外の炎を容赦されるが、家には入れられる」。彼らが更に近付くと、拷問執行人が見えた。彼らは斧、ナイフ、刈り込み鎌や両刃の斧、手斧、大錐や鋭利な大鎌、鍬や踏み鍬、その他、人々の皮を剝ぎ取ったり、首を切ったり、引き裂いたり、あるいは手足切断など、有用なあらゆる道具を持っていた。彼らは門の前の火の中に立って、多数の霊魂に丁度書いたような拷問を与えていた。その拷問は、騎士がこれまで見たどれよりもはるかに酷いものだったので、彼は天使に言った、「できたら、どうぞ私をこの拷問から解放して下さい。そのかわり、これから行く他のすべての拷問に送られても構いません」。天使は言った、「確かに、この拷問はあなたがこれまで見たどれよりも酷い。だがあなたはまだ他の拷問を見なければならない。それはあなたが多分これまで見たり思ったりしたあらゆる種類の拷問を凌ぐものです。この拷問の家に入りなさい。獰猛な犬があなたの来るのを中で待っています」。騎士の霊魂は、危険を前に震え、躊躇して、この罰を逃れることを赦してもらうために、知っている限りのあらゆる祈りを唱えて懇願した。だが、彼が望んだことは叶わなかった。

しかしながら、悪魔たちは、騎士の霊魂が送られてきたのを見て彼を取り囲み、酷い毒舌で怒鳴りながら、上で述べた道具でずたずたにするために彼を引きちぎり、火の中に投げ入れた。フィリスティヌスの家の中はどのようであったかについては何と言うべきか。そこにあるのは、苦痛と苦難、痛みと嘆き、そして歯ぎしりだった(31)。外はゆっくり燃える火があったが、中には大きな火炎が燃えたぎっていた。永遠に続く飽くことを知らない食欲を持つ霊魂たちがいたが、この過剰な大食は満足することはなかった。また他の霊魂たちは、性的部分に苦痛を与える拷問を受けていた。その上、彼らの性器は腐敗し、虫が這いずり回っていた。その恐ろしい獣が入っていたのは、在俗男女の性器だけでなく、より深刻なことに、深い苦しみなくして言えないのだが、聖職にある人たちもいた。彼らはあらゆる方向から来る拷問によって疲れ果て、苦しみに耐える十分な力を得ることがまったくできなかった。性別・身分に拘らず、これらの苦痛から免れることはできない。またこれについて言うのも恐ろしく、ただ慈愛によってのみ書くのだが、男女を問わず修道者でさえ拷問されていた人たちの中にいた。より聖なる規則に従う人たちは大きな罰に相応しい判決を受けるだろう。

これらの信じ難い拷問と彼が耐えた同様の苦痛の下で、騎士の霊魂は自分を糾明し、彼が犯した罪を告白し、その罰を受けた。しかし、神の力がそう決めた時、次にどんなできごとが起こるかも知らずに、自分が拷問の外側にいることに気付いた。彼は闇と死の陰に座っていた。[32] そのうち、彼は光、即ち彼を導いてきた天使を見た。騎士の霊は、悲しみと無情さが溢れて天使に言った、「主よ、何故私はそのように数多くの恐ろしい拷問を受けたのでしょうか。賢人たちが私たちによく語っていたこと――『地は主の慈しみに満ちている』[33] というのは何でしょうか。何処に彼の慈悲と憐れみはあるのでしょうか」。天使は答えた、「多くの人々はこの言葉によって惑わされている。だが彼らはその意味を正しく理解していない。神は慈悲深いけれども、公正な方である。正義は誰にでもそれぞれの功績によって報いを与える。憐れみは罰を受けるに値する多くの罪を赦す。あなたの場合、あなたはその功罪に従って実に多くの苦しみを受けたが、今はその拷問を見て感謝するでしょう。神はその憐れみを通してあなたを助けたのだ。一方、もし神がすべてを赦したならば、なぜ人は公平であると言えるだろうか。もし、人が拷問の罰を恐れなかったなら、どうして罪人は自制するだろうか。そしてまた、もし彼らが神を恐れなかったなら、どうして贖罪者の罪の悔い改めが必要だろうか。それゆえに、神はすべてに正しく配慮し、正義をもって慈悲をなだめるように、慈悲をもって正義を和らげる。同様に、誰もが他の人なしには存在できない。悔い改めない罪人は肉体にいる間は憐れみをもって赦されるけれども、ここでは、正義の適切な判決に従いながら、彼らの功罪によって苦しみを受ける。彼らが肉体に住んでいる間は、一時的慰めは、彼らの態度に対する公平さから差し控えられるが、神は、彼らに憐れみをもって、天使と共に豊かな富を惜しみなく与える。彼の憐れみは正義に勝る。特に、良くない行為が神によって報われない時はそうだ。だが多くの人たちの悪行は赦されるでしょう。誰も罪からは免れない。たとえ生まれて一晩の赤子でもそうです。だが多くの人は罰を免れ、死の影も彼らに触らないでしょう」。

騎士の霊魂は、天使のこの癒される話を聞いて元気を回復し、天使に訊ねた、「正しい人たちは死の門を入るべきでないのに、なぜ彼らは地獄に連れて行かれるのか教えて下さい」。天使は答えた、「なぜ罰を受けない正しい人たちが彼らに会うために連れてこられるのかについて疑問ならば、こういう理由です。彼らが神の恩寵によって赦されていた拷問を見た後、彼らは創造主に対する愛と賞賛をより一層熱く燃やすようになるでしょう。反対に、永遠の責苦を与えるべきと判断された罪人の霊魂は、聖人の栄光に連れてこられる。彼らは自身の自由意志を喪失した報いを見た後に、彼らが責苦の場所に着いた時、以前得ることができた栄光を思い出してもっと苦しみ、彼らの罰は増大する。なぜなら、聖なる主と天使との繋がりを離れる以上に厳しい苦痛はない。そして、あなたは、最初に橋を無事渡った司祭が拷問に連れて来られ、罰を見て、彼は自分を栄光に招いた神に対する愛をもっと熱く燃やしたでしょう。なぜなら、彼は忠実で、賢明な僕《しもべ》であったので(34)、神がご自身を愛する人たちに約束した生命の冠を受けるでしょう」(35)。

こう述べた後、彼は言った、「私たちはまだ悪行のすべてを見ていないので、それらを見るために急いだ方がよいだろう」。騎士の魂は言った、「私たちが後に栄光に戻れるのであれば、どうか私を次の罰にできるだけ急いで連れて行って下さい」。

9　姦通を犯した修道士と聖職者、あるいは自慰行為で自らを汚したすべての身分の人々の罰

騎士が天使に導かれて進んでいくと、これまで見たこともない一頭の怪獣が氷で覆われた湖の上に立っていた。二本の足、二つの翼と長い首、鉄のくちばしに鉄の爪、その口からは猛烈な炎を噴出している。怪獣は霊魂を見つけ次第すべてを食い尽くし、その胃袋の中で容赦ない拷問にかけるが(36)、凍結した湖の中で彼等に子供を生ませ、そこで再度同じ責苦を受けさせた。霊魂が湖に戻された時、男女を問わず彼等はみな懐胎し、そこで出産の時を待った。

彼等の内臓は孕んだ子供によって毒蛇のように食いちぎられ、厚い氷が張り、ひどい悪臭を放つ湖の中で惨めな懐胎期間を過ごす。分娩の時がくると、地獄には蛇を生み出すように彼等の叫び声と唸り声がなり響いた。女も男も、出産はその生殖器官を通してだけでなく、腕や胸、すべての器官から

獣が溢れ出てきた。獣は頭に炎をかざし、鋭利な鉄のくちばしで親の身体をついばむ。獣にはまた多数の針をつけた尾があり、釣り針（鉤）のように振り回して、親を突き刺す[37]。獣は出たかったが尾を引っ張ることができなかったので、神経や骨まで親の身体を焼けた鉄の嘴で突き刺すのをやめなかった。

氷のきしみ、霊魂の苦悶の絶叫や獣の吼え声が入混じった騒音が天空に轟き、悪魔でさえ慈悲があるとすれば、彼等に憐れみや同情の念を抱いたであろう。獣の頭が手足や指のいたるところにあり、神経や骨を痛めつける。それらは毒蛇のような灼熱の舌を持ち、口蓋と気管支を通って、肺まで食いつくす。男女の性器は蛇のように下腹部を打ち付け、はらわたを引っ張り出して苦しめる。

騎士の霊魂は言った、「これまで経験したことがない、このような罰を受ける人たちはどのような悪事をしたのですか」。天使が応える、「前にも話したように、高い聖職位にある人ほど堕落の罪はより厳しい拷問を受け、反対に、彼等が罪のためにこの責苦を招かない場合はより大きな栄光を受ける。何故ならこれは、剃髪あるいは修道服をまとって神に背いた修道士・大聖堂参事会員・修道女他、教会の全聖職者に対する罰だからだ。彼等は禁制を破ったために、その身体は様々な拷問によって消耗する。その舌は蛇のように鋭くなり[38]、燃える舌で苦しみを受ける。また禁じられた情欲の性交を自制しなかったことによって、その性器は彼等自身に歯向かい、あるいは獰猛な獣を産んで彼等の責苦を増大する」。そして天使は付け加えた、「この問題についてはすでに十分に述べたように、これらの罰は特に自分は修道者と称して実はそうでない人々に課されるが[39]、また過度の肉欲で自分自身を汚す人たちにも与えられる。あなたの場合も、まだ肉体にいた時、あなたは節操なく自分を汚すことを恐れなかったために、まさにこの苦痛を避けることはできない」。これらの言葉が終わるやいなや、悪魔がどっときて騎士の霊魂を連れ去って獣に与え、霊魂は貪り食われた。その後に霊魂が獣の体内と悪臭を放つ湖の中で受けた苦しみについては、前に述べた通りなので繰り返さない。この苦しみの後、マムシを生み出していた時、憐れみの霊（天使）が彼の傍に来て優しい言葉で慰めた。「来なさい、私の愛する友よ。あなたはもうこれらの苦痛を被ることはないでしょう」。天使は彼の傷を治療し、残りの道程を彼についてくるように頼んだ。彼等は長い間歩いたが、騎士の霊魂はどこを通っているのかは知らなかった。何故なら、前にも述べたように、彼等は生命の霊の光を除いて、灯りを持っていなかったからだ。彼等は前よりももっと恐ろしい場所を通って行った。道は非常に狭く、最も高い山の頂きから底無し地獄にいたるように急な坂を降《くだ》って行ったが、騎士の霊魂は降れば降るほど生命に戻されることに絶望が深まっていった。

10　罪を重ねる人々の罰

騎士は言った、「地の底に降るこのように長い旅路はどこに私たちを連れて行くのですか。これまで見た邪悪なことは、もう見るだけでなく、考えることとさえで不可能です」。天使は答える、「この道は死に至る道だ」。騎士が言う、「この道はこんなにも狭く、困難で、私たちの他は誰も見かけないのに、なぜ福音書では『死に至る道は広く、多くの者がそこを通る』と言われるのですか」(40)。天使が答える、「福音記者はこの道を述べたのではなく、人が他の者を誘う禁じられた不純なこの世の道について話しているのです」。そしてかなり長い時間苦労して歩いた後、二人は谷に辿り着くと、そこには多くの鍛冶屋の炉があり、そこから酷い苦痛の声が聞こえてきた。騎士は言った、「わたしが聞いた音が聞こえますか」。天使は答える、「聞こえる。私にはそれが何かわかる」。騎士は訊ねる、「この拷問は何ですか」。天使は答える、「この拷問を与えているのはヴルカンと呼ばれ、彼の策謀の技によって、多くの者が拷問にかけられる」。騎士は「私もこの拷問を受けねばならないのですか」と訊ねる。「そうだ」と天使は答えて先に進み、騎士はすすり泣きながらその後に従った。

彼等が近付くと、拷問執行人たちが灼熱の火箸をもって彼等のところにきて、天使には何も言わずに、騎士を掴み、燃え盛る溶鉱炉に投げ込んだ(41)。丁度人が鉄を試験するように、悪魔が燃える多数の霊魂を跡形もなく完全に燃焼させるために怒鳴り声を上げていた(42)。彼等は水のように液化された後、鉄の三叉で突き刺して鍛冶屋用の鉄床に置き、二十、三十、百人の霊魂が一塊になるまでハンマーでつき砕いた。しかし、最悪なことに彼等は消滅しなかった。彼等は死を望んだが叶わなかった(43)。拷問執行人たちは「これで十分じゃないか」と話しあっていた。しかし、他の炉の者たちは、「十分かどうか見るので彼等を我々のところに投げろ」と言う。投げられた霊魂たちは地に落ちる前に他の執行人が掴まえ、最初と同じく燃え滾る溶鉱炉に入れられ、場所を変えて悲惨な拷問の行程を繰り返す。その皮膚や肉と同様、骨までが炎の中で砕けて灰になるまで燃やされる。

我々の騎士の霊魂もまたこれらの拷問で長時間苦痛を受けるが、彼の保護者（天使）がやってきて彼を灰の中から連れ出し、普通の調子で切り出した、「ご機嫌いかがですか。あなたはそれほど多くの責苦を受けるほど肉体の誘惑が甘かったのですか」。だが騎士は拷問によって話す力もなく答えることができなかった。それで、主の天使は彼が衰弱しているのを見て、優しく話しかけ、彼を慰めた、「強くなりなさい。(44) 主は地獄へ降り、また戻ったのだから。(45) だから強くなりなさい。あなたがこれまで受けた苦しみは酷いものであったけれども、それが救い主キリストのご意志ならば、あなたは命を救われるというより大きな報いがあります。何故なら、主は罪人に死ではなく、彼の生き方を改めることを望んでいるからです」。(46) こう述べた後天使は言った、「あなたが以前見た人たちはみな神の審判を期待している。だが、ここから下方に住む霊魂はすでに審判を受けた者たちです。あなたはまだ地獄の下方部に辿り着いていません」。そして天使は普段通り騎士を慰め、残りの旅路に出発を促した。

11　地獄（の底）に降る

天使と騎士は話し合いながら歩いていくと、騎士の霊魂が突然、恐怖と耐え難い寒さ、これまで経験したことのない悪臭、その前の暗さとは比較にならないほどの闇、苦難と激痛が一緒に襲ってきた(47)。また彼には地の底が揺さぶられているように思われたので、彼の先を歩いている天使に話した。「これは何ですか。両足で立つこともできません。すべてが深く覆いかぶさるので、息も話すこともできない」。彼は恐怖で立ち止まったまま天使の返事を待っていた。だが天使は突然彼の前から姿を消して、もはや会うことはできなくなった。哀れな騎士の霊魂は、彼がこれまで見たすべての罪人よりもはるか下方にいて、天使の灯りや慰めもなくなったことを知った時、彼ができることは神の憐れみに対する完全な絶望だけであった。何故なら、ソロモンが言うように、彼が行く地獄には知恵も知識もなく(48)、神の助けもないので助言もない。

彼は長い時間、そのような危険の中に独りいた時、巨大な群集の叫びと吼え声が聞こえ、その轟きがあまりにも恐ろしかったので、わが素朴な騎士は、彼トゥンダルも認めているように、それを理解することもできず、それについて話すこともできなかった。

12　より低い地獄――（「死の門」、四角の穴での罰）

騎士トゥンダルがこれまで辿ってきた場所と何か異なるかどうか辺りを見回すと、四角のタンクのような穴から悪臭を放ちながら、火煙の柱が空に立ち上っていた[49]。この炎の中に数多の霊魂や悪魔がおり、彼らは炎と一緒に火の粉のように上っていき、噴煙が納まると再び灼熱の炉の底に落ちた[50]。トゥンダルの霊魂はこの光景を見て引き返そうとしたが、両足が地にくっついて動かなかった。彼は恐れ慄き、何度も足を上げようとしたが動くことができず、苛立ち、自分自身に怒りをぶっつけて爪で両頬を引っ掻きながら叫んだ。「ああ！　何故私は死なないのだ！　私の不遜からだが、何故聖書を信じようとしなかったのか。どんな狂気に取り付かれたのか」。炎の中にいた悪魔がそれを聞くやいなや、この哀れな霊魂をこれまで苦しめてきた責め具を持って彼の回りに集まってきた。彼らは蜂のように彼を取り囲み、茨の火のように燃えたち[51]、いっせいに叫んだ[52]。「ああ、罰と拷問を受けるに価する下劣な霊魂め、お前はどこから来たのか。お前にはその罰がどんなものか知るまい。これまで経験したことがないからだ。だが、これから、お前がやってきた行いに相応しい責め苦を味わうことになる。お前はそれから逃げることも、その中で死ぬこともできず、永遠に拷問を受けながら生き続けるのだ。お前はどんな慰めも逃げ場も光も見出せず、もはやどんな助けも憐れみも期待できない。なぜなら、今お前は『死の門』の近くにおり、[53]まもなくより低い地獄に導かれるのだから。お前をここまで連れてきた者がお前を騙してきた。彼にできるなら、我々の手からお前を解放させるがよい。だが、お前はもはや彼と会わないだろう。悲しめ、不遜な霊魂よ、悲しみ、泣き、叫び、喚け。お前は、焼かれた霊魂たちと一緒に永遠に泣き、燃え続ける者たち、彼らとともに嘆き悲しむ者たちと嘆くことになる。お前を我々の手から救いたい者、あるいはそれができる者は誰もいない」[54]。そして彼らはお互いにこう言い合った、「何故これ以上待つのか。彼を引きずり込んで我々の残酷さを見せるために、ルシフェルに渡して食わせよう」。彼らは武器を振り回して永遠の死を迫る。彼らの顔は石炭のように黒く、その目は松明のように燃えたぎり、[55]その歯は雪よりも白い。また彼らはサソリのような尾と鋭利な鉄の爪、ハゲワシのような翼を持っている。彼らは騎士トゥンダルの霊をすぐにでも引きずり込み、彼が泣き喚いている間に死者のための歌でも歌えると思い込んでいた時、生命の霊が到来し、闇の霊たちは逃げ去った。天使はいつもの言葉で彼を慰めながら言う、「喜びなさい、光の子よ、幸せになるがよい。[56]あなたは、裁きではなく、憐れみを得るでしょう。[57]実際あなたは罰を見るだろうが、あなたはもはやそれを受けることはない」。

13 闇の王

「来なさい、人類の最悪の敵を見せよう」と天使は先に歩き、地獄の門に着いた。(58) 天使はトゥンダルに言う、「こちらに来て見なさい。ここに入る者たちには光がまったくあたらないのだ。あなたには彼らが見えるだろうが、彼らはあなたを見ることができない」。彼は近づいて、地獄の底を覗いた。そこには、聞いたこともない数多の異様な様相が見えた。たとえ彼が数多の頭を持ち、それぞれに数多の舌を持ったとしても、それらをすべて語ることはできなかっただろう。しかし、私たちにとっていくつかの話はためになると思う。彼は、(地獄の底に)人類の敵である悪魔、闇の王を見た。王の図体はこれまで見たどんな獣よりも巨大であった。その身体を見た霊魂さえそれを何者とも比較できなかった。私たちは、彼の口から直接聞かなったことをあえて推測して話すことはしないが、彼の話を聞いたままに報告しよう。

その獣はカラスのように真っ黒で、頭からつま先まで人間の形をしていたが、数多の手と一本の尾を持っていた。この恐ろしい獣の千余りの手はいずれも長さが百キュービト、厚さ十キュービトの大きさで、それぞれの手には、長さ百パームと厚さ十パームのサイズの指が二十本ついており、それらの指には兵士の槍よりも長い鉄の爪が伸びていた。足の爪も同じだ。また彼は長く厚い口ばしと霊魂を鋭い投槍で傷つけるように工夫された棘のある長い尾を持っていた[59]。この恐ろしい様相の獣は鉄板の下に置かれた燃えさしの上にうずくまり、数え切れないほどの悪魔の怒声がますます大きくなっていった。

彼は、この世の初めからこれほど多くの人間が生まれたのかと信じられないほどの霊と悪魔の大群に囲まれていた。しかし、この人類の敵の手足は燃える太い鉄と銅の鎖で結ばれていた。彼はこのような状態で石炭の中にいて体中が焼かれるので、怒りで身体を左右に回転しながら、数多の手で霊の大群を捕らえ、手のひら一杯に握り締めると、まるで喉の渇いた農夫が葡萄をつぶすように、霊を絞り潰したので、頭や手足を切断したり、剝がれたりで無傷で逃げられる者はいなかった。次いで彼は、ため息をつくかのように、すべての霊をゲヘンナのいたる所に吹き飛ばした。すると、以前述べたように井戸が悪臭を放ちながら火を噴出した。驚いた獣が息を吸うと、彼が吹き飛ばした霊は皆引き戻され、煙と硫黄と一緒に彼の口の中に落ちて食べられた[60]。彼の手から逃れた者は彼の尾の棘で突き刺され、そうしている間、哀れな彼もまた自分を刺しており、霊に拷問を与える一方で、自身もまた苦痛を受けていた。この様相を見て、騎士トゥンダルの霊は神の天使に訊ねた、「ご主人様、この獣は何という名前ですか」。天使は答える、「ルシフェルと呼ばれる。彼は神の最初の創造物で[61]、かつて喜悦の楽園に住んでいた[62]。もし彼が解放されるなら、天地は破壊され、どこも地獄に落ちるだろう。この大群は、一部は闇の天使たちと悪魔の使い、一部は許しを求めなかったアダムの息子たちから成っている。彼らは、神の許しを期待しなかった者たちで、彼自身神を信ぜず、[63]永遠の報いを与える栄光の主に言葉と行いを持って委ねることを望まなかったので、闇の王とともに永遠の罰を受けるに価する。彼らはすでに断罪された者たちだが、その他の多くは言葉で善行を約束したが実行するのを拒否した者たちで、まだ裁きを待っている。この罰は、キリストを全面的に拒否する者、および姦通・泥棒・強盗のような罪を犯しながら適当な悔悛をしない尊大な者双方が受けることになる。また、前に見たようなより小さな罰から、更に一度入った場所から二度と出られないような大きな罰までである。聖職者および統治を望む支配権者もまた同様に永遠の罰を受けることになる。彼らは、人々への統治や裁きのために神によって与えられた権力をないがしろにし、また権力を人々に対して彼らに委託されたものとして行使しなかった。」

聖書が述べるのはそのためである。「力ある者は力に相応する裁きを受ける」[64]。トゥンダルの霊は訊ねる、「あなたは、権力は神によって与えられると言うが、それではなぜ彼らはそのために苦しむのでしょうか」。天使は答えた、「神からの力（権力）は悪ではない。だがそれを悪用することは悪である」。さらに霊は訊ねる、「なぜ全能の神は、常に善良な人々に権力を委ねないのでしょうか。そうすれば彼らは仕える人々を正しく導き、支配するでしょう」。天使は答えた、「権力は、時々従者たちの罪によって善良な人々から奪取される。なぜなら、邪悪な者は善き支配者を持つ資格がなく、まさに従者が善良な場合は、彼らの霊魂の救いがより確かな方法で与えられる」。トゥンダルは訊ねる、「この獣は誰をも守れず、自分自身を解放することもできないのに、なぜ闇の王と呼ばれるのか知りたい」。天使は答える、「彼が王と呼ばれるのは彼の権力のためではなく、闇の世界において傑出した存在だからだ。あなたはこれまで多くの罰を見てきたが、この野蛮な拷問に比べると、いずれもとるに足らない」。彼は言う、「まったくその通りだ。この穴の様子や酷い悪臭に、私はこれまで受けたどんな拷問にもまして困惑し、脅威を覚える。できることなら、一刻も早くここから私を連れ出し、これ以上の苦しみから守って欲しい。なぜなら、この拷問を受けている人々の中に、多くの親戚、友人や知人を見た。現世では楽しく付き合った仲間だが、ここで彼らとともにするのは絶対嫌だ。もし神の憐れみが私を助けにこなかったなら、現世での功罪からみて、私は疑いなく彼ら以上の苦痛を受けるだろう」。

天使は言う、「来なさい、あなたの憩いの場所に戻りましょう。主はあなたを親切に扱います[65]。あなたが再び罰に価することをしない限り、あなたはもはやこれらの苦しみを受けたり見たりはしません。あなたはこれまで神の敵たちの牢獄を見て来たが、これからは神の友人の栄光を見るでしょう」。

14　邪悪でない霊魂の軽い罰（死後の世界の転換点：闇から光の世界へ）

トゥンダルは天使に導かれ歩いていると、間もなく悪臭は消え、闇が追い払われて光が見えるとともに、恐れも消え去り、まもなく安らぎが戻ってきた。彼は、以前の悲しみから喜びと幸せに溢れたので、自分でもその急激な変化に驚いて言った、「わが主よ、教えて下さい。どうして私はこんなにも急に変わったのでしょうか。私はこれまで目が見えませんでしたが、今は見えます[66]。前は悲しかったが、今は幸せです。私はずっと我慢できない悪臭に耐えてきたが、今は全然悪臭はしない。私は臆病で怖がりだったが、今は幸せと安心を感じている」。天使は答えた、「あなたに祝福を。驚くことはない。なぜなら、これは最高位の方の御力の転換点だからです[67]。別な道を通って、私たちの国に戻りましょう[68]。あなたは神を讃え、私について来なさい」。

歩いていると、前方に非常に高い壁が見えた。その最も近い壁面に雨風を凌いで住んでいる男女の一群がいた。彼らは飢えと渇きに苦しみ、哀れであった。しかし、彼らには光があり、悪臭はなかった。トゥンダルは訊ねた、「あのようなところに住む彼らはだれですか」。天使は答えた、「彼らは罪人の霊だが、それほど酷いわけではない。実際、彼ら自身は厳格で徳のある生活をしていたが、貧者に対して寛容な施しをしなかった。そのために何年間かは雨に打たれて罰を受けているが、その後彼らはよき安息の場に行くことになるだろう」。

15　喜悦の平原、生命の泉、安息の場

　更に進んで行くと、二人は一つの扉の前に着いた。すると扉は彼らのためにひとりでに開いた(69)。そこを通っていくと、芳しい香が漂い、花々で彩られ、光と喜びに満ちた美しい平原が広がっていた。そこには、数え切れないほどの霊魂がおり(70)、その男女の大群衆は喜びに溢れていた。そこには夜はなく(71)、太陽は沈まず、生命の水の泉がある(72)。

　トゥンダルの霊は、それまで味わった恐ろしく激しい苦しみの後に訪れた、壮大な平原の甘美さに感嘆し、強い信仰を持って叫んだ。「主の御名が、今よりとこしえに讃えられますように(73)。主の数えきれないほどの憐れみにより、主は地獄の門から私を解放し(74)、聖人の遺産の分与に預からせて下さった(75)。今私は、聖書の御言葉が誠に真理であることを知りました。『目が見もせず、耳が聞きもせず、人の心に思い浮かびもしなかったことを、神はご自分を愛する者たちに準備された』(76)。彼は訊ねた、「この安息の地は、どの霊魂のためにあるのでしょう。またこの泉は何という名前でしょうか」。天使は答えた、「ここに住む人々は完全に善良な霊とは言えない。彼らは地獄の苦痛は避けられたが、まだ聖人たちの恩恵をともにすることはできない。あなたが見る泉は生命の泉と呼ばれる。この水を飲む者は永遠に生き、決して渇くことはない」。

16 ドンハズ王とコンホバル王

更に先に進むと、彼も知っている世俗の人々に出会った。その中にコンホバル王とドンハズ王がいた。トゥンダルは彼らを見て非常に驚いて天使に言った、「これはどういうことでしょう。この二人の王たちは生前非常に残忍で、お互いに敵同士だった。どのようにして彼らはここに来て、友人になったのでしょうか」。天使は答えた、「彼らは死の前に敵対心を悔悛し、彼らの過ちは消えた。更にコンホバル王は長い間患っていたが、もし生き延びるならば修道士になることを誓った。一方ドンハズ王は長年捕虜として鎖に繋がれて過ごし、貧者に彼の全財産を施した徳により、彼の正義は永遠に残っている。あなたはこれらのことのすべてを生きている人々に話すことになる」。彼らは更に歩みを続けた。

17 コルマック王

二人が少し進んで行った時、家も壁もすべてが金銀宝石で作られた驚くほど豪奢な館が見えた。建物には扉も窓もなかったが、そこに入りたい人はみな入れた。家の中は非常に明るかったので、太陽が一つだけでなく、いくつも輝いているように見えた。内部は広い円形だが柱はなく、ホールには金と宝石が散りばめられていた。トゥンダルはそのような建物を喜んで見渡していると、宝石と絹、あらゆる種類の装飾が施された金の玉座が目についた。この玉座に座っていたのはコルマック王（デズモンド王）であった。王は、これまでどんな王も着たことがないような宝石をちりばめた衣をまとっていた。彼は驚嘆しながらしばらくそこに立っていると、多くの人々がそれぞれ贈り物を持って王に献上するために訪ねてきた。彼が自分の領主である王（現世にいた時、王はトゥンダルの領主だった）の前に立ち続けていると、多数の司祭と助祭がミサのために絹の盛式祭服をまとってやって来た。宮殿のいたるところに素晴らしい装飾が施された。司祭たちは、金銀の聖餐式のカップとカリス、象牙の聖櫃をスタンドや祭壇に置いた。神の王国により偉大な栄光がなかったら、この館の装飾で十分だっただろう。

出席者は皆王の前に来て、跪いて言った、「あなたの手が労して得たものはすべてあなたの食べ物となる。幸せと恵みがいつまでもあなたのうえにありますように」(77)。トゥンダルは天使に言った、「私の主人はどのようにしてそのように数多くの随行者を持ったのでしょうか。その中には、彼の生前の随行者は一人もいない」。天使は言った、「彼らは王が生前持っていた家の者ではない。彼らが前に述べたことを聞いていませんか。『あなたの手が労して得たものはすべてあなたの食べ物となる。あなたはいかに幸いなことか。いかに恵まれていることか』(78)。あなたが見ている人々は皆キリストの貧しい巡礼者なのです。王は生前彼らに寛大にも施しを与えていました。彼がその人々の手を通して永遠の報いを得られるのはそのためなのです」。トゥンダルは言った、「私の主人である王は、彼の死後、肉体を離れてここに来てからこれまで苦しみを受けたのか知りたい」。天使は答えた、「はい、彼はこれまでも苦しみを受けたし、今も毎日受けており、またこれからもまだ受けるでしょう」。天使は付け加えた、「もう少し待つと、彼の拷問を見られます」。

まもなく家は暗くなり、そこにいた人々は皆陰鬱な気分になった。王は元気がなくなり、泣きながら立ち上がって出ていった。トゥンダルが彼の後をついていくと、中で見た同じ群集が天に向かって両手をあげ、敬虔に神に祈っていた。「全能の主なる神よ、あなたの僕《しもべ》をお憐れみ下さい。あなたのお望みのままに」。あたりを見回すと、王が腰まで炎につかり、腰から上に苦行用の馬巣織の衣をまとって立っていた。トゥンダルが天使に訊いた、「どのぐらいの間、王はこの拷問を受けるのですか」。天使は答えた。「毎日三時間。あとの二十一時間、彼は安息を楽しんでいる」。彼は更に訊ねた、「なぜ彼はこれらの罰を受けるように断罪されたのですか。他の罰はないのですか」。天使は答えた、「腰まで火につかる罰は、彼が法的結婚の秘蹟を傷つけたからだ。また上半身の苦行衣は、彼が従者の一人を聖パトリックの祭壇の近くで殺害するよう命じ、彼の誓いに背いたからだ。この二つの罪以外はいずれも許されている」。そう話し終えると、天使は言った、「さあ、行こう」。

18　信仰深い夫婦の栄光

しばらく行くと、高くそびえ立つ、光輝く壁が見えた。この壁は銀で作られ、まばゆいほど美しい。壁には扉がなかったが、トゥンダルは神の御力とも知らずに自分が中にいるのに気付いた。あたりを見回すと、喜びに溢れて歌っている聖人たちの聖歌隊がいた。「父なる神よ、あなたに栄光、御子よ、あなたに栄光、聖霊よ、あなたに栄光」。歌っている男女の聖歌隊は白の衣服を纏い、美しく、しみやしわも何一つなく、[79]歓喜と笑い、いつも幸せと喜びに満ち、聖なる永遠の三位一体をほめ讃えることを決してやめない。更に、彼らの衣装の白さは、太陽光に照らされた新雪のようであった。彼らの調和のとれた声の響きは、一つの妙なる歌のような音調を創り出していた。輝き・楽しさ・魅力・喜び・美しさ・正直・健康・永遠・調和のすべてが、慈善とともに彼らに具わっていた。彼らがいたその牧草地の香については何と表現したらよいだろう。その甘く、心地よい香はいかなる種類の香水や芳しいハーブの香よりも卓越していた。そこには夜はなく、[80]悲しみもなく、誰もが愛に燃えていた。トゥンダルは言った、「ご主人様、お願いがあります。どうか私をこの安息の地に留まらせて下さい」。天使は答えた、「それは結構だ。ただここは大変よいところのように見えるが、あとで聖人たちのためのより立派な報いを見ることができます」。

彼は訊ねた、「ここはどのような霊魂の報いの場所ですか」。天使は答えた、「信仰深い夫婦のためです。彼らは違法な姦通のしみで夫婦の寝床を汚すこともなく、法的結婚の約束を守っている。また彼らは、家庭をよく営み、この世の財を貧者・巡礼者・教会に寄贈している。神は最後の審判の時彼らにこう言うだろう、『さあ、わたしの父に祝福された人たち、天地創造の時からお前たちのために用意されている国を受け継ぎなさい。お前たちは、わたしが飢えていたときに食べさせ、喉が渇いていたときに飲ませ、旅をしていたときに迎え入れてくれたからだ』(81)。彼らは、祝福に満ちた希望と神の偉大なる栄光の到来を待ちながら、この安息の地で安らかに過ごしている(82)。なぜなら、法的結婚の秘蹟は重要なものだからだ(83)。それを身体においても誠実に守る者は、この安息の地でいつまでも喜びのうちに過ごすだろう。

そして天使は付け加えた、「我々は、この上に何があるか見るために更に昇らなければならない」。トゥンダルは言った、「もし、あなたの目で恵みを見つけたなら、私がこの安息の地に留まることを見て下さい。もしそれがあなたの望みならば、私はこれ以上高いところに行きたくない。私の最高の願望はこの地の人々と残ることです。私には、それ以上の関心も望みもない」。天使は言った、「あなたは望まなくても、これよりもっとよいものを見るでしょう」。このやりとりの後、二人は出発し、大した苦労もなく歩き続けた。苦労することなどは存在しないように思われた。二人が人々の各グループの中を通り過ぎて行くと、彼らは皆トゥンダルに会うために歓喜して駆け寄り、軽く会釈して幸せな顔を見せ、トゥンダルの名前を呼びながら彼に挨拶し、彼を解放した神を讃えた。「永遠の栄光の神よ、あなたを讃えます。なぜなら、あなたは悪人が死ぬのを喜ばない。むしろ、悪人がその道から立ち帰って生きることを喜ぶ(84)。あなたの変わらぬ憐れみをもって、あなたはこの霊魂を地獄の苦しみから送り出し、あなたの聖人たちの聖餐に彼を加わらせて下さった」。

19 殉教者と貞節な者の栄光

こうして多くの人々の間を通り過ぎた後、彼らは一つ目の壁に匹敵するほど高い壁を見た。それは光輝く純金でできており、それを見たすべての霊は金の輝きだけでも今まで見たすべての栄光にも勝る喜びを得た。彼らは一つ目の壁と同じように通り過ぎた。彼らの目の前には高価な絹に覆われた金や宝石やあらゆる種類の貴石でできた椅子がいくつもあった。そこには霊が見たことも想像することもできないほど高価なシルクの服や白いローブ(85)やティアラや華美な装飾品をまとった男女の長老が座っていた(86)。皆の顔は正午の太陽のように輝き、金色の髪を持ち、宝石で飾られた金の冠をかぶっていた(87)。長老の前には最高の貴金属でできた聖書台があり、その上には金の文字で書かれた本が置いてあった。長老たちは新しい曲で主にハレルヤを歌い(88)、その甘美な調べを聴いた霊は過去をすべて忘れた。霊は素晴らしい喜びに満ち、しばしこの聖歌隊の場所に佇んだ。天使は霊に「彼らは自らの体を神の証人に捧げ、子羊の血でローブを洗った聖人である。(89) 彼らは貞節で、肉体の負債を払い、残りの人生を神への奉公に費やした。キリストのために殉教を受けたか熱情や欲望にかられた肉体に鞭を打ち、(90) 正義と敬虔な人生を送った。(91) だから彼らは凱旋の冠を所持するに値する。彼らは神の友達になった聖人である。」

20 修道士と修道女の栄光：三位一体の臨在

霊は、よく見回すと紫やバチスト布、金銀や様々な絹でできたパビリオンがある野営地のような場所を見かけた。そこから、弦楽器・パイプ・タンバリン・キタラーが、オルガンやシンバルと一緒に鳴り響きながら(92)多様な楽しい音楽を奏でているのが聞こえた。霊は天使に言った、「このテントやパビリオンはどの霊のためにあるのですか？」

天使は言った、「ここは喜んで上司に約束した服従を信心深く提供した僧侶と尼僧の休息所です。それ支配することよりも従属をもっと喜び、他人の意志に従うために自分の意思を放棄しています。それによって彼らは真に言える。あなたは私たちの上に人を置いた。我々は火をくぐり、水を通ったが、あなたは爽やかな場所に私たちをもたらしてくれた。」(93) ここは肉体があった時から天の物事を知っていながら、悪い事を言わぬだけではなく(94)沈黙を愛するがため善についても語らなかった。それによって主に伝えられる。「我々は無言で平伏し、善についても話さず、(95)あなたの声を聴いたらすぐに従った。(96)」これらの人々は王座やパビリオンを得、すべてを授ける救いの主への讃美歌を歌い終えることはないだろう。」

霊は言った、「近くに行き、中の方々を見てもよろしいでしょうか。」天使は言った、「彼らを見て聞くことを許すが中で彼らに参加することはできない。彼らは三位一体の存在になれているが、一度人が中に入り参加すると過去を忘れて聖徒と一体になる。ただそうなるには貞操を守り天使の聖歌隊と一体になるに値しなければならない。」

近づくと、彼らはテントの中にすべての音楽を上回る甘く絶妙な声をした天使に似た信仰深い男女を見た。彼が今まで見たすべての霊は光り輝いていたが、この中に居るものの輝き、快適な匂い、甘い響きはいままでの栄光を凌駕した。それは、彼らの唇が動く様子もなく楽器も手に取らなかったが、皆の願望に合う曲を奏でたからだ。彼らの頭上の大空は強く輝き、そこから小さな銀の枝がいろいろな形で絡まる純金の鎖が掛けられ、そこからさらに聖餐杯やワイン入れ、シンバルや鐘、百合や小さな金色のボールがぶら下がっていた。その間に黄金の翼をもった天使が大群で爽快に飛び回り、聞くものに甘く絶妙な音を奏でた。

21　教会の保護者と建築家：緑の樹木

霊はこれらのヴィジョンに喜びそこに残ろうとしたら、天使が彼に言った、「振り向いて見なさい！」振り向くと霊は枝葉や花、多様な果物に覆われたとても大きく幅広い木を見た。その葉の間に棲む色とりどりの鳥たちが様々な声で唱歌や対旋律（デスカント）を歌い、枝の下には数えきれない百合やいろいろなハーブとスパイスが育っていた。その木の下には多くの男や女がおり、金や象牙でできた庵の中で、全能の神からの恩恵や贈り物を止むことなく賛美し祝福した。それぞれが素晴らしい装飾をした黄金の冠をかぶり、黄金の笏を手にし、前章で描かれた修道士の様な衣服を着ていた。霊は天使に向き、言った、「この木は何ですか？　その下にいる霊たちは誰ですか？　肉体があった時にどういう善行をしたのですか？」

天使は言った、「この木は神聖な教会の寓意であり、その下の男と女たちは教会の建築家と保護者である。彼らは教会の構築や保護に努め、神聖な教会への寄与が報われて信者友好会に迎え入れられ、信者の訓戒を通じて世俗的な状態を去り、霊を襲う金銭・肉欲から自分自身を守った。彼らは祝福された希望を待ちながら現世で厳格、高潔で敬虔な生活を送っているが、あなたが見えるようにその希望は報われている。」(97) 彼は付け加えた、「先に行こう。」(98)

22　修道女と九階層の天使たちの栄光

旅を続けると、彼らは他とは違う高さ、美しさと輝きを持つ壁を目にした。間に金属を嵌めこんだ様々な色の貴重な宝石で強く作られ、その姿はモルタルに金を使っていたようだった。石には水晶、クリソライト、緑柱石、碧玉、ヒヤシンス、エメラルド、サファイア、オニキス、トパーズ、紅玉髄、クリソプレーズ、アメジスト、ターコイズ、ガーネットを用いた。すべてのこれらの類似した石できらびやかなこの壁は、それを見た人々の心に偉大な愛を呼んだ。

彼らはこの壁を登りながら、神が御身を愛する者のために準備しているすべてを、だれも見たことも聞いたことも想像したこともないと悟った。(99) そこで見たのは九つの階層の天使たち、つまり天使、大天使、美徳、公国、支配、王座、ケルビムとセラフィムであった。さらに彼らは人間には言うことができず、また言ってはならない御言葉を聞いた。(100)

天使は霊に言った、「聞きなさい、子供よ、そしてよく考慮して耳を傾け自分の民もあなたの父の家も忘れなさい。王はあなたの美貌を欲するだろう。(101)」これ以上私が言えることがあるだろうか？だれにでもわかるように魅力的で威厳のある崇高なものがいくつもある。天使の聖歌隊に囲まれ、数々の族長や預言者の称賛を熟慮し、純白の殉教者たちを見、修道女の新しい歌を聴き(102)、使徒たちの栄光ある合唱を拝聴しながらも、何よりも勝る喜びは天使たちのパンでありすべての生命の源である寛大で慈悲深い神を目であがめることである。[103]

彼らが立っている場所からは今まで見たすべての栄光だけではなく以前説明した刑の拷問が見えた。それよりも素晴らしく、地球全体を一筋の太陽の光の下にいるかのように熟考できた。創造主に一度謁見した者の創造物を見る力を弱めることは何もできない。さらに素晴らしく、同じ場所に振り向かず立っていても、前後にあるすべてを見ることができた。彼はヴィジョンだけではなく特別な知識を与えられ、何も問わずとも明確かつ完全にすべてを知り得た。

23　聴罪師聖ルアダン

彼が立っていると、聴罪師聖ルアダンが来て大喜びで彼を迎えた。彼を心から抱きしめ、内なる慈愛をこめて言った、「この時から永遠に主はあなたの行き来を守ることを願わん。[104]私はお前の守護聖人のルアダンであり、お前は自分の埋葬を私に委ねなければならない。ルアダンはそれを伝えた後、佇んでそれ以上何も言わなかった。

24　聖パトリックと四人の司教たち

見回すと、霊はアイルランドの偉大な使徒、聖パトリックを見た。その周りには大勢の司教がいて、彼はそのうち四人を知っていた。それはアーマーの大司教ケレスチヌスとその後継者のマラキーであった。後者は法王インノケンティウスの時代にローマに来、法王に特使と大司教に任命された。マラキーは持ち物すべてを神聖な修道院や貧しき者に配り、五十四の修道院を建て、自分のためには何も蓄えずそこの修道士、司祭、修道女に生活必需品を保証した。そこで霊がさらに見たのは、素晴らしい自制心を持ち自発的な貧困を愛するマラキーの母方の兄弟でラオースの司祭でもあるクリスチアウヌスと、気取らなく謙虚で知恵と純潔がだれよりも際立つクロイン管区の司教ネミアスであった。彼はその四人の司教を見た。

その隣には誰も座っていない素晴らしい装飾をされた椅子があった。霊は言った、「これはだれの椅子で、なぜまだ空いているのですか?」マラキーは答えた、「この椅子はまだ肉体から移住していない我々の兄弟のものだが、彼が来たらそこに座るだろう」。霊はこのすべてのことで喜びに満たされていたが、彼より先に来ていた主の天使が近寄り、彼に優しく接し、言った、「このすべてを見ましたか?」霊は答えた、「見えました。主よ、あなたに請います、ここに居させてください」。しかし天使は言った、「あなたは自分の体に戻り、隣人のために見たものすべての記憶を保持しなければならない」。

むすび　霊魂が肉体に帰還

霊は体に戻らないといけないと聞いたら、大きな悲しみで泣きながら答えた、「主よ、この栄光を去り、自分の体に戻されるほどの大悪事を過去に行いましたか?」天使は言った、「ここに入るのが許されるのは恥ずべきことで汚されるよりも、肉欲から体を守りその偉大な栄光のために焼かれることを選ぶ純潔者だけである。あなたは経典の言葉を信じるのを拒んだため、ここに残ることができない。しかし、我々の助言や援助は欠かさず忠実に、誠にあなたとともにあるでしょう。」

天使がこれを言った後、霊は振り向き動こうとしたが、すぐに自分の体の質量による圧迫を感じた。彼は弱い肉体の目を開け、ため息をつき何も言わず、周りを囲む聖職者を見つめた。

感謝とともに聖体を頂いた後、彼は持ち物すべてを貧しき者に配り、着ている衣服に十字を切るように命令した。しばらくしたら、彼は見たすべてのことを私たちに説明し、善き人生を送るように警告し、前には知らなかった神の御言葉を彼は献身、謙遜、知識を込め説いた。我々は彼の人生を真似られないため、少なくとも読者の利益のためにこれらのことを書きのこします。輝かしい神よ、我々は謙虚で献身的な祈りで御身の寛大な措置を請います。名誉と栄光が永遠に属し、上記すべてを支配する主イエス・キリストの好意を受けられるのなら、ふさわしくなくも我々のためにお祈りください。アーメン

トゥンダルという名の騎士のヴィジョン、ここに終わる

（1）マタイ、二〇・一六　ぶどう園の労働者のたとえ
（2）箴言、二九・二三
（3）コリントⅡ、二・一五「救いの道をたどる者にとっても、滅びの道をたどる者にとっても、わたしたちはキリストによって神に捧げられる良い香りです。」
（4）サムエル記上、一五・二二「見よ、聞き従うことはいけにえにまさり〜」
（5）コリントⅡ、九・七
（6）コリントⅡ、一一・一九
（7）コリントⅡ、一一・一
（8）詩編、七八・三九
「神は御心に留められた
人間は肉にすぎず
過ぎて再び帰らない風であることを。」
（9）詩編、七一・二〇

(10) 詩編、一一二・九
(11) 使徒言行録、七・五四
(12) 箴言、六・一三―一四
(13) エゼキエル書、三三・一一「わたしは悪人が死ぬのを喜ばない。むしろ、悪人がその道から立ち帰って生きることを喜ぶ。」
(14) 詩編、一八・六
「陰府《よみ》の縄がめぐり
死の網が仕掛けられている。」
(15) ヨハネ、二・一三以下の、神殿から商人を追い出すイエス。
(16) 詩編、七三・九
「口を天に置き
舌は地を行く。」
(17) マタイ、一六・二七。黙示録、二・二三「わたしは、あなたがたが行ったことに応じて、一人一人に報いよう。」
(18) 列王記下、六・一六
(19) ローマ、八・三二
(20) 詩編、九・七―八
(21) ローマ書、七・二四
(22) ヨブ記、四〇・二三

(23) マタイ、八・一二「だが、御国の子らは、外の暗闇に追い出される。そこで泣きわめいて歯ぎしりするだろう。」
(24) 詩編、一一六・三―七
(25) ローマ、二・一―一六の神の正しい裁きを参照。特に二・六。
(26) 詩編、一二六・六
「種の袋を背負い、泣きながら出て行った人は
束ねた穂を背負い、喜びの歌をうたいながら帰ってくる。」
(27) ルカ、六・二五
(28) 詩編、八五・一一
(29) 詩編、一四・三
(30) 詩編、一〇七・一八
(31) イザヤ書、三五・一〇、マタイ、八・一二
(32) 詩編、一〇七・一〇「彼らは、闇と死の陰に座る者」
(33) 詩編、三三・五
(34) マタイ、二四・四五―四六　忠実な僕《しもべ》と悪い僕のたとえ。
(35) ヨハネ、一・一二「その名を信じる人々には神の子となる資格を与えた。」
(36) 詩編、七八・五九「神は聞いて憤りイスラエルを全く拒み」イスラエルの裏切りと神の怒り。
(37) 黙示録、九・一〇「さそりのように、尾と針があって、この尾には五か月の間、人に害を与える力があった。」

(38)　詩編、一四〇・四
「舌を蛇のように鋭くし
まむしの毒を唇に含んでいます。」
(39)　黙示録、二・二―九
(40)　マタイ、三・一七
(41)　ダニエル書、三・一七　燃え盛る炉に投げ込まれた（ネブカドネツァル王治世下の）三人のユダヤ人
(42)　詩編、七八・五九―六四
(43)　黙示録、九・五―六　「殺してはいけないが、五か月の間苦しめることは許されたのである。」「この人々は、その期間、死にたいと思っても死ぬことができず、切に死を望んでも、死のほうが逃げて行く。」
(44)　ヨシュア記、一・七　「ただ、強く、大いに雄々しくあって、わたしの僕モーセが命じた律法をすべて忠実に守り～。」
(45)　サムエル記上、二・六　「主は命を絶ち、また命を与え、陰府《よみ》に下し、また引き上げて下さる。」
(46)　エゼキエル書、三三・一一
(47)　詩編、一一九・一四三
「苦難と苦悩がわたしにふりかかっていますが
あなたの戒めはわたしの楽しみです。」
ローマ、二・一―一六、神の正しい裁き
(48)　伝道の書（コヘレトの言葉）、九・一〇　「いつかは行かなければならないあの陰府には、仕事も企ても、知恵も知識も、もうないのだ。」

（49）黙示録、一・一―二「すると、一つの星が天から地上へ落ちて来るのが見えた。この星に、底なしの淵に通じる穴を開く鍵が与えられ、それが底なしの淵の穴を開くと、大きなかまどから出るような煙が穴から立ち上り、太陽も空も穴からの煙のために暗くなった。」同、一四・一一「その苦しみの煙は、世々限りなく立ち上り、獣とその像を拝む者たち、また、だれでも獣の名の刻印を受ける者は、昼も夜も安らぐことはない。」

（50）詩編、七八・五九

（51）詩編、一一八・一一―一二

「彼らは幾重にも包囲するが
主の御名によってわたしは必ず彼らを滅ぼす。
蜂のようにわたしを包囲するが
茨が燃えるように彼らは燃え尽きる。」

（52）使徒言行録、一九・三四

（53）詩編、一〇七・一八

「どの食べ物も彼らの喉には忌むべきもので
彼らは死の門に近づいた。」

（54）ダニエル書、三・一五―一七（ネブカドネツァル王に燃え盛る炉に投げ込まれたユダヤ人行政官三人）「お前たちをわたしの手から救い出す神があろうか。」「わたしたちのお仕えする神は、その燃え盛る炉や王様の手からわたしたちを救うことができますし、必ず救ってくださいます。」

（55）黙示録、九・一〇

(56) 哀歌、四・二二
(57) ヤコブ、二・一三「憐れみは裁きに打ち勝つのです。」
(58) マタイ、一六・一八
(59) 黙示録、九・一〇
(60) 黙示録、九・一八「その口から吐く火と煙と硫黄、この三つの災いで人間の三分の一が殺された。」
(61) イザヤ書、一四・一二
「ああ、お前は天から落ちた
明けの明星、曙の子よ。」
コリントII、一一・一四「サタンでさえ光の天使を装うのです。」
(62) エゼキエル書、二八・一三「お前は神の園であるエデンにいた。あらゆる宝石がお前を包んでいた。」
(63) 詩編、七八・二二
「彼らは神を信じようとせず
御救いに依り頼まなかった。」
(64) 知恵の書、六・一—一一（為政者の責任）
特に六・七
「最も小さな者は憐れみを受けるにふさわしい。
しかし、力ある者は力による取り調べを受ける。」
(65) 詩編、一一六・五—七
「主は憐れみ深く、正義を行われる。

わたしたちの神は情け深い。
哀れな人を守ってくださる主は
弱り果てたわたしを救ってくださる。
わたしの魂よ、再び安らうがよい
主はお前に報いてくださる。」

(66) ヨハネ、九・二五「あの人が罪人かどうか、わたしには分かりません。ただ一つ知っているのは、目の見えなかったわたしが、今は見えるということです。」

(67) 詩編、七七・一一
「いと高き神の右手は変わり
わたしは弱くされてしまった。」

(68) マタイ、一・一二「『ヘロデのところへ帰るな』と夢でお告げがあったので、別の道を通って自分たちの国へ帰って行った。」

(69) 使徒言行録、一二・一〇「第一、第二の衛兵所を過ぎ、町に通じる鉄の門の所まで来ると、門がひとりでに開いたので、そこを出て、ある通りを進んで行くと～」

(70) 黙示録、七・九「だれにも数えきれないほどの大群衆が、白い衣を身に着け～」

(71) 黙示録、二一・二五「都の門は、一日中決して閉ざされない。そこには夜がないからである。」

(72) 黙示録、二一・六「渇いている者には、命の水の泉から価なしに飲ませよう。」

(73) 詩編、一一三・二「今よりとこしえに主の御名がたたえられるように。」

(74) マタイ、一六・一八「陰府の力もこれに対抗できない。」

(75) コロサイ、一・一二「光の中にある聖なる者たちの相続分に、あなたがたがあずかれるにしてくださった御父に感謝するように。」
(76) コリントⅡ、二・九
(77) 詩編、一二八・二
(78) 詩編、一二八・二
(79) エフェソ、五・二七「しみやしわやそのたぐいのものは何一つない、聖なる、汚れのない、栄光に輝く教会を御自分の前に立たせるためでした。」
(80) 黙示録、二一・二五
(81) マタイ、二五・三四―三五
(82) テトス、二・一二―一三
(83) エフェソ、五・三一―三二
(84) エゼキエル書、三三・一一
(85) 黙示録、七・九
(86) 黙示録、四・四
(87) 黙示録、四・四
(88) 黙示録、五・八
(89) 黙示録、七・一四
(90) ガラテア、五・二四
(91) テトス、二・一二

(92) 詩編、一五〇・三—五、創世記、四・二一
(93) 詩編、六六・一二
(94) 詩編、三四・一四
(95) 詩編、三九・三
(96) 詩編、一八・四五
(97) テトス、二・一二—一三
(98) ペトロI、二・一二
(99) コリントI、二・九
(100) コリントI、一二—四
(101) 詩編、四五・一一—一二
(102) 黙示録、一四・三—四
(103) 詩編、七八・二五
(104) 詩編、一二一・八

解説

『トゥンダルのヴィジョン』とその世界

盛　節子

Ⅰ　解題

Tnugdalus は Tnuthgal / Tnudgal（Irish トヌーズガル）のラテン語化。七七一年没の Eoganacht Cashel（Clan Failbe）王の他、『レンスターの書』に度々記載されている。「騎士」は、封建領主の中、下位の領主（oglaech「若年戦士」、juvenis「青年」、miles「騎士」を含む）。一二世紀に王権と地方属王との間に封土授受による封建的主従関係が発達するに伴い、封建領主の位階構造が形成（下位王権層の地主――借地人化）。「アイルランド王権」の概念は、初期の強力な最大王権から、各有力地方王権を統括する集権的概念に発達。教会の中央集権的教区制度に対応する。

『トゥンダルのヴィジョン』（*Visio Tnugdali*）[1]は、一一四九年、アイルランド・マンスター地方の政治・宗教的拠点キャシェル（Cashel, Co. Tipperary）の騎士トゥンダル（Tnugdal）が友人の債務履行催促（馬三頭）のために同地方南部の主要港湾都市コーク（Cork）を訪れた際、友人たちと会食中に突如昏睡状態に陥り、再び覚醒する間（水曜日午後四時から土曜日午後四時の三日三晩）に、身体から離れた霊魂が天使とともに辿った地獄・煉獄・天国の来世の様相を人々に語り伝え、自らの改心と喜捨の生活を通して贖罪と救いへの道を説く、伝統的ヴィジョン形式による教説書である。プロローグ・序文・二十四挿話・エピローグの全二十七章で構成されている。

ラティスボン（Ratisbon、南ドイツバイエルン［Bayern］の古都レーゲンスブルク［Regensburg］）のアイルランド人修道士マルクス（Marcus）が、アイルランドで聞いたトゥンダルのヴィジョン体験談を、当地の聖パウロ女子修道院長「G」の依頼でラテン語に翻訳・執筆し、写本作成のために彼女に献呈する（プロローグ）。一二世紀から一九世紀までに作成された写本百五十四篇がドイツ・オーストリアを中心にヨーロッパ中に散逸し、更にヨーロッパ各国語による翻訳テキストが百篇ほど残されており、ヨーロッパで広く知られたヴィジョン著作の一つに数えられる。初期翻訳写本のいくつかが編纂されているが、現存するラテン語テキストは一八八二年に出版されたA・ワグナー（A. Wagner）の編纂（1）のみである。[2]

ヴィジョン文学に類別されるアイルランド最古の作品は、七世紀の『フルサのヴィジョン』（*Visio Fursa*）だが、アイルランド・ヴィジョン文学の傑作とされる一〇―一一世紀の『アダムナーンのヴィジョン』（*Fis Adomnain*）が、一一〇三年編纂のアイルランド最古の写本集『赤牛の書』（*Lebor na hOudri*）に収められている。肉体を離れた霊魂が辿る天国と地獄について、霊魂が肉体に帰還後、死後の世界の証人として語り伝え、救いと贖罪を説くというヴィジョン構想の基本的枠組みにおいて、『トゥンダルのヴィジョン』の先駆的作品と言える。(3) ただ後者は、その内容と時代背景において、一一―一二世紀教会改革の教導とそれを保護・推進したマンスター王権ブリアン王家（Ua Brian）の政治動向が投影されており、更に著作の環境および神秘霊性の影響などにおいてヨーロッパのキリスト教世界が共有する要素も多々認められる。

Ⅱ 解 説

本解説では、「トゥンダルのヴィジョン」著作の背景として、著者および著作の場所・時期とその時代背景、ヴィジョン構想・構成を概観し、テキストの基礎段階としたい。

1 著者および著作の場所・時期

著者のアイルランド人修道士マルクスは、ラティスボン（Ratisbon）の「アイルランド系修道院」（Schottenkloster、南ドイツの一連のアイルランド人＝スコッツ人修道院の総称）として知られるアイルランド人ベネディクト戒律修道院「聖ヤコボ修道院」に属していたと思われる。同共同体は、一一世紀に増加したアイルランド人巡礼者（聖職者・修道士）のために、一〇七六年にオーベルムンスター（Obermunster）女子修道院長がマリアヌス・スコトゥス（Marianus Scottus = Muiredach Mac Robartaigh）とその同伴者たちに寄進した修道院管轄の聖ペトロ教会で始まる。その後共同体急増のため、一〇八七年新設の聖ヤコボ教会に移り、一一一二年ハインリッヒ五世から独立修道院として認証を受け、ベネディクト戒律が適用される。(4)

一方、マルクスに執筆を依頼し、著作を献呈されたパウロ女子修道院長「G」は、一二世紀末に『トゥンダルのヴィジョン』をドイツ語に翻訳したババリアの修道士アルベール（Albert）によると、マルクスに執筆を依頼した三人の修道女（Otegebe, Heilke, Gisel）との記述から、その一人［Gisel］と同一人物とされてきた。(5) しかし今日では、ラティスボンの聖パウロ女子修道院で発見された修道院長リスト（'Traditionbuch'）から、一一四〇—一一六〇年の修道院長［Gisela］（ob. 25 Feb）を指し、彼女は聖ヤコボ修道院とも交流があったとされる。(6)

2 また執筆の背景を知る上で注目されるのは、トゥンダルがヴィジョンで会ったと記される人物達はいずれもマンスターと南ドイツの「アイルランド系修道院」に関連していることである。

① 聖ルアダン（St Ruadhan, ob. 584, 15 April）は、マンスターの重要な修道院共同体として発展するティペラリィ北部のローラ修道院（Lorrha = Lothra, シャノン川下流 Lough Derg 湖）の創設者で、

ドイツのアイルランド系ベネディクト戒律修道院で崇敬されているマンスター聖人の一人。マルクスもローラ修道院出身の可能性がある。(7)

② クロイン（Cloyne, Co. Cork）の司教ネミアス（Nemias = Cilla-na-nacmh Ua Muirehertaigh, ob. 1149）は、ラティスボンの聖ヤコボ修道院の娘修道院長として、一一三八年ヴュルツブルグ（Würzburg）に創設された「アイルランド系修道院」の典礼「死者の記念」（四月七日）に、「我々の修道院の司教および修道士」（Nemias episcopus et monachus nostrae congregationis）、「アイルランド人の司教および修道士」（episcopus et monachus Hiberniae）と記載されている。ネミアスはヴュルツブルグの修道士、その娘修道院ロス・カーベリ（Ross Carbery）修道院の創立者でもあり、一一四〇―一一四九年にはクロインに加えロス（Ross, Co. Cork）の司教であった可能性が強い。(8)

③ 三人のマンスター王（Conchober, Donachus, Cormachus）は、それぞれコンホバル・ウァ・ブリアン（Conchobhar Ua Brian, 1118-1142. マンスター北半分のトーモンド［Thomond］王）、ドナー・マック・カルタッフ［＝マッカシィ］（Donnchadh Mac Carthaigh, 1127, 1138-1142、マンスター南半分デズモンド［Desmond］王、d. 1144）およびコルマック・マック・カルタッフ（Cormac Mac Carthaigh（d. 1148, ドナーの兄弟、一一二四―一一三八、デズモンド王）を指す。

マルクスのラティスボン到着時、デズモンド王族出身のクリスティアヌス・マック・カルタフ（Christianus Mac Cartahigh）が聖ヤコボ第三代修道院長に就いている。『聖ペトロ教会創設資金に関する書』(*Libellus de fundatione ecclesie Consecrati Petri*)(一二五〇—一二六一、アイルランド人修道士執筆)によると、聖ペトロ修道院創設資金援助を求めるために、ラティスボンから修道士達がトーモンド王コンホバルのもとに派遣され、一一四二年同王の死後、聖ヤコボ修道院長クリスティアヌス引率の二回目の派遣団がデズモンド王ドナーの許に赴いている。修道院長はマンスターで一一四八年一一月二九日に死去(教皇エウゲニウス三世〔Eugenius III, 1145–1153〕教書に記載(9))。

3 女子修道院長「G」のヴィジョン執筆依頼の背景には、同時代のドイツ宗教界で著名な二人の人物、ラティスボンの修道士ホノリウス(Honorius Augustodunensisi, 1080?–1158?)とビンゲン(Bingen)のディスボルデンベルグ(Disbodenberg)女子修道院長ヒルデガルド(Hildegard, 1098–1179)の著作の影響があったと推測される。

まず、ホノリウスは自著の何冊かを友人の聖ヤコボ修道院長クリスティアヌスと後継者グレゴリウスに献呈しているが、その中に、クリスティアヌスの依頼で執筆した『世界象』(*Imago Mundi*)がある。また、一一—一二世紀イングランド教会改革下で書かれた*Elucidarium*の第三部「来世の生命」('De Futura Vita')など、著作には来世を扱う主題が多いが、特にヨハネス・スコトゥス・エリウゲナ(Johannes Scottus Eriugena, 810–877)の著作の影響を受け、来世を霊的に理解する傾向が強く見られる(10)。

また、女子修道院長「G」がマルクスに執筆依頼した一一四九年頃は、ヒルデガルドの壮大な幻視を含んだ『神の道を知れ』(*Scivias*, 1141-1151) が完成間近の時期である。その前年に教皇エウゲニウス三世およびクレルヴォー (Clairvaux) 修道院長ベルナルドゥス (Berunardus) 列席の下に開催されたトレヴィス (Treves) 教会会議 (一一四八) で、ヒルデガルドの幻視の恩寵が教会に公認され、その内容が公表されるようになる。(11) そのような状況の中で、マルクスが『トゥンダルのヴィジョン』の話を持ってラティスボンに到着したことが、修道院長Gに執筆を依頼させる動機となったことが推測される。

著作時代の歴史的背景

マルクスは、プロローグにおいて、トゥンダルのヴィジョン体験を一一四九年の出来事とし、同時期に起きた以下の四つの歴史的出来事を対応させて、その信憑性を高めようとする。

1 「ローマ人の王コンラド」

コンラド王 (Conrad) のエルサレム遠征の二年目

コンラド王 (Hohenstaufen 出身) は第二次十字軍のために一一四七年五月にラティスボンを出発し、一一四九年五月に帰還する。したがって、「二年目」は一一四八年五月から一一四九年五月の間を指す。(12)

2 「教皇エウゲニウス二世の治世四年目、教皇がガリアからローマに戻った年……」

教皇エウゲニウス二世（八二四―八二七）は三世（一一四五―一一五三）の誤り。エウゲニウス三世の教皇選出は一一四五年二月一五日、治世四年目は一一四八年二月一五日から一一四九年二月一四日の期間に当たるので、トゥンダルのヴィジョンはそれ以前に見たことになる。教皇はトレヴィス教会会議終了（一一四八年三月二一日）後滞在した出身修道院クレルヴォーを一一四八年四月に出発。ローザンヌ（Lausanne, 五月二〇日着）、パヴィア（Pavia, 六月三〇日着）を経て、一一月三〇日にヴィテルボ（Viterbo）に到着し、翌年一一月二八日にローマに帰還する。マルクスは教皇の旅の期間を知らず、一一四九年二月一五日前にローマに戻ったと認識していたと思われる。(13)

3 「同じ年、ダウン（Co. Down）司教兼教皇特使マラキアス（Malachias）がローマへの途上、クレルヴォーで死去。クレルヴォー修道院長ベルナルドゥス（Bernhardus）が彼の伝記と奇跡を書いている。」

マラキアス、通称マラキー（Mael Maodhog Ua Morgaire, 1096–1148）は、アーマー（Armagh）大司教ケラック（Celach, 1111–1129）の補佐（一一二一―一一二二）、コナー（Connor, Co. Antrim）司教およびバンゴール（Bangor）修道院長（一一二四―一一二九）を経て、アーマー大司教（一一三二―一一三七）、ダウン司教（一一三七―一一四八）、教皇特使（一一四〇―一一四八）の過程で、マンスター主導の教会改革から北部アルスターを含めた全土的教会・修道院改革の旗手としてその手腕を発揮する。

アイルランド教会はマンスター王ムイルタッフ・オブリアン（Muirchertach Ua Briain, 1086-1119）の支援の下に一一〇一年のキャシェル会議を端緒に改革を断行するが、一一一一年ラスブレサル（Rathbrhressail, Co. Tipperary）教会会議で修道院教会制度から二大司教区（Armagh, Cashel）・二十四属司教区に改編される。その会議直前教皇特使に任命されたリムリック司教ギルベルト（Gilbert, 1111-1140）は、聖職者の要請で、西方教会が共有する司教教会制度について説明した『教会制度について』（*De Statu Eccesiae*）において、大司教に教皇の権威を示す「パリウム」授与を規定している。だが、その実現には一一五二年ケルズ（Kells, Co. Meath）まで四〇年を要することになる。

その間、マラキーは教皇にパリウムを要請するために、一一三九―一一四〇年と一一四八年の二度ローマに赴いている。一回目は、当時の教皇インノケンティウス二世（Innocentius II, 1130-1143）はパリウム授与をアイルランド教会会議での合意を前提に保留し、老齢の教皇特使ギルベルトに代わってマラキーを教皇特使に任命する。その帰路、西方修道院改革の拠点シトー会のクレルヴォーを訪ねてベルナルドゥス（一〇九〇―一一五三）と出会い、以来親交を深める。マラキーは同伴の弟子達をクレルヴォーで養成させ、一一四二年にはメリフォント（Mellifont, Co. Louth）にアイルランド最初のシトー会修道院を誘致して、外来改革修道院の先駆的存在となる。

パリウム授与案件で前教皇が要請した教会会議は一一四八年に至ってダブリン沖イニシ・パトリック（Inis Padraig）で開催され、パリウム授与の合意を得る。同年マラキーはトレヴィス教会会議でガリア滞在中の教皇エウゲニウス三世に会うためにフランスに赴くが、教皇はすでにローマへの帰路につく。マラキーは病気のためローマ行きを断念し、一一四八年一一月二日、クレルヴォーのベルナルドゥスの許で客死する。その直後、ベルナルドゥスはリムリックのシトー会修道院長（Congall, Inislounaght）からマラキーを追悼する『マラキー伝』（*Vitae Malachiae*）の執筆を依頼され、一一四九年一月頃に完成したと思われる。[14] この伝記を基に、マラキーは一一九〇年に教皇クレメンス三世（Clemens III, 1187–1191）によってアイルランド最初の教会公式の聖人に列聖される。

4 「同年（一一四九年）、クロイン司教ネミアスが九五歳で死去。」

一一四九年の司教ネミアスの死没は『フォー・マスターズ年代記』にも記載。また、ネミアスをクロインの司教と明記するのは、マルクスの他に、ベルナルドゥスが『聖マラキー伝』でマラキーのクロイン訪問時に会った司教として述べている。

マルクスがトゥンダルのヴィジョンとその著作の時期とする一一四九年の上記四つの出来事のうち、マラキーの死去は実際の没年と異なる。それは、エウゲニウス三世を二世と間違ったように単なる誤記との見解もあるが、[15] もう一つの可能性は一年の暦の始まりを何月何日に設定するかの問題に関わる。

三月二五日から始まる中世ヨーロッパ使用のCulculus Florentinus、キリスト誕生以前の三月二五日を新年とするイタリア使用のCulculus Pisanusがあるが、マルクスは、おそらく「サヴァン（Samain）の祭り」の一一月一日を一年の始まりとするアイルランドの伝統的暦を使用していると考えられる。「サヴァン」は旧年と新年の接点、現世と来世（異界）の境界が開かれ、教会暦においても「サヴァン」と同様の概念で「死者の日」が記念される。また法的にも、租税や取引（契約）で動物の年齢（価値）を査定する時期に当たる。[16] その点から考えると、マラキーの死去を一一四九年と捉えることは妥当である。

マルクスによると、トゥンダルがコークの友人宅に赴き、ヴィジョンの世界を体験したのは、マラキーが死去した一一四八年一一月二日（アイルランド暦一一四九年）以後になる。またマルクスは、崇敬するネミアス没後、アイルランド暦一一四九年一月頃にアイルランドを出発し、その後クレルヴォーに立ち寄ってベルナルドゥスと会い、マラキーの死去と伝記執筆中のこと、また教皇がすでにローマに帰還したことを聞いていることが推測される。[17] マルクスはラティスボンの聖ヤコボ修道院に到着後、トゥンダルのヴィジョン執筆を依頼され、同年夏迄には同修道院で完成させたものと思われる。

マルクスはトゥンダルから聞いたヴィジョンを多くの人々に知らせるために教会・学者の共通語ラテン語で書き留めることの意義とともに、執筆構想にあたり、ヴィジョンの構成および宗教・学問・文学的伝統、更に登場人物の歴史的背景を十分に認識していたことは確かである。

Ⅲ　参考文献

(1)　A. Wagner (ed.), *Visio Tnugdali*. Lateinisch und Altdeutsch (Erlangen 1882)；Jean Michael Picard (trans.) & Yolande de Pontfarcy (intro.), *The Vision of Tnugdal* (Dublin 1989).

(2)　N. F. Palmer, *Visio Tnugdali, The German and Dutch Translations and their Circulation in the Later Middle Ages* (Munchen-Zurich 1982), pp. 1–32, 430–433.

(3)　盛節子「アイルランド修道院文化と死生観—救いと巡礼—」中央大学人文科学研究所編『ケルト生と死の変容』（中央大学出版部、一九九六年）三五—一一〇：六九—八六頁参照。

(4)　P. A. Breatnach, 'The Origins of the Irish Monastic Tradition at Ratisbon (Regensburg)', *Celtica* 13 (1980), pp. 58–77. D. A. Binchy, 'The Irish Benedictine Congregation in Medieval Germany', *Studies* 18 (1929), pp. 194–210.

(5)　St J. D. Seymour, 'Studies in the Vision of Tundal', *PRIA* 37C (1926), pp. 87–106；91.

⑹ Picard & de Pontfarcy, *The Vision of Tnugdali*, pp. 13–14.

⑺ D. O Rian Raedel, 'Aspects of the Promotion of Irish Saint, Cults in Medieval Germany', *ZFCP* 39 (1982), p. 230.

⑻ A. Gwynn & R. N. Hadcock, *Medieval Religious Houses, Ireland* (London 1970/1988), p. 107. A. Gwyn, 'Ireland and Wurzburg in the Middle Ages', *Irish Ecclesiastical Record* 78 (1952), pp. 401–411. J. Coombers, 'The Benedictine Priory of Ross', *JCHAS* 73 (1968), pp. 152–161.

⑼ P. A. Breatnach (ed.), *Libellus de fundatione ecclesie Consecrati* (Munchen 1977), pp. 3–13. Picard & de Pontifarcy, *The Vision of Tnugdal*, pp. 15–16.

⑽ E. Matthews Sanford, 'Honorius, Presbyter and Scholasticus', *Speculum* 23 (1948), pp. 397–425.

⑾ H. Schipperges, *Hildegard of Bingen* (Olten 1980).

⑿ J. C. D. Marshall, 'Three problems in The Vision of Tnugdal', *Medium Aevum* 44 (1975), p. 17. E. Gardiner, 'A Solution to the Problem of dating in the Vision of Tundale', *Medium Aevum* 51 (1982), p. 87.

⒀ Gardiner, ibid., p. 87.

⒁ R. T. Meyer (tr.), *Bernard of Clairvaux, The Life and Death of Saint Malachy the Irishman* (Michigan 1978), p. 87.　盛節子「一二世紀アイルランド教会改革（二）—司教区再編（一一一一—一一五二）

とその性格―」『エール』第一七号（一九九七）一―二四：五―一一頁。

(15) Wagner, *Visio Tnugdali*, p. 25. Seymour, 'Studies in the Vision of Tundal', pp. 92–94. E. Gardiner, 'A solution to the problem of the dating in the Vision of Tundale', pp. 86–91.

(16) R. D. Ware, 'Medieval Chronology : Theory and Practice', *Medieval Studies. An Introduction*, J. M. Powell (ed.), (Syracuse ; Syracuse University Press 1976), pp. 220–221. *Contributions to a Dictionary of the Irish Language* (Dublin ; RIA, 1953), Letter S. F. Kelly, *A Guide to Early irish Law* (Dublin 1988), pp. 113–114.

(17) Seymour, 'Studies in the Vision of Tundal', pp. 90–91. H. J. Lawlor, 'Notes on St. Bernard's Life of St. Malachy, and two sermons on the passing of St. Malachy', *PRIA* 35C (1918–1920), pp. 233–238.

第四章　エーガーン・オーラヒリのアシュリング詩

Ⅰ　夢

ある朝ティターンが足をゆり動かそうと思う前に
私は小高くここちよい丘の上に登り、そこで
たのしく陽気で美しい娘たちに出会った——
娘たちは、北の方、光り輝く屋敷、シー・シャナの住人。

かげりのない魅惑の霞がひろがり、
輝く石のガリヴから港のコルキまで、
どの木の枝の端にも永遠《とわ》に果実や木の実がたわわに、
どの森のオークにも実がなり、そしてすみきった蜜がたえず石に流れる。

娘たちはえも言えぬ光で三本の蠟燭を点した、
コナラ・ルアにあるクノッグ・フィルナの頂きで。
私はマントをまとった女性たちにトゥアヴィンまで付き従い、

その熱心なつとめについて尋ねた。
かげりのない乙女イーヴィルが答えた。
あらゆる港に三本の蠟燭を点しています。
王の名をもつ、愛する人がやがてここに現れるから。
その方は三王国を統べ、永遠にお守り下さいます。
私は眠りから、突然に弱々しく目覚めた。
そしてイーヴィルのさいわいなる一言一言が真実であると思った。
かくして、私は弱り、震え、喜びもなくなった。
ある朝ティターンが足をゆり動かそうと思う前に。

Ⅱ　輝けるなかで輝けるもの

輝けるなかで輝けるもの、ひっそり路にたたずむを我見ん。
水晶のなかの水晶、その青い眼は緑をおび、

甘美のなかの甘美、その声は時を経てかれず、
紅と白、その輝く頬に現れん。

巻毛のなかの巻毛、その金の巻毛のどれも
広げればこの世の美しさを集めたかのごとく。
瑠璃より輝く宝石、その高き胸に、
天上界で生まれし時に身につけし宝石。

真実に満ちた知らせを、その失意に満ちた孤独な女性は私に語った。
王たる権利により戻るべき人の帰還の知らせを
あの方を手荒く追放した人々の破滅の知らせを
そしてあまりに恐しく、詩にしたためることのできない知らせを。

愚かさのなかの愚かさをもって、私は彼女のそばに近づいた。
私は囚われの人の囚われの身になった。
私がマリア様の息子の名に呼びかけると、彼女は逃げ去った、

閃光のようにローフラの妖精のすまいへと消え去った。

鼓動激しく、私は狂ったように疾走した。
沼地のそば、湿地を抜け、赤茶けた荒れ地を超えて
堂々たる屋敷に到達した。世にも不思議な小径を通り
ドルイドの魔術によって建てられた屋敷のなかの屋敷へと。

鬼たちが私を嘲笑った、
そして巻髪のすらりとした乙女たち。
私に不快な手かせ足かせをはめ
そして下卑た輩がわが乙女の胸に触れた。

私は真実を伝える言葉で彼女に語りかけた。
このような下品で野卑なやつらと通じるとは、なんと彼女にふさわしくないことかと、
どんな若者よりも三倍も優れたスコットランド出身の方が
彼女を幸せな花嫁として迎えようとされているのにと。

私の声を聞いて、彼女は誇り傷つき、嘆くのであった。
彼女の輝く頬に涙がどっと流れ
彼女は私が屋敷から無事逃れられるよう案内をつけた。
輝けるなかで輝けるもの、ひっそり路にたたずむを我見ん。

結び

ああ、我が苦悩、我が不運、我が凋落、我が悲しみ、我が損失！
輝き、愛らしく、おもいやりにみち、美しく、やさしい言葉をもつ、あたたかい乙女よ、
角がはえ、悪意に満ち、しゃがれ声で、おぞましい部下を持つ輩にとらえられるとは！
海原を渡り、英雄たちがやってくるまで、彼女の心がやすらぐことはない。

Ⅲ　商人の息子

ベッドでありありとした夢を見、私の力は失われた。
馬に乗ったエーリンという名のやさしげな乙女が近づいて来た。
輝く緑の目、豊かな巻き毛、麗しく細い腰、そして眉。

彼女は熱く断言した。商人の息子がこちらへ向かっていると。

その言葉は音楽を奏でるがごとく、声はまろやか。我々はこの乙女を深く愛す。

戦士たちを従えたブライアン、その妻である彼女の苦悩が私を打ちひしぐ。

他国者《よそもの》の武器で残酷に打ちのめされた、金髪ですらりとしたわが身内の女性よ。

彼女は乾ききった枝のように無力である。商人の息子が帰り来るまでは。


何百人もの者たちが彼女を愛するがゆえに苦しみ、彼女の美しい姿に情熱を注ぐ。

王の子どもたち、ミレシウスの息子たち、激しい戦士たち、勇者たち。

彼女の顔には悲しみが満ち、彼女は動かない。悲嘆にうちひしがれ、衰弱し。

安堵の心は彼女に訪れはしない。商人の息子が帰り来るまでは。


彼女自身の語りは苦悩に満ち、彼女の悲しみは私を打ちのめす。

今や彼女の言葉に調べは流れず、彼女は涙にくれる。その昔、彼女の軍隊は比類なき働きをした。

狩もなく猟の獲物もなく、彼女は苦しみ、どの犬へも残り物、彼女は不毛、誰とも床をともにせず。商人の息子が帰り来るまでは。


やさしく柔和な女性がさらに話した。彼女の王たちは倒された。

コンとアート、その統治下は戦いが多く、彼らも戦いで人を殺めた。

強王クリーフィンは海の彼方から捕虜を連れ帰り、ケーンの息子リーハは力ある男——

彼女は一人横たわり、恋人を受け入れることはない、商人の息子が帰り来るまでは。


日々乙女は南の方、船が帰港する海岸を見る。

東の方、大海原をせつなく見る。

神を望み、西の方、荒々しく、砂渦巻く波を見る。

そして彼女は一人横たわり、恋人を受け入れることはない、商人の息子が帰り来るまでは。


彼女の斑点ある同胞は、海の彼方。乙女が愛した一団は。

彼女の友は誰ひとりとして、宴も寵愛も愛も受け入れることはないと私は断言する。

彼女は頬を濡らし、心休まることも喜びもなく、悲しみに満ち、黒を身にまとう。

安堵の心が彼女に近づくことはない。商人の息子が帰り来るまでは。

私は彼女の話を聞き、彼女が愛する恋人の死を伝えた。
スペインで彼は亡くなった、そして彼女の苦悩は誰にも応えられることがないと。
私の声が近づくにつれ、彼女の体は震え、彼女は叫び声を上げた。
そして、魂が飛び去った。ああ、悲しい！　その女性は力を奪われてしまった。

＊各注釈の冒頭のアラビア数字は行数を示している。

Ⅰ

1　「ティターン」（Titan）はギリシア神話で、太陽、大洋、豊穣な土地、月、記憶、自然法に結びつく神である。ヘシオドスによると父は空を司るウラヌス、母は大地を司るガイアである。その連想から言えば、一行目は早朝、日が昇り大地が朝日で目覚め活動を始める前にといった意味であろう。

4　「シー」（Sidh）は妖精のすみかである塚、「シャナ」（Seanaibh / Seanadh）は集会、集まりを表す。シー・シャナで、異界のものたちが集まる場所を指す。

5　第2連で描かれる楽園は、ティル・ナ・ノーグに代表されるようにアイルランドで神話などに古来描かれてきた、永遠の楽園のイメージに満ちており、異界の空間を彷彿とさせる。それと同時にアイルランドの具体的な地名が列挙されることから、正統な王（解説参照）が帰還すればもたらされるはずの地上の楽園、「夢」が現実化された時のアイルランドの姿が描かれている。

スタンザ冒頭の「霞」（scím）により、異界の空気が全体を包み込むことを示唆するが、同時にこの霞は現実の霞でもあり、異界と現実の境界がない本来のアイルランドの姿が見えてくる。また、霞は「夢」も暗示している。「夢」は詩人が眠って見た「夢」であると同時に、詩人が、そしてアイルランドが待ち望む「夢」でもある。

6 「ガリヴ」（Ghaillimh）は現在のゴールウェイ（Galway）、「コルキ」（Corcaigh）は現在のコーク（Cork）。正統なる王位要求者（解説参照）たちは西の港に現れるとされていた。

9、14、16 「三本の蠟燭」（trí coinnle）、「三王国」（dtrí ríochota）には、正統なる王、王位要求者が、アイルランド、スコットランド、イングランド、三王国を明るい光の下で統治することへの望みが含意されている。

10 「コナラ・ルア」（Connallach Rua）は、リムリックにあるコノロ（Conollo）のことで、ルアは赤の意味なので、その地の色を表すと同時に妖精の土地の色を表すと思われる。

「クノッグ・フィルナ」（Chnoic aoird Fhírinne）は、文字通りの意味は「真実の丘」で、リムリック州に存在する。この丘の上には石が積み上げられていて、古来妖精の丘とされている。妖精の王ドン・フィリン（Donn Fírinne）の地とされ、フェニアン説話群（Fenian Cycle）の多くの挿話がここで展開する。

11 「マント、フード」（cochall）は、しばしば魔力、異界の力を示唆する。

「トゥアヴィン」（Tuamhain）はトーモンド（Thomond）のことで、リムリック州に存在し、一一世紀に、侵攻するヴァイキングを打ち破った上王ブライアン・ボルー（Brian Boru, c942–1014）の地として重要である。

13 「イーヴィル」（Aoibhill）は、マンスターの妖精の女王で、守護霊である。

Ⅱ

1　詩人が道で遭遇する孤独な美女の美しさについて、第一連と第二連で、緑がかった青い目、紅色に色づく白い肌、金髪と伝統的に美女とされるイメージを列挙して表す。また、アイルランドで古来用いられる高貴さを表す色のシンボリズムや、宝石を配すことで、彼女は、天上という異界から来た高貴なものであることが示される。天上から来ているところに、アシュリングで現れる美女が、*spéir-bhean*（文字通りの意味は sky woman）と呼ばれ、天から現れた異界の女性を指すことの実例がここに見られる。また、1、2、3、5行がそれぞれ、Gile na gile, criostal an chriostail, binneas an bhinnis, Caise na caise と始まり、対句の妙が展開され、またそこにi音の繰り返しが巧みに用いられることで、テンポ良いリズムが生み出されている。

10　「王たる権利により戻るべき人」（duine don ionad ba rí-dhualgas）は王位要求者たるジェイムズ・フランシス・エドワード・ステュアート、あるいはその息子チャールズ・エドワード・ステュアートであり、「彼を追放した人々」とは英国人である（解説参照）。

15　「マリア様の息子」（Mhic Mhuire）はキリストのこと。

16　「ローフラ」（Luachra）は、ケリー州シュリアーヴ・ローフラ（Sliabh Luachra）のことで、オーラヒリ、およびオーラヒリの死後まもなくアシュリングを書いて活躍した詩人オーガーン・ルア・オーサリヴァン（Eoghan Ruadh Ó Súilleabháin, 1748–1782）、本章で用いた底本の編者・英訳者で二〇世紀初期愛英辞書決定版を編纂したパトリック・S・ディニーン（Patrick S. Dinneen）、また、本章の執筆に参考とした論文を執筆し、またゲール語の詩を多く英訳した、研究者であり詩人であるエドワード・ウォルシュ（Edward Walsh）の出身地であり、ダニエル・コーカリー（Daniel Corkery）が『隠されたアイルランド』（*Hidden*

Ireland）のなかで文学の都であると述べたのも納得できる。また、ここは神話のトゥアハ・デ・ダナーン（Tuatha Dé Dannann）が住まいとしていた地でもあり、また、エリザベス一世に抵抗して反乱を起こし、その死がマンスターのプロテスタント化を決定づけたデズモンド伯ジェラルド・フィッツジェラルド（Gerald Fitzgerald）が最後に隠れた場所でもあるように、この地はアイルランドの歴史にとって重要な出来事を見続けていた。また刑罰法によりゲール社会が決定的に破壊された過程においても、野外学校（hedge school）の形で、英国が禁止した教育がこの地では脈々と行われていた。

　このようなゲールやカトリックの真髄を生きてきた土地で、しかもケルトの知を司っていた「ドルイドの魔術で建てられた屋敷」（draíocht dhruaga）で、「鬼の一団」（buíon ghruagach）に彼女が身を任せることに、エーリンを体現している囚われの身である美女が英国に蹂躙されていることが、一層痛々しく描かれる。

18　ゲールの生活を支えてきたアイルランドらしい風景がアシュリングには描かれるが、その典型的な例である。

27　「スコットランド出身」（chine Scoit）とは、ステュアート家はスコットランド出身と言えるからであり、これは10に出てきた王位要求者を指している。

32　冒頭とまったく同じ詩行で、ひとつの枠組みを作り上げる。

33　ここから最後までの「結び」（An Ceangal）の部分で、ここまでに述べられたことをまとめる内容、アシュリングの典型的枠組み（亡命している正統な王が海を渡って戻るまで、エーリンたる美女が醜いものに囚われの身になっている）が提示され、詩人が思いを吐露する。最初は外見のみの美しさが褒め称えられた美女の内面が優れていることがここでは強調されている。

Ⅲ

1　冒頭、「夢」(Aisling) そのものの語で始まる。以下、典型的なアシュリングの要素が続く。まず、一行目に、詩人が夢を見て、無力感に襲われる。

2　次に二行目に(夢の内容に直接入り)美女に出会う。その美女はその名もまさにアイルランド(Éire)であり、彼女の美しさが目、髪、腰、眉と列挙される。彼女は正統なる王の帰還を予言する。正統なる王を「商人の息子」(Mac An Cheannaí)としていることについては、解説を参照。

3　底本の編集者ディニーンによると、彼女の目を形容している glas には「緑」と「灰色」の両方の意味があるが、緑や灰色では賛辞にならず、目を形容するにはこのどちらの意味もふさわしくなく、「生き生きした」や「キラキラきらめく」の意味が望ましいと言う。ヨーロッパの諸言語・文化において緑色の目は嫉妬と結びつけられることが強いとはいえ、説得力に欠ける説である。

5　「口」を意味する beol と「声」を意味する glór をわざわざ使い分けて並列することで、彼女の声、言葉、伝えようとする内容の重要性を強調している。しかもその「声」が穏やかで優しい(chaoin)だけでなく、「口」が言葉を発するときに妙なる音楽を奏でるようであることが、bhinn の形容詞に託され、エーリンの化身である彼女が *spéir-bhean* 天上という異界の女性である特徴が示される。

6　ブライアン(Bhriain)が誰かは限定されていないが、アイルランドの歴史で重要なブライアンとして、一一世紀ヴァイキングの侵攻に終焉をもたらした上王、ブライアン・ボルーが連想される。彼女はアイルランドを守った王の妻なのである。

8　全八連で構成される本詩の、導入部分である第一連と結論部である最終連以外の中間部六連の最後がすべて「商人の息子が帰り来るまでは」(go bhfillfidh Mac an Cheannaí) と締めくくられ、この詩句がリフレインとして謳われ、正統の王を待ち望む現状が響きわたる。

9　アイルランドの化身である美しい彼女のために多くの男たちが苦悩し、情熱を注ぐというテーマは、脈々とひきつがれ、例えば、二〇世紀初頭ウィリアム・バトラー・イェイツ（William Butler Yeats, 1865-1939）による劇『キャサリーン・ニー・フーリハン』（*Catheleen Ni Houlihan*）の主人公が発する言葉にも明確に現れる。

10　ミレシウス（Mile）は神話時代、最後にアイルランドに入ってきた部族で、その息子たちとは、アイルランドの人々のことである。またミレシウスはスペインの出身とされるので、本詩で扱われるスペインとの関わりのモティーフとなる。第三～五連では、彼女のために多くの男が情熱を捧げた過去が述べられる。それと同時に彼女が現在は不毛であることも示される。前史時代、神話時代のアイルランドの勇敢な王たちが、具体的な名前とともに列挙される。これほど古代までさかのぼることで、アイルランドにいかに深く根づいたものがあるかを、新しい英国支配によってもたらされた制度や文化と対照的なものとして提示している。また、現状で彼女に夫にふさわしい男性がいない不毛さが強調され、次世代が生み出されず、アイルランドの豊かで力強い伝統の継承が危ぶまれる。

18　百戦の王コン（Conn）は神話時代のアイルランドの王。孤独王アート（Art）はその息子。

19　クリーフィン（Criomhthainn）も古代アイルランド王。ケーン（Céin）の息子リーハ（Luigheach）とは、ケーンの息子でトゥアハ・デ・ダナーンの長、神話時代の英雄の一人で光と才能のケルト神ルー（Lugh）を指していると思われる。

29　正統な王の死とともに彼女自身も亡くなってしまうという未来をまったく閉ざした終わり方は、アシュリングのなかで最も残酷なもののひとつである。

解説

真鍋晶子

Ⅰ 解題

本章では、アイルランドにおいてアシュリング（aisling）詩を確立させたエーガーン・オーラヒリ（Aodhagain Ui Rataille, Aodhagán Ó Rathaille, Egan O'Rahilly, c1670-c1729）による三編のアシュリング詩、「夢」（"An Aisling"）、「美女のなかの美女」（"Gile na Gile"）、「商人の息子」（"Mac an Cheannai"）を、パトリック・S・ディニーンとタイグ・オドナヒューが編集し、アイリッシュ・テクスト・ソサエティから出版された左記『エーガーン・オーラヒリ詩集』を底本に扱う。

Dánta Aodhagain Ui Rataille, The Poems of Egan O'Rahilly, with Introduction, Translation, Notes and Indexes, together with Original Illustrative Documents, Edited by Rev. Patrick S. Dinneen, M. A. and Tadhg O'Donoghue, Second Edition, Revised and Enlarged. London : The Irish Texts Society, 1911.

一九〇〇年初版の本書は、一九一一年に第二版が出版されているが、本稿執筆にあたっては一九九六年の増刷版を用いた。ここでは、オーラヒリの五一の詩のすべてが当時の一八世紀当時のアイルランド語（ゲール語）で綴られると同時にそのそれぞれに現代英語の訳がつけられている。

また、ジェイムズ・クラレンス・マンガン（James Clarence Mangan）やエドワード・ウォルシュ（Edward Walsh）による一九世紀の英訳、フランク・オコーナー（Frank O'Connor）、トマス・キンセラ（Thomas Kinsella）、マイケル・ハートネット（Michael Hartnett）、シェイマス・ヒーニー（Seamus Heaney）という四人の現代アイルランドを代表する小説家や詩人がそれぞれ現代の英語に訳したものも参考にした。

Ⅱ　解　説

まず、アシュリング詩とは何であるかについて、さらにアシュリングを成立させている時代の社会背景について説明する。なかんづく、アシュリング詩は、ジャコバイト（Jacobite）詩としての側面をもつのであり、アイルランドにおけるジャコバイトについても述べる。その後、ここで扱ったオーラヒリの三編の詩について簡単に紹介する。

アシュリングは「夢、vision」を意味するアイルランド語、ゲール語であり、アシュリング詩はその名の通り、ヴィジョン詩である。最も原型的なアシュリング詩では、次のような夢が描かれる。アイルランド／ゲールが陥っている悲劇を嘆く詩人が眠りにつき、夢を見る。（水辺で眠りにつくことが多い。）その夢には美しく輝く威厳ある女性 *spéir-bhean*（文字通りの意味は sky woman で、天から現れた異界の女性を指す）が現れる。彼女は本来彼女の夫であるべき正統の王が海外に追放されている現状を嘆き、その王、あるいは王の息子の帰還によりアイルランドが復活することを希望する。それと同時に、その時が来ることを約束する。ところが、詩人が目覚めても現状は変わっておらず、詩人は失望して無力感に襲われるというような内容である。この詩のなかで描かれる彼女は、アイルランド（エーリン、Ériu）それ自体の化身なのだ。アイルランドのアシュリング詩においては、ゲールの窮状を描くこと、そして特に囚われの身である嘆き悲しむ美女エーリンの存在が重要で、帰還すべき正統な王を具体的に描くという点の扱われ方は少し弱い。この事情の背景は後述する。

このようなアシュリング詩は、大きく言えば、一六〇三年に鎮圧されたヒュー・オニール（Hugh O'Neil、c1550–1616）の大反乱とその後の「伯爵の亡命」（The Flight of the Earls）に続くゲール社会の崩壊を背景として成立している。一七世紀を通じて、ゲールの伝統、制度、文化、習慣といった人々の生活の根幹の部分が徹底的に破壊され英国化されていく。田園風景でさえ、森林が切り開かれて耕地が作られていき、入植してきた英国およびスコットランド低湿地帯の人々の好みに合わせて変えられていった。特にオーラヒリが体験しその詩で描いたのは、一六九五年成立の刑罰法（Penal Law）により、信仰の自由は認められないばかりか、カトリックである限りは公職にもつけず、土地相続や財産処分にも極端な抑圧がされるなど、地主階級などのカトリック中産層が徹底的に没落した時代である。そして彼自身も古い時代の秩序が破壊されたことの影響を強く受けている。ゲールの貴族社会で重要な位置をしめていた詩人が新しい秩序の下で、凋落していくということを体験したのが、他ならぬオーラヒリ自身であった。彼自身パトロンであったマカーシー一族が陥った境遇のゆえに、経済的な支援も失い、晩年は極貧の日々を送ることとなってしまう。それゆえ、彼の詩には、誇りの高さと同時に運命を嘆く心情が満ちている。つまり、彼の詩は社会や時代という大きな視点のみならず、その影響を受けた彼個人の悲劇に対する純粋な悲嘆と怒りの強い感情に満ち、読者の心に響く力をもっているのである。このようなアシュリング詩の成立の背景は、ダニエル・コーカリーが一九二五年『隠されたアイルランド』で定義したことが定説とされている。美しく豊かな土地を奪われ、血のつながりもなく、相容れない宗教を奉じる外国人である地主に支配され、ナショナリティ、宗教、政治、文化、経済といったすべての面で抑圧された状況にあるゲールの人たちの苦しみが詩に吐露され、それと対比される形で泥炭地、山、丘と言ったゲールの文化が存続している場所が詩の背景として描かれる。

ここでオーラヒリの人生を簡単に紹介しておく。彼は一六七〇年頃ケリー州シュリアーヴ・ローフラ地区のスクラハナンヴィール（Screathan an Mhíl, Sliabh Luachra, County Kerry）で生まれた。彼の家族は、ケンメアのニコラス・ブラウン（Nicholas Brown）子爵の借地人であるオーガン・マカーシー（Eohgan MacCarthy）から土地を借り受けていた。六歳の時に父を失っているが、母にはスクラハナンヴィールの半分の土地が残された。しかし、次第に生活が困窮していったため家族はクノッカンコルヒア（Cnoc an Chorrfhia）に移り住んだ。（ここには現在も「エーガーンの井」が存在する。）その後、放浪はしたもののコークよりも遠くへ行かず、一生マンスター（Munster）で詩作を続けた。そして、一七二九年頃に亡くなり、遺骸はキラーニーのマクロス僧院に葬られている。なお、一七二二年に彼自身がマカーシー家の息子のために書き写したキーティング（Geoffrey Keating）の『アイルランド史』（*Foras Feasa ar Éirinn*）が、アイルランド国立図書館に残っている。

さて、ジャコバイトである。アシュリング詩で言及される正統の王とは、老王位要求者（Old Pretender）と呼ばれるジェイムズ・フランシス・エドワード・ステュアート（James Francis Edward Stuart, 1688–1766）、あるいはその息子で若き王位要求者（Young Pretender）、チャールズ・エドワード・ステュアート（Charles Edward Stuart, 1720–1788）、愛称ボニー・プリンス・チャーリー（Bonnie Prince Charlie）である。老王位要求者は、一七〇一年その父ステュアート朝ジェイムズ二世の死後、ジェイムズ三世として王位継承を宣言した。しかし、そのことが一六九〇年ボイン川の戦いでジェイムズ二世を破った後王位についた英国のウィリアム三世とその妻メアリー二世、さらにはアン女王、つまりは名誉革命に対する反逆と見なされた。英国が彼の肩書きを剥奪したため、彼はフランス、イタリアを中心とする大陸にとどまった。そして、その息子若き王位要求者ボニー・チャーリーは、ローマで生まれ、大陸で成長し、一七四五年に蜂起したが鎮圧された。ヘンリー八世の英国支配以来、プロテスタント支配に苦しんでいたアイルランドの人々は、カトリック信奉者であったジェイムズ二世およびその直系男子を正統な国王とみなし、その復権を目指してアイルランド国内で運動を行ったと同時に、大陸でもネットワークを形成していた。こうした人々を、ジェイムズのラテン名 Jacobus を語源とするジャコバイトと呼ぶ。つまり彼らは、名誉革命の反革命勢力であったが、一七四五年の蜂起の失敗で、ジャコバイトの王位復権の動きは事実上終焉を迎える。ただし、注意しておくべき点は、アイルランドの人々はステュアート家に対する思い入れが強くはなかったということである。ステュワート王朝の一人目の君主となるジェイムズ一世は、アイルランドの人々にとっては、英国化を突き進めたエリザベス一世から王位を継承し英国統治を確立した王にすぎず、続くチャールズ一世、二世ともに、プロテスタント、カトリックどちらの立場の人々にも不満を生む政策を実行したにすぎなかった。そのなかで唯一、敗れたとはいえボイン川の戦いにいたるまでプロテスタントであるウィリアムに抗したジェイムズ二世に対しては、カトリック教徒である点で望みが託せたのである。アシュリングで待ち望まれている正統の王が、この二人の王位要求者であることから、アシュリングはジャコバイト詩と見なされるが、このような背景があるために、すでに述べたように、アイルランドにおけるアシュリングは、正統の王をこの二人の王位要求者に結びつけるよりも、エーリンの苦しみ、また正統な王により救われるべきエーリンを体現する女性の美しさこそが前面にうちだされてくるのである。

また、男性が母なる大地、エーリンを体現する女性と結婚することで王となることができ、さらに、豊穣の女神と結婚したのだから、その治世は豊かに成功するという図式はケルトの神話の伝統を引き継ぐものでもある。

このような事情を考慮した上で、前述の原型的なアシュリングのすべての要素を備えていなくても、一八世紀当時、名誉革命後の英国支配の結果、自らの土地、所有権、市民権を失った現状への不満や疎外感が謳われた詩、特に、マンスター地方の詩人たちによる詩はジャコバイト詩と見なされうる。そして、オーラヒリの知り合いの多くが王位要求者を否定する宣誓をしなかったことからジャコバイトとして投獄された。（ヴァレンタイン・ブラウンもそうである。）ここではアイルランドにおけるジャコバイトを簡単に説明しただけだが、スコットランドおよび大きな流れでのジャコバイトについては、次章「一八世紀スコットランドのジャコバイト詩」の章に詳しい。

さて、ショーン・オー・トゥーマが、アシュリングにおいては、夢の向こうに民衆が救済されるという望みを読み取るべきでリアリズムを求めてはいけないと指摘している。そのことを裏付けるように、オーラヒリのアシュリング詩のなかに託される想いは非常に現実的に切迫しているが、描かれる世界は夢幻的、（時に醜い姿のものも含まれるが、）夢想的に美しく、異界の住民が境界を越えてやって来て、現実世界を自由に動き回り、この世のものと交歓するという、幻想的でおとぎ話のような世界が展開される。しかも、その夢幻の世界を支える細部には、ケリー州シュリアーヴ・ローフラで生まれ、放浪はしたもののコークよりも遠くへ行かなかったオーラヒリが一生を過ごしたマンスター地方の風景、物語、人々が登場する。シュリアーヴ・ローフラは、クロムウェルやウィリアム三世の弾圧を受けたゲールの重要な一族たちが避難して来た土地であり、また湿地や泥炭地が所々に見られる高原である。そのような土地で生きたがゆえに、目の当たりにしたゲールの悲劇が作品に脈々と流れ、また、アイルランドの美しい自然環境が作品を豊かに彩ることとなった。

また、コーカリー、詩集の編纂者ディニーンやルイ・カレン（Louis Cullen）も指摘しているように、ゲール詩は元々農民がその労働を読んだものである。そのことを裏づけるように、オーラヒリより後にアシュリングを書いたオーガーン・ルア・オーサリヴァンは民衆的なタッチを持っている。一方、オーラヒリの作品は、貴族的な響きを帯び、さらに、音楽性に優れ、その音が編み出す世界が、伝えようとする意味に合致して広がりを見せている。その音楽性について、ディニーンはそのリズムは完璧だとまで述べている。

オーラヒリの詩の魅力には、ジェムズ・クラレンス・マンガンやW・B・イェイツなど後世のアイルランドの詩人たちが惹き付けられ、彼らの作品に何らかの影響を及ぼしてきている。また、ジェイムズ・ジョイスの『若い芸術家の肖像』には全編を通じてアシュリングの要素が散りばめられ、『肖像』、『ユリシーズ』のなかでパーネルは正統なる王として扱われ、『ユリシーズ』の深夜の酒場で帰還を願われる逸話はアシュリングのモチーフが彷彿とさせられる。現代アイルランドを代表する詩人ポール・マルドゥーンにはその名も「アシュリング」という現代アイルランドを浮き彫りにする現代版アシュリングが存在する。さらに先にも紹介したが、マイケル・ハートネット、トマス・キンセラ、シェイマス・ヒーニーといった詩人も、今なお次々にオーラヒリの作品を英語に翻訳し、それぞれの詩人の個性が反映された英語による詩として発表している。ヒーニーはパイプとホイッスル奏者のリアム・オフリン（Liam O'Flynn）の音楽演奏と自作の詩の朗読で構成したＣＤ『詩人と笛吹き』（*The Poet and the Piper*）を発表しているが、その中で「輝けるなかで輝けるもの」を自ら英訳し朗読、それに続きオフリンが自作の「ゲールのアシュリング」（"Aisling Gheal"）という作品を演奏している。

個々の詩について概説する。

題名がアシュリングそのものである「夢」（"An Aisling"）は一七〇九年から一七一五年頃に執筆されたものである。四行五連で、「ある朝ティターンが足を揺り動かそうと思う前に」の一行が、冒頭と最後に現れ、ひとつのまとまった作品の枠組みを形成する。早朝、詩人は丘に登り異界の娘たちに出逢う。西海岸のガリヴ（現ゴールウェイ）からコルキ（現コーク）に亘る土地の木々には果実が豊かに実り、水が蜜のように流れる様子が描かれ、アイルランドが豊かで美しいこの世の楽園であることが示される。地中に住まう娘たちはすべての港で三本ずつ蠟燭に火を点す。それは彼女たちが愛する王の名をもつ人がいつか現れ、三つの王国を守ってくれるからだという。最終連で詩人は目覚め、娘の言ったことは真実であることを確信すると同時に置かれている現実に、喜びも消え失せ無力感を感じる。アイルランド、スコットランド、イングランドの三王国を統治する王位要求者が大陸から船で戻ることを確信して迎える準備をしているアイルランドそのものである妖精の美しい娘たちや、美しいアイルランドの風景を幻想的に情景描写しながらも、実際に存在する地名を列挙することによって現実味を帯びさせ、これが単なる夢見ごとではないことが示されている。ただし、それが実現される時はまだ来ておらず、詩人は抑圧された現実に戻され、無力感に苛まれているのである。ジャコバイト詩の要素を持つ原型的なアシュリング詩である。

「輝けるなかで輝けるもの」(“Gile na Gile”)は、オーラヒリのアシュリング詩の中でごく初期のものとされている。前半は、一連四行で構成される連が八連で展開され、そこでは詩人が出逢った美女の中の美女についての挿話が述べられる。「夢」の構造と同じく、この八連の冒頭の一行「輝けるなかで輝けるもの、ひっそり路にたたずむを我見ん」が、八連目の最終行に繰り返されることで、詩の枠組みが形づくられる。その後に結び(*An Ceangal*)の四行が付加され、この美女が醜い輩に囚われていることに詩人が悲哀の情を吐露し、われらの獅子が海を越えて戻って来るまで彼女に安堵の時は来ないと結ぶ。これも典型的なジャコバイト詩、アシュリング詩である。冒頭二連では、“Gile na gile”“criostal an chriostail”“binneas an bhinnis”など、各行の始まりに繰り返しが巧みに用いられ、軽くリズミカルに歌うような調子で、目、声、頬、髪など細部に言及しながら彼女の美しい姿が描かれる。また、そこには彼女が孤独であること、天上界で生まれた存在であることが述べられ、彼女が

speír-bhean であることが示される。そして、執拗なまでに頭韻を用いる第三連で、王たる権利を持ちながら追放されている人が近く戻り、追放させた者たちが破滅させられるという知らせを彼女が述べる。このことで、逆に、現在彼女が失意に満ちて孤独である原因が明らかにされる。さらに続く三連では、彼女に魅せられた詩人が彼女の後を追って、沼地、湿地、荒地（前詩の自然の恵み豊かなアイルランドと対照的に今度は荒涼たる風景であるが、これも現実のアイルランドの自然の一面である。正統な王を失っているアイルランドの姿を示すのにふさわしい光景として用いられている）を走り、ある館に到着する。そこで、彼は（侵略者たる英国人を体現する）醜い輩に捕われ、彼女がその卑俗な者たちに身を任す姿を目にする。残る二連で、スコットランドの血筋を引く麗しい人（ステュアート家はスコットランド出身）が、彼女を花嫁に迎えようと待っているのにこのような醜い者たちに身を任せているなんて、と詩人が訴えかけると彼女も嘆き悲しみ、詩人に館から逃れる道を示す。そしてこの後に、上記の結びの部分が続く。前半は、最初の彼女の美しさのリストを提示するという軽やかで明るい部分、王位要求者の帰還の確約という宣言的な部分、醜く奇怪な化け物の館という戯画的部分という三つの異なった調子の部分で構成される。全体としては、おとぎ話のような不思議な幻想的世界が展開される。そして、続く結びの部分に「夢」と同様、嘆き悲しむ詩人の現実が提示されている。アシュリング詩の伝統に則った不思議なトーンを醸し出す作品である。

「商人の息子」（"Mac an Cheannaí"）は、まさに Aisling その語で始まる。詩の背景として、一七一九年から一七二〇年に、スペインがジャコバイトを援助してくれるのではないかという望みが高まったが、その望みがすぐに立ち消えたという史実が隠れている。この詩の最終連でスペインに関するこの報せがもたらされることから、この詩はオーラヒリのアシュリング詩のなかで、最後に書かれたものとされる。

冒頭、疲れた詩人がベッドで横になり、夢（aisling）を見、アイルランドそのものである美しい乙女に出逢う。彼女は商人の息子が帰還の道にあると宣言する。このように冒頭の一連にアシュリング詩のすべての要素が盛り込まれている。一行が比較的長い四行で一連が形成される。全八連で本詩は構成されるが、最終連以外すべての連が題名と同じ「商人の息子」（'Mac An Cheannaí'）で締めくくられる。しかも、第一連以外はすべて「商人の息子が帰ってくるまで」（"go bhfillfidh Mac an Cheannaí"）と同じフレーズが用いられ、リフレインとして、読者の心にこの言葉が心地よく刻み込まれて行く。オーラヒリとしては珍しく一八世紀に人気のあった歌のリズムを用いているため、全体も軽い歌のように読者の心に響き渡る。

さて、海を眺め彼の帰還を待つ彼女に、最終連でスペインでの彼の死が伝えられ、彼女もするどい絶叫の声とともに死んでしまう。すべての希望を断ち切った、未来が見えない残酷なこのアシュリング詩の終結には、極貧のなか希望も持てずにいた晩年のオーラヒリの絶望感が反映されていると思われる。なお、題名やリフレインに用いられる「商人の息子」であるが、内容的には王位要求者を指しているのは明らかである。しかし、なぜ商人としたのかは、定かではない。王位要求者の二人は亡命の身で、商人のように当時大陸を流浪していたこととも結びつけられるし、商人として活躍していたアイルランド人の多くは、ジャコバイトとしてのネットワークを形成していたため、ジャコバイトを暗に示すために用いたのかもしれない。また、最終連で商人の息子を殺してしまうために、直接的な表現を避けたと考えることもできる。

以上、英国支配が決定的にゲールの生き方そのものの根幹にまで浸食してきた時代を生きたオーラヒリが、優れた抒情詩人としての力を発揮して、大きな歴史的枠組みと個の思いの両方を見事に展開した代表作三作を中心に、オーラヒリが確立した、他の英語圏には見られない、アイルランド特有の詩の形であるアシュリングについて紹介させていただいた。

Ⅲ　参考文献

Breatnach, R. A. "The Lady and the King : a theme of Irish Literature," *Studies : an Irish Quarterly Review of Letters, Philosophy and Science*, vol. 42, pp. 321–336.

Corkery, Daniel. *The Hidden Ireland : A Study of Gaelic Munster in the Eighteenth Century*. Dublin : Gill and Macmillan, 1924, Rep. 1977.

Cross, Tom Peete and Slover, Clark Harris, ed. *Ancient Irish Tales.* New York : Barnes & Noble Inc., 1996.

Cullen, Louis M. *The Hidden Ireland : Reassessment of a Concept.* Mullingar : The Lilliput Press Ltd. 1969, 1988.

De Bhailís, Stiofán, "An Aisling and the Death of the Old Order," *The Celtic Pen*, Vol. 1, Issue 3, Spring 1994.

Dinneen, Patrick S. *Foclóir Gaedhilge Agus Béarla, An Irish-English Dictionary, Being a Thesaurus of the Words, Phrases and Idioms of the Modern Irish Language*. New Edition, Revised and Greatly Enlarged. Dublin : Irish Texsts Society, 1927, rep. 1996.

Dinneen, Patrick S. and Tadhg O'Donoghue, ed & trans. *D'anta Aodhagain Ui Rataille, The Poems of Egan O'Rahilly*. London : The Irish Texts Society, 1911, rep. 1996.

Joyce, James. *A Portrait of the Artist as a Young Man* : Texts, Crrticism and Notes. New York : Penguin Books, 1987.

———. Ulysses : A Critical and Synoptic Edition. New York and London : Garland Publishing, Inc. 1986.

The Field Day Anthology of Irish Writing Volume IV. New York ; New York University Press, 2002.

Hartnett, Micahel. *O RATHAILLE*, Loughcrew : The Gallery Press, 1998.

Kennelly, Brendan, ed. *The Penguin Book of Irish Verse*, Harmondsworth and New York : Penguin Books, 1970, Reprinted, 1984.

Kiberd, Declan. *Inventing Ireland : The Literature of the Modern Nation*. London : Vintage, 1995.

——— . *Irish Classics*. Cambridge, Massachusetts : Harvard University Press, 2001.

Kinsella, Thomas, ed. & trans. *The New Oxford Book of Irish Verse*. Oxford, New York : Oxford University Press, 1986.

Longley, Edna. *From Cathleen to Anorexia : The Breakdown of Irelands*. Dublin : Attic Press, 1990.

MacKillop, James. *Dictionary of Celtic Mythology*. Oxford : Oxford University Press, 1998.

Montague, John, ed. *The Faber Book of Irish Verse*. London : Faber and Faber Limited, 1974.

Muldoon, Paul. *Poems 1968–1998*. London : Faber & Faber Ltd., 2001.

Murphy, Gerald. "Notes on Aisling Poetry," *Éigse : A Journal of Irish Studie*s Vol. I, pp. 40–41.

Murphy, Maureen O'Rouke and MacKillop, James. *Irish Literature : A Reader*. Syracuse : Syracuse University Press, 1987.

Ó Dónaill, Niall and De Bhaldraithe, Tomás, *Foclóir Gaeilge-Béarla*. Dublin : An Gúm, 1992.

Ó Tuama, Seán presented and Thomas Kinsella trans. *An Duanaire : An Irish Anthology, 1600–1900 :*

Poems of the Dispossessed. Philadelphia : The University of Pennsylvania Press, 1981.

Pittock, Murray G. H. *Poetry and Jacobite Politics in Eighteenth Century Britain and Ireland*. Cambridge : Cambridge University Press, 1994.

Simms, J. G. *Jacobite Ireland, 1686–91*. Dublin : Four Courts Press, 1960, paper back edition 2000.

Walsh, Edward, ed. & trans. *Reliques of Irish Jacobite Poetry*. Dublin : John O'Daly, 1866.

Welch, Robert ed. *The Oxford Companion to Irish Literature*. Oxford : Oxford University Press, 1996.

Williams, J. E. Caerwyn and Ford, Patrick K. *The Irish Literary Tradition*. Cardiff : University of Wales Press, 1992.

Yeats, William Butler. Collected Plays of W. B. Yeats. London : Macmillan, 1985.

松岡利次『アイルランドの文学精神—17世紀から20世紀まで—』（岩波書店、二〇〇七年）

松村賢一編『アイルランド文学小事典』（研究社出版、一九九九年）

第五章　アラステル・マハクヴァイスティル・アラステルのジャコバイト詩

I　一七四六年に作られた歌

肌寒く雨が降る日々、
　星もなく荒れ狂う夜々。
どの日も物悲しく、憂いに満ち、
息苦しいほどの濃霧が立ちこめる。
だが、人々よ、目を覚まして立ち上がるのだ、
　悲しみに沈むのはそこまでだ、
嘆きなどは掃き捨てるがいい。
癒しの宝玉は海の方、天空の風に在り、
　アイオロスに守られ、ポセイドーンに匿われている、
そして、その者の後には、あらゆる歓喜がやってくるだろう。
王の到来とともに空は明るく輝き、
　氷雪はわれらから逃れて行くだろう、

狂乱の天候は追放されてしまうがいい、
喜びが訪れ、苦痛は去るだろう。
あらゆる種類の葡萄酒がことごとく
　樽詰めにされてフランスから届くだろう。
我ら皆、心ゆくまで渇きを癒し、
願い求めていたものをすべて手にして、
　我らを惨めな状態に陥れた敵どもを取り囲み、
我らは水も洩らさぬ包囲網を敷くだろう。

おお、すべてのクランの語り部たちよ！
　立ち上がれ、効験あらたかな物語を語れ！
おお、今この時、語り部である者たちよ
インクとペンを執るのだ、
今こそ特筆すべき年
　日輪は、稔りをもたらす暖気とともに
快い光の矢をわれらに向けて放つだろう。

草の上を覆う一面の露は、
　求めずして貴重この上なき乳と蜜となり、
金銀と化すだろう。

ジョージからの和平を受け容れるではない、
汝らの力強く、男らしい希望をもって、
正当な大義を固く信じるがよい
十分な救援がやって来るまで。
汝らの希望が挫けないようにするがいい、
　まさしく自ら蒔いた分だけ
汝らは収穫することになるのだ。
おお、踏み堪えるのだ、クランたちよ！
　そうすれば、汝らに必要なものはすべて
汝らの不屈の剣をもって獲得されることがわかるだろう。

お前は王位に対していかなる権利をもっているのか

――お前の頭に押しつけられている角をのぞいて？
お前が権利をもっているというなら、同じぐらい古くから
レンフルーの金細工職人ブライスだってもっている。
とはいえ、それらしいものがあったことはあった、
　あの汚らしい国会法というやつが。
お前の頭のあたりにある王冠は、それがくすねてきたのだ。
だが、飛んで逃げる間にでも、このことを知るがいい、
　お前のためにあの法律を作ったウィリアムは
彼自身が簒奪者だったのだ。

嘆きの悔悛をするがいい、激しく、
　お前が手にしたものを直ちに奉還せよ、
痛苦の悔悛をするがいい、そして降伏せよ、
・・・・・・・・・・・
お前のものであればお前が持っていてもよい、
だが、他者に帰属すべきものは手放せ、

剣を振りかざしたりせずに、争ったりせずに。
神が、人間が、また強力な自然が、
世継ぎを復位させることで一つになっている、
彼こそ、彼に付き随う者らの本来の救済者。

王家の家系というものは
　下々にいたるまで知れ渡っている。
王家の家系というものは
多くの国々に系図として示されているのだ。
もしも重大な逸脱が
　正当な後継者の序列に持ち込まれたら、
詮議するまでもなく、まやかしは露見する。
だが、神は、時を移さず呼び戻すだろう、
　しかるべき地位に就くはずの
由緒正しい真の世継ぎを。

言い訳は通用しない、
　それは根拠薄弱でいいかげんなごまかしに過ぎない。
犯された不正は明々白々、
生まれつき目の見えない人にとっても。
問題は専ら宗旨にあるというなら、
　というのも、彼はルターが説いた教説を
学んでいなかったから言うのだが、
おお、仮にそれが大義名分であるというなら、
　なぜ汝らは彼の曽祖父を死に至らしめたのか、
あのような悪意に満ちたやりかたで？

王に捧げる汝らの愛は、
　共有された売笑婦に懸想するようなものでしかない。
汝らの王の地位は当てにならず、
二人の間を行きつ戻りつして、疲れ果てている。
その挙句に、汝らはまたしても追放してしまった、

　定見もなく、汝らの無残な心をもって、
あの殉教者の子孫を。
その後になって、汝らはアンに対して、
　彼女が父祖より継承する王冠を与えはしたが、
間もなく汝らには毒がまわってしまった。

おお、弦はか細いぞ、ジョージ王よ、
　お前が三つの王国を得るために奏でたハープの弦は。
お前に王の衣裳をまとわせ、我らの上に立たせた
あの法令はまやかしものだ。
どう見ても五十人、あるいはそれ以上
　お前よりも王位にふさわしい血筋をもつ者が
ヨーロッパにはいる。
遠縁で傍系、希薄な関係
　女系からの出、
家系図のはずれのほうにいるのがお前だ。

おお、あの豚野郎ジョージ王
　ドイツ種の息子、
彼が我らに見せる同族めかした気遣いは
　骨を狙うカラスのそれだ。
彼は我らを身ぐるみ剝ぎ取り、
　詐欺師よろしく我らを騙して強奪し、
骸と化した我らすべてを捨てて去る。
兵士たちは彼自身の手勢ではない、
　だから兵士たちのことなど眼中にはなく、
たとえ我らが戦場に斃れたとて素知らぬ顔。

彼自身の子でなければ
　たとえその子が真っ二つに引き裂かれようと、
彼は苦痛を感じることもなく、
彼の心は無慈悲、無感動のままであり、
それは、すべてのブリトン人が

　何一つ真の大義名分もないまま
死んでしまっても、同じことだろう。
彼は自分の子と離反している、
　子の父親でもない者は
情愛も愛着もなく、子に動かされることもない。

急いでいただきたいのです、おお、心優しいジェイムズよ、
　あなたは我らが王にして、地上の父、
天にまします聖なる父の下の。
あなたの子らを憐れんでください、情けをかけてください、
あなたには子がいます、
　子がかけられている絞首台と斧を取り除いてください、
子らは首を刎ねられようとしています。
あなたの羊の群れを囲いの中に入れてください、
　これ以上、丘の辺や山腹で
責め苛まれることのないようにしてください。

美しい髪の、我が親愛なるチャールズ
　我らが正統なる王の真の嗣子よ、
我らは、墓に眠るまで、
けっしてあなたに背くことがありません。
絞首台も、斧も、強奪も、
　略奪も、我らを
あなたから引き裂くことはけっしてできません。
それこそ我ら一人一人の魂と結ばれた
　確固たる決意、
ベン・ヒアントのように堅固不抜です。
おお、四大を統べる神よ、許さないでください、
　権力が永久に正義を抑えつけることを。
オホーン！　三位一体の神よ、
あなたは一切をみそなわします。
我らを豚どもの軛から解き放ち、

海の向こうからやってきた奴らの
しみだらけで疥癬かきの一族を追い返してください。
そして、ホワイトホールを洗浄してください、
　そこは、いにしえより、
あの王家の住まいだったのですから。

Ⅱ　誇り高きブレカン

　コーラス
おい、黒布、
よお、黒布、
おい、黒布、
ブレカンのほうがよかったね。

肩をめぐらせ腋に下げ
　誇りも高きブレカンを、

私は、英国最高の
　外套よりも好きなのだ。
私が好む衣装とは
　ベルトでしっかり締めるもの、
いざ長旅というときは
　ブレカンの襞をなびかせる。
襞々垂らした小粋なブレカン、
　それが英雄にふさわしい。
寒山小川もブレカンで渡り、
　草地に延べても美しい。
兵士の衣装はまさにこれ、
　いくさが始まりゃ実用向き、
戦旗はためきパイプが鳴って、

進軍するときゃ優美そのもの
剣を鞘から抜き放ち、
　突撃のときの壮麗さ。
逃げる敵ども追うときも、
　素早く走れる上出来衣装。
陽が山の端に上るころ、
　鹿狩りするにもぴったりだ。
聖日の朝は教会へ
　心も軽く羽織って行った。
身をしっかりと包んで寝ても、
　ノロジカ並に跳ね起きたもの。
マスケット銃と赤服よりも、
　素早く武器を揮えたものだ。

朝露しげき丘の辺に
　クロライチョウが鳴いたなら、
これを纏って出ればいい、
　黒外套など役立たず。

華燭の典にもこれで行き、
　草露払うこともない、
新婦の目にはひときわ映える、
　あっぱれ堂々の服なのだ。

森の中でもすばらしく、
　覆いも暖も与えてくれる、
吹雪く雪から、濃霧から、
　夕立からも守ってくれる。

そこにつけたる銘入りの、

盾形紋章の美しさ、
その襞と斜に、ベルトの上に
　佩いたる剣の美しさ。

銃を取ってもこれと合う、
　下げた腕もて軽く持つ、
何から何まで防いでくれる、
　雨も嵐も禍事も。

夜ともなれば夜具として、
　実にぴったりお誂え、
グラスゴーでは高級の
　リネンのシーツも敵わない。

しっくり、ぴったり、小ざっぱり、
　婚礼、集会、みなタータン、

流れるようなブレカンを
　肩でピン止め、それでよし。
昼でも夜でも役に立ち、
　海山問わず見目麗しく、
接客するにも安居のときも、
　これを禁じた王は虚仮。
彼は思った、剛勇ゲールも
　これで剣先鈍るだろうと。
結果は彼らを剃刀の
　刃より鋭くしただけだった。
彼らは敵意に身を焦がし、
　飢えたる犬も同然だ、
どんなワインも癒せぬ渇き、

　英国人の生血のほかに。

我らの心臓を抉り出し、
　我らの胸を引き裂いたとて、
我らをチャールズ王子から
　我ら死ぬまで引き離せない。

王子は我らが魂に
　固く結ばれ錠下ろされて、
彼が去るまで我らから
　解こうとしても無駄なこと。

分娩前の陣痛に
　苦しむ妻は夫から
離れるのではなく、その逆に
　情愛は燃えて倍加する。

我らをがっちり足枷で、
　動けぬようにしたのだが、
我らはそれでも疾駆する、
　山の鹿より疲れない。
我らは依然古来のままで、
　法令以前と変わりない、
人も心も忠誠も、
　弱まることは絶えてない。
我らの血潮は父祖のもの、
　父祖の武勇は我らのもの、
父祖が我らに遺したものは、
　我らの信条——忠誠心。
あなたのために今もなお、

起たぬ者らは呪われよ、
衣装を持とうと持つまいと、
あるいは裸であろうとも。

愛する若き英雄は、
我らを残して海波の彼方、
あなたの国の熱望と
祈願はあなたを追って行く。

かつては何かの偶然で、
お前は我らに勝っただろうが、
乾坤一擲、一戦交え、
今度は勝つぞ、屠殺屋よ。

＊　各注釈の冒頭のアラビア数字は行数を示している。また、「編者」とあるのは翻訳底本の編集者――「解題」を参照のこと――を指している。

I

5「人々よ」（a shlòigh）と呼びかけられているのは、一七四五―一七四六年のジャコバイト蜂起（「解説」を参照のこと）が潰滅的な結果に終わったことを嘆き悲しんでいる人々であろうが、それを「民衆、群衆、多数」を包括的に表す sluagh（shloigh の主格）の語を用いることで、あたかもジャコバイトの大義が広く世の人々に共有されているような修辞的効果がある。

11-13　正統にして善良な王は、自ずから陽光降り注ぐ晴朗な天気をもたらすというのは、ゲール人に受け継がれている古来のイメージである。冒頭の4行と対照をなしている。さらに、正統な王には人々を癒す力があり（8行）、豊饒を約束する存在であり（15～17行）、勝利と救済の主でもある（19～20行）。

16　ジャコバイティズムを奉ずるか否かに関係なく、一国としてのスコットランドにとって、フランスはイングランドとの対抗意識ゆえに、イングランドの大敵フランスは旧来の友邦（Old Alliance）であった。また、ジャコバイトの星であったステュアート家の若きプリンス、チャールズ・エドワード・ステュアート（「解説」参照）も、蜂起に失敗してフランスに逃げ延びていた。

21-24「語り部」（seanchaidh）は、クラン社会（「解説」参照）にあって枢要な地位を保持していたが、一八世紀、ことに一七四六年以降、解体の危機に瀕していたが、詩人は彼らの語りが持つ呪術的な力と喚起力を今こそ発揮せよと訴えている。

31　ハノーヴァー朝のジョージ二世（在位一七二七―一七六〇）がジャコバイトに「和平」（sith）を求めたということではなく、クラン社会の屋台骨を解体する措置を取ることで、ジャコバイトの反抗が再び起きないようにしたこと、つまり彼にとっての「平和」ということである。

41　ここから20行ほど、「お前」即ちジョージ二世に向けられた糾弾と諫言が続く。

44　レンフルー（グラスゴーの西の地域）にこのような名前の金工が事実存在したかどうかも含めて、この行は意味不詳である。

46　一七〇一年に制定された国会法（Act of Parliament）――ここでは王位継承法――によると、ウィリアム三世ないしアン女王に男系相続人たる子がいなければ、王位はハノーヴァー選帝侯夫人ソフィアとその子孫に継承されることになっている。ジョージ二世は、父ジョージ一世とともに、このハノーヴァーの出である。

54　原文で欠行になっている。編者によると、この詩人にしては「めずらしい周到さ」でもって、この一行を削除しているという。

79　「彼の曽祖父」とは、「彼」王子チャールズから見て曽祖父にあたるチャールズ一世のこと。チャールズ一世は、一六四九年、「反逆者」の名を着せられて斬首された。だが、彼はプロテスタントであった。カトリックであるからという理由で王子チャールズを斥けるのであれば、なぜプロテスタントであるチャールズ一世をあれほどにも残酷に処刑したのか、というのがこの連の趣旨である。ちなみに、この一七世紀中葉の内乱に、チャールズ一世の処刑という形で幕を引いたのは、主にイングランドの急進的なピューリタンたちであった。

87　「殉教者」はチャールズ一世、その「子孫」はジェイムズ二世のことである。次行の「アン」は注46にある「アン女王」のことである。彼女はジェイムズ二世の娘である。

91-92　編者はここで、ゲール語の諺、Is caol an teud air nach seinn e（弦が細くては奏でることもできない）を引用している。なお、この91行目からの100行目までの一連は、再びジョージ二世に対する異議申し立てである。

99　ジェイムズ一世（イングランド王としてはジェイムズ六世）にはエリザベスという娘がおり、このエリザベスの末娘ソフィアは、ハノーヴァー選帝侯エルンスト・アウグストと結婚して、後のジョージ一世を産んだ。「女系からの出」とはこのことである。

121　この「ジェイムズ」は、王子チャールズの父、老王位要求者（Old Pretender）と言われたジェイムズ・フランシス・エドワード・ステュアートのことであろう。彼は一七六六年まで存命している。ここから最終連までの三連は、そのジェームズへの愁訴、王子チャールズへの忠誠、神への祈りを詠っているので、訳語の調子も変えてある。

141　ベン・ヒアント（Beinn Shiannt）は、スコットランドの本土最西端に突き出た半島、アルドナムルハンにある山の名前。

II

ブリテン政府は、ジャコバイト蜂起を鎮圧した一七四六年から一七四八年にかけて、一連の武装解除令を発し、ハイランドのクラン・チーフが武器・武力を持つことを禁止した。禁止されたものの中にはバグパイプや、ハイランドのゲール人が着用するブレカン（breacan, 英語では plaid）が含まれていた。武器の一種とみなされたのである。（ブレカンは、広げると長方形の大きな毛織布地で、体に巻きつけて着る。腰から下の部分はいくつも襞を折り、腰まわりをベルトで締め、上半分は重ねて肩に掛ける。今日見るタータンキルトは、このブレカンの上半分を切り離した形になっている。それをイメージされるとこの詩はわかりにくくなるので、敢えてゲール語をそのままカタカナ書きにしてみた。）この詩は、伝統的な衣装の代りに黒地のズボンの着用を強制されたゲール人の、屈辱感と反抗を詠っている。

編者の注によると「ハイランド衣装の禁圧を嘆く数多くの詩歌の中で、これはハイランド衣装の称讃において最も目配りが利いており、表現において最も躍動感に溢れている」という。

なお、詩人はこの詩の中でブレカンを擬人化し、親愛をこめて二人称で呼びかけているが、この詩の最終連で用いられている二人称は、敵である「屠殺屋」を指しており、その直前の二つの連で用いられている二人称はチャールズ王子を指している。訳詩では、こちらをそれぞれ「お前」「あなた」とし、ブレカンについては（日本語の特性を生かして）人称代名詞をいっさい省いた。

1-4　この4行は原語で luinneag とあり、英訳では lay であるが、各連の冒頭で繰り返されるように作られているという理解で「コーラス」（「リフレイン」も可）と訳してみた。

90　「法令」とは上記の武装解除令のこと。

97-100　編者はここに注して曰く、マハクヴァイスティル・アラステルは「ここで自分の同胞を念頭にしている。というのも、（時の王朝・政府に対して……訳者）忠実なクランの間では、蜂起に加わったクランに対するのと寸分違わぬ仕方で、武器や衣装を剝奪されたことに対する不満が昂じていたからである。」つまり、ブリテン政府の意図は、ジャコバイトの鎮圧というよりも、ハイランドのクラン社会を、ゲール人がゲール人たる根底を崩すことにあるのは明白であるにもかかわらず、相変わらず由緒正しい王家の嗣子のために立ち上がろうとしない同胞を、詩人は非難しているのである。

105-108　詩人は、この最終連で、一転して矛先を「屠殺屋」に向けている。これは、カロデン・ムアでジャコバイト軍を破ったというだけでなく、戦場に深傷を負って倒れているジャコバイト兵士を徹底的に殺戮し尽くした人物、即ち政府軍指揮官であり、時の王ジョージ二世の息子であるカンバーランド公爵（William Augustus, Duke of Cumberland, 1721-1765）である。ジャコバイトに限らず、スコットランドの人々は、彼を「屠殺屋」（the Butcher）と呼んで忌み嫌った。

解説

一八世紀スコットランドとジャコバイト詩

小菅奎申

本章では、一八世紀のスコットランドに舞台を移し、ジャコバイト蜂起に関わるゲール語詩歌を採り上げて、ケルト的稟質の継承の一端を紹介する。ここで翻訳した詩歌二篇はいずれも、ゲール語詩歌史上最大の詩人の一人、アラステル・マハクヴァイスティル・アラステルの作品である。

I　解題

邦訳の底本は左記の通りである。

Highland Songs of the Forty-Five, ed. By John Lorne Campbell (Edinburgh, John Grant, 1933)

これは、一七四五—一七四六年のジャコバイト蜂起に関連するゲール語詩歌のアンソロジーで、一二人の詩人による合計三二篇の詩歌が収録されている。そのすべてに英語の対訳がついている。全体の半数近い一五篇がマハクヴァイステル・アラステルの作品で、本章で採り上げた二篇もそこに含まれている。なお、一九八四年に、同じくJ. L. Campbellによる改訂第二版がThe Scottish Academic Pressから出ている。

マハクヴァイスティル・アラステルの作品と目される詩歌の半数近くがジャコバイト詩であるが、そのすべてがこのアンソロジーに入っているわけではない。編者によると、個人攻撃に類する悪罵を含んでいる詩は除外されているという。しかし、この大詩人の作品を網羅的に集めた校訂本が未だに出版されていない中では、そのジャコバイト詩に限っても、本章の底本が最も整った刊行物であることに変わりはない。

作品の選択と翻訳について一言する。二篇のみに絞ったのは、基本的に与えられた紙幅の都合に依るが、これ以上採用しても同工異曲に傾きかねないという事情もあり、また詩人マハクヴァイスティル・アラステルの詩境と詩作の特徴は、二篇だけでも相当程度紹介できるだろうという判断もあった。このことと関連して、IとIIでは異なった翻訳姿勢で臨んでいる。即ち、Iでは、力強さとスケールの雄大さを伝えるべく、正確で飾らない言葉遣いを心がけた。その分、華麗な措辞はいくぶんか犠牲になっている。またIIでは、軽妙さと韻律を前面に出したいと考え、部分的には意訳も辞さないという姿勢で臨んだ。翻訳不可能な押韻を、日本語の音数律に置き換えるためである。

注は、概ね作品の理解・鑑賞に資するものに限定し、ゲール語の説明に類するものはごく少数に絞った。底本には多くの校注が付されているが、ここではすべて省いている。また、底本には編者による注が付されているが、これらは翻訳の対象であるテクストとは別物であるから、参考文献として扱い、必要に応じて編者注であることを断り書きすることにした。

Ⅱ　解　説

本章で紹介する作品の理解に資するべく、以下、スコットランドにおけるジャコバイティズムとゲールアルタハク（Gaidhealtachd、ゲール語が日常生活言語として使われている地域、つまりはゲール語文化圏の謂、アイルランドのゲールタハト Gaeltacht に相当）、アラステル・マハクヴァイスティル・アラステル（Alasdair Mac Mhaighstir Alasdair、英語名 Alexander MacDonald）について略述する。

ジャコバイティズム

世に名誉革命（一六八八―一六八九）と呼ばれている王位交替劇の前史には、国民および議会が、親カトリック的政策を推し進める国王ジェイムズ二世（スコットランド王としてはジェイムズ七世）に対して募らせていた不満がある。発端は、一六八八年、国王に世継ぎ、即ち、後に「老王位要求者」（Old Pretender）と呼ばれたジェイムズ・フランシス・エドワード・ステュアートが誕生したことである。明確に親プロテスタント的であり、カトリックに対する忌避感が一層強かったイングランド議会は、世継ぎの誕生を機にトーリーとホイッグが一致して、ジェイムズ二世の長女メアリーとその夫、オランダ総督のオランニェ公ウィレム（英名、William of Orange）を招請するという強硬手段に出た。この二人はむろんプロテスタントである。スコットランド国民および国会でも強力な支持を見込めなかった国王は、勝機なしとの情勢判断から、フランスに亡命した。かくして、戦火も流血もなく、一六八九年、議会の強い要請を受け容れたウィレムとメアリーは、ウィリアム三世およびメアリー二世として、ブリテンの共同統治を開始することになったのである。

この交替劇を非とし、ジェイムズ二世直系の嗣子こそが正当な君主であるという断固たる立場に拠って立つ人々が「ジャコバイト」（この語については前章の「解説」を参照されたい）と呼ばれるのであるが、ステュアート王家は元来スコットランドに発している関係で、スコットランドに多かったことは事実である。しかし、背景事情は単純ではない。前章に見られる通り、カトリック国アイルランドは、その宗教的立場から言って、スコットランド以上にジャコバイティズムが切実な要求であった。ジャコバイトはイングランドにも少なくなかった。一七一四年にプロテスタント信仰を奉じるハノーヴァー王朝が始まってからは、保守陣営の中でジャコバイトが一つの対抗勢力を保っていた。また、ハノーヴァー朝イングランドに対する政治的思惑は、ヨーロッパ大陸においても、とりわけフランスやスペインに、ジャコバイトあるいは親ジャコバイト的立場の人士を生み出していた。

ジャコバイトにはカトリックを奉ずる者が多かったとはいえ、監督教会（Episcopalian）に属する者もおり、プロテスタント主義に立つ者すらいた。本来からすれば、ジャコバイティズムとはステュアート王家への忠誠を核としており、特定の宗教的立場を意味するものではない。また、ゲーアルタハクに多数のジャコバイトがいたのは事実であるにせよ、アーガイル家（キャンベル一族）あるいはサザランドのマッカイ家のように、反ジャコバイト的なクランもあり、中立を守ったクランもあった。ゲール人即ちジャコバイトなのではない。スコットランドの場合、ハイランドだけでなく、ロウランド（後述）にも少なからず存在したのである。

そのジャコバイトが、ウィリアムとメアリーによる共同統治が宣せられた一六八九年、早くも反旗の狼煙を上げた。戦いの舞台はスコットランド中部キリクランキー Killiecrankie である。また、翌一六九〇年、アイルランドでボイン川の戦いが起こった年であるが、スコットランドでは舞台を北部クロムデイル Cromdale に移して蜂起があった。以後、目立ったところでは、一七一五年にボーダー地方で、一七一九年にハイランドで起こっているが、際立って大規模だったのは事実上最後の蜂起、即ち、本章で紹介する詩歌（I）と直接関係のある一七四五―一七四六年の蜂起であった。実際の戦いは、一時的で部分的な勝利はあったにせよ、ことごとく失敗ないしは敗北に終わっている。

ゲーアルタハク

ここでゲーアルタハクについて瞥見するが、古い時代のことは省かせていただく。

スコットランドは中世以来、ゲール語文化圏と非ゲール語（スコッツ語と英語）文化圏に分かたれ、それぞれ英語では Highlands（ハイランド）と Lowlands（ロウランド）と呼び習わされてきた。地域的には、本土北西端のケイスネスやその沖合いの島々（オークニーおよびシェットランド）を除く北部および北西部の、概して山がちな地域がハイランドであり、通常は本土西方ないし西北方沖合いのヘブリディーズ諸島も含められる。ロウランドは、エディンバラを中心とする本土東南部や北海沿岸地域を指す。以下、地域に力点を置く場合は、いずれかと言えば「ハイランド」、歴史的・文化的なアイデンティティに力点を置く場合は「ゲーアルタハク」を用いる。ゲーアルタハクの歴史的源流はアイルランドであり、両者の間の親密で強い結びつきは中世を貫き、クラン社会（後述）解体後にまで及んでいる。

さて、このハイランドは、ロウランド側の目には「粗野」「無法」と映り、概ね「異人」の住む「異境」と見られていた。お互いに相手を知らないわけではないが、基本的に相互不信の関係にあり、しばしば敵対もした。この状況は、ジャコバイト蜂起の時代になって改善したとは言えず、むしろ、今や豊かな都市文化の時代、市民的秩序と改良の時代を迎えつつあったロウランドにとって、ハイランドとゲール人は社会の進歩を妨げる内なる負の要素以外のものではない、とされた。

むろん、当のゲーアルタハクをその内側に立ち入って見れば、様相はかなり違ってくる。大小様々な規模のクラン（ゲール語のclannは「子ども」「子孫」の意、事実に多少の擬制を取り混ぜての血のつながりを信じ、その中心たるクラン・チーフへの忠誠を基礎として成り立っている氏族社会）が並存していたが、ゲール語による詩歌や語りを伝え、独自の自然観や宗教を保持しているという共通性があった。ゲーアルタハクは数多存在したクラン社会の単なる総称ではなく、おしなべて強いゲール人アイデンティティに貫かれた共同体（いわばGemeinschaft）であった。上述のごとく、確かに一枚岩とまでは言い切れない面もあり、しばしばクラン同士の血なまぐさい闘争を繰り返しても来た。しかし、そのゆえにゲーアルタハク共有の核心が見過ごされてはならない。また、ロウランド文化と比べれば物質的には貧困であったが、物質的貧困に還元されない精神文化があった。

ゲーアルタハクは、一八世紀中葉に解体と衰退に向かう。この過程は一朝一夕に到来したのではなく、先立つ数世紀を通じて徐々に進行してきたのであった。異文化であるロウランド、あるいはイングランドとの接触が拡大深化し、貨幣経済の浸食が進行し、ステュアート王朝の勢力圏・支配下へ次第に取り込まれていったことなどが、弱体化を促した大きな要因としてあげられる。しかし、劇的な変化は一八世紀に入ってから起こった。その決定的な契機となったのがジャコバイト蜂起である。

一七一五年の蜂起の時点で、スコットランド国会はすでにイングランド国会と合同して（一七〇七年）、ブリテン連合王国の国会になっている。上述のごとく、一七一四年にはハノーヴァー朝の成立を見るが、ブリテン社会はすでに王朝の意向というより、議会および政府の主導によって動かされる時代を迎えていた。一八世紀初頭の十数年間におけるこうした変化は、広くスコットランドの中に、それを前向きに捉え、新時代の波に乗って勢力を伸張させていく人々と、そうでない人々との対照ないし対立を生み出していた。これがロウランドとハイランド（ゲーアルタハク）の対照・対立にぴったり重なるわけではないにせよ、概して言えば、ロウランドは新時代に即応し、ハイランドは必ずしもそうではなかった。

ロウランドを、島嶼ケルトに共通の強大な浸食者である英語文化およびイングランドとの関係で考えてみると、スコットランドのゲーアルタハクに対して一種の緩衝地帯として機能していたように思われる。アイルランドのゲールタハトの場合、この浸食の過程は直接的で仮借ないものであったが、ゲーアルタハクの場合、それは相対的に緩やかであり、したがって文化的な自立性を長く保持し得たとも言える。その意味で、ロウランドは正負両面の役割を果たしたのである。

ともあれ、こうした時代の流れを背景にしてみると、ジャコバイトおよびその蜂起はいかにも退嬰的と映る。事実、エディンバラやグラスゴーなどにはそうした受け止め方をする都市民が少なくなかった。しかし、ここで重要なことは、時代遅れであるとかアナクロニズムであるといった次元の問題ではない。スコットランドは、それ自身の有機的な構成部分であった文化が危殆に瀕している、まさにその場面に立ち会っていたということである。一七一五年蜂起の後、ジャコバイト勢力が直面することになったのは、政府軍の武力だけではなく、ウェストミンスターとホワイトホールであり、条例や制度によって、ジャコバイトのみならず、ゲーアルタハクそのものを根絶しようとする国家意思であった。即ち、政府はジャコバイト蜂起を鎮圧しただけでなく、あるクランがジャコバイト蜂起に加わったか否かに関わりなく、およそクラン社会をクラン社会としてきた紐帯と基盤を崩すべく、厳しい措置を取ったのであった。殊に苛烈であったのは、一七四五―一七四六年蜂起鎮圧後の処置である。

政府は、一七四六年から一七四七年にかけて一連の法令を発して、蜂起に挙兵・加担したクランの土地を没収しただけでなく、すべてのクラン・チーフが（「私」兵としての）兵力を持つことを厳禁し、チーフが世襲的に有していた司法権をも剝奪した。ゲール人のプライドをとりわけ著しく傷つけたのは、武力の一部であるという理由で、バグパイプの使用とともにタータン・キルトの着用も禁じられたことであった（訳詩のⅡはこれを背景にしている）。実態からすれば、土地の没収も司法権剝奪も、またハイランド衣装の禁止も徹底していたとは言えないようである（一七八二年、ハイランド衣装禁止令は解除されている）が、ゲーアルタハクはこれらの法令によって、蜂起の失敗以上に致命的な影響を被ったのである。

ゲーアルタハクにとってジャコバイト蜂起は、結果的にクラン社会総体の危機を深めたという意味で、運命的なものになったと言える。ゲール語とゲール語文化を支えてきたのはクラン社会であったから、一八世紀中葉はゲール語文化を衰退へと向かわせる転換点であった。むろんハイランドにゲール人がいて、ゲール語を話し、ゲール人としての風習を大なり小なり継承している以上、ゲーアルタハクが消滅してしまったわけではないが、文化の様相は大きく変容することになったのである。

アラステル・マハクヴァイスティル・アラステル

さて、本章で取り上げる詩歌を作ったアラステル・マハクヴァイスティル・アラステルという人物は、父方母方ともに、そのゲーアルタハクの中でもゲールのアイデンティティがとりわけ強い大クラン、マクドナルドに属する。そして、幾つかの枝分かれを持つこのクランの中で、本土西岸のモイダルト（Moidart）に勢力を張り、筋金入りのジャコバイトであったクランラヌルド（Clanranald）の一族に生を享けている。生年は「一六九〇年頃」から「一七〇〇年頃」まで諸説がある。この名前は、「アラステル先生の息子のアラステル」という意味である。

裏付け史料は乏しいが、グラスゴー大学の学生になったものの、途中で大学を去ったらしい。一七二九年、SSPCK（「スコットランド・キリスト教知識普及協会」、一七〇九年設立）が運営する学校の校長に任用されている。父は監督教会に属していたが、この校長時代のアラステルは長老派（Presbyterian、一六九〇年にスコットランド国教会になっている）に転じている。一七四一年には、SSPCK の委嘱を受けて、『ゲール語語彙集』（*A Galick and English Vocabulary*）を出版している。

この頃までに何度かのジャコバイト蜂起が起こっているが、アラステルはそのどれにも関与していないようである。しかし、一七四五年に至り、老王位要求者の子チャールズ・エドワード・ステュアート（Charles Edward Stuart, 1720–1788, いわゆる Young Pretender「若き王位要求者」であり、愛称 Bonnie Prince Charlie で親しまれた）が、亡命先のフランスからスコットランドに、それもアラステルの一族の土地に上陸することを知るにおよび、学校を息子に委ね、逸速く王子のもとへと馳せ参じたと言われる。

駆けつけたクラン・チーフらの中には、王位奪回の戦いを挑むことの成否に懐疑的な者もいた。王子に向かってフランスへ戻るように諫めた者もいたらしい。しかし、王子の決意は固く、ついに一七四五年八月一九日、モイダルトのグレンフィナン（Glenfinnan）で旗揚げした。王子の側近ないし腹心のごとき立場にいたアラステルは、無論旗揚げに賛成で、クランラヌルド隊の指揮官を務めることになった。これ以後、翌一七四六年四月一六日、インヴァネス東部の荒野、カロデン・ムア（Culloden Moor）で、政府軍と対峙し、壊滅的な敗北を喫するまでが、最後で最大のジャコバイト蜂起となったのである。この曲折に満ちた八か月の間、アラステルは一貫してジャコバイト軍の中核部分に身を置いていたようである。この間に作られたとおぼしい幾つかの好戦的な詩を見ると、彼が戦況の全体を、また逐一を把握できる立場にいたことが窺われる。（そうした詩の一つ、ジャコバイトの大義に捧げる激越な詩歌が訳詩Iである。）

ボニー・プリンス・チャーリーは辛くも生き延びた。（王子が本土西岸から沖合いのヘブリディーズへ逃げ延びる際に重要な役割を果したフローラ・マクドナルド（Flora MacDonald, 1722-1790）は、アラステルの従妹である。）我らの詩人アラステルも生き延びた。のみならず、ジャコバイト系のクランは、土地の没収など政府による厳しい処置を甘受しなければならなかったにもかかわらず、なぜかアラステルの一族は寛大な処分にとどまっている。彼は、一七五一年詩集『スコットランド古来の言葉の復活』（*Ais-eiridh na Sean Chanoin Albannaich*）を刊行した。これに収められているいくつかのジャコバイト詩（本章で訳出・紹介する二つの作品は、いずれもこの詩集に含まれている）は、政府の不興を買うことになった。が、残部の焚書処分を被っただけで、彼はまたしても難を逃れた。この詩集を出してからは、詩作らしい詩作をしていない。晩年の約二〇年は、一族ゆかりの地を転々として暮らし、一七七〇年頃、故郷のモイダルトで没している。

詩人としてのアラステルは、クラン社会の全盛期に枢要な地位を保持していた職分としての歌人、即ちバルド（bard）の伝統と、世俗化の方向に向かって行くゲール語詩歌の流れをともに体現していた。彼のジャコバイト詩歌にはこれら両面が遺憾なく発揮されている。雄渾にして華麗、豊富な語彙と的確な観察眼をもって、痛烈なこきおろしもすれば、軽妙な諧謔精神をも示している。

ジャコバイト詩は、同時代の他のゲール語詩人も作っており、またゲール語に限らず、英語で書かれたジャコバイト詩も残されている。しかし、臨場感・緊迫感とスケールの大きさ、ゲーアルタハクの命運に係わる歴史感覚とアイデンティティを兼ね備えた作品を残した詩人としては、アラステル・マハクヴァイスティル・アラステルをもって第一とする。

歴史瞥見

ブリテンはおろかヨーロッパ的文脈で見ても、スコットランドが文化的に最も輝き、多くの分野で主導的地位を占めたいわゆるスコットランド啓蒙（The Scottish Enlightenment）は、ジャコバイト勢力が実質的に凋落し、ゲーアルタハクがその屋台骨から崩されて、どちらの方面からの脅威も去った頃、即ち一八世紀中葉を境として、百花繚乱の時代を迎えたのである。誰にとっての、どういう脅威であったかといえば、むろん、ロウランド社会とその安定・安全・発展にとってであった。

ジャコバイティズムそのものは、武器を手にした蜂起という形を二度と取らなかったにせよ、その後も長く人々の心に生き続けた。たとえばジャコバイト・ソング（Jacobite songs）が民衆の間で流行するのは一八世紀中葉以降のことであり、一七六〇年代にかのジェイムズ・マクファースン（James Macpherson, 1736–1796）が発表し、ヨーロッパを風靡することになった『オシアンの詩』*Poems of Ossian* には、ジャコバイティズムの変奏曲という趣きがある。

ゲーアルタハクの外部では、いわば無害化された「ハイランド」、つまり、ゲール人の現実とかけ離れ、しばしばゲール人不在ですらあった「ハイランド」のイメージが、時代のロマンティック趣味に乗って独り歩きを始めており、実のところ、文学的なジャコバイティズムはこれと調和していたのである。タータン・キルトに至っては、一九世紀以降、ロウランドのアパレル関係業者の手を介して、事実上スコットランドの代表的衣装として広まった。のみならず、王室の者でさえ儀礼的に着用するほど格上げされていったのである。

当のゲーアルタハクでは、一八世紀後半あたりから、世俗化したゲール語を用い、また伝統的な詩作の作法に囚われない、自由なスタンスに立った民衆詩人が数多く登場するようになる。次の一九世紀全体をも含めて、クリアランス（ゲール民衆の立ち退き措置、土地払い）や大規模な移民など数々の試練に曝されるが、ゲール語詩のこうした動向は以後基本的に変わっていない。しかし、それは最早この解説の範囲を超えている。

Ⅲ　参考文献

翻訳・注解・解説に際しては、底本に付されている序論および英訳・注解のほか、主として左記の文献を参照した。

Ronald Black, ed. *An Lasair — Anthology of 18th Century Scottish Gaelic Verse.* Edinburgh : Birlinn, 2001.

Andrew Hook, ed. *The History of Scottish Literature, Volume 2, 1660–1800*. Aberdeen Uni-versity Press, 1987.
Lynch, Michael. *Scotland—A New History*. London：Century, 1991.
Maclean, Calum. *The Highlands*. Edinburgh：Mainstream Publishing, 1990.
Lesley Scott-Moncrieff ed. *The 45–to gather an image whole*：The Mercat Press, Edinburgh, 1988.
Thomson, Derick. *An Introduction to Gaelic Poetry*. Edinburgh University Press, 1974.
『スコットランド文化事典』　木村正俊・中尾忠史編（原書房、二〇〇六年）

第六章　マシュー・アーノルド『ケルト文学の研究について』（抄訳）

序

一昨年の夏、私はウェールズの海沿いの町スランディドノで数週間を過ごした。[1] スランディドノで最良の滞在者向け貸間は東向き、つまりリヴァプールの方を向いている。そしてサクソン[2]が大勢忙しく立ち働いているその都市から、人々が蜂の群れのようにひっきりなしに出てきて、この湾を渡り、海岸と貸間を占拠する。グレートオームズヘッド岬とリトルオームズヘッド岬に守られて、リヴァプールから押し寄せてきたサクソンの侵略者たちで賑わうこの東側の湾は、魅力的な名所であり、スランディドノを訪れる人の多くはそれ以外のことをまったく考えもしない。しかしながら、リヴァプールからの汽船の魅力を別にすると、もしかすると、こちら側の景色はしばらくすると人に少々物足りない思いをさせるかもしれない。地平線には神秘的なところがなく、海には美しさがなく、海岸にはみずみずしい草木がなく、ただただ不毛で無味乾燥だからである。ついには人は振り向いて西の方に目を向ける。するとすべてが変わるのだ。コンウィ川の河口と砂洲の向こう側には、西の地の永遠不変の柔らかさと穏やかな光がある。神秘的なアングルシー島の平たい島影と、険しいペンマインマウル山、そして山また山の向こうで淡いもやの中に消えてゆくカルネズ・スリウェリン山とカルネズ・ダヴィズ山とあたりの山々の大きな山並みとが、地平線をなしている。ペンマインマウル山の麓とアングルシー島の湾曲した海岸線とのあいだで、海が、銀色の流れとなって、いずかたともなく消えてゆく。こちら側こそウェールズである――過去がいまだに生きており、すべての場所に伝承があり、すべての名に詩があり、そして民族が、生粋の民族が、いまだにこうした過去、こうした伝承、こうした詩を知っていて、それとともに生き、それに執着しているウェールズである。ところが、ああ、あちら側の繁栄を誇るサクソンは、リヴァプールやバーケンヘッドからの侵略者たちは、自分たちの過去、伝承、詩を忘れて久しいのだ。そしてまたスランディドノが位置する岬は、こうした伝承のまさに中心地である。そこはすべての石に物語がある「血なまぐさい都市」クレイジン半島である。そこには、競い合うように朽ちつつあるコンウィ城の向かいに、ディガンウィ城があり、こちらは朽ちつつあるというより、はるか昔に朽ち果てており、ぼろぼろに崩れる土台が険しい岩山の頂にいくらか残っているにすぎない。マエルグウィンがエルフィンを幽閉し、そしてタリエシンが彼を解放しにやって来た(3)ディガンウィ城である。その麓、その小山の谷あいには、スランフロスつまり湿地の教会という場所があり、そこはこのマエルグウィンが、つまり歴史上実在したブリトン人の君主、大胆不敵で放埒な族長、アーサー王のランスロットのモデルだと言われる(4)人物が、黄死病を避けるために教会に閉じこもり、扉の鍵穴から外を覗き、あの怪物(5)を見て、死んでしまったところなのだ。背後の森の中に、「宴の場所」グロードダエスがあり、そこで吟唱詩人たちが歓待された。そしてさらに遠く、スランルーストに向かってコンウィ川の谷をさかのぼったところに、ケイリオニズ湖とタリエシンの墓がある。あるいはまた、海の方やアングルシー島の方に目をやると、ペンモンと、マエルグウィンが葬られているセイリオルの島と小修道院(6)がある。「悲嘆の砂洲」と、「ヘリグの館」スリス・ヘリグ、つまり波の下の館、海にのみこまれた宮殿と領地がある。「こちらをシモイス川が流れた。ここにシゲウムの地がある。(7)」

私が一昨年の八月に、自分たちのホメロスを持ったことがないこのシゲウムの地を洗う波を眺めながら、そしてまた私の周りにいる、この地をかつて領有していた者たちの名もなき末裔たちが――水浴する人々や野菜売りやロバ追いの少年たちが――話している奇妙な聞き慣れない言葉に、好奇心をもって耳を傾けながら歩き回っていたとき、未知のウェールズ語の洪水の中から、英語ではないけれども、それでもなじみ深い言葉が、突然聞こえてきた。声の主は数人の子供を連れたフランス人の子守り女だった。このガリアのケルト(8)は、自分との親族関係についてまったく何も知らないまま、ブリテンの縁者のあいだを動き回り、上品なロマンス語を話し、ウェールズの異邦人と彼らの話すわけのわからない言葉とを、おそらく、哀れみながら軽蔑していただろう。ここには何という大変動があったことか。いかにゴメル(9)のこの娘の星は強大になり、一方、ゴメルの子孫たるこれらキムリック人(10)の星は衰えたことか。同じ言葉を話しつつ、アジアの中央部にあった彼らの共通の居住地をあとにした日からこのかた、エウクセイノス海のキムメリオス人が、巨人ガラテスの子孫である西方の同族たちに加わってからこのかた(11)、ガリアとブリテンという姉妹が自分たちの森で宿り木を切り、カエサルが来るのを見てからこのかた、この両者における運命は何と大違いなのであろうか。ガロ＝ロマンス語系のケルト[12]が今日、白、赤、岩壁、畑、教会、君主を指すのに使っているブラン、ルージュ、ロシェ、シャン、エグリーズ、セニュールといった語は、その真の祖先の言葉には含まれていなかった。これらは習得した語である。だがこうした言葉を習得して以来、これらの言葉は世界的な成功を収めたし、我々もみな子どもたちに教えているし、またこうした言葉を話す大群は、かつてブリテン島のケルトを破ったあのドイツのあらゆる都市で威張り散らしているし、こうした大群に連なって、へりくだった分遣隊たるサクソンの援軍は、後に続くのをいとわなかった。しかるに貧しいウェールズ人はいまだに、その祖先の生粋の言葉[13]でグウィン〔白〕、ゴーハ〔赤〕、クライグ〔岩壁〕、マエス〔畑〕、スラン〔教会〕、アルグルウィズ〔君主〕と言っている。しかしその土地は一地方にすぎず、その歴史は取るに足りないものであり、そして征服者サクソンはその言葉を文明の障害だと鼻であしらう。それ以外の土地におけるすべての同族言語の残響は、日ごとによりかすかに、より弱まりつつある。コーンウォールにおいては消えてしまったし、ブルターニュとスコットランドのハイランド地方においては消えつつあるし、アイルランドにおいても消えつつある。そしてアイルランドでは、どこよりも、この言葉は打ち負かされた民族のしるしだし、征服された者たちの所有物なのである。

しかしケルトの稟性は、スランディドノにおいて、そのときまさに復興の時を迎えようと準備をしていた。作業員たちはテントのような大きな木造の建物を建てるのに忙しく働いており、その建物はやって来たばかりのすべての人の目を引きつけ、そして私の子どもたちは（おそらく彼らの願望から彼らの信念が生み出されたのだろうが）それをサーカスだと信じた。しかしながらそれはカストールとポリュデウケース(14)のためのサーカスではなくて、アポロとミューズの神々にささげられた神殿だとわかった。それはアイステズヴォッド(15)すなわちウェールズの吟唱詩人たちの大会が開かれようとしている会場だったのだ。その大会は（発起人の言葉を引用すると）「詩と音楽と芸術の修養によって、有益な知識を普及し、生得の才能を引き出し、故国愛と高潔な名誉心を育むこと」を目的に掲げていた。子どもたちはがっかりしたが、しかしサーカスに夢中になった日々はとうに過ぎている私は、詩には専門的な関心があるわけだし、またあらゆる不公平と抑圧を憎むがゆえにケルトの天稟が世に現れ、その声を聞かせることができることを何よりも願っているので、喜んだ。私はチケットを入手して、初日を待ちわびた。その日は来たが、あいにくな日であった。風は強く、一面に塵埃《ちりほこり》が舞い、海は逆巻き、どす黒かった。リヴァプールからの汽船で着いたサクソンは惨めな有様だった。陸路でやって来たウェールズの人たちでさえ――彼らが落ち着きを失っていたのは、このひどい朝のせいにせよ、ロンドン・ノースウェスタン鉄道会社がコンウィとスランディドノのあいだのあの四マイルの沼地の半島を渡るすべての乗客から取り立てる、途方もない重い負担のせいにせよ――嬉しそうには見えなかった。まず我々はゴルセズ(16)、つまり詩人《バルド》の位を授与するために先立って開かれる集会に行った。ゴルセズは屋外で、風の吹きすさぶ通りの一角で開かれたが、その日の朝は屋外での儀式には好都合ではなかった。私が思うに、ウェールズ人も、サクソンの侵略者と同様に、ショーや見せ物には向いていない。ショーや見せ物をもっとうまく運営するのはラテン民族であり、ラテン民族が陶冶した人々である。ウェールズ人は、我々と同じように、祭典を組織するのにいささか不器用で方策に欠ける。この神秘的な集いを主宰する人物は、緑のスカーフが唯一の彩りを添えているにすぎない、我々の醜悪な一九世紀的衣服を身にまとい、その声は風にのみ込まれ、頬髭には埃《ほこり》が降りかかり、惨めきわまりない姿であった。詩人《バルド》の栄典を受けんとする志願者たちも同じであった。そしておよそ一時間もすると、我々はみな、聖なる石のまわりで震えて立ちながら、苦痛を終わらせてくれるドルイドの供犠の剣を願うような気持ちになりかけていたと思う。しかしドルイドの剣は彼の手からなくなっている。そこで我々はアイステズヴォッドの建物に避難したのであった。

内部の光景も活気がなかった。会長とその補佐役たちが壇上に勢いよく勢揃いした。聴衆席では、前方の一つないし二つのベンチはかなり埋まっていたが、そこに座っていたのはほとんどサクソンであり、彼らは熱意からではなく好奇心から来たのである。そして中程と後方のベンチは――そこには本当に熱心な人々つまりウェールズの人たちが座っていなければならなかったのだが――どれもほとんど空席だった。会長は立派な民族精神を示したと私は確信している。彼は我々サクソンに向けて我々自身の言葉で話しかけ、我々のことを「古代ブリトン人の末裔のイングランド分族」と呼んだ。我々はこの賛辞を、我々の天性の特徴である平然とした鈍感さで受け止めた。そして生き生きとしたケルトの天性が、我々の天性の鈍感さを補ってくれなければならなかったのだけれども、それも欠如していた。私のすぐそばに座っていて、壇上の高名な詩人《バルド》の夫人であるとわかった女性が、その表情にも声にも感情を込めて、こうした荘厳な儀式は彼女の民族の心にとっていかに大切なものか、こうした儀式によってかき立てられる関心はいかに深いものかを、私に語ってくれた。私は彼女の言葉を信じるけれども、それでもこの催し全体は、この日の朝に限るなら、いかんともしがたいほど活気がなかった。受賞作の吟唱が始まった。ウェールズ語による韻文と散文の作品であり、私の記憶が正しければ、その一つは時間厳守についてのエッセイであったし、またハヴロック(17)の進軍を歌った詩もあった。こうした吟唱がしばらく続いた。それからヴォーン博士(18)が——著名な非国教徒の聖職者で、ウェールズ人で、立派な愛国者であるが——我々に英語で演説した。彼の演説は力強く、実を言うと、前方のベンチに座っていた我々を少々ぞくぞくさせることに成功した。とはいうものの、それは我々がみなサクソンの非国教徒の教会堂や礼拝堂で何度も感じたことのある、あの昔なじみの戦慄であり、吟唱詩人的なところは一切なかった。私は外に出た。すると通りで、国会の会期が終わってロンドンから来たばかりの知人にばったり出会った。たちまちのうちにケルトの稟性の呪力は忘れられてしまい、我々サクソンの天性たる俗物根性(19)が蘇るのが感じられた。そして友人と私は、知者《オウァテス》や詩人《バルド》、三題歌やエングリン(20)ではなくて、汚水問題、我々の地方自治の誇らしい事例、ロンドン労働委員会の不思議なほど完璧なところについて話しながら、とどろく波の傍らを行ったり来たり散歩したのである。

このときのアイステズヴォッドが成功ではなかったということは、アイステズヴォッド一般を賞賛する人たちでさえ認めると私は信じる。スランディドノはその適切な開催地ではなかったと言われている。数年前のようにコンウィ城で開催され、そして観客が――大勢の熱心な人々が――その壮大な古い廃墟にあふれるならば、ウェールズ語がわからないというひどく不利な条件のもとで苦労するよそ者にとってさえ、それはきわめて印象深く興味深い光景だろうと想像できる。しかしながら、私がスランディドノで見たような見方をしても、それには人を考え込ませる力があった。アイステズヴォッドは、間違いなく、一種のオリンピア競技会であり、そしてウェールズの一般庶民はそうしたものを好むはずだということは、彼らの中にあるギリシア的なもの、霊的なもの、高尚なもの、（そして残念ながらこう付け加えざるをえないと思うが）イングランドの一般庶民の中では見いだせないものを示しているのだ。このような考察は、教養豊かなセントデーヴィッズの主教と『サタデー・レビュー』誌も述べている。[21] これは正当であり、有益であり、このようなことを述べた人々は我々の最高の感謝を受けるに値する。けれども特殊な事情から、スランディドノでの大会は、すでに述べたように、オリンピアや、聖なる炎に感動しピンダロス[22]のことばに聞き入る群衆を思い起こさせるものでは決してなかった。それはむしろ、散文的で実利しか考えないサクソンの勝利を示唆し、またサクソンがわざとらしいとあざ笑う熱意、クズだと見下す文学、迷惑だと嫌う言語が消滅する日が近いことを示唆したのである。

いつまでもウェールズ語を話し続けさせることにまつわる実際上の不便に関して、私は我が同胞のサクソンたちの見解を全面的に共有していると言わねばならない。コーンウォールの昔ながらの言葉を話していた最後のコーンウォールの農民が亡くなった[23]と聞くと、人の想像力には一瞬の嘆きが生じるかもしれないけれども、間違いなく、コーンウォールは英語を採用したことによって、つまり、この国のほかの地域とより完全に一つになることによって、それだけいっそう良くなったのである。ブリテン諸島に住むすべての人を、英語を話す一つの均質な全体へと融合させることは、つまり、我々のあいだを隔てる障壁を打ち壊すこと、個々の偏狭な民族性を飲み込んでしまうことは、物事の自然な流れがいやおうなしに向かう極致なのだ。それは現代文明と呼ばれるものの必然であり、そして現代文明とは現実の正当な力である。この変化は起こらねばならないし、その達成は時間の問題にすぎない。ウェールズ語が、ウェールズの実際的、政治的、社会的生活の道具として消滅するのが早ければ早いほど、それだけいっそう良いのであり、またイングランドにとって良ければ良いほど、ウェールズ自身にとってもそれだけいっそう良いのである。商人や旅行者は、英語のくさびをこの公国の心臓部にぐいぐい押し込むことで、すばらしい貢献をしているし、歴代の教育相は、英語のくさびを小学校にますます強く打ち込むことで、すばらしい貢献をしている。ことによると、ウェールズ語を生きた文学の道具として文学的に洗練することに関しても、人はたいして共感できないかもしれない。

そしてこの点において、私が思うに、アイステズヴォッドは現実離れした有害な思い違いを奨励している。現代の文学におけるあらゆる真摯な目的のために（現代の文学における軽薄な目的など誰が奨励したいと思うだろうか）、ウェールズ人作家の言語は現に英語であるし、また英語でなければならない。もしアイステズヴォッドに参加する作家が、時間厳守やハヴロックの進軍について何か言いたいことがあるならば、それを英語で言う方がずっとよい。いやむしろ、その人がこうしたテーマについて言いたいことをウェールズ語で言ってよいかもしれないけれども、何か本当に重要なことを言いたいとき、世間の人が少しでも聞きたいと思うようなことを言いたいときには、英語を話さなければならない。この点において道楽半分の芸術趣味《ディレッタンティズム》はもしかすると大いに害になるかもしれないし、真の才能を間違った方向に導き、消耗させ、無駄にしてしまうかもしれない。繰り返して言うが、現代のあらゆる目的のために、できるだけ早く我々はみな一つの民族になろうではないか。ウェールズ人に英語を話させ、もし作家なら英語を書かせようではないか。

これまでのところ、私は我が同胞たるサクソンの趨勢に沿ってきたが、しかしここのところから私はサクソンと意見を異にすると思う。サクソンは決してウェールズ語とウェールズ文学には関わろうとしないだろうし、喜んでそれを地の面からきれいさっぱり一掃することだろう。私は、一定の条件のもとで、現状よりもはるかに一層それを重視したいのである。そして私はウェールズ文学を——いやむしろ、ウェールズ語とアイルランド語、ゲール人(24)とキムリック人の区別をやめてしまって、ケルト文学と言わせてもらいたいのだが——非常に興味深い対象であると考えている。我が同胞サクソンは、よく知られているように、自分たち以外のものをみな改良して地の面から払拭したがるという悪い癖がある。私は、どこもかしこも自分自身しか見出せないようにしたいといった情熱を持ちあわせてはいない。私は多様性が存在し、それが見られることを願っているし、ケルトの稟性の特徴を消滅させたいとは絶対に思わない。しかしながら、私は我が同胞サクソンのことを知っているし、その力を知っている。そしてまたケルトの稟性が、現実と非情な力の支配する世界の中でサクソンに対して防御壁を築く努力を苦にしないだろう、政治的・社会的な対抗勢力として、敵対する民族集団そのものとして、サクソンに対して自らの立場を守り通す努力を苦にしないだろうということも知っている。私にとって、ウェールズ人やアイルランド人が、こうした対抗的な自己確立を申し立てるのを耳にするとき——当然の申し立てだとは認めるが、何と絶望的なまでに空しい申し立てであろうか——哀れを誘うものがあり（そしてアイルランドで起こっていることを目にする今このとき、そう言うのもいかにもっともなことか）、イングランド人がこうした申し立てを鼻であしらうのを耳にするとき、哀れを誘うものがある。ああ、力！　我々サクソンに欠けているのは力、物質世界における力、ではない。我々は好きなだけ飲み込み、吸い込める力が大いにある。かつてはいたるところに存在していたが、文明の競争の中ではるか昔に視界から消えてしまったあのケルトの勢力の、最後のわずかな有形の名残を、我々が消し去ってしまうのを妨げるものは何もない。我々は望むならばケルトを絶滅させると脅すこともできるし、カエサルが自分に対して国庫の扉を閉ざした護民官メテルスを殺すと脅したときに言ったように、こう言って脅すこともできなくはないだろう――「若造よ、私がこう脅すとき、実行するよりも脅す方が私には面倒なのだ」、と。[25] 今日においてウェールズやアイルランドのケルトの稟性が重要性を持ちたいと願うことができるのは、物質的生活という外なる可視の世界においてではない。思考と科学という内なる世界においてなのだ。現代政治の問題として、ケルトがどうなるつもりか、何をするつもりかということではなく、科学と歴史の事柄として、ケルトが何であったか、ケルトが何をしたかということについてなら、ケルトに我々の注目を求めさせてやろうではないか。今ケルトは有形の勢力としてはさほどの重要性は持ちえないけれども、もしかすると、科学の一つの対象として完全に知られるようになるなら、精神的な勢力としては、かなり大きな――我々サクソンのおおかたの想像をはるかに超えた――重要性を持つかもしれない。

我々の時代の傾向は科学志向、つまり物事をありのままに知ることを志向している。したがって、ケルトの稟性とそれが生み出した作品を、科学的調査の対象として、公正に取り扱ってもらいたいというケルトの要求は、それ自体の真価によってのみ主張され、要求を危うくするような無関係な申し立てが混じっていなければ、サクソンはまず拒絶できないだろう。フランス人が「起源の科学《シャーンス・デ・ゾリジーヌ》」と呼ぶものは――現実世界のあらゆる本物の知識の根底にあり、興味関心と重要性が日に日に高まりつつある学問であるが――ケルトおよびその稟性と言語と文学に関する批評眼のある周到な記述がなくては、きわめて不完全なのである。この科学はまだ大いに進歩の余地があるけれども、中年期にある我々の記憶にあるところでさえ進歩しており、その進歩はケルト民族についての我々の通念にすでに影響を与えてきた。そしてこうした変化からみても、物事をありのままに知ることである科学が、有益な実際上の結果をもたらすことさえあると分かる。私は若い頃、超えることのできない深淵によってケルトはチュートンと隔てられていると考えるよう教えられた覚えがある。[26]とりわけ私の父は、飽くことなくこの両者を対比していた。父は我々と世界中のどの民族との隔たりよりも、我々とケルトとの隔たりをはるかに頻繁に主張した。同じように、リンドハースト卿は、長く人口に膾炙した言葉で、アイルランド人のことを「言語と宗教と血において異質な者」と呼んだ。[27]これによって当然ながら深い疎隔意識が生じ、政治的、宗教的な違いによって我々とアイルランド人のあいだにすでにできていた疎隔を倍増した。つまり、この疎隔をきわめて大きく、修復不可能で、致命的なものにしたようだった。今世紀はじめに出版された『ウェールズ古詩集成』[28]というウェールズ詩の大部なテキストの序文を読むと誰でも分かるだろうが、これはウェールズ人のような物静かで穏やかな人々のあいだでさえ、キムリック人の天稟の金字塔たる自らの上代文学の文献資料の出版を促進——いや承認——することに、奇妙な嫌気を覚えさせることになった。嫌悪感、そりが合わない、根本的に敵対しているという意識は、これほど強いものであり、我々自身のこうした敵対者に語らせることは我々にとって危険だと思われたのである。間違いなくユダヤ人のほうが——少なくとも古代のユダヤ人のほうが

――ケルトよりも千倍も我々に近い、と当時は思われた。清教主義《ピューリタニズム》は、聖書の考えと表現法を大いに同化吸収しており、エベネゼルといった名前やアガグを切り刻むといった考えが我々にとってごく自然なものになったので、チュートン性とヘブライ性のあいだの親近感はかなり強かった。[29][30] 着実な中流階級のアングロ・サクソンは、自分自身をオシアンの縁者というよりもはるかにエフドの縁者だと想像したのである。[31][32] しかしそうこうするうちに、人類の本当の自然なグループ分けに関する民族学者たちの可能性に富む目覚ましい考えが――一方にヒンドゥー人、ペルシア人、ギリシア人、ラテン人、ケルト人、チュートン人、スラヴォニア人を含むインド・ヨーロッパ語族の大きなまとまりがあり、他方にセム語族のまとまりとモンゴル語族のまとまりとがあって、後者の二つはインド・ヨーロッパ語族のまとまりとは深い顕著な特徴によって隔てられ、また相互にも隔てられているという学説が――ゆっくりと整合性を獲得し、広く知られるようになっていた。[33] 共感もしくは反感という意識は、民族における真の同一性もしくは差異に基づくなら、教養ある人々のあいだで非常に強くかつ現実的なものになりうるので、ある生粋のチュートン人が――ヴィルヘルム・フォン・フンボルトのことだが――セム気質の力がきわめて圧倒的な領域である宗教の領域でさえ、自分の魂にこの上なく適合する糧を見出したところは、異質なセム的稟性の生み出したものではなく、ギリシアやインドという、同じインド・ヨーロッパ語族に属するチュートンの生まれながらの血縁の稟性が生み出したものだった、とものの本に書いてある。[34][35]「セム気質に対して、彼ははるかに心引かれないと感じた」と書かれており、彼はセム気質に対して、またその「ひとを虜にする圧制的で暴力主義的な宗教」に対して――より開かれた、より柔軟なインド・ヨーロッパの稟性にとって、この宗教はそう見えたのであるが――彼は天性の深みにおいてある種の反感を意識していた。「彼の中の老人の作用に過ぎない！」とセム気質は直ちに言い返すだろう。そしてこの問題をこんなにそっけなく簡単に解決するやり方は受け入れがたいにせよ、フンボルトの事例はインド・ヨーロッパ気質の極端な一例であり、民族や根源的気質の力がいかなるものになりうるかを我々に分からせてくれるという点で有益であるとはいえ、霊的な領域でこれに匹敵する類似の事例は多くありそうにない、ということを認めなければならない。それでも、この領域においてさえ、趨勢はフンボルトの示した方向にある。現代人はますます我々のヨーロッパ的傾向とセム的傾向とのあいだの生得の差異をはっきり意識する傾向があり、また我々の信仰する宗教においてさえ、あるいくつかの要素を、純粋かつ過度にセム的であり、それゆえ当然ながら我々のヨーロッパ的天性と結合することも同化されることもできないものとして排除する傾向がある。こうした傾向は我々自身のあいだでさえ、しかも前述のようにセム的稟性の偉大な領域である宗教の領域においてさえ、今ではかなりはっきり見て取れる。そしてこの傾向は自らの正当化を、科学つまり起源の科学に要請する。どちらに我々の生来の親近感と嫌悪が存在するのかを教えてくれるものとしてこの科学に要請するのである。それはこの科学に訴えかけるとともに、この科学から生れたところもある。それはかなりの程度において、この科学から間接的に生じた実際的な結果なのである。

政治の領域においても、同じように、この科学から間接的に生じた実際的な結果が現れているようだ。アイルランド人に対する反感、彼らとの根源的な疎隔意識は、我々の比較的良質な階層のあらゆるところで目に見えて和らいでいる。彼らに対する過去のひどい取り扱いへの自責の念や、償いをし、彼らを公平に扱い、可能ならば彼らと公正に連合して一つの国民になりたいという願いが、目に見えて高まっている。こうしたものが見られないアイルランド関係の書物は今ではほとんど出版されないし、こうしたものが見られないアイルランド関係の議論が国会で交わされることもめったにない。この考えは最初は現実離れしていると思われるかもしれないが、科学の進展は――ケルトとサクソンのあいだには、我々の多くがかつて想像していたような起源における隔たりというものは存在しないこと、ケルトは実はリンドハースト卿が言ったような我々とは「血において異質な者」ではないこと、大きなインド・ヨーロッパ語族の中でケルトは我々の兄弟であることを主張する科学の進展は――こうした印象の変化を引き起こすことに関与、それもかなり大きな関与をしたと、私は考えたい。たしかに、警戒と闘争からの解放、安定した領有と揺るがぬ安全と圧倒的な力とが感じられること、があろう。たしかにこうしたものは、人道的な感情が我々の中に沸き上がるのを可能にし、それを奨励するものであり、大きな働きをしただろう。たしかに、不安と危険の状態にあったり、アイルランドが我々と敵意ある闘争を繰り広げたり、我々の連合が激しく揺さぶられると、あらゆる人道的な感情を退けるとともに、完全な疎隔という古い意識も蘇らせるかもしれない。それにもかかわらず、事態のそんな悪しき大変動が実際に生じない限り、その限りにおいて、類縁関係と温情というこの新たな意識は続き、機能し、力を増す。そしてその意識がこのように存続し機能するのが長く続けば続くほど、そのような悪しき大変動はそれだけ一層起こりそうになくなるのである。そしてこうした新たな和解の意識はまさに科学に根ざしているのだ。

とはいえ、科学のもたらすこれらの間接的な恩恵について、我々は過度の重きを置くべきではない。次のことだけが許されるべきである。明らかに、今や二つの影響力が作用しており、いずれもケルト気質をこれまで以上に注意深く公平に研究することにとって好都合である。その一つは、我々のあいだにインド・ヨーロッパ気質という感情が強まっていること、もう一つは我々のあいだに科学意識全般が強まっていることである。第一のものは我々とケルトのあいだの障壁を打破し、我々のあいだの疎隔を緩和する。第二のものはケルトの事例を徹底的に知りたい、それに対して公正でありたいという願いを生み出す。これはある熱狂的な人々が夢見ている政治的・社会的なケルト化とはまったく別の事柄である。しかしケルトの稟性を大切に思う人なら誰でもこちらを軽蔑してはならない。そしてこちらは可能であるけれども、もう一方はそうではないのだ。

ゲルマン、ケルト、ノルマン

　イングランド人の精神、イングランド人の稟性を表す特徴について私がたびたび述べてきたことを、再度繰り返させてもらいたい。この精神、この稟性は、たしかに敵対者の視点からというよりも味方の視点から判断されたものながら、それでも概して公平に判断されているのだけれど、その特徴とは、私が繰り返し述べてきたように、「誠実さをともなう活力」である。その活力の一部はケルトとローマを起源として我々に伝わってきたと思われるが、その活力を若干減じて、活力というよりむしろ「堅実」と言うならば、すると「誠実さをともなう堅実」というゲルマンの稟性になる。この二つの特徴描写が互いにいかに似通っているかは明らかであるが、しかしながら後で分かるように、この両者には違いを生じる余地が大いにある。誠実さをともなう堅実――このように構成された民族精神にとっての危険性とは、退屈な人々、無骨で不格好な人々、下品な人々、つまり一言で言うなら、「卑俗さ《ダス・ゲマイネ》」、「卑しさ《ディー・ゲマインハイト》」、ゲーテが一生涯戦い続けたあのドイツの呪いである。このように構成された民族精神の秀でたところは、むら気や軽率やひねくれとは無縁なことであり、そして〈自然〉に対する忍耐強い忠実さ――一言で言うなら「科学」――によって、時間はかかるし華々しい道でもないけれども、ついには退屈で平凡な人々の束縛を脱して、より良い生活へと達するのである。どこまでも広がる地味で平凡な真っ平らの土地、姿形に美しさや際だったところが一切欠けていること、言葉が緩慢でぎこちないこと、ビールとソーセージとまずい煙草が永遠に続くこと、いたるところ至極平凡なものばかりであることが、北ドイツを旅する者の気分をついには重しのように圧し、立ち去りたくてたまらない気持ちにさせる——これが弱点である。産業、繁栄、忍耐強く着実で入念なもの作り、科学が人間活動のあらゆる領域を律しているという考え——これが強みである。そしてドイツは自らの稟性のこちらの側面によって、すでに優れた成果をあげており、その杓子定規なところ、のろさ、不器用さ、無能さ、ひどい政治によって我々が不平を叫びたくなるときが何であれあるとしても、間違いなく、大きな発展を遂げるよう運命づけられている。(36)

「遅鈍にかけては、のろのろ進むサクソン人」——様々な民族の誉れとなる特徴をあげてゆくアイルランドの古詩はこう歌う。

鋭敏さと武勇にかけてはギリシア人
高すぎる誇りにかけてはローマ人
遅鈍にかけては、のろのろ進むサクソン人
美と多情にかけてはゲール人(37)

いかなる意味において、またいかなる解釈によって、ゲルマン人のこの性格描写が妥当しうるのかは、すでに見たところである。そこで今度は、美しくて多情なゲール人について見てみよう。というよりも、ゲール人とキムリック人というケルト語族の二つの分族のどちらにも適合しうる記述を見つけることにしよう。明らかに、キムリック人とゲール人、ウェールズ人とアイルランド人とで、独特の事情によって民族性のある一つの側面が発達したかもしれず、その結果として、観察者の注目は容易にその側面に引きつけられるだろうが、しかしそれをケルトの天性の特徴だと一般化して受け取ることはできないかもしれないのだ。たとえばルナン氏は、ケルト諸民族の詩歌についての美しいエッセイ[38]の中で、ブルターニュ人とウェールズ人に着目して、ケルトの天性の臆病さ、内気さ、繊細さや、隠遁生活を好むこと、上流社会と関わらねばならないことに当惑することに、感銘を受けた。彼は自分が着目した「天性のキリスト教徒であるおとなしい小さな民族」、「誇り高くて内気で、外見はぎこちなくて困惑しているように見える民族」について語った。しかしながら、この記述はキムリック人にはどんなにうまく当てはまるにしても、ゲール人には絶対に当てはまらないだろうし、ドニブルックの市《いち》[39]にいる典型的なアイルランド人には絶対に当てはまらないだろう。それにまた、ルナン氏のいう「ケルト民族の特徴である感情の限りない繊細さ」は、金を貸してくれというアイルランド人について世間一般が抱いているイメージといかに合致しないことか。とは言うものの「感情《センティメント》」という言葉は、ケルトの諸民族が真に近づき一つになるところを示すものであり、もしケルトの天性をただ一語で特徴づける必要があるならば、多感《センティメンタル》という言葉こそ、選びとるべき最良のものなのだ。さまざまな印象をすばやく、しかも非常に強く感じとる身体、それゆえに喜びにも悲しみにもきわめて敏感な、活気にみちた性格、これこそが重要な点なのである。もし人生の不運が幸運よりはるかに多いなら、こうした気質は、あらゆる印象をきわめて速やかに深々と意識するがゆえに、きっと内気で傷ついているところを見られるだろう。物思いに沈んだ後悔にひたっているのを見られるだろう。激しい身にしみる憂鬱に沈んでいるのを見られるだろう。しかしながらケルトの気質の本質は、生と光と感情を熱烈に焦がれること、開けっぴろげで、冒険好きで、陽気なことである。「陽気な（gay）」という我々の言葉がまさにケルト語だと言われる。この言葉はラテン語の「喜び（gaudium）」ではなく、「笑う（gair）」というケルト語に由来するという(40)。そしてすぐに高揚したりすぐに落ち込んだりする感受性の強いケルトは、高揚することが――社交的で、もてなしがよくて、雄弁で、賞賛され、すばらしく目立つことが――その天性なので、それだけいっそう意気消沈する。ケルトは明るい色を好み、ちょっとしたことで大胆不敵になり、勝ち誇り、大いに空威張りする。生理学者たちが述べるところでは、ドイツ人は他の民族よりも腸のかさが大きく（ドイツ人がコース料理を食べるのを見たことがある人で、このことをすぐに信じない人がいるだろうか）、フランス人は呼吸器官がより発達している。それはまさに開けっぴろげで、熱意あふれるケルトの天性である。偉そうにし、鼻をふんふんいわせ、鼻息を荒立てるのである。詩編作者が言うように「傲慢な目、驕る心(41)」というわけだが、詩編作者がこの言葉によってなすりつけているらしい野蛮きわまりない気性はない。良きにつけ悪しきにつけ、ケルトの稟性はゲルマンの稟性とくらべて、より実を伴わず非現実的であり、より足が地についていないのである。ケルトはしばしば官能的だと言われるけれども、しかしケルトを魅了するのは、感覚を低俗に満足させることよりも感情と興奮なのだ。私がはじめに言ったように、ケルトは確かに多感なのである。

多感――「現実の圧制に対して常に反抗しがちである」――これはケルトの親友(42)がケルトを描写した言葉であり、多感な気質を言い表すなかなかうまい言い方である。これは我々に、ケルトにとっての危険とケルトがいつも成功と縁がないことの秘密を教えてくれる。バランスと程合いと忍耐、この三つが、とりあえず最適な気質を想定するにしても、大成功をおさめる永遠不変の条件であり、そしてバランスと程合いと忍耐こそまさにケルトが決して持ったことのないものである。ケルトは精神的創造の世界においてさえ、俊敏な知覚と熱い感情という立派な天分にもかかわらず、完璧な成功をおさめたことがない。というのも、繊細きわまりない知覚や感情を完璧に表現するのに必要不可欠な条件に従うだけの着実さ、忍耐、穏健を備えたことがないからである。ギリシア人はケルトと同じ鋭敏で感情的な気質の持ち主だけれども、ギリシア人はこの気質に加えて「程合い」の意識も備えている。このおかげで造形芸術におけるギリシア人のすばらしい成功があるのだが、しかるにケルトの稟性は、現実の圧制に対して苛立ち、単なる感情をたえず追い求めるので、造形芸術において何も成し遂げなかった。指輪やブローチや司教杖や聖遺物箱などに見られるような比較的小さな装飾芸術においては、その繊細な趣味、その幸福な気質を示すのに十分なだけのことを成し遂げた。しかし絵画や彫刻といった大がかりな難事、つまり長期にわたって物質に対し精神を働かせ続けることに対しては、忍耐がなかったのである。音楽や詩というさらに形而上的な芸術をとりあげよう。ケルトは音楽において感情だけでできることはみな成し遂げた。スコットランドやアイルランドの調べには感情の息吹そのものが息づいている。しかしこうした音楽的情感の力にもかかわらず、感情を熱望するあまり科学には忍耐がないケルトは、それほど感情的でないゲルマンが、セバスチャン・バッハやベートーベンのような大作曲家の科学によって、自らの音楽的情感を着実に育みながら達成したことと比べると、音楽において何を成し遂げたのだろうか。また詩においても――ケルトがきわめて情熱的に、きわめて気高く愛した詩、感情が非常に重要でありながら、理性も、理性と程合いと穏健もまた非常に重要である詩においても――ケルトは天稟を、実にすばらしい天稟を発揮してきたのだけれども、詩においてさえその短所がまとわりついており、それに妨げられて、詩の天稟をもった他の民族が――たとえばギリシア人やイタリア人が――生み出したような大作は生み出せなかった。ケルトは詩の大作を生み出さなかった。ケルトが生み出したのは偉大な雰囲気が作品全体に漂っている詩、さらにはまたその雰囲気が短い作品や長い作品の数節・数行・断片に並外れた美と力を与える詩だけであった。しかしながらケルトはたいそう詩を愛したので、詩のためには労苦を惜しまなかった。とはいえ真の芸術は、『アガメムノン』や『神曲』といった大作を形作る構築性は、深く掘り下げた着実な調査、人生の現実に対する確固とした認識のあとにしか生まれないのだが、ケルトにはそのための忍耐がない。それゆえにケルトは技巧に逃げ込み、そこで入念の限りを尽くし、驚嘆すべき技能を獲得するのだけれども、詩の内容においては、最初の俊敏で強烈な認識の閃きと、ついで感情――無限の感情――とがもたらしうるだけの世界解釈しか見られない。ここでもまた、ケルトには穏健と着実さが欠けているために、最高の成功をおさめることができないのである。

ケルトが現実に反逆するがゆえに精神的な成果においてさえこれほど駄目だったとしたら、ビジネスと政治の世界においては、さらにもっと駄目だったに違いない。物質文明において進歩するためにも、また強大な国家を形成するためにも必要とされる、目的に向かって手段を巧みにかつ断固として適用するということは、まさにケルトが最も不向きなことである。すでに述べたように、ケルトは官能的、いや少なくとも感覚的であり、明るい色と交際と喜びを愛し、そしてこの点においてケルトはギリシア民族やラテン民族と似ている。しかしギリシア民族やラテン民族（もしくはラテン化した民族）が、自らの感覚を満足させるために、つまり豊かで贅沢で見事な外面的生活を手に入れるために発揮してきた才能と、みすぼらしく貧しくだらしなく野蛮同然というのではなくて、堅実で満足のゆくような物質文明をケルトがまったく達成できなかったこととを比較してほしい。ギリシア人の感性の鋭さは、シュバリスやコリント(43)を建設し、ラテン人の感性の鋭さはローマやバイア(44)を建設し、ラテン化したフランス人の感性の鋭さはパリを建設する。本来のケルトの鋭い感性が作ったのはアイルランドなのだ。ケルトが理想とする英雄時代においてさえ、その陽気で感性鋭い天性は、社交と喜びにみちたケルト好みの生活を実現するための道具において、ケルトが軽蔑する粗野でのろのろ進むサクソンを越えることができない。『フォヴォール族のモイテューラの戦い』の中で語られるように、統治者ブレスが人気を失った理由は、「その食卓で臣下のナイフには脂気がなく、宴席で臣下の息にビールの匂いがしなかった」からだった。[45] 粗野と野卑において、それはサクソン的、これ以上ないほどサクソン的ではなかろうか。それはまさしく、ケルトと同じように感性鋭く社交的でありながら、生活様式を実際に美しく整えることに自らのこうした適性を役立てる才能を持ちあわせていたラテン化したノルマンが、サクソンについて非常に不愉快だと思ったことではなかろうか。

そしてケルトは物質文明において無能であったように、政治においても無能であった。この巨大で衝動的で冒険好きな放浪者、この古代世界のタイタンは、未開時代においては地の面の広大な領域を占めているのだが、歴史が進展するにつれて縮小に縮小を重ね、ついには我々がいま目にするものにまで小さくなってしまった。いくつもの時代にわたって、世界はケルトの手からたえず、ますます、こぼれ落ちていったのである。オシアンはこの上なく正しくこう歌った――「彼らは戦いに出て行ったが、いつも討ち死にした」。[46]

しかしながら理想の稟性というものの組成にとりかかるならば、いかに多くのケルトの要素をその中に加えたいという気持ちになることか。理想の稟性において、その構成要素はいかなるものも弱い状態にあってほしくはない。むしろ、すべての構成要素が力の最高の状態にあってほしいのであり、ただし程合い・調和の原理が全体を統括していてほしいのである。したがって、ケルトの感受性は、もし他のいかなるものもその犠牲にならないとすれば、賞賛に値する立派な力である。というのも感受性つまり俊敏かつ強烈な知覚と感情の力というのは、稟性のまさに主要な構成要素の一つであり、ことによると最も積極的な働きをする要素かもしれないからである。感受性と魂との関係は、優れた感覚と肉体との関係と同じであり、成功する活動にとっての重要な生得の条件なのである。感受性は天稟にその素材を与える。感受性の奴隷にならず、その主人であり続けることさえできるなら、感受性過多にはなりえない。ケルトがさほど感受性豊かでなければよかったのにと願うのではなくて、感受性をもっと自由に使いこなせたらよかったのにと願おうではないか。しかし実は、ケルトの感受性がケルトにとって弱さの源であったとしても、それは力の源でもあり、また幸福の源でもあった。ケルトの天性とその感受性のうちに、騎士道精神と中世騎士物語《ロマンス》と理想の女性の賛美とが生まれる主要な根源を見出した人々もいるのである(47)。これは大変大きな問題であり、私はここでこの問題を論じることはできない。しかしながら話のついでにこう指摘しておきたい。騎士道精神の突飛なところ、現実の圧制に反抗するところ、耐えがたいほど人間性に負荷をかけることには、確かにケルト的な雰囲気が漂っている、と。しかしこの騎士道精神とその起源という問題はすべて棚上げするにせよ、おそらく、ケルトの天性に備わる感受性には、その神経質な高揚には、女性的なものが含まれており、それゆえケルトは女性の特異性がもつ魅力をとりわけ感じやすい。ケルトはそれに親近性があり、その秘密から遠くない。それにまた、ケルトはその感受性ゆえに、自然と自然の生命をとりわけ密接に親密に感じる。この点でもまた、ケルトは眼前のこの秘密に——自然の美しさと自然のもつ不思議な魅力《ナチュラル・マジック》[48]との秘密に——特別なかたちで魅了されるようであり、その秘密に近く、それを半ば神格化するようだ。ケルトの稟性が生み出したものの中では、もしかするとこうした力を示す形跡ほど興味深いものはないかもしれない。後ほど[49]これらの実例を示す機会があるだろう。この同じ感受性ゆえに、ケルトは天稟と学問と精神的事柄に対する敬意や熱意にあふれている。「吟唱詩人になると人は自由の身になった」——それはケルトのこうした寛大で高尚な情熱に特有の偉業であり、それをケルトよりも強烈に示した民族はかつてない。多感なケルトの天性がおびる突飛さや誇張にさえ、ロマンチックで魅力的なもの、一種の方向間違いの徳みたいなものが、しばしば含まれている。ケルトはもともと訓練できず、無秩序で、騒動を起こしがちだが、愛情と賞賛の気持ちから自分自身を身も心も誰か指導者に委ねるのであり、これは政治的気質としては有望なものではない。これはアングロ・サクソンの、訓練でき、ある限度内ではきちんと従順であるけれども、自由と自立の譲れない部分を保持するという気質とはまさに正反対である。しかしこれは、それにもかかわらず一種の共感を覚えてしまう気質である。しかもきわめてしばしば、生き生きとしたケルトの天性が現実に対して陽気に挑戦的に反発することに、人は共感以上の気持ちを覚える。突飛さにもかかわらず、良識が異議を唱えるにもかかわらず、人はそれに魅了され、気分が浮き立つのを感じるのである。ガリア人には、閲兵を受ける際に、前があまりに突き出ている――つまり肥満している――戦士にはみな罰金を科すという規則があった。こんな規則はこれまでに作られた軍規の中で最もばかげた条項に違いないし、〈自然〉から多量の腸を割り当てられた人々にはきっと酷いと思われるに違いない。しかしながら、そこには大胆で、活気に満ち、非物質的な流儀があって、それが決まりきった日課から人を脱却させ、精神状態を白熱させるのではないだろうか。

人間性の傾向はどれも元来きわめて重要かつ有益なものであり、それを非難するときも、絶対的にではなくただ相対的に非難すべきである。このことはケルトの感情についてだけでなく、サクソンの粘液的性質(50)についても当てはまる。ケルトが言うところの、のろのろ進むサクソンの着実で退屈な気質から――地に足をつけて進むサクソンのやり方から――俗物根性が生れたに違いないのであり、俗物根性というこの本質的にゲルマン原産の植物がその純粋な特徴を保ったまま繁茂するのは、ゲルマンの祖国と、英国《グレイト・ブリテン》とその植民地、およびアメリカ合衆国だけである。しかしながら俗物根性そのものに何と善良な魂があることか。そして私は――俗物根性に何でも思い通りにしてもらいたくないと願っているというただそれだけの理由から、俗物根性の不倶戴天の敵だとしばしばみなされている私だが――この善良な魂を誰にも負けないほど愛おしんでいる。この着実に進む気質は、すでに述べたように、ついには科学へ、世界の理解と解釈へと達するのである。確かに、英国にいる我々については、この気質はそこまでは到達しないようである。それが科学へと到達しうるのは、この気質がもっと混じりけのないドイツなのだ。英国の我々については、この気質はあるところで相反する力と遭遇し、その力によって阻まれ、科学にまで突き進めないようである。しかしこのところに到達するまでは、何一つとして獲得しそこなうことはなかったし、ひょっとすると、この地点で急に止まるがゆえに——限られた領域、つまり平明な良識や直接的・実際的な効用の領域の中で努力するがゆえに——それだけいっそう多くを獲得してきたかもしれない。それによって我々の生活を快適にするもの、便利にするものがいかに増えたことか。開くドア、閉まる窓、掛かる鍵、剃れるカミソリ、着用できるコート、動く時計、さらにずっと多くのこうした良いものは、俗物たちの発明なのである。

そういうわけで、もし我々の民族に混じり合いがあるとしたら、混じり合うべき二つの非常に異なる要素がある。着実に進むサクソンの気質と多感なケルトの気質である。しかしながら、こうした混合があると申し立てられていることを、我々の生活と文学の中で実証を試みる作業に取りかかる前に、考慮に入れなければならないもう一つの要素がある。ノルマンの要素だ。(51)私がすでに引用した『サタデー・レビュー』誌の批評家(52)によると、我々の民族の稟性の中にノルマン気質の痕跡を探すことは、ケルト気質の痕跡を探すのと同じように、骨折り損だという。その批評家の言うところでは、確かにもともと我々の民族が形成されたときには、ケルトの要素よりはるかに多くのノルマンの要素が入ったけれども、今ではどちらの要素もすっかり消滅しており、現代のイングランド人の中にどちらの要素のいかなる痕跡を探しても無駄だと主張する。しかしこの種の主張は、少し検証してからでないと私は認めたくない。したがって、私はサクソンとケルトの稟性についてある明白な概念を把握しようと努めたように、ノルマンの気質と稟性についても明白な概念をつかみたいと思う。ノルマンはチュートン系であり、それゆえゲルマンの稟性の顕著な特徴がノルマンの稟性の特徴でもあるに違いない、と言う人もいるだろうが、しかしこの問題はこんなにさっさと解決できない。間違いなくノルマン民族の基盤はチュートン系であるけれども、ノルマン民族の歴史における決定的なところは——少なくとも我々イングランド人に関係する限りにおいては——そのチュートンの血統ではなくて、そのラテンの文明である。すでに述べたように、フランス人にはまぎれもないケルト的な基盤があるけれども、より強大な文明との接触が民族の気質や性質に及ぼした影響は非常に決定的だったので、ガリアはローマに征服されることで、血統の基盤を変えることなく、事実上あらゆる点においてラテンの国に——アイルランドではなくフランスに——なったのである。ラテン気質は、フランク族等の侵略によって持ち込まれたゲルマン気質をも征服したように、ガリアにおけるケルト気質を征服したのである。とはいえ、言うまでもないことだが、ケルト気質はいまだにフランス国民のいたるところに明らかに見て取れる。フランス人を他のラテン民族と注意深く比較すると誰でもわかることだが、ゲルマン気質でさえフランス人の中にはっきりとその痕跡をたどることができる。イタリアの住民たちに混じっているローマのフランス軍兵士たちを注意深く見れば必ず、このゲルマン気質の痕跡を認識できる。私はアルザス兵のことだけを言っているのではなく、生粋のフランスの兵士たちのことを言っている。しかしながら、世界の大国としてのフランスの主たる性格はラテンなのである。一般大衆全体がケルト系のままであり、ローマに征服されてからもおよそ五、六世紀にわたって庶民のあいだではケルト系言語が依然として残っていたと言われる民族に対する、ギリシア・ローマ文明の力はかくのごとくであったのだ。ところがネウストリア(53)のノルマンは、自分たちが昔から用いてきたチュートン系言語を驚くほど短期間に失ってしまった。彼らがイングランドを征服したとき、彼らはすでにラテン化していた。彼らと一緒に、血統的にはフランス人であった人々、アンジューやポアトゥー(54)出身の人たちが大勢来たので、通婚によってノルマンがすでに得ていた非チュートン系の血に加えて、一般に考えられているよりも多くの非チュートン系の血がイングランドに持ち込まれたのである。しかしながら大事なポイントは、この活気ある民族はイングランドを手中に収めたとき、文明によってラテン系であったということだ。

このノルマンは、ネウストリアでは昔からのチュートン系言語をあれほど速やかに失ってしまったのに、イングランドにおいては、新たに身につけたラテン系言語を約三世紀にわたって保持した。英語が訴訟で使われ宮廷で話されるようになるのは、エドワード三世の時代(55)になってからである。この違いはなぜなのか。ネウストリアでもイングランドでも、ノルマンは少数派であった。しかしネウストリアでは、チュートン民族として、自分たち自身の文明より進んだ文明と接触していた。イングランドでは、ラテン民族として、自分たちほど進んでいない文明と接触していた。イングランドに渡ったラテン化したノルマンは、ケルトが持ち合わせていなかった現実感覚を備えていたし、またサクソンが持ち合わせていなかった奮闘・明断・敏捷を愛すること、意気軒昂なラテン精神を備えていた。彼らはのろのろ進むサクソンの遅鈍を嫌った。遅鈍は、ケルトの俊敏で繊細な知覚に不快感を与えたように、ノルマンの明断で奮闘的な実務の才に不快感を与えたのである。ノルマンにはローマ的な実務の才、緊急事態におけるローマ的な果断があった。彼らは散文的だと言われてきたが、これは彼らを評する適切な言葉ではない。彼らは多感ではなかったし、厳密に言えば詩的でもなかった。彼らはローマ人のように詩よりも修辞を解したけれど、ローマ人のように大いに意気盛んだったので、何らかの種類の高尚な知的刺激を好まずにはいられず、こうして散文的でしかない人々の境地から脱却したのである。彼らの弱点は——彼らを特徴づける奮闘的という性質の悪しき過剰であるが——散文的な平板さではなくて、冷酷と傲慢である。

私は非常に大回りをしてこざるをえなかったが、探しに行ったものをついに手に入れた。私はゲルマンの稟性、ケルトの稟性、ノルマンの稟性というこれら三つの力について、大雑把ではあるが願わくは明瞭な概念を手に入れた。ゲルマンの稟性にはその主たる基盤として着実さがあり、欠点としては凡庸と単調、美点としては自然への忠実がある。ケルトの稟性にはその主たる基盤として感情、美点として美と魅惑と精神性を愛すること、欠点として無能と我意がある。ノルマンの稟性は主たる基盤として実務の才、美点として奮闘と明晰な敏捷性、欠点として冷酷と傲慢がある。さてそれでは複合的に構成されたイングランド人の稟性に見られるこうしたものの痕跡をたどってみることにしよう。(56)

（1）アーノルドは一八六四年八月に、ウェールズの保養地スランディドノで二〇日あまり家族とともに休暇を過ごした。母親にあてててこの休暇の計画を語った書簡によると、ウェールズは「常に私の想像力をかき立ててきた国」であった。

（2）ケルト系とされるウェールズやアイルランドやスコットランドのハイランド地方などの人々に対して、ゲルマン系とされる「イングランド人」のこと。五～六世紀にブリテン島に移住してきたアングル人、サクソン人、ジュート人などゲルマン系の諸民族が、ケルト系の先住民族ブリトン人を征服し、ほぼ現在のイングランドにあたる地にアングロ・サクソンの諸王国を建て、一方、ブリトン人はいわゆる「ケルト周縁地域」に追いやられたとされてきた。

（3）アーノルドは、シャーロット・ゲスト（Lady Charlotte Guest, 1812–1895）が英訳し注釈をつけた『マビノギオン』（*The Mabinogion: from the Llyfr Coch o Hergest, and Other Ancient Welsh Manuscripts*, 1849）のタリエシンの章に依拠している。

（4）マエルグウィンと円卓の騎士ランスロットの同一視は、一九世紀ブルターニュの言語学者・民謡採集者ラヴィルマルケ（Théodore Hersart de La Villemarqué, 1815–1895）によるものであり、この説はエルネスト・

ルナンが「ケルト民族の詩歌」（解題参照）の中で紹介している。

（5）「黄死病」のこと。シャーロット・ゲスト版の『マビノギオン』によると、タリエシンはマエルグウィン（メルガン）の運命を予言して、「リアネズの海ぞいより奇怪なる生き物あらわれん／メルガン・グウィネズの奸悪への報い／その毛、その歯、その目は黄金にして／メルガン・グウィネズに滅びをもたらさん」（井辻朱美訳『マビノギオン―ケルト神話物語―』原書房、二〇〇三年）と歌った。シャーロット・ゲストの原著の注釈では、見た者は必ず死ぬ定めにあるこの怪物 黄死病とマエルグウィンの伝承が詳述されている。

（6）ペンモンはアングルシー島東端の地で、六世紀の修道士 聖セイリオルが創建したという修道院の跡がある。セイリオルの島とはペンモンの沖のパフィン・アイランドの別名で、聖セイリオルはこの島にも修道院を建てたとされる。

（7）オウィディウス『名婦の書簡』の第一書簡からのラテン語での引用。トロイア陥落後もいつまでも帰還しないオデュッセウスにあてて妻ペネロペイアが書いた手紙という体裁をとった作品の一節（すでに帰国した者たちが語るトロイアの情景描写の一部）であるが、この文言はシェイクスピアの『じゃじゃ馬ならし』三幕一場で用いられている。

（8）フランス人の祖先は、ローマ人やゲルマン系のフランク人でなく、ケルト系のガリア人だという考えが革命後のフランスで広まった。

（9）ゴメルは、箱舟を造って大洪水を生き延びたノアの子孫の一人（ノアの子ヤフェトの子、創世記一〇・一～二）であり、ケルト民族の始祖と考えられた。聖書の権威に依拠してケルト民族の起源をヤフェトにさかのぼることは、ドイツのツォイス（Johann Kaspar Zeuss, 1806-1856）によってケルト語研究の科学的な礎が築かれた一九世紀後半においては、学問的にすでに時代遅れになっていた。

（10）ケルト語派のブリソン諸語（ウェールズ語、コーンウォール語、ブルトン語）を話す民族、ことにウェールズ人のこと。

（11）エウクセイノス海は黒海の古称。キムメリオス人（キンメリ人）は紀元前七世紀に小アジアに侵入した古代の遊牧民。エゼキエル書三八・六にいう「ゴメルとそのすべての軍隊」はこのキムメリオス人のことだと考えられた。巨人ガラテスはガリア人の神話上の祖とされた。

（12）「（祖先がケルト系の言語を捨ててラテン語を取り入れた）フランス人」といった意味合いだろう。なお「ガロ＝ロマンス語」とは六〇〇年頃から九〇〇年頃にかけてフランスで話された俗ラテン語と古フランス語の中間段階の言語のことである。

（13）アーノルドの原注が付され、ストラングフォード卿からの長文にわたる批判的なコメントが引用されている。ストラングフォード卿は、アーノルドの「ゴメル」や「キムメリオス人」は素人の比喩的表現として看過しうるものの、アーノルドが現代のウェールズ語を「その祖先の生粋の言葉」とみなしていることは看過できないとして、言語学の専門家としての見解を述べている。

（14）ギリシア神話で双子座の二星になったというレダの二人の息子たち。兄弟愛の典型とみなされる。

（15）アイステズヴォッド（Eisteddfod）は、ウェールズ語による、詩や音楽などのウェールズ文化の祭典である。元来は、中世ウェールズで王侯貴族によって催された、吟唱詩人が詩作の技を競う大会であった。一七世紀には衰退したが、一七〇〇年頃から復活の動きが始まり、復興された近代のアイステズヴォッドは一七八九年からほぼ現在の形式で開かれている。

（16）ゴルセズ（Gorsedd）は、擬古的なドルイドの儀式をともなった詩人の集会で、一八一九年からアイステズヴォッドに取り入れられた。ゴルセズという語には本来そうした意味はなく、石工・古物研究家・詩人でネオ・ドルイディズムの創始者であるエドワード・ウィリアムズ（イオロ・モルガヌウグ、一七四七―一八二六）によって「創出」された伝統である。

(17) サー・ヘンリ・ハヴロック（Sir Henry Havelock, 1795–1857） 英国の軍人。一八五七年のインド大反乱の際に英軍が包囲されたラックナウを救い、英国の国民的英雄になった。

(18) ロバート・ヴォーン（Robert Vaughan, 1795–1868） 会衆派の聖職者、歴史家、『ブリティッシュ・クォータリー・レビュー』誌の創刊者・編集者。

(19) 「俗物（Philistine）」とは教養がなくて、実利的なこと、陳腐なことにしか関心のない人のこと。旧約聖書時代にイスラエル人の敵であった戦闘的民族ペリシテ人に由来する言葉。アーノルドは『教養と無秩序』（一八六九年）の中で、英国の貴族階級を「野蛮人」、中流階級を「俗物」、労働者階級を「大衆」と呼んだ。

(20) 「知者《オウァテス》」と「詩人《バルド》」はゴルセズで授けられる位階のうちの二つ。「三題歌」とは三つ一組で表現するウェールズ文学の一形式。「エングリン」とはある一定の韻律構造をもったウェールズの警句的四行連句や短い風刺詩。

(21) セントデーヴィッズとは、ウェールズの守護聖人 聖デーヴィッドに捧げられた大聖堂があるウェールズ南西部の町であり、リベラルな聖職者で歴史家のサールウォール（Connop Thirlwall, 1797–1875）が一八四〇年からその主教を務めた。また『サタデー・レビュー』誌とは同誌一八六四年九月一〇日号に掲載された論評「アイステズヴォッド」のこと。

(22) 古代ギリシアの合唱抒情詩人。各地の運動競技会における優勝者をたたえる祝勝歌が伝わっている。

(23) コーンウォール語の最後の話し手は一七七七年に亡くなったとされた。なお二〇世紀初頭からコーンウォール語の復興運動が進んでいる。

（24）ケルト語派のゴイデル諸語（アイルランド語、スコットランド・ゲール語、マン島語）を話す民族のこと。次の「キムリック人」については注（10）を参照。

（25）『プルターク英雄伝』の「カエサル伝」三五。

（26）アーノルドの原注が付され、ケルト語研究の進展をふまえながらトマス・アーノルド博士のケルト観の時代背景を説明するストラングフォード卿の長文コメントが掲げられている。

（27）リンドハースト男爵 ジョン・シングルトン・コプリー（John Singleton Copley, Lord Lyndhurst, 1772–1863）英国の法律家・政治家、大法官を務める。本人はこの発言を否定したという。

（28）*The Myvyrian Archaiology of Wales, Collected out of Ancient Manuscripts* [edited by Owen Jones, Edward Williams and W. Owen Pughe], 3 vols., London, 1801–1807.

（29）イスラエルがペリシテ軍に勝利したとき、「サムエルは石を一つ取ってミツパとシェンの間に置き、『今まで、主は我々を助けてくださった』と言って、それをエベン・エゼル（助けの石）と名付けた」（サムエル記上七・一二、日本聖書協会『聖書 新共同訳』）という。英語の男子名エベニーザーはその石の名にちなむ。また、「アガグを切り殺す」というのはサムエル記上一五章で語られる出来事。神の命令に従わずアマレク人を滅ぼし尽さなかったサウル王に対して、預言者サムエルは憤り、アマレク王アガグを切り殺した。

（30）アーノルドは『教養と無秩序』の中で、「ヘブライ気質」を「ギリシア気質」と対比し、ギリシア気質の理想は事物をありのままに見ることであり、ヘブライ気質は克己、献身、神の意志への服従を重んじるとする。彼は宗教的側面のために人生の他の側面を犠牲にする傾向を「ヘブライ化」と呼び、ヴィクトリア時代英国の清教徒とプロテスタントの非国教徒にそうした傾向が見られると述べる。

（31）スコットランドではオシアン（Ossian）、アイルランドではアシーン（Oisin）と呼ばれる伝説的なケルトの勇士・詩人。一八世紀にスコットランドの詩人ジェイムズ・マクファーソンが出版した『オシアンの詩』は大きな反響を巻き起こした。

(32) 計略によってモアブ王エグロンを殺して、イスラエルをモアブの支配から救った人物（士師記三・一五〜三〇）

(33) アーノルドは別のところ（未訳出の第二章）で言語と民族との性急な結びつけは誤りだという認識を示しているものの、ここでは「語族」という言語のグループ分けと、「民族」という言語をはじめとする文化による人間のグループ分けとの混同が見受けられる。

(34) カール・ヴィルヘルム・フォン・フンボルト（Karl Wilhelm von Humboldt, 1767-1835）ドイツの政治家、思想家、言語学者。プロシアの外交官としてウィーン会議にも出席し、また政治家としてベルリン大学の創設など教育制度改革に取り組むとともに、余暇や政界引退後には言語研究に打ち込み、比較言語学の研究に基づくその言語哲学は後世に大きな影響を与えた。

(35) フランスの外交官・政治家でアカデミー・フランセーズ会員のシャルメル＝ラクールのフンボルト論（P. A. Challemel-Lacour, *La Philosophie individualiste: étude sur Guillaume de Humboldt*, Paris, 1864）。

(36) 「上記のことはプロシアとオーストリアとの最近の戦争の前に書かれたということを記憶されたし」（アーノルドの原注）。プロシア・オーストリア戦争（普墺戦争、七週間戦争ともいう）はドイツ統一の主導権をめぐる一八六六年夏の戦争で、プロシアが大勝しドイツの盟主になった。

(37) ユージン・オーカリーの『講義録』（Eugene O'Curry, *Lectures on the Manuscript Materials of Ancient Irish History: Delivered at the Catholic University of Ireland, During the Sessions of 1855 and 1856*, Dublin: Duffy, 1861）に引用された詩の一部である。後述の『フォヴォール族のモイテューラの戦い』についてもこの書物

が参照されている。

(38) ルナンの「ケルト民族の詩歌」のこと。以下にこのエッセイからの引用が続く。

(39) 一二〇四年から一八五五年までダブリン郊外のドニブルックで開かれていた市《いち》は暴動や流血で知られた。

(40) アーノルドの原注あり。「この語源はアンリ・マルタン氏によるものだが、ストラングフォード卿は次のように述べている」として、この語源説明に対する卿の批判を引用している。

(41) 詩編一〇一・五「傲慢な目、驕る心を持つ者を許しません」のこと。詩編作者とはダビデのことである。

(42) 「アンリ・マルタン氏のことである。彼の『フランス史』のケルトに関する章は情報満載で興味深い」（アーノルドの原注）。一九世紀フランスの歴史家アンリ・マルタン（Henri Martin, 1810-1883）の大著『フランス史』は、フランスの起源はガリア人にあることを強調した。アーノルドはこのセクションを執筆するにあたり、ルナンの「ケルト民族の詩歌」とともにマルタンの『フランス史』をおおいに参照している。

(43) シュバリスはイタリア南部の古代ギリシアの植民都市であり、贅沢で遊惰な生活で知られた。コリントはペロポネソス半島北東部の都市国家で、古代ギリシアの商業の中心地の一つであった。

(44) バイアは保養地として栄えたイタリア南部の都市。

(45) コナハトの平原モイテューラで神話上の戦いが二度あった。第二の戦いは圧政と気前の悪さにより失脚した王ブレスによって引き起こされた。

(46) この一節は『ケルト文学の研究について』の巻頭にエピグラフとして掲げられている。

(47) ルナンの「ケルト民族の詩歌」を参照している。後述の自然との親密さについても同様である。

(48) アーノルドは第六章（未訳出）で、「自然のもつ不思議な魅力《ナチュラル・マジック》」への感応を「不思議なほど深く生き生きと自然の魅力を捉えて表現すること」と言い換え、また自然のもつ不思議な魅力とは、単なる自然の美しさでもなく、忠実な写実主義でもなくて、「〈自然〉の内奥の生命と、その超自然的な力と、その妖精のような魅力」であるとも述べている。

(49)　第六章（未訳出）で扱われることになる。

(50)　「粘液的性質」とは「遅鈍、無感覚、冷淡、無気力、冷静沈着」といった気質のことであり、中世医学では四体液の一つである粘液の過多によるものとされた。

(51)　スカンジナビア半島地方に住み、ヴァイキングとも呼ばれる、ヨーロッパ各地を略奪した北方ゲルマン諸部族。一〇世紀にフランス北西部のノルマンディー地方に公国を築いた。一〇六六年にノルマンディー公ウィリアムが王位継承権を主張してイングランドに進攻し、勝利をおさめ、ウィリアム一世として即位、ノルマン朝を開いた。

(52)　第三章（未訳出）で言及された『サタデー・レビュー』誌一八六五年三月四日号の書評記事における批判的コメント（二五九頁）のこと。

(53)　ここでは「ノルマンディー地方」という意味で用いられている。

(54)　アンジューもポワトゥーもフランス西部の地方。

(55)　プランタジネット朝イングランドの王。在位は一三二七〜一三七七年。

(56)　このセクションはここで終わる。『ケルト文学の研究について』の全体構成については本書三四一―三四二頁を参照されたい。

解説

マシュー・アーノルド『ケルト文学の研究について』（抄訳）

三好みゆき

I　解題

本翻訳はマシュー・アーノルド（一八二二―一八八八）の『ケルト文学の研究について』（一八六七年）の抄訳である。底本としたのは初版本 Matthew Arnold, *On the Study of Celtic Literature* (London: Smith, Elder and Co., 1867)、訳出部分は序章にあたる章と第四章（本書では「序」および「ゲルマン、ケルト、ノルマン」とした）の本文すべてである。アーノルドによる注釈は割愛したが、原注の付された箇所には訳注によってその概要を示しておいた。

『ケルト文学の研究について』は、アーノルドがオックスフォード大学詩学教授として一八六五年一二月から翌年五月にかけて行った四回の連続講義「ケルト文学の研究」（最終回のタイトルは「英詩におけるケルト的要素」）が基になっている。アーノルドはそれを「ケルト文学の研究」と題して、雑誌『コーンヒル・マガジン』の一八六六年三月号、四月号、五月号、七月号の四回にわたって連載したあと、長文の緒言と注釈（注釈の大部分は友人の言語学者ストラングフォード卿による専門的見地からのコメントの引用）を加え、本文に若干の改変を施して、一八六七年に単行本として刊行した。

その後この書物は、同じくオックスフォード大学での講義を基にした『ホメロスの翻訳について』と一冊にあわせて、一八八三年にアメリカ合衆国で出版された。そして二〇世紀に入ってからは、関連するエッセイとともにエブリマンズ・ライブラリー叢書の一冊にも加えられた（*On the Study of Celtic Literature and Other Essays*, London: J. M. Dent, 1910）。また、彼の散文全集 *The Complete Prose Works of Matthew Arnold*, ed. R. H. Super, 11 Vols.（Ann Arbor: The University of Michigan Press, 1960–1977）に収められているのは当然のこと、ケルト語研究史上重要な文献を集大成した『ケルト語学の発展一八五〇〜一九〇〇年』（*The Development of Celtic Linguistics 1850–1900*, Selection and Introduction by Daniel R. Davis, 6 Vols., London: Routledge, 2001）にも収録されている。

ここに訳出しなかった章も含めて簡単に全体の内容説明をしておこう。ウェールズでの見聞から説き起こし、科学的なケルト理解の意義を述べた序章に引きつづき、第一章と第二章では、当時のケルト文学・ケルト語学の研究状況が、作品と研究の具体例を豊富に織り交ぜながら概観される。ケルトを知るためには文学作品の研究が重要であり、「ケルトびいき」でも「ケルト嫌い」でもない公平無私な姿勢で研究してケルトをありのままに知ることが必要である、と主張される。第三章から第五章にかけてはイングランド人にみられるケルト的要素へと論点が移り、ゲルマン（チュートンあるいはサクソンとも言われる）、ケルト、ノルマンの三要素が混淆したとされるイングランド人の気質や形質や文化の特徴が論じられる。第六章ではケルト的要素の痕跡が最も著しいという英詩について、ケルト的要素とされる文体、憂鬱、自然のもつ不思議な魅力《ナチュラル・マジック》とが、他のヨーロッパ諸国の文学には見られず、シェイクスピア、ミルトン、キーツ、バイロンらに見られると、実例を示しながら主張され、そして最後にオックスフォード大学にケルト語ケルト文学の講座を設置するよう訴えて締めくくられる。なお、単行本にまとめる際に巻頭に掲げられた後書き的な長い緒言では、補足説明や雑誌連載後の顛末を記すとともに、イングランド人とケルト双方の意識改革による融和を求めている。

　アーノルドの『ケルト文学の研究について』は、同時代のフランスの宗教史家・哲学者エルネスト・ルナン（Ernest Renan, 1823–1892）の影響を強く受けている。ルナンのエッセイ「ケルト民族の詩歌」（'La Poésie de races celtiques'）は、一八五四年に『両世界評論』誌に掲載され、一八五九年の『道徳・批評論集』に収められた。アーノルドはこのエッセイを読んで大きな感銘を受け、一八五九年のブルターニュ訪問と一八六四年のウェールズでの休暇とあわせて、彼のケルト文学への興味関心はかき立てられた。とはいえ、ブルターニュ出身のルナンが、画一的な近代文明におされて消え去ろうとするケルト的なものへのノスタルジーと、ヨーロッパの想像力に対するケルト文学の多大な貢献とを歌い上げたのに対し、アーノルドは「ケルト」を大英帝国の文脈の中で捉え直し、「科学」色を強め、ヴィクトリア時代英国の社会批評・文化批評の書として提示している。

アーノルドの『ケルト文学の研究について』は、アイルランドのW・B・イェイツ、スコットランドのフィオナ・マクラウドことウィリアム・シャープら、ブリテン諸島の「ケルト周縁地域」の作家たちに大きな刺激を与え、一九世紀末のケルト文芸復興の原動力の一つとなった。またアーノルドの願い通り、一八七七年にはオックスフォード大学にケルト語ケルト文学の講座が設置された。

Ⅱ　解　説

アーノルドの生涯と著作

本翻訳と関係するところを中心に、アーノルドの生涯と著作の概観を述べる。マシュー・アーノルド（Matthew Arnold, 1822-1888）は、今さら言うまでもなく、一九世紀英国の名だたる詩人、批評家である。父は、ラグビー校の校長としてパブリックスクールの改革で英国中にその名を馳せた謹厳な教育者であり、国教会聖職者、オックスフォード大学近代史教授に任じられた歴史家でもあるトマス・アーノルドである。母メアリー・アーノルド（旧姓ペンローズ）はコーンウォールの出であり、いわゆる「ケルト」的なところがあったらしい。アーノルドは一八五九年のヨーロッパ諸国視察の一環としてブルターニュを訪れたとき、ブルターニュの人々に親族の面影を見いだしたことを母へ書き送っている。彼は『ケルト文学の研究について』の中で明言はしないけれども、自身がサクソンとケルトのハイブリッドであることを自覚していたと思われる。

アーノルドはウィンチェスター校、ラグビー校をへてオックスフォード大学で学んだ。卒業後はオーリエル・カレッジの特別研究員に選ばれたものの、一八四七年に枢密院議長ランズダウン侯爵の私設秘書となり、その縁で一八五一年に視学官になった。そして三五年の長きにわたって視学官を務め、英国各地の巡察、ヨーロッパ諸国の教育制度視察、おびただしい報告書の作成など、教育行政に精力的に関わり続けた。ウェールズ語使用について否定的に語る悪名高い箇所（本書三〇八―三〇九頁）には、視学官として彼が報告書にしたためた見解が反映している。

詩人としては学生時代からその才能を発揮しており、「ドーバー海岸」、「学者ジプシー」、「エトナ山上のエンペドクレス」、「トリストラムとイスールト」などの作品が名高いが、一八五七年にオックスフォード大学詩学教授に就任するころには詩作から評論活動へと軸足を移していた。彼は当時の英国の社会・教育・政治・文化・宗教などに対して活発な批評活動を行い、ヴィクトリア時代を代表する批評家となった。彼にとって批評とは「この世界において知られ考えられうる最良のものを学び、普及させる」努力であった。主な批評作品に、『批評論集』（第一集は一八六五年、第二集は一八八八年）、『教養と無秩序』（一八六九年）、『文学とドグマ』（一八七三年）などがある。

ここに訳出した『ケルト文学の研究について』は、アーノルドにとって決して周縁的な仕事ではなく、彼の中心的な批評テーマと直結しているだろう。それは俗物主義への批判、完全性の追求としての「教養」の奨励、ヨーロッパに目を向けることや偏狭な地方性を脱することの必要性の主張などである。また、イングランド人にみられるサクソン、ケルト、ノルマンそれぞれの禀性《ジーニアス》の長所短所の弁別と望ましいあり方をめぐる議論が展開されるが、これは彼の代表作『教養と無秩序』の中の「野蛮人、俗物、大衆」あるいは「ヘブライズムとヘレニズム」の先触れであると言われる。アーノルドがケルト文学の研究の意義とイングランド人の内なるケルト的要素の認識とを説いたのは、実利的で、物質的な繁栄に自己満足し、「詩」を忘れ、教養という「優美と明知」、「人間性のあらゆる面を発達させる調和のとれた完全性」の考究をないがしろにしているブルジョアたちのもたらす弊害への処方箋としてなのである。

本テクストの位置づけ

アーノルドの『ケルト文学の研究について』は、本翻訳叢書の中で異質な存在である。第一に、書名が示すように、この著作はケルト文学そのものでないのはもちろんのこと、ケルト文学の研究というわけでもなくて、ケルト文学の研究についての論評と提言である。いわばメタ・ケルティック・テクストとでも言うべき性格をもっている。第二に、この著作はアイルランド語やウェールズ語やスコットランド・ゲール語の話者によって書かれたわけでも、民族的、文化的、政治的、地理的、その他なんらかの要因によって「ケルト」への帰属意識があった人の手になるわけでもない。アーノルドは一貫して「ケルト」は「彼ら」、「我々」は「サクソン」という姿勢を崩しておらず、書き手もまた想定された主要読者もイングランド人であった。

本テクストは他者、それも政治的・文化的に優位な側にいた他者による「ケルト」表象であるから、ブリテン諸島の「ケルト周縁地域」に対する政治的・文化的な支配・収奪を容易にするような言説が含まれている。とりわけそれが顕著に見られるのは、ケルト系言語の抑圧と英語使用の奨励、政治的要求の主体ではなく科学的研究の客体としての位置づけ、そして一八〇一年のアイルランド併合によって成立した「グレートブリテンおよびアイルランド連合王国」を民族の融和によって――インド・ヨーロッパ語族という言語の親族関係の認識によって醸成されうる共感によって――維持しようとする姿勢である。当時のアイルランドとブリテンとの緊張をはらんだ関係を大まかに見ておくと、大地主支配や国教会優位への反対、併合撤廃や自治の要求が合法的手段によって行われていただけでなく、独立と共和国樹立をめざして武力行使を辞さない動きもあった。一八四八年には青年アイルランド党が成功の望みのない武装蜂起をしたし、また一八五八年にアイルランド共和主義同盟（ＩＲＢ）とフィニアン同盟が結成されて、爆弾闘争、さらには一八六七年には武装蜂起があった。こうした時代背景のもとで、そして男／女、文明／自然、理性／感情といった当時の二項対立的な価値観もあいまって、どうすることもできない現実に反抗しがちであるという「多感」、「バランスと程合いと忍耐」の欠如、物質文明や政治における非力、無秩序と盲従、女性的、自然との親密さなどといったケルト気質の描写は、その従属的地位の妥当性を裏書きするものとして機能したであろう。

また前述のように、この他者表象には、詩を愛する教養人アーノルドが俗物的なイングランドの社会と文化を批判するためにとった戦略という一面がある。アーノルドは、ケルトにはサクソンに欠如している詩の愛好や過去とのつながりや鋭敏な感受性などがあると説く。こうした指摘はもちろんケルト称揚につながりうるけれども、それとともに、サクソンを補完するために創出され押しつけられた紋切り型のイメージでもある。政治的・経済的な勝者たるイングランドの中流階級に欠けているものを補い、活性化し、(フランスや新興国ドイツに負けないように)英国をより完全なものに高めてゆくのに必要な要素が、ケルトに仮託されている節がある。

とはいえ、この英語で書かれたサクソン視点のケルト論は、一九世紀末の「ケルト周縁地域」における文芸復興運動を生み出す原動力の一つになった。そこに抑圧があるにせよ、「ケルト文学」なるものが注目され評価されることは「ケルト民族」としての意識や誇りへとつながる。「自然《ナチュラル》の・もつ不思議《マジック》な魅力」に感応するといった自然との親和性、女性性、憂鬱、豊かな想像力、生き生きとした情感、精神性などといった「ケルトの稟性」は、さまざまな反応を伴いながら——アーノルドの言説をそのまま反復したフィオナ・マクラウドことウィリアム・シャープによる受容、W・B・イェイツの検討と修正をへたうえでの受容、アンドルー・ラングによる批判など、受け止め方は様々であったにせよ――一九世紀末からの「ケルティック・テクスト」の再評価、生成、流通、受容などに良かれ悪しかれ大きな影響を及ぼした。そしてまたアーノルドの「ケルト」イメージは、現代のわれわれがイメージする「ケルト」にも――癒し、神秘、現代文明へのアンチテーゼ、自由と反抗、陽気さ、敗北ゆえの深い精神性などにも――流れ込んでいる。したがって、世紀転換期のアイルランド、スコットランド、ウェールズの文学史や文化史を振り返る際に、また現代にいたる「ケルト」イメージの形成の過程を検証する際に、本テクストは一次資料として高い価値をもっていると言えよう。

なお、ケルト語研究史におけるこのテクストの位置づけについては、『ケルト語学の発展一八五〇〜一九〇〇年』の編者ダニエル・R・デイヴィスが次のような見取り図を提示している。ツォイスによってケルト語研究の科学的な礎が築かれた一九世紀後半におけるケルト学者は、「ツォイスを知らず、従来の研究方法に頼り続ける伝統主義者」と、「中核をなす専門的なケルト語研究者」と、「ツォイスおよびケルト語研究と比較言語学の発展の概略を知っているけれども、その研究手法の理解はまちまちであり、それが結論にそれ相応の影響を及ぼしている、周縁部分にいるアマチュアたち」とに分類される。アーノルドは第三のグループに属するわけだが、「途方もないもの」ではなく「高尚なもの」を書いたアマチュアだとされる。

最後に、言わずもがなのことではあるが、およそ一世紀半前に書かれたこのテクストは時代の制約を著しく受けている。「ケルト」の言語、歴史、文学、文化、社会を研究する学問の進歩はめざましい。しかもそれは研究成果の蓄積だけにとどまらず、「ケルト」についての知のパラダイム転換をも伴っている。とりわけ社会人類学者のマルカム・チャプマン、考古学者のジョン・コリスやサイモン・ジェイムズらによって投げかけられた古代島嶼ケルトへの懐疑は重い問いである。（そしてケルトのみならず、アングロ・サクソンのブリテン島への大規模な民族移動についても修正が唱えられている。）そして何よりも、アーノルドが紹介する当時の言語学と人類学をもとにした見解は——イングランド人とアイルランド人のあいだの「共感」を醸成するとともに、インド・ヨーロッパ語族に属さない言語を話す民族への「反感」を是認しうることにもなる見解は——「アーリア神話」がもたらした悲劇を知ってしまった現代では、到底受け入れがたいものである。このテクストはこうした点についても十分注意して読み解く必要があるけれども、「ケルト」とは何なのかという問いをめぐって、また民族と文化と言語に関する重い複雑な問題をめぐって、考えさせられるところの多い書物である。

Ⅲ　参考文献

"Critical and Explanatory Notes." *Lectures and Essays in Criticism*, Vol. 3 of *The Complete Prose Works of Matthew Arnold*. Ed. R. H. Super. Ann Arbor: The University of Michigan Press, 1962.

"Introduction." Vol. 1 of *The Development of Celtic Linguistics 1850–1900*. Selection and Introduction by Daniel R. Davis. London: Routledge, 2001.

Renan, Ernest. *Poetry of the Celtic Races, and Other Essays*. London: Walter Scott, 1896.

ニコラス・マレー『マシュー・アーノルド伝』村松眞一訳（英宝社、二〇〇七年）

中央大学人文科学研究所編『ケルト復興』（中央大学出版部、二〇〇一年）

第七章　ダグラス・ハイド「アイルランドの脱英国化の必要性」

「アイルランドの脱英国化の必要性」といった場合、それは文字通りの意味であって、英国人に見られる優れた点を模倣することに反対するものでなく（そのようなことは馬鹿げているだろう）、「アイルランド」なるものを軽視し、「英国」なるものを思慮なく英国のものであるという理由だけで、向こう見ずに受容する愚かさについて述べたい。

　このことは、多くのアイルランド人が「ネイション」という観点から、当然向き合うべき問題であるが、それはまたユニオニスト[1]の識者、その他多くの人々の理解を求めるべき問題でもある。

　われわれが、今日のアイルランドを俯瞰し現在と過去を比較した場合、かつては誰もが認めるようにヨーロッパの中で最も古典的な学識に富み優れた文化を誇る国のひとつであったが、現在ではそのような傾向がきわめて稀薄な国であるという、ただならない現実に愕然とするに違いない。文学的な教養を身につけた人々が、いかにして学問や芸術の伝統に疎くなったのだろうか。かつて世界で最も知的で、繊細かつ芸術的な才能に恵まれた民族による芸術作品が、現在では単にその醜悪さから知られているのはどうしたことだろうか。

　ここで私は、今日のアイルランドの凋落が、今世紀のあいだに本来あるべき道から逸脱し、英国人にならず、といってアイルランド人であることもやめてしまったアイルランド民族によってもたらされたものであることを述べたい。また、この変化は大多数の人々によって、ごく最近、人々が想像するよりもきわめて最近に生じた現象で、現在も進行中であることを指摘したい。加えて、英語を話すために母語を放棄し、美しい響きをもったアイルランドの名を味気ない英語の名へ変え、ゲール文化の知識を持ち合わせず英語で書かれた本に親しんでいるものの、絶えず模倣を繰り返している国に対して憎悪の感情を抱き抵抗する人々の非論理的な立場について注意を喚起したい。

　また、安直に英国化を推進することで、われわれが独自の国民であるという世界に対して承認をえるべき、きわめて重要な主張を簡単に放棄してしまうことになるという点に触れたい。マッツィーニ[2]は何を主張したのだろうか。ゴールドウィン・スミス[3]があくことなく攻撃したものは何だったろうか。『スペクテイター』と『サンデイ・レビュー』がくどくどと論じたことは何だったろうか。それは、われわれが独自の国民性・言語・習慣を失ったので、連合王国の一部となることに満足すべきだといった主張ではなかったろうか。

　表面上英国人を敵視しながらも、かれらを模倣し続け、また独自の国民性を認めるよう激しい主張を繰り返しながらも同時に国民性を支えるもの自体を手放しているアイルランド人の中途半端な気質は、私にとって常に奇妙に思われる。アイルランド人が、もしさらに一歩踏み出せば、感情においてもきっと立派な英国人になるだろう。しかしながら、一見非論理的であるが、その一歩を踏み出す気配や可能性はさらさらない。何があろうとも、アイルランド人が英国の支配に抵抗し続け、それがたとえ利益になったとしても、国民の多くがにわかにはユニオニストにならないことは奇妙ながらも確かである。英国人の習慣を受け入れ、さまざまな面においてイングランドを模倣しながらも、世界中の大多数のアイルランド人がイングランドに対する暗澹とした変わらぬ憎悪の感情を抱き続け、良きにつけ悪しきにつけ、イングランドの繁栄を嘆き、その窮地を喜ぶといった事実、その事実にわれわれは向き合う必要がある。青年アイルランド党[4]、フィニアン運動[5]、土地同盟[6]、議会妨害といった運動は、常に共感や支持を得ている。それは、彼らが大英帝国の一員となることは決してないことを意味する。私にいわせれば、アイルランド人は現在おかれた異常な状況に留まるべきでなく、英国人になることを完全に拒絶しているのだから、アイルランド人となり、これまで手放してきたものを育みながら、アイルランドという枠組みに沿ってアイルランド国家を建設すべきだろう。

しかしながら、いったいわれわれはどうしたら今以上にアイルランドをより「ケルト」的にすることができるだろうか、なぜ脱英国化の必要があるだろうか、という疑問をもつかもしれない。

私の答えは、一方でイングランドを模倣しながら、他方で表面上憎悪するといったアイルランドが置かれている現状は、きわめて危惧すべきものであるという点にある。矛盾した動機に駆り立てられ、いかにアイルランドが優れた文学・芸術・学問機関を確立することができようか。私が信じるところ、「ゲール」の過去、それはもはや現在のアイルランド民族によって認識されないが、それこそがアイルランドの精神の中核をなすものであり、容易に立証できると思うが、われわれが大英帝国の一員になることを妨げるものなのだ。

英国支配下でアイルランドの繁栄はないということは自明であって、世界中が認めるようにイングランドもそれを否定しない。しかしながら、イングランド側には反論の余地がある。かれらの言い分は、アイルランドが繁栄することがないのは、スコットランドのように大英帝国の一部として甘んじることがないからだ、というものだ。「二〇年にわたる決然とし、安定した「良き」政府の支配は」、著名な英国人はいう、「アイルランド問題を解決することになるだろう」。かれは時期をあまりにも短く想定しているが、いずれにせよもしそうだったと仮定してみよう。それはありえないことだが、たとえば百年の間に何人ものクロムウェル(7)のような人物、帝国の有能な行政官、慎重なアイルランドの統治者が輩出されたとしよう。かれらは、アイルランドの国家資源を最大限に活用し、一方で間断なくアイルランドの国民感情の兆しを踏みにじり、アイルランドを「富を生み出す工場」にするだろう。「アイルランド」なる思想・概念は根こそぎにされ、百余年にわたる「良き」政府による統治は、アイルランドを「肥えた」、裕福な、人口のおびただしい国にするだろうが、われわれの国民性は消え、現在英国人とわれわれの間にあるすべての差異も失われるだろう。すべてのアイルランド語の地名・人名は英語化され、アイルランド語は完全に失われるだろう。また、「オー」、「マック」から始まるアイルランドの姓名も失われ、アイルランドの発音も英国人の教師が可能なかぎり英国の発音に近くなるだろう。また、われわれの歴史はもはや記憶されることも教授されることもなく、英国支配に抵抗した反逆者や殉教者の名前も消し去られ、古戦場や伝統も忘れられ、われわれがサクソン系でないという事実も忘却されるだろう。ここで問題なのは、どれだけ多くのアイルランド人がこのような代価を払ってまで経済的な繁栄を望むかということだ。このような問題、そしてそれに対する回答こそが、英国民族とアイルランド民族の違いを決定的に示す。十人中九人の英国人がこのような対価に飛びつくだろうが、わたしが確信するところでは、十人中九人のアイルランド人はそのような代替を憤慨して拒絶するだろう。

しかしながら、ここに大まかに示した完全なる英国化というおぞましい考えは、ほぼ一世紀にわたって静かにわれわれのうちに浸透した。静かに進行したというのは、もしゲール民族が現在彼らの真只中で進行している事態に気づいた、あるいは警告されたのであれば、おそらく事態を放置しなかったはずである。完全なる英国化の現実が赤裸々にされたならば、アイルランド人の感情はにわかに鼓舞され生得権を手放すことを拒んだに違いない。

何百万人ものアイルランド人が強く影響を受けていると思われる国民感情の背景には、いかなるものが存在するのだろうか。彼らをつぎのような感情に駆りたてるのは何だろうか。

人々は、大英帝国はアイルランド人の手に多くを負っている、
アイルランド人の勇気は、多くの征服地に英国旗をはためかせた、という。
また、エーリン(8)は、英国の勇敢な息子、
ウルズリー(9)、ローレンス(10)、ウルフ(11)、ウェリントン(12)に

誇りを抱くことはないのだろうか、と問う。

しかし、彼らは大英帝国に帰する存在である。われわれは、彼らの名を大英帝国の名声に委ねる。

エーリンの祈りに、かれらよそ者の名を耳にすることはない。

エーリンの鼓動を高め、祝福を与える者たち、
かれらは絞首台で死んだ、あるいは独房でやせ衰えた者たちである。


もちろん、彼らを駆り立てる感情は複雑であるが、私が信ずるところ、その背後にある主な感情は半ば意識的な感情ともいえるが、ギリシアに礎を築いたヨーロッパの半分以上を治め、揺籃期のローマを攻撃した民族が現在ではほぼ消滅し、他に吸収され、最後の砦としてこのアイルランド島にかろうじて独立を保っているという状況を鑑み、何としてでもかつての威信を完膚無きまでに失ってはならないという民族の総意が表れているのだ。たとえば、初期アイルランド文学を通して、われわれは、ケルト民族が本来何だったか、あるいは、ヨーロッパ半分の原始的な人々を制圧した後、その言語・様式・独立など、勝者であるローマ軍に示しえたケルト民族の概念を、最も適切に語ることができた。西ヨーロッパでわれわれのみが猛禽の爪から逃れた。つまり、われわれのみがローマの外側で

その影響から逃れ、独自の枠組みに従って自然な成長を遂げたのだ。われわれのみが初期の芸術・文学を生み出し、祖先はローマ化される以前のヨーロッパ半分の住人の存在を最も明確に照射した。われわれはその末裔なのだ。

アイルランド人は、時として大袈裟であり事を失念しやすいが、この事実に関しては決して誇張ではない。ウエストウッド(13)は、もしアイルランド人がいなかったら価値のある初期芸術は残されなかったと述べた。また、ジュバンヴィーユ(14)は、初期アイルランド文学は彼の祖先であるゴール人の様式や習慣を最もよく表現していると主張している。また、ケルトの言語学を研究したツィマー(15)は、取るに足らない批評だけが、二つの叙事詩の主要人物、クーフリン(16)とフィン(17)の歴史的な性格を疑問視していると語っている。この点をさらに詳しく述べることは無駄だろうが、シガーソン博士(18)は、多くの点でヨーロッパが古代アイルランドに負っていると基調講演で述べている。このような漠然とした意識は、アイルランド人の国民感情の背後にあるもののひとつといえる。ユニオニストであろうとナショナリストであろうと、われわれはこの漠然とした意識を明確な力強い感情にかえ、自尊心や矜持を高める必要がある。

われわれが決して忘れてはならないことは、今日のアイルランドは七世紀のアイルランド、ヨーロッパの学問の中心地であったアイルランドの末裔であるということだ。たしかに、北方人は九世紀、一〇世紀と一部の地域に植民し、続く世紀にその領土を拡大した。しかしながら、いかなるものもこの島の社会生活の継続性を断つことはできなかった。アイルランドに優しく抱かれたデーン人とノルマン人は、一世代二世代を経て完全にアイルランド人化し、ヒベルニア人よりもヒベルニア人らしかった。[19] クロムウェルの植民の後でさえ、南部・中部に定住したイングランド人兵士の子は、四〇年の滞在を経て、アイルランド人との婚姻の結果、良きアイルランド人となり英語を話すことはもはやできなかった。前世紀のゲール詩人の一部は、たとえばイングリッシュ神父のように、紛れもない英語の名前をもった詩人も存在した。アイルランドにおけるアイルランド性の継続に打撃を与えたのは、わずか二つの例外だけである。そのひとつは、アルスター北東部においてゲール民族が放逐され、その地に異邦人が入植したことである。母なるエーリンは彼らを同化しようとしたが、その融合は困難であると知った。というのも、その土地を所有する者の九分の八は海外にいたものであり、アイルランドに同化できる住民は全体の半分にも満たなかった。

これらの時代を通してエーリンの生活にみる連続性は、われわれの見るところ、カレッジ・グリーン[20]に席をおき国を治めたクロムウェルやウィリアム[21]時代の土地所有者よりも、スウィフト[22]が完全に軽視されていると評した採炭夫あるいは水汲みとみなされた民衆の間にこそ強く残った。彼らは現実の労働人口を成しており、よりよい生活を望んで日々暮らした。彼らはアメリカを作り、これまでの一〇〇年間、大英帝国を崩壊させる、あるいは築きあげる上で重要な役割を果たした。これらの人々は、商人であり、職人であり、多くは農夫だが、彼らの手によって今日のアイルランド国民が形成された。しかし、「かつてと較べ、なんたる変容か」。デーン人の戦斧、ノルマン人の剣、サクソン人の策略が果しえなかったことをわれわれは自身の手によって達成しようとしている。われわれは、今アイルランドの生活にうかがえる歴史的な継続性を断とうとしている。ケルト民族がその国家を再び回復しようという現在、ケルト的な性格は奪われ、過去から切り離され、その継続性はきわめて稀薄な状態だと気づいた。今世紀の初めから、ケルト民族とクーフリン、オシアンの時代とを繋げるもの、ケルト民族とヨーロッパのキリスト教化、ブライアン・ボルー[23]とクロンターフの英雄たち[24]、オーニール家[25]、オードネル家[26]、あるいは、ロリー・ムア[27]、ワイルド・ギース[28]、また九八年の蜂起[29]に関与した者、そのような存在との繋がりを失ってしまった。加えて、独自の言語・伝統・音楽・才能・思想を失った。われわれが、アイルランド民族、ゲール国民をあらたに築きあげようとするまさにその時――ギリシアが再びわれわれの追想の中であらたに築きあげられたように――われわれは、積み上げた国民性の喪心に気づいた。一八〇〇年におよぶ、古くから積み重ねられた国民性の「煉瓦」はすでに破壊され、われわれは可能であれば、別の場所に別の土を使って新しい「煉瓦」を形成しなければならない。たとえば、ドイツ語圏におけるギリシアの復活を想像してみるといい。

多くのアイルランド民族は、今世紀の初めまで、過去の伝統と一八〇〇年に及ぶ独自の生活様式と密接に関わり暮らした。そればかりでなく、暗い刑罰法[30]の時代でも人々は精力的に文学を発展させた。学者、裕福な農夫、疲れを知らない写本筆写士は、美しい文字からなる数多くの写本を制作した。その文字はギリシア語の文字のようにひとつひとつが個別に表記されている。祖先の古代文学、および彼らの現代文学の写本が結果として残された。今世紀の初めまで、いかなる州・郡・町もアイルランドの詩人、あるいは偉大なるミレジア人(31)の消滅とともに絶えた古代詩人に誇りを感じない地域はなかった。一八世紀でも、ゲール人の文学活動はきわめて活発で、南部だけでなく、アルスター地方においても輩出した詩人の数は驚くべきものだった。しかしながら、その文学活動が生み出した作品のうち、ゲール語の散文の数はさほど多くなく、フランス語・ラテン語・スペイン語、英語からの翻訳が多数を占めた。裕福な農夫はアイルランド語で読み書きができ、多くは古アイルランド語も理解できた。私自身、チョーサーが生まれる六〇年前に死んだロスコモンのボイルの僧院長、ドノハ・モレ・オーダーリー(32)の詩を人々が朗読するのを聞いたことがある。今日までチョーサーの詩がイングランドの農民に受け継がれているように、人々は古アイルランド語に多かれ少なかれ親しんでいるが、真の理解に達するには特別な訓練が必要であった。とはいえ、刑罰法の時代でも優れた教育にはそのような訓練が取り入れられた。アイルランド語の学習や習得が衰えたのは、メヌース(33)の創立、オーコンネルの台頭以降である。今世紀の四〇年代、五〇年代にも多くの詩人、写本筆写士が存在し、現在でも辺境地に若干残っているが、前述の二つの出来事はゲール民族のゲール性を終焉させた。大雑把にいって、古代のゲール文明は、オーコンネルとともに死滅したといえよう。彼は民族の習慣・言語・伝統を維持する必要性を熱心に説くことはなかった。一昨年までアイルランド民族のほとんどの指導者によって追従された、理想主義の学者であるスミス・オブライアンは顕著な例外である。

トマス・ディヴィス[34]と優れた青年アイルランド党の同志は、ちょうどこの分岐点に位置する。彼らはアイルランドに新たなる英語による文学を創出し、見放されつつあるアイルランド語文学の代替を試みた。それは成功を収めたともいえるが、そうでないともいえる。試みはきわめて重要だったが、古い「樹皮」があまりにも最近アイルランドの「樹木」から剝がされたばかりで、その「幹」は新たなるものを受け入れられなかった。それは新たなる出発だったが、当初は著しい成果を生んだものの、最終的には他の枠組みに沿って影響を及ぼしえたであろう、われわれの農民を導くにはいたらなかった。「他の枠組みに沿って影響を及ぼしえた」というのは、つまり、今世紀の初めでさえアイルランドの貧しい学者や教師は、夜、人々の家で写本を読み上げ、多大な恩顧や称賛を得ていた。彼らの読みあげた写本は、彼らからさかのぼり何千年も前の古典様式を残し、長年の疲弊から文字の判読が難しくなった場合、常に書き写しが行われた。アイルランドの農民はみな、その時代ある程度教養があり、裕福な者の多くは学者あるいは詩人であったが、われわれにその伝統は残されているだろうか。ほとんど痕跡さえ認められないといっていい。彼らの多くは確かに新聞を読むが、叙事詩を読み、まして詩を朗読する者、哀歌や賛歌を詠う者は存在するだろうか。

アイルランドのいたる所、アイルランド語が話された場所では、古代の写本が読み続けられ、クーフリン、コナー、マックネッサ、デオドラ、フィン、オスカー、オシアンの叙事詩が語られ、詩や音楽が文化の中心とみなされた。一部の人々は、これらの事柄が今世紀まで存在したと主張することを誇張と考えるかもしれないが、しかしながら、それは決して誇張ではない。私自身、キャヴァン、ティローン出身の優れたアイルランド語話者とアイルランド語で話した経験がある。カールトンの物語は、彼が執筆を始めたときに、アルスター地方にアイルランド語の伝統がいかに普及していたかを伝えている。友人のロイド氏はアントリムにアイルランド語が堪能な人がいると言っている。また、友人であるレンスター地方のクリーバー氏によると、ウィックローに住んでいたとき、カロー州から職を求めてやって来た男に出会ったそうだが、英語を一言も話さなかったという。かつてイングランドで刈り入れをし、ドロイーダで船積みをしていたコナハト地方出身の労働者は、五〇年前当時、アイルランド語は町のすべての人が話したと語った。私はダブリンから二〇マイルと離れていないウィックローで老人と知り合ったが、彼の両親は常にアイルランド語で祈りを捧げていたと語った。メヌースでアイルランド語とアイルランド語文学を学んだ友人のゴグロニー神父は、ダブリンから二〇マイル以内に、いまでもアイルランド語を話す三人の老人がいると語った。オーカーリーは若いころ、ダブリンから七マイル以内で、大都市の車の運転手以外、一度も英語を聞いたことがない者がいたと語った。私は数日前、路上でアイルランド語で物乞いをする老人に一ペニーを恵んだ。彼に出身を尋ねたところ、「ナヴァン」とアイルランド語で答えた。昨年私はカナダでカナダ先住民と狩りに出かけた。われわれは原生林に接した最後の開拓地に住む、白人男性の家に一晩滞在した。ヒベルニア人独特の顔つきから、アイルランド人であることがわかり、私は彼にゲール語で話しかけた。白人、カナダ先住民が驚くなか、一行の誰も理解できない会話をわれわれはした。その会話から彼がキルケニーから三マイルほど離れたところが出身地で、異国において子供の頃に話した言葉を四〇年も忘れずにいたことがわかった。コナハト地方出身であるが、私は彼のアイルランド語を完璧に理解した。私の父親がロングフォードからさほど遠くない、レィトリムで少年だった頃、農場の労働者や借地人がお互いにアイルランド語以外の言葉を話しているのをほとんど聞いたことがないと語った。コナハト地方、マンスター地方ばかりでなく、アルスター地方、レンスター地方でも、ごく最近まで完全なゲールタハト（アイルランド語生活地域）があった。事実、今世紀の初めまで、アイルランドに住んでいたゲール民族の男女から子供まで、社会的な地位に関わらず、アイルランド語を話さない、あるいは理解しないものはなかったといってもいい。しかしながら、この九〇年間これまでにない浅薄さでわれわれは生得の権利を手放し、われわれ自身を英国化している。わたしがこれまで言及した人々の子供はみなアイルランド語を理解せず、民族は今後変化せざるをえない状況に立たされている。ジュバンヴィユ氏がゴールに対するローマの影響を述べているように、イングランドは紛れもなくわれわれを支配し、彼らの言語——つまり、われわれが存在する間、思想を表現する媒体——をわれわれに押し付けている。奇妙なことに、「英国びいき」[35]と見なされることをひどく恐れる人々さえ、ジュバンヴィユ氏、ならびにヨーロッパ大陸の偉大なる学者が共有する危惧、アイルランド民族に見られる嘆かわしい状況を、「われわれが存在する間、思想を表現する媒体」であるところの言語の押し付けを積極的に認めているのだ。

われわれの英国化の中でも、最も致命的な打撃は言語の喪失である。私は、英国人がわれわれに何も与えなかったとしても、少なくとも彼らの言語を与えてくれたことに感謝したい、という言葉をしばしば耳にする。彼らは何食わぬ顔でこのようなことを述べ、まるでアイルランド語は理解に値しない、文学伝統さえ持たない言語であるようにみなす。しかし、アイルランド語は理解に値する言語だからこそ、ドイツ・フランス・イタリアの言語学者がわれ先に研究を進めている。また、アイルランド語の文学伝統は確かに存在し、ドイツ人学者は、一一世紀から一七世紀にアイルランド語で書かれた作品のうち現存するものは、八折版で数千部になるだろうと概算している。

「英国びいき」と非難されることを嫌悪する国民感情を抱くアイルランド人は、かつて国語だった素晴らしい言語を保存するための努力を惜しむべきではない。アイルランド語の喪失は、われわれにとって最も大きな打撃であり、アイルランドにおける急速な英国化がもたらす最も深刻な痛手である。脱英国化のために、われわれはアイルランド語の衰退を阻止しなければならない。われわれは、たまたまアイルランド語を理解できないという理由から、暗黙裡に言語の問題を軽々しく扱う政治家に対して圧力をかけなければならない。また、アイルランド語を今なお使用している農民に対しては、愛国心を喚起しなければならない。また、若い男女がアイルランド語で会話することを他人に聞かれたときの、顔を赤らめ、うなだれるといった羞恥心、それはわれわれの指導者や政治家たちを非難しなければならないが、そういった感情を取り除かなければならない。〔1〕メヌースは、ついに決然として前線に立ち、聖職者をめざす学生に教育課程での最初の三年間にアイルランド語および歴史の授業を必修科目とした。しかしながら、それとは別に、アイルランド語を使用している地域の言語を保存するためにわれわれは全力を尽くすべきで、少なくとも、一軒一軒個別に訪問し、アイルランド語の使用を促すべきだろう。それは目的こそ異なるが、ジェイムズ・スティーヴンズ(36)が「アイルランドはまるで解剖台に横たわる死骸のようだ」と見なした時に、アイルランド全体で展開した運動と類似する。たとえば、年間を通してアイルランド語を使用することを確約した家庭には勲章や記章を授与してもよいだろう。しかしながら、残念なことに、われわれは派閥間の争いから混乱・分裂し、ツォイス、(37)ジュバンヴィユ、ツィマー、クノ・マイヤー、(38)ヴィンディシュ、(39)アスコリィ、(40)その他沈着冷静な外国人学者が言語の問題はきわめて重大であると強く認識しているにもかかわらず、「レドモンド氏、(41)あるいはマカーシー氏(42)がアイルランドの最大派閥を率いるかどうか、あるいは誰が選挙で成功を収めるかどうか」といった政治の問題に翻弄され、このような単純な解決策さえ実行する人物や予算を見出すこともできない始末だ。今後、数百年にわたるアイルランドの状況を俯瞰すれば、言語の問題は一時的な政論よりもはるかに重要な問題だが、不幸なことに、国民はそれに気づこうとしない。

われわれは、しかしながら、自治法が施行された場合には、多くの一流の外国人学者が研究に値すると認めるアイルランド語を、アイルランド政府の政策下でギリシア語・ラテン語、あるいは他の近代語と同等、あるいはそれ以上に位置づけることを公言できる。また、子供たちがアイルランド語を話す地域では、アイルランド語が教授され、アイルランド語話者が教師、官吏あるいは知事に任命されるべきだと主張できるし、また主張すべきだ。もし、これらすべてのことが――それらは決して困難ではないだろうが――、優れた外国人学者の力を借りて実行に移したならば、教育を受けたアイルランド人、とりわけ古いケルトの血をひくマックダーモット家、オーコーナー家、オーサリバン家、マカーシー家、オーニール家などにとって、アイルランド語に無知であることは恥ずべきことだという認識が芽生えるだろう。ちょうど、教育を受けたユダヤ人がヘブライ語の知識がないことを、恥ずべきことと考えるのと同じである。

言語の衰退は、われわれの姓の衰退に顕著に反映されている。ケルトの時代、アイルランド国民が持っていた他民族を同化する力を象徴しているが、多数のノルマンあるいはイングランドの貴族は土地の領主と同じように暮らし、アイルランドの姓名を受け入れたのである。コナハト地方のド・ブルゴー家はマックウイリアムとなり、一族の分家はマックフィルピン、マックギボン、マックレイモンドを名乗った。また、コナハト地方のバーミングハム家はマックフィーリとなり、またストーントン家はマックアビリー、ナングル家はマックコステロ、メイオー州のプレンダーガスト家はマックモリス、ド・クルシー家はマックパトリック、アントリムのビセット家はマックオーンなど、それぞれ名字を変えた。大雑把にいって、イングランド人の居住地である「ペール」の外側に住んだイングランド人あるいはノルマン人の家族の多くは、一四世紀初めから一七世紀半ばまで、名前においても生活様式においても初めからアイルランド様式に従っていた。

一四六五年、ペールの議会によって、ペール内部に住むすべてのアイルランド人は英語の姓をもたなければならないという法律が可決された。姓名には、たとえば、町の名前、サットン、チェスター、トリム、スクリーン、コーク、キンセール、あるいは色の名前、ホワイト、ブラック、ブラウンなど、また技術や科学に関するもの、スミスやカーペンター、あるいは職業を表すものとして、クック、バトラーなどの名前が示され、そのような英語の姓名を使用しない場合には、私財を没収することが決められた。地位の低い家族の多くは、この典型的なイングランドの布告に従ったが、地位の高い家族、たとえばマックモロー家、オートゥール家、オーバーン家、オーノラン家、オーモア家、オーライアン家、オーコーナー家、ファリー家、オーケリー家はそれを拒み、姓名を変えなかった。一三〇年後、詩人スペンサーはこの法令の復活を支持した。「そのことによって」、スペンサーは言う「彼らアイルランド人はやがてアイルランド国民であることを忘れるだろう」。「私は、領主たちの名前の「オー」や「マック」を完全に禁止し、消滅させることを要求する。というのも、オーブライアンによって最初に導入されたその布告はアイルランド人の結束を固めたので、廃止は彼らの結束を弱めるだろう」。しかしながら、実際にはオーグリムの戦いとボイン川の戦いの後初めてアイルランドの姓名が多く英語化された。オーコーナーはコナー、オーライィリィはリドレー、オードネルはダニエル、オーサリヴァンはシルヴァン、マカーシーはカーターにそれぞれ改名した。

しかし、われわれがアイルランド語の姓名を最も多く失ったのは、この六〇年間である。それは、人々がなにはともあれアイルランド語の響きをなくすために姓名を変えようとする熱にうかされているようだった。オーコンネルは、ザグデン大法官の集会で「まともな奴はザグデンなどという名を使わないだろう」と揶揄した。しかし、彼は、オーラヒィフ家、オーブロラハン家、マックローリ家が、彼の時代にガスリー、ブラッドレー、ロジャーズと名前を変えたことを諫言しなかった。また、教育ある知的な人々、たとえば小説家のカールトンや『ゴールウェィ史』、『アイルランド吟遊詩人』の著者であるハーディマンさえも、アイルランド語の名字を改名したことは理解に苦しむ以上に、将来のアイルランド独立を考えた場合、きわめて危惧すべき出来事である。前者は古代の領主の名であるクランダーモット、広く知られた名家のオーカルランから、後者は良く知られたオーハーガダンというアイルランド語名からそれぞれ英語名に改めた。コナハト地方だけでも、もともとはオーガトリー、オーシェスナン、オームリガン、オーシャナハン、マックギラクリー、オートレー、オーホニーン、オーキーティといった名前が、ゲートレー、セックストン、ボールドウィン、フォックス、コックス、フート、グリーン、キーティングに改名された例を私は知っている。また、オーヘネシーはハリントン、オーキンセラはキングスレーあるいはティンスリー、オーフィリーはピックレーに改められた。オードノヴァンは、一八六二年にキャヴァン州クートヒル周辺で近年改められた名前を表にした。マックネボ、マッキンタイヤ、マッギルロイ、マックターナン、マッコーリ、マッコスカー、マックブレホン、オークレー、ムルタフ、オードラムは、ヴィクトリー、ヴィクトリア、コールウェル、フリーマン、キング、ナジェント、ギルマン、レナード、ゴッドウィン、グッドウィン、スミス、ゴールダリッチ、ゴールディング、マスタートン、リンド、クロスビー、グロスビー、クロース、コリー、コスグローブ、ジャッジ、ブラバシー、ブラバゾン、クラーク、クラーキン、カニングハム、ドラモンド、タキット、セックストン、モーティマー〔2〕に改められた。小さな街の英国化にしては決して悪い結果ではないだろう。

ダヴィット氏やヘネシー氏など多くの人々は、本来彼らの名前に付随する「オー」や「マック」を捨てた。また、他はわずかな変更でなく、私たちがこれまでに見た通り、考えられうるあらゆるかたちに姓名を変えた。私が聞いたところ、アメリカで最初のチョンシー氏はもともとかの地にやってきたときにはオーシャナシーという名であったそうだ。彼は前世紀半ばメリーランドに移住し、一二人の息子をもったが、彼らはみなチョンシーと名乗り、アメリカにおけるほとんどのチョンシー家は彼らの子孫であるという。私はこれまでの一〇年間に名前を翻訳した人々を知っている。この悪しき習慣は、変わらぬ勢いで広がっているが、誰もあえてこのことについて異議を唱えることはない。偉大なウィックローの領主の分家である何百というオーバーン家のうち、ニューヨーク市ではわずか四家族が本来の名前を保持し、残りすべての家族はスコットランドの名前であるバーンズに改名した。私はこの情報を残っている四家族のうちの二家族から得た。彼らは私の友人であり、すぐれたゲール学者であるが、アイルランドの反対の端、ドニゴールとウォーターフォードの出身である。個人的には知己を得ないが二人の兄弟について聞いたところ、一人はオーガラといい、四大家の支援者と何千年にも及ぶ輝かしい過去との繋がりを保つことを求めているが、もう一人の兄弟は（おそらく、「私は愛する」という意味であるCaraimという言葉に対する語源学上の混乱から生じた結果だと思われるが）ラブと名乗っているのである！　また、別の兄弟はアイルランドにおける最も地位の高い名誉ある称号を示すブレホンという姓を持っているが（それは「ブレホン」、立法者、詩人を意味する）、一方兄弟はジョン・ジャッジと名乗っている。事実、何百何千というアイルランド人が彼らの名誉あるアイルランドの名前を捨てることを望み、古代の戦士や、聖人、詩人の名前よりも、グロギン、ダガン、ヒギン、ガスリー、その他ぞっとするような名前を使っている。なによりもうんざりすることは、これまで私の知る限り、このような卑屈な態度に対して、アイルランドの公的機関あるいは公人から一言の警告や諫言がなされなかったことである。

私たちの洗礼名についても状況は好ましくない。数百年前に流行っていた古き良きアイルランドの男女の洗礼名はいったいどこにいってしまったのだろう。それらは忌むべきものとして見捨てられた。というのも、名前自体が見苦しく不釣り合いであったわけでなく、単に英語名でないためだった。

男性も女性もゲール語の名前で洗礼を受けることはもはやなくなってきた。コン、カルブラ、ファルファッサ、テイグ、ディアルミド、キアン、クアン、イー、アルト、マホン、エヒー、フェルフラハ、カハン、ロリ、コル、ロッホリン、カハル、ルイ、トゥルロ、エーモン、ランダル、ニヤル、ソーリー、コナーといったアイルランドの洗礼名は、今では失われたか、あるいはそれに近い状態である。ドナー、マローはオーブライエン家では未だに続いているが、アンガス、メイナス、ファーガル、フェリムは今ではほとんど知られていない。アイルランド語を話すときにはディアルミドと呼ばれる男性は——通俗で、悪質で、非アイルランド的な忌むべき習慣、それは、奴隷制によって生まれ、卑屈な態度によって蔓延し、媚をえることで助長された態度だが——英語で話すときにはジェルマイア、あるいは譲歩としてダービーと呼ぶよう求めるのだ。同様に、もともとはテイグという名も英国化により、サディアスあるいはサディになるか、何の根拠もなく、ただTから始まる名前に改名される。ドノはデニス、カハルはチャールズ、ムルタフとムロはモーティマー、ドナルはダニエル、最も初期のアイルランド植民者の名であるパソランはバーソロミューあるいはバティ、[3] オーン（オーエン）はしばしばユージーンになり、またオーカリは人生後半で姓に「オー」をつける勇気を奮い起こしたものの、ユージーンの名（もっとも、それは他の英国化された名前のように奇妙なものではないが）を捨てなかった。フェリムはフェリックス、フィニンはフローレンス、コナーはコーニ、タローはテレンス、エーモンはエドモンドまたはネディなどに改名された。実際、一世紀、二世紀前に使われたゲール語の洗礼名の偉大な遺産のうち、わずかオーエン、ブライアン、コーマック、パトリックだけが生き残り一般に使用された。

ゲール語の女性の名前もまた少しも望ましい状況にない。むしろ、われわれは紛れもなく女性の洗礼名を男性のそれ以上に手放してきたのだ。間違いなく、サーヴ（シーヴ）はサビナあるいはシビィよりも美しい名前であり、オニー、ホニーあるいはオナー（ノラは'onoir'アイルランド語で「名誉（honour）」を意味する語に似ているため、そのように英語に翻訳された）はノラのほうが美しく、ウナは英国化した名前であるウィニーよりも美しい。アイルランドの最も偉大な叙事詩で讃えられたクールニャの有名な牛捕りを導いたコナハト地方の偉大なる女王の名メーヴは、少なくとも英語化された名前であるモードと同じくらい美しいし、またイーブリン（アイリーン）は、エレンやエリノワよりも美しい。イーファ（エーフィ）、シーグル（シーラ）、モーリン（モリーン）、ヌアラやフィンヌアラ（フィノーラ）など、すべて最近まで使われた美しいアイルランド語の女性名である。モーリア、アニヤは未だに一般的であるが、それはアイルランドのもともとの名ではないので、個人的には失われたとしてもさほど気に留めないが、スラハ、シュネイド、シュヴァンといった三つのよくある名前については英語での響きがよくないため、サラ、ジェイン、ジョアンと翻訳されることに抵抗を感じることはない。しかし、イーフィ、オーナ、アイリーン、メーヴ、シーブ、ヌアラといった美しい名前は残す必要を感じている。一世紀、二世紀前に使用された美しい女性名のうち、ブリートはブリジットという醜いかたち、あるいはさらによくないブディとして、またイーブリンはイブリン、あるいはノラとして残されているが、そのような名前でさえ稀である。今こそ、進行しつつある英国化に対して徹底した抵抗を行う時であり、アイルランドの名を醜いサクソンの名に翻訳することを止めさせようとする主導者による時を得た訴えを私たちは受け入れ、英語の洗礼名の代わりにアイルランド語の洗礼名を導入する手助けをすべきだろう。アイルランド国民がこのままの状態であれば、世界の国民の中で独自の地位を築く希望はほとんどないといっていい。もしその希望を達成しようとするならば、これまで神が創出なさった他の民族の性質とは異なった、独自の枠組みに沿って発展すべきだろう。われわれは、個人としても、社会としても、ブレホニーがジャッジ、カヴァン家がスミス家、オーリアダンがサーモン、あるいは男子がドナル、ディアルミドの代わりにダン、ジェルミア、女子がノラ、ウナ、エリーンの代わりにホニー、ウィニー、エリンと呼ばれることに決して満足してはならない。

われわれの地名もまた――容易に想像することができると思うが――恥ずべきまでに英国民の耳に合うよう改名されている。しかしながら、残念なことに、私たちの地名を元に戻すことははなはだ困難であるため、今回はこの問題に深入りしない。地名に関しては、歴史も長く難しい問題で、これだけのために講演が一度ばかりでなく数度も必要になるほどだ。したがって、ここではわれわれの歴史や年代記でよく知られている地名の多くも、無知な英国化によってほとんど名前を認識することができないという指摘に留めておきたい。不運な一八世紀の人々は、よく知られた地名に生じたありとあらゆる混乱を許容してしまった。たとえば、フォイル川についていえば、彼らは「ノール」という名を受け入れてしまった。その経緯はつぎの通りである。

ある英国人男性が川の名をたずねたところ、「アン・ノーイル」であると言われた。というのも、アイルランド語では定冠詞の'an'に続く'f'は発音されないが、彼は無知にも「フォイル」を「ノーイル」と混同し、結果としてそれが川の名になった。同じように、偉大なるコナハト地方の湖、「ロッホ・コリブ」は本来「ロッホ・オリブ」あるいは「ロッホ・オルセン」だった。ある英国人がロッホの末尾の'c'の音を、続く語の最初の音と勘違いしたためにつけられた名である。陸地測量(43)では、時おり人々はアイルランド語の地名を大雑把に推測し、適当な英語名を書き留めた。また、時としてアイルランド語を英語に似せて改名した。たとえば、ミーズの名高いタィルティィン〔4〕は、そこで大きな国民集会が開催されたが、その地名はテルタウンと英語化され、地名と国民の記憶はもはや結びつかなくなった。全体として、私たちの地名は、まるで以前に書き言葉を持ったことがない未開民族の地名のように扱われた。それは、野卑な英国の侵入者がアメリカ先住民の地名を軽蔑して扱ったのに等しい。このことは、ある程度まで典型的なイメージであり、今の段階では意識を変えることが難しい。というのも、とりわけアイルランド語の地名が、スウィンフォードやストークタウンのように英語に翻訳され、シャルルヴィルやミドルトンという地名のままでも無視されているような現状ではなおさらである。しかしながら、私たちの地名をウェールズやスコットランド・ハイランドのそれと同じように合理的に扱うには、統合した国民の強い意思と善意が必要だが、私たちの協会ができることがひとつある。それは、アイルランド語の名前を正確に発音することを徹底して要求することだ。なぜ、ある人は現地の人の発音からかたくなに遠ざかろうとするのだろうか。私は、ゴールウェイの紳士が私を引き止め、執拗に「アスリー」について語ったのを覚えている。「その地名はアスリーではなくアスライだ」と彼は主張した。しかし、彼は単にその歴史的な地名を誤って発音していただけだった。その地名は「王の浅瀬」という意味で、地元の人は「ライ」ではなく「リー」〔5〕と発音していた。数ある例の中でもうひとつの例は、私の居所のそばにある市場の名前である。「バラ・ア・デーン」、それは「樫の道」という意味の地名である。バラは、「ファグ・ア・バラッハ」、「道を片付ける」という文にみられる「道」と同じ語であり、デーンは「デリー」、「樫の木」の指小語である。しかしながら、より「教養ある」人々、おそらく五〇人に一人は「バラ・ハッド・ヘーン」とひどく耳障りな発音をするのだ。イーヴィ卿はアイヴィ卿、シャナーグラはシャナゴールデンになり、その名は炭鉱やハリエニシダで覆われた丘を想像させてしまう。

これ以上、故意の不注意や愚かさによる地名の英国化に言及せずにおこうと思う。というのも、その数はあまりにも膨大だからである。しかし、アイルランド独自の政府が導入された折には、合理的な方法で地名が復活することを願っている。

われわれの音楽もまた、危惧を抱かせるほど英国化されている。国の音楽であるハープ——スコットランド・ハイランドでは復活のための努力がなされている——が失われつつあるだけでなく、アイリッシュ・パイプも消滅の運命に直面している。二〇年前には比較的に一般的だったパイプやフィドラーの奏者は、多くの場においてドイツの楽団やパイプオルガンに取って代わられている。未だ残る独自のパイプや楽曲を保存するには何か対策を講じるべきである。もしアイルランドが独自の音楽を失えば、それはゲール語やゲール文学に次いで、アイルランドの最も価値のある文化的資源を失うことを意味する。事実、現在、急速にアイルランド独自の音楽を失っているのだ。数年前まで、旅まわりのフィドル奏者やパイプ奏者は「クィード・プレイ」、「ドリアン・ダン」「ロージン・ドゥーヴ」、「ガムハン・ゲール・バン」、「エーリン・ア・ルーン」、「グランナのショーン・ドワイヤ」、その他陽気な調べや哀調を帯びた曲など、ゲール人を何世紀にもわたって魅惑した古曲を奏でることができた。しかし、今ではイングランドのミュージック・ホールのバラッドやスコットランドの歌が旅回りの吟遊詩人のレパートリーの大分を占め、また吟遊詩人の数そのものも少なくなり、状況は一層悪化している。これに対して解決策を見出すことは難しい。この実用の時代にアイルランドの曲すべてを弾けるような若く有望なパイプ奏者を教育し、聴衆を楽しませるよう各地に派遣する組織をコークやゴールウェィに設置することはそもそも困難であるといわざるをえない。多くの政府がより重要でない役に立たない制度を助成しているが、このこと自体アイルランド政府が対策に乗り出すような対象ではないだろう。したがって、現在の段階ではアイルランド音楽の復活は、われわれ協会が成し遂げようとしているアイルランド的概念、ケルト的思想の復活と同一歩調をとり、人々が「ゲット・ユア・ヘア・カット」あるいは「庭の壁の上に」より「スワィール・スワィール」の純粋さ、「モドーン・ルア」の快活さ、あるいは求めすぎでなれば「タ・ラ・ラ・ブームディィ」そのものを好むように願うことで満足すべきだろう。

われわれのスポーツもまた、勇敢で愛国的な人々がゲール体育協会(44)を設置し、復活に乗り出すまで、きわめて危惧すべき状況だった。国の枠組みを整える彼らの努力と機を得た著しい成功は、他のすべてを合わせた以上にアイルランドの未来に対する希望であることを指摘したい。この協会が古い伝統、われわれの国のスポーツであるハーリング(45)やゲーリック・フットボール(46)を復活させた功績は、これまで五年間の政治家による演説以上に効果をあげたといっていい。加えて、この素晴らしい協会は、国のスポーツを復活させただけでなく、国の歴史的な記憶を復活させた。国中のさまざまなクラブの名は、アイルランドの偉大で善良な人々や殉教者の名を不朽のものとしたのだ。われわれの若者たちの体格も多くの州で向上し、また彼らは自制心や主将への従い方などを学んでいる。また、多くの場所で、道端や道の角で手持ちぶさたに佇むことなく、良きアイルランド人として振る舞うよう教育されている。ゲール体育協会のあたたかみのある緑色のストライプの上着を目にするところはどこでも、アイルランド人らしさとその記憶が急速に蘇っている。そこでは、擦り切れた襟やねじれて醜いネクタイ、あるいは質のよくない汚れたリネンなどを目にすることはなく、ハーリングの選手は誇り高きアイルランド人男性であり、マンチェスターやロンドンの店員のような安っぽい古着を身につけることはない。このような変化はさらに起こりうるだろうか。協会の上着がさらに普及し、そのような身なりが見られる場所で、われわれはわれわれの影響力を行使し、表面が薄汚れ、踵のあたりがほつれている英国の古着のズボンを排斥し、かつての世代の多くが身に付けていた清潔な毛系ストッキングやこぎれいな半ズボンを普及させられないだろうか。われわれはなぜ快適な羊毛を手放したのだろうか。なぜコネマラの人々は自家製の手織りのツィードを身に付け、一方で中部の州ではそのような服を購入するには誇り高すぎ、市場で英国の都市から輸入した不釣り合いな流行遅れの服を買い、身につけるほど誇りを失ってしまったのだろうか。われわれの影響が及ぶ範囲でこのような英国の服に対して背を向け、女性には服を織ることを、男性には粗悪なボロとはほど遠いウールでできた快適な羊毛のスーツを着るよう奨励しようではないか。目的に従って脱英国化し、本来の魂を育み、国の衣装を発展させ、英国の影響に対する最も強固な障壁を形成し、最終的なアイルランドの自律を確立しようではないか。

アイルランドの脱英国化について、われわれが取るべき主要な対策――それは主要とはいえ、当然とるべき対策だ――をいくつかあげてみたい。まずは、英国の書籍あるいは雑誌の代わりに、アングロ・アイリッシュ文学に親しむことを奨励する必要がある。廉価で低級な冊子、さらには『ボウ・ベル』や『ポリス・インテリジェンス』といった卑俗な英国の雑誌を厳しく規制しなければならない。各家庭にはモア[47]やディヴィスの本が置かれるべきだろう。要するに、われわれは民族的特質、土地の独自性を示し、最もゲール的・アイルランド的であるものを培う努力を惜しんではならない。というのも、サクソンの血が混じる北東部のわずかな一地域を除いて、この島の中枢はケルト的であり、多くの人々が想像する以上にそうであり、またそうあり続けるべきだ。また、これまで見てきたように、われわれ国民はサクソン民族とは異なっている。われわれは、本来の忍耐力に従って、民族の枠組みに沿って発展すべきだ。それを実行するには、まず「英国びいき」に反発する強い感情を持たなければならない。そのような機会や場が少なければ、英国の影響は洪水のようにわれわれを圧倒するだろう。そうなれば、半年遅れで同じ流行を追いながら、英国のあとを痛々しく追従するわれわれ自身を見出すことになる。数か月遅れて同じ本を読み、英国ですでに廃れてしまった流行を取り上げ、服装・文学・音楽・娯楽・思想において、著しく遅れてあとに続くことになる。われわれは、現在でもすでに大いにそうであると危惧するのだが、模倣の国、「西洋の日本」となり、本来の独創力を失い受け売りの同化に甘んじる国になるだろう。わたしは、この危険性を過大に捉えているわけではないと感じている。われわれは、おそらくヨーロッパにおいて最も同化しやすく、最も影響を受けやすい国である。ボストンのある女性は「アイルランド移民は、キャスル・ガーデン[48]に上陸する前にすでに米国化している」とわたしに語った。それは嘆かわしいことだと述べたところ、その女性は「もし彼らが米国化されなければ、彼らはアイルランド人ではないだろう」と鋭く答えた。わたしは、イングランドで憔悴し働く一五人のアイルランド人が、英国人の農場主が嘲笑するという理由から、お互いアイルランド語で話すことをやめたことを聞き知っている。かつてオーコンネルはわれわれをヨーロッパで「最も優れた農民」であると語ったが、残念なことに、彼はわれわれがそうあり続けるべきであることについてほとんど考えが及ばなかった。われわれは他の影響を最小限に抑え、自らを恥ずべきでないことを学ぶ必要がある。というのも、ゲール民族は他の民族、他の島の影響下で、世界に対して最良なるものを生み出したことはこれまでもなかったのだ。

結論として、ユニオニストであろうと、ナショナリストであろうと、アイルランドが最良のものを生み出すことを望んでいるすべての人々に対して、政治的な立場に関わらず、本・文学・音楽・娯楽・流行・思想においてイングランドを追従するという現在の状況に断固として反対することを訴えたいと思う。すべての人、その政治思想がなんであれ——これは政治の問題ではない——たとえ国家の目標を促進することを犠牲にしたとしても、アイルランド民族が将来、アイルランド民族の枠組みの中で発展することに全力を尽くすべきであると訴えたい。なぜなら、アイルランドの民族的な枠組みに沿ってのみ、アイルランド民族はかつての姿——ヨーロッパで独自の芸術的、文学的な魅力をもった民族——として復活することができるのだ。

原文注

〔1〕 例として、チュアンの市場からの帰り、数十マイルの路上で出会った若い男性を取りあげたい。私はアイルランド語で挨拶したが、彼は私に英語で答えた。「アイルランド語を話さないのですか」という問いに対して、「神に誓ってもいいですが、父親、母親は英語を一言も話せませんが、しかし、それでも私はアイルランド語を話せません」。彼についていえば、まったくその通りだった。今日のアイルランドでは、年配者がこれまで通りアイルランド語を使用し子に話かけているが、子は常に英語で答えるという家庭が数多く見られる。子はアイルランド語を理解するが、アイルランド語を使えず、また親は子の英語を理解するが英語を使用することはできない。しかも多くの場合、子供は二つの言語が存在していることにも気づいていない。私はメイオ州バラガデレーンから西へ数マイルいったところで若者にアイルランド語で質問をしたが、彼はその質問に対して英語で答えた。最後に私はアイルランド語で「アイルランド語を話さないのですか」とたずねたところ、その答えは「私の話している言葉は、アイルランド語でないですか」というものだった。「いいえ、あなたの話している言葉はアイルランド語でなく英語です」というと、「これまでこのように話してきました」と語った。彼は私がアイルランド語で話しかけ、彼が英語で答えていることさえ気づいていなかった。また、別の機会に、スライゴー州キルフリー駅のそばで列車を待っている間に滞在していた家で、少女にアイルランド語で話かけたことがある。彼女は兄弟が家に帰ってくるまで、アイルランド語で私と話していた。「ああ、メアリ」と彼は嘲笑をうかべ、「素晴しいじゃないか」と言った。その後、会話を始めることがとても難しかったが、可哀想なメアリは頭をうなだれ話す言葉を英語に切り替えた。このことは、ドニゴール、ケリーの一部を除いて、そこでは人々はより賢明で愛国的だが、マリンヘッドからゴールウェイ、ゴールウェイからウォーターフォードにいたる地域に見られる現象である。

〔２〕　次の例はゲール語名から英語名へ改名した何千何百というおぞましい例のほんの一部である。ギルスピイ（「司教の従者」の意）はアーチボルドあるいはビショップ。マッカレイ（「イーあるいはヒューの息子」の意）はヒュー。マックリィーあるいはマッカリー（「白髪の息子」の意）はグレィ。マックイオガンはゴハガンあるいはギョーガンの代わりに、ゴッギンというおぞましい名に改名している。マックフィーチーはビッカーあるいはハンター。マックフィーリーはしばしばフィールディング。マックギレサ（「キリスト使徒の息子」の意）はギレスピーあるいはジル。マックギャラマレィ（「マリア使徒の息子」の意）はしばしばマミオンあるいはより正確にマックマレィ、マックギャメリ（「歓楽の従者」の意）はメリマン。マックギャリー（「王の従者」の意）はしばしばキングと改名したが、しかし、時としてより魅力的な名であるマックギルロイあるいはマオイロイとした。コネマラ地方の人々は、リーが王を意味するため、バリーコンリをキングストンとした。また、マックイア（「イアの息子」の意）は、アイルランドの最も初期の植民者の名であるが、「短い」という意味の‘gearr’の属格との混乱か、ショートあるいはショータルとなり、また改悪の少ないかたちとしてケールに改められた。マックランネルという名誉ある名前は今ではレィノルドというかたちでしか見かけない。マックソララン（「マックガランあるいはマックガーバン家」の意）は、「夏（‘summer’）」という語源からソマー、マックソレィはしばしばシャーリィと改名された。またマックワンバード（「詩人の息子」の意）という名誉ある詩的な名前は、ワードとなり、またマッキンリー（「山の息子」の意）はリーヴィあるいはダンリヴィ。マッキンターガルト（「僧の息子」の意）はプリーストマン、あるいはどういう理由かわからないが、セグレーブとなった。マックギンティ（「賢人の息子」の意）はしばしばノーブル、マッキンティール（「大工の息子」の意）は、スコットランドでよくあるマッキンタイヤーの代わりにアイルランドではカーペンターあるいはライト、あるいは‘saor’が「自由（‘free’）」を意味するため、フリーあるいはフリーマンと改められた。多くのオハガンはファーガンになったが、

ディケンズの小説に登場するユダヤ人ファーガンとの関連があっても、この名の英語化を阻止することはできなかった。オーヒァン（「イアンの息子」の意）はハイランドあるいはウィーランと改名された。著名な名前の英語化をこれ以上見ていくことは退屈かもしれないので、オーヒーはハィシー、オークナハンはモーゼ、モーゼマン。キナハン、オーロンガンはロング、オーナタンはノートン、オーリアダンはサーモン、オーシャナハンはフォックスにそれぞれ改名された例をあげるにとどめたい。

〔3〕現代の洗礼名であるパーソランは、それ自体アイルランドのバーソロミューではないかということだが、しかしながら、それは疑わしい。

〔4〕最近出版された拙稿「ゲール体育協会の規則」を参照されたい。

〔5〕アイルランド語では 'Beul-ath-an-righ' は便宜上ブラウリーと発音される。

（1）連合王国との連携を強調する人々。ユニオニズムの起源は一七世紀後半までさかのぼることができるが、一八〇一年の併合法施行以降に発展し、自治法成立を求めた運動が盛んになった。一八八五年あたりから、ユニオニズムを標榜したさまざまな組織が結成された。

（2）イタリア統一運動を推進した愛国的社会活動家。一八三一年、政治組織、青年イタリア党を結成し、民主的な共和国の樹立をめざした。

（3）イギリス、およびカナダの歴史家、ジャーナリスト。イートン校からオックスフォード大学・モードリン・カレッジに進み、一八五八年から一八六六年までオックスフォード大学の近代史勅任教授に就任。

（4）一八四二年から一八四八年にかけて行われたナショナリズムの昂揚を目指した政治的・文化的・社会的な運動。トマス・ディヴィス、チャールズ・ガヴァン・ダフィ、ジョン・ブレイク・ディロンが中心となり、雑誌『ネイション』の発行を通して、宗派にとらわれないアイルランドの文化的アイデンティティの確立をめざした。

(5) 青年アイルランド党による活動が失敗に終わった後、アメリカのアイルランド移民を中心に広がったアイルランド独立を求める急進的な運動。

(6) 一九世紀後半、マイケル・ダヴィットが中心となり、貧しい借地農の援助を目的として結成された政治組織。

(7) アイルランド最初で唯一の護国卿。一六四九年八月から一六五〇年五月にかけて、アイルランドにおけるイングランド兵士の軍事行動を指揮する。

(8) アイルランドの古称。

(9) ダブリンの名家で有能な軍人を輩出した。

(10) 現在の北アイルランド・デリーを基盤とした一族で英国インド支配に深く関与した。

(11) ジェイムズ・ウルフは、一八世紀、カナダにおけるフランス軍との戦いにおいてイギリス軍を勝利に導いた司令官。

(12) 現在の北アイルランド・ダウン州を基盤とした一族。なかでもウイリアム・ウエリントンは、大英帝国の植民支配において高官として活躍した。

(13) 英国の考古学者。オックスフォード大学の博物館館長を務めたのち、同大学の教授となった。

(14) フランスの歴史学者、言語学者。一八八二年、コレージュ・ドゥ・フランスで新たに開設されたケルト講座の教授となり、ケルト文学の編纂を行った。

(15) オリエント学者、ケルト学者。一九〇一年、ベルリン、フリードリッヒ・ウィルヘルム大学のケルト諸語教授に就任。ドイツで初めてのケルト諸語教授の地位に就いた。
(16) アルスター説話群に登場するアイルランド最大の英雄。
(17) フィン、その子オシアン、さらにその子オスカーを中心とした、コーマックに仕えた戦士団フィアナをめぐる説話群（フィアナ説話群）の英雄。
(18) 翻訳者、医師。コーク大学で医学を修めるとともに、アイルランド語を独学した。
(19) アイルランド人の古称。
(20) トリニティ・カレッジを一角としたダブリンの中心地。
(21) 一六八九年、名誉革命の結果、イングランド・スコットランド・アイルランドの王位に就いたウィリアム三世。一六九〇年、王位奪回をはかる前王ジェームズ二世率いるカトリック軍をボイン川の戦いで破った。
(22) ダブリン出身の文学者。一七二六年に『ガリバー旅行記』を出版。諧謔的な文学作品を残した。
(23) 九八七年にマンスター地方の王になる。その後、勢力範囲を広げ、九九九年にアイルランド王となる。一〇一四年クロンターフの戦いで戦死した。
(24) 一〇一四年、ブライアン・ボルーとレンスター地方、バイキングの連合軍がクロンターフで繰り広げた激しい戦闘に加わった戦士。
(25) 一六世紀アルスター地方を治めたティローン伯。その勢力を度重なる戦いを通して、アルスター地方からマンスター地方にいたる地域に拡大するとともに、アイルランドに対するイングランド支配からの脱却を図る。しかしながら、一六〇三年キンセールの戦いにおいて、スペインからの援軍を受けながらイングランド軍に敗北した。
(26) 一六世紀ドニゴール、ティルコネルを治める。ロバート・オードネルはヒュー・オーニールの義理の息子にあたる。一六〇七年、ヒュー・オーニールらとともに国外に逃亡した。
(27) レーイシュ州の名義上の「王」。伝説上のコーナル・ケーナッハに由来する貴族の血をひき、一六四一年イングランドに対する蜂起を指揮した。
(28) 一六九一年のリムリック協定の後にフランスに逃れ、ヨーロッパなどで軍務についたアイルランド兵。
(29) 一七九八年、ユナイテッド・アイリッシュメンによって企てられた蜂起。
(30) ボイン川の戦いの後、一六九一年リムリック条約によって、アイルランド社会でプロテスタントが優位な地位についた。そのため、カトリックに多くの規制が課され、政治参加や土地所有など、職業の機会から生活面までさまざま制限が課せられた。
(31) アイルランドの伝説『侵寇の書』に登場するゲール人の祖先を指す。
(32) 『クロンマクノイズ年代記』『四師の年代記』においても讃えられている偉大な詩人。
(33) 一七九五年、カトリックの聖職者を養成する高等教育機関としてセント・パトリック・カレッジ・メヌースが創立された。
(34) 詩人、青年アイルランド党運動を率いた活動家。
(35) 英国を支持する、あるいは英国の文化を好意的に享受するアイルランド人を揶揄する用語。
(36) アイルランド兄弟団を一八五八年にダブリンで結成する。一八四八年、青年アイルランド党による蜂起を率いた。
(37) ドイツのケルト言語学の創始者。ゲルマン語の研究から派生し、ケルト諸語、とりわけアイルランド語の研究に着手した。
(38) ケルト諸語学者、ケルト文学者、翻訳者。ライプチィヒ大学でウィンディシュからケルト諸語を教授される。一八六九年、ダブリンにおいてケルト諸語の研究誌を創刊し、ケルト諸語の研究に大きな影響を与えた。

(39) オリエント学者。ライプチィヒ大学でサンスクリット講座を担当する。ケルト研究分野での研究業績で広く知られた。

(40) イタリアの言語学者。イタリアの方言の研究からオリエント研究を経由し、古アイルランド語写本の編纂に着手する。一八六〇年から一九〇七年までミラノ大学言語教授を務めた。

(41) 一九〇〇年から一九一八年までアイルランド国民党の党首。一八九一年パーネルの死後、彼の後継者となった。

(42) ジャーナリストとしてキャリアを始めるが、一八七九年政治家に転身し自由党の自治法推進派となる。

(43) 一七九一年創設。アイルランドでは一八二四年から測量が開始され、土地課税の不均衡を是正するために地名や土地の境界を調査した。これによってアイルランド固有の地名が英語化された。

(44) アイルランド固有のスポーツの振興とルールの標準化を目的とする組織で、ハーリングやゲーリック・フットボールの大会を運営する。

(45) ホッケーに似たアイルランド固有のスポーツ。一五人の選手によって行われ、ハーリーと呼ばれる木の棒で相手ゴール目がけてボールを打つ。

(46) サッカーとラグビーの中間とも言うべきアイルランド版フットボール。サッカーよりやや小さめのボールを使用し、四歩までボールを抱えて歩くことができる。

(47) 詩人、歌手、作詞家、作曲家。トリニティ・カレッジで教育を受ける。アイルランド民謡を蒐集し、一八〇八年『アイリッシュ・メロディ』を出版した。

(48)　ニューヨーク市、マンハッタン南端にあった砂岩の城塞。一八五五年から一八九〇年にエリス島の施設が完成するまで移民局が置かれた。

解説

ダグラス・ハイド「アイルランドの脱英国化の必要性」

北　文美子

I　解題

一八九二年に行われたダグラス・ハイドによる基調講演「アイルランドの脱英国化の必要性」は、一八九四年ロンドンで出版された『アイルランド文学の復興』（*The Revival of Irish Literature*）に所収された。同書は三部構成で、ハイドの講演のほか、一八九二、九三年にアイルランド文芸協会で行われた講演が収められている。第一部は、青年アイルランド党の活動に参加し、『ネイション』の編集に携わったチャールズ・ガヴァン・ダフィの二つの講演「アイルランド人はアイルランド文学のために何をすべきか」、「アイルランド国民のための本」、第二部は、アイルランド語の翻訳者であり文学者であったジョージ・シガーソンの講演「アイルランド文学—その起源と環境」である。シガーソンは、一八九三年にハイドがゲール同盟の会長になり、アイルランド文芸協会の会長職から退いた後、アイルランド文芸協会会長に就任した。最終部である第三部は、ハイドによる当該の講演である。一九世紀末のアイルランド文芸復興期の時代機運を反映した貴重な講演集である。

Ⅱ　解　説

「アイルランドの脱英国化の必要性」は一八九二年、ダグラス・ハイドがアイルランド文芸協会会長に就任した際に行った基調講演である。一九世紀末アイルランドは大英帝国の植民地であったが、講演の中でハイドは、まだ存在していなかった「アイルランド国民」に対して、国民が意識すべき義務について言及している。そのタイトルからも容易に想像できるように、アイルランド独自の文化、とりわけその文学の伝統を篤く保護し、宗主国である大英帝国の影響、特に英語によるアイルランド語の「侵食」を防ぐよう主張した。その主張には、土地の言語によって表現された「文学」が、その言語を使用する国民の威信を高めるのにふさわしい文化遺産であるという、ハイドばかりでなく当時のヨーロッパ近代国家で広く認められた思想が反映されている。彼は講演において、アイルランドは政治的には大英帝国に属するものの、文化面において独自の文化を誇っており、そのことを対外的に示す上で「アイルランド文学」という国籍を担った文学体系が必要であるということを広く訴えかけた。

アイルランド文芸協会

ハイドのこの主張は、彼が就任したアイルランド文芸協会の主要な会員であった詩人イェイツ、あるいはジョージ・シガーソン、ジョン・オーレアリーといった文学者の間においても、おおかた共有されていた認識であった。そもそも文芸協会そのものが、英文学と異なったアイルランド文学の伝統を再確認し、将来のアイルランド文学の発展に寄与することを目的とした組織であった。この協会の設置にあたって、社会的な背景としては、多くの研究者たちが指摘するように、一九世紀末の世紀転換期に先んじアイルランドで起こった一連の政治的な変化が影響している(1)。

ジョイスの小説でも触れられている、一九世紀後半、借地農の援助を目的として結成された政治組織「土地同盟」の活動がそのひとつにあげられるが、土地同盟は政治家スチュワート・パーネルが会長を務め、アイルランドにおける地主制度の解体を推進し、借地農の借地所有を可能にすることをめざした。土地同盟の活動が引き金となった近代化、民主化の動きは、地主と借地農との間に「土地戦争」と呼ばれる混乱を引き起こすことになるが、じゃがいも飢饉以降、低迷し続けたアイルランド政治の成熟を促し、アイルランドの人々の間に国民意識を高めるきっかけになった。

また、同じくパーネルが中心となったアイルランド議会の実現をめざす「自治法」の動きも、国民意識の形成を促すうえでさらなる拍車となった。このような「ネイション」を意識する機運が高まるなか、一八八四年にはアイルランドのスポーツを保存・育成することを目的としたゲール体育協会が設立され、一八九二年にはアイルランド文芸協会が設立された。

このような背景から見れば、アイルランド文芸協会が、まずは「アイルランド文学」の体系化に乗り出したのは当然の帰結であるといってもいいだろう。国の文学伝統をあらためて検証するということは、単に時代に埋もれてしまった文学作品を再評価することに加え、アイルランド国民がその矜持を取り戻し、威信を高めるための拠りどころを確立するという政治的な意味合いももっていたのである。したがって、英文学の範疇に入ることのない「独自の」、「優れた」アイルランドの文学作品の発掘は急務であり、事実ハイド自ら、アイルランド語で残された伝承、詩歌などを英語に翻訳するという作業に取り組んだのであった。

アイルランド語の現状

しかしながら、アイルランド文学の復興をめざし、アイルランド語で書かれた伝承・文学の英訳に着手したハイドではあったが、彼にとってアイルランド文学・文化の復興はあくまでも「アイルランド語」の復興にあった。「アイルランドの脱英国化の必要性」の中で、アイルランド文化の中枢を担うべきアイルランド語の役割について、こう述べている。

「英国びいき」と非難されることを嫌悪する国民感情を抱くアイルランド人は、かつて国語だった素晴らしい言語を保存するための努力を惜しむべきではない。アイルランド語の喪失は、われわれにとって最も大きな打撃であり、アイルランドにおける急速な英国化のもたらす最も深刻な痛手である。(2)

ハイドは、アイルランド文化の復興にはアイルランド語の普及・推進が不可欠であると信じていたが、一方でアイルランド語の将来を必ずしも楽観していたわけではなかった。そもそも、「すでに進行している」アイルランド国内におけるアイルランド語から英語への移行は、当時誰の目にも明らかであった。

一九世紀半ばにアイルランドを襲ったじゃがいも飢饉によるアイルランド語を生活言語とする地域、ゲールタハトの壊滅的な打撃もさることながら、アイルランド語と英語を使用することで生じる「経済効果」を較べた上で、あえて英語を選択するという傾向は、一九世紀全体を通して、アイルランド社会に着実に定着していた。一八三一年教育法の改正に従い、初等教育の現場に英語が導入されたのも確かにこの時代の趨勢を後押しすることになるが、しかしながら、当時正式な教育を継続して受ける層が限られていたことを考えると、植民地政策の与えた影響というよりは、国内の人々の意識に負うところが大きいといえる。(3) アイルランド語への意識がナショナリズムと結びついて強化されたのは、ゲール同盟によるプロパガンダが一定の成果をあげた後のことであって、アイルランド語の重要性に対する人々の認識は、ハイドが講演を行った一九世紀末には、きわめて稀薄であったといわざるをえない。

アイルランド語の意義

このようなアイルランド語のおかれた難しい現状を目の当たりにしながら、ハイドは「アイルランドの脱英国化の必要性」において、アイルランド語のもつ重要性について、あえてつぎのように主張している。一部のアイルランド人は、

まるでアイルランド語は理解に値しない、文学伝統さえ持たない言語であるかのようにみなす。しかし、アイルランド語は理解に値する言語だからこそ、ドイツ・フランス・イタリアの言語学者がわれ先に研究を進めている。また、アイルランド語の文学伝統は確かに存在し、ドイツ人学者は、一一世紀から一七世紀にアイルランド語で書かれた作品のうち現存するものは、八折版で数千部になるであろうと概算している。(4)

ここでは苦し紛れの理由づけに見えなくもないが、彼はアイルランド語が「優れた」言語である根拠のひとつとして、アイルランド語が海外の学者によって広く研究対象とみなされていると述べてい

る。たしかに、一九世紀後半から急速に注目を集めたアイルランド語研究は、ドイツ、フランス、イタリアを中心に大いに進展したのは事実である。

ハイドも講演のなかで具体的な名前をあげているが、ドイツでは言語学者として初めてケルト諸語教授の地位に着いたツィマーをはじめ、ヴィンディシュ、その弟子であるマイヤーなどが、ケルト諸語のひとつであるアイルランド語に関する言語学研究を精力的に進めていた。とくにマイヤーは、一九〇四年ダブリンにある王立アイルランド・アカデミーにおいてケルト諸語教授に就任し、アイルランド語の雑誌『エーリン』の編集を務めたほどであった。アイルランド国内外の状況に通暁したハイドだけに、アイルランド語に対する国内・海外の意識の差には内心忸怩たる思いがあったものと容易に想像できるが、海外でのアイルランド語への関心は、少なくともアイルランド語が「優れた」言語であるということを立証するに充分なものであったのだといえよう。

アイルランド語の普及活動とダグラス・ハイド

にもかかわらず、言語学の研究はあくまでも学問の領域にとどまり、一般の国民を巻き込むような運動を期待することができかった。たとえアイルランド語と英語の対訳の作品があったとしても、編纂された文学作品にみられる膨大な注釈や解説は、むしろ一般読者を遠ざけてしまうような類いのものであった。アイルランドの古典が文学作品として「広く」読まれ、高く評価され、結果としてアイルランド文学の権威を高めるには、アイルランド語の保存以前により現実的な対応として、アイルランド語で書かれた古典を文学作品として読むにたえる良質な英語に翻訳する必要があった。

前にもふれたが、ハイドがアイルランド語の普及を強く求めた一方、アイルランド語で残るさまざまな散文・韻文を英語に翻訳したのも、このようなやむにやまれぬ事情があった。ハイドによって一八九〇年に翻訳散文集『炉辺にて』が出版されるが、それはシガーソンが一八六〇年に上梓した翻訳詞華集以来、実に三〇年ぶりに文学として読まれることを明確に意識した翻訳作品であった。(5)『炉辺にて』に続き一八九三年には翻訳詞華集『コナハトの恋歌』が出版され、その序文でイェイツはアイルランド英語を駆使したハイドの「文学的」な翻訳を、今後も読み継がれる文学作品として大いに讃えている。イェイツの初期の作品である『若きアイルランドの詩とバラッド』、ならびに『アイルランド農民の妖精譚と民話』は、ハイドの翻訳作品に強く影響されたものと考えられている。

アイルランド語の普及活動の一環として、アイルランド語から英語に文学作品を翻訳したハイドであるが、そもそもアイルランド語が母語であったわけではなかった。ダクラス・ハイドは、一八六〇年にロスコモン州カスルリーで、アイルランド国教会の牧師の子として生まれ、英語を母語とするプロテスタントの家庭で育った。彼が幼年期を過ごした、ロスコモン州、あるいはスライゴー州では、アイルランド語の伝統が色濃く残っており、若き日のハイドは周囲の人々の話すアイルランド語に強い関心を示したという。大学はトリニティ・カレッジに進むが、当初は家族の期待もあり聖職者になることを目指すが、後には学者としての道を進み、ヨーロッパの近代語であるフランス語やドイツ語からラテン語・ギリシア語・ヘブライ語といった古典語を修める。トリニティ在学中には、アイルランド語保存協会に所属し、アイルランド語を習得し、その普及に大いに尽力した。彼のアイルランド語に対する並々ならぬ思いは、「アイルランドの脱英国化の必要性」に看取できるが、この講演の翌年、一八九三年にはアイルランド語の普及を組織的に行ったゲール同盟の設立に助力し、同年初代ゲール同盟の会長に就任した。衰退しつつあるアイルランド語の復興は彼の主要な関心であったが、アイルランド語の普及活動が政治的な活動に取り込まれることに強い警戒感を示した。結果、一九一五年、パトリック・ピアスをはじめ、アイルランド独立のために武力蜂起も辞さない会員の存在からゲール同盟の会長職を辞した。

アイルランド文学の脱英語化

アイルランド語の普及を目的としたハイドの活動は多岐に渡ったが、しかしながら、アイルランド文学という観点に立つのであれば、『コナハトの恋歌』に収められたイェイツの称賛がはからずも暗示しているように、ハイドの優れた英訳は、思惑に反して、英語に翻訳された作品がアイルランド語の原文に先行してしまうという逆説を生んでしまった。そもそも喪失の危機に面した言語を救済するために、その言語が生んだ優れた文学作品を紹介することで、言語の重要性を広く認識させ、その衰退を食い止めようという考え自体、おそらくハイドのような言語エリートのみに有効な考え方であったのだろう。英訳とアイルランド語の原文をあえて照らし合わせながら文学作品を読み進めたのは、アイルランド語の学習に困難を感じていた学生だけであり、イェイツを含めた当時の一般の読者層にとって、アイルランドの古典作品のもつ魅力はアイルランド語で書かれた原文ではなく、あくまでも英訳にあった(6)。ハイドの翻訳作品は、その後、イェイツばかりでなくアイルランドの多くの文学者に影響をおよぼし、アイルランド文芸復興運動のきっかけのひとつとなるが、あれほど熱弁をふるいつづけたアイルランド語の役割は、「アイルランド文学」の成立に際してほとんど顧みられなくなってしまう。「アイルランドの脱英国化」は、こうして「アイルランド文学」の「脱英語化」を果たすにはいたらなかった。

アイルランド語の喪失、それは「アイルランド文学」が成立するうえで払わなければならなかった大いなる代償であったわけだが、その伝統あるいは言語への屈折した思いは、その後のアイルランド人作家に少なからず影響を与えたのであろう。ジョイスにせよ、ベケットにせよ、その作品をあえて「アイルランド文学」と名づけるときに感じる多少の居心地の悪さは、そのような「アイルランド文学」の誕生の外傷と結びついているのではないだろうか。

Ⅲ　参考文献

（1） Cronin, Michael. *Translating Ireland.* Cork : University Press, 1996, p. 131. あるいは、Welch. Robert. *A History of Verse Translation From the Irish 1789–1897.* Gerrards Cross : Colin Smythe, 1988, p. 149を参照。

（2） Duffy, Sir Charles Gavan. George Sigerson and Douglas Hyde, *The Revival of Irish Literature* 'On the Neccessity for De-Anglicising Ireland'. London : T. F. Unwin, 1894. ダグラス・ハイド「アイルランドの脱英国化の必要性」三六五頁。

（3） Hindley, Reg. *The Death of the Irish Language.* London : Routledge, 1990, p. 14を参照。

（4） 「アイルランドの脱英国化の必要性」三六五頁。

（5） Welch, Robert. *A History of Verse Tranlaslation From the Irish 1789–1892*, p. 150.

（6） Kiberd, Declan. *Synge and Irish Language.* Dublin : Gill and Macmillan, 1996, p. 193.

第八章　ジェイムズ・ジョイス

『アイルランド・聖人と賢人の島』

個人の場合にそうであるように、民族にもそれぞれのエゴがあります[1]。自分たちには他の民族にみられぬ美点と栄光の数々が備わっていると思いたがる例は、人類の長い歴史を通じて珍しくないことなのです。われわれの祖先は自らアーリア人つまり高貴なるものと称しましたし、ギリシア人は自らの聖なる土地へラスの領域外に住む者をすべて未開の人と呼びました。これら周知の例にくらべると多少の説明が必要かもしれませんが、アイルランド人は自分たちの国について語るとき、ある誇りをこめて聖人と賢人の島と言うのを好みます[2]。

この崇高な呼び名が言いならわされるようになったのは、昨日今日のことではありません。その起源は遥かな昔、この島が神聖と英知の真の中心であった時代にさかのぼります。その頃この島はヨーロッパ大陸のいたるところに文化と清新な活力をのべひろげていました。知識の灯火をかかげて国から国を経巡ったアイルランド人の巡礼、隠者、学者、賢人の名は枚挙にいとまがありません。今日でも彼らの足跡は廃墟となった数々の祭壇に認められますし、その人の名こそはっきりとは確認できなくなっているにしても口碑伝説のたぐいに痕跡をとどめているのです。それに詩的作品で言及されている場合もあります。たとえばダンテの『地獄篇』の一節で、彼の先導者は地獄の責苦にかけられているケルトの妖術師を指さして、こう言います——

両方の脇腹がひどく痩せているのはミケレ・スコットといって、まことに魔法の

欺罔の術にたけていたものだ。[3]（野上素一訳）

実のところ、これらの聖人、賢人の言行録を語るには、悠揚迫らぬボランディスト[4]に引けをとらない学識と根気が必要なのです。この際、聖トマスの批判者として隠れもないドゥンス・スコトゥス[5]を想起するにとどめておきましょう。（彼は精妙博士と呼ばれていましたが、これは天使的博士と言われた聖トマス、熾天使的博士ボナウェントゥラに伍して、いかにも彼にふさわしい呼び名です。）ドゥンス・スコトゥスは「聖母マリア無原罪の御宿り」説の戦闘的擁護者であり、当時の記録に明らかなように、論破されることを知らない無類の論法家でした。あの時代にはアイルランドそのものが巨大な学園であった、と言っても過言ではないようです。ヨーロッパのさまざまな国から学者たちが集まってきましたが、精神にかかわる諸問題についてのいわば最高学府であるという名声を考えれば、それも当然のことだったのです。この種の主張は額面通りに受けとれない場合が多いものですが、この国の栄光にみちた過去にかぎっては自画自讃のあげくの絵空事ではありません。現在でもアイルランドのいたるところで生きつづけている宗教的熱情をみても、それは納得がいくでしょう。その激さたるや、近来の懐疑を糧として育ってきたあなたがたには想像もつかぬほどのものなのです。

それでもなお、もっと明確な証拠がほしいとおっしゃるのであれば、ドイツ人の保管になるほこりまみれの古文書がいつでもお役に立ちます。先年フェレロ[6]が発表した意見によれば、これらドイツの教授連による創見の数々は古代ローマ帝国史に関するかぎり徹頭徹尾間違っている——ほとんど完膚なきまでの誤謬にみちている、ということになります。あるいはそうかもしれません。しかし、この意見の当否はさておき、なんびとといえども次の事実を否定し去ることはできないのです。すなわち、シェイクスピアは世界的規模の重要性をもった詩人である、と最初に認めたのはこれら学識あるドイツ人だという事実です(シェイクスピアの同時代人たちの歪んだ目には、ウィリアムは二流の人物としてしか映りませんでした。美しい調べのある抒情詩をものするいいやつだが、どうもビールに目がなさすぎるようだ、といったところだったのです。)そして、ヨーロッパにおいてケルト系言語およびケルト五種族の歴史に関心を持った唯一の人たちは、ほかならぬこれらドイツ人でした(7)。何年か前にダブリンで「ゲール同盟(8)」が創設されるまで、ヨーロッパに存在していたアイルランド語の文典および辞書といえばドイツ人の労作をおいてほかにはなかったのです。

同じインドヨーロッパ語族に属してはいるものの、アイルランド語と英語との違いは、ローマとテヘランとで耳にする言葉の相違に匹敵するほどのものがあります。アイルランド語のアルファベットは独特の文字から成っており、その歴史はほぼ三千年に及んでいます。一〇年ほど前ですと、この言葉を口にしていたのは、大西洋に面した西部地域の農民たちと南部地域に住むひとにぎりの人々、それにヨーロッパの先兵よろしく東半球の最前線に散開している豆粒ほどの島々の住人だけでした。今や「ゲール語同盟」がこの言語を復活させました。アイルランド統一主義を主張する機関紙を除けば、すべての新聞には少なくとも一つの大見出しがアイルランド語で刷り込まれています。主要都市間で交わされる文書はアイルランド語で書かれていますし、大部分の小・中学校ではアイルランド語の授業があります。そして、大学においてそれはフランス語、ドイツ語、イタリア語、それにスペイン語などの近代語と同格の扱いを受けています。ダブリンでは街路の名前もアイルランド語と英語の両方によって表記されているのです。ベアラ（つまり、英語[9]）しか知らない者が「ゲール語同盟」主催の演奏会、討論会、懇親会などに出席すると、耳ざわりな咽頭音を響かせるお喋りの渦中に巻きこまれて何とも居心地が悪くなり、まるで水を離れた魚のような気分を味わう羽目になります。町なかでもアイルランド語を喋っている青年たちによく出会いますが、どうも聞えよがしに必要以上に声を張りあげているように思えます。「同盟」に加わっている人たちはお互いの文通にアイルランド語を使っています。迷惑をこうむるのは郵便配達夫です。宛先が読めないことが再三で、そのたびに上司のもとに赴いて難問を解いてもらわなくてはなりません。

東方に起源をもつこの言語は、多くの言語学者によって古代フェニキア語と同系統のものと目されてきました。歴史家の言うところに従えば、フェニキア人は交易と航海の祖とされています。海をわがものとしていたこの冒険的精神に富む種族はアイルランドにひとつの文明を根づかせましたが、それはやがて衰微し、ギリシアの最初の歴史家が筆を手にする以前にほとんど姿を消してしまっていたのです。しかしこの文明の秘儀の数々はひそやかに守り伝えられていました。そして、アイルランドという島の名が異国の文献で言及されている最初の例はキリストの生誕に先立つこと五世紀のギリシアの詩篇に見出されるのですが、そこではフェニキアの伝統が繰返し説かれているのです。ローマの喜劇作家プラウトゥスが著した『ポエヌルス』に登場するフェニキア人たちが語る言葉は、ヴァランシィの見解によれば、[10]今日のアイルランドで農夫が口にする言葉とほぼ同一だということです。古代アイルランドの宗教と文明は後にドゥルイド教という名で知られるようになりましたが、本来はエジプト系なのです。ドゥルイド僧は原野に祭壇を設け、樫の森で太陽と月に礼拝を捧げました。当時は知識の程度も一般に粗雑なものでしたから、アイルランドの祭司たちの学識は非常に高く評価されていたのです。プルータルコスはアイルランドの名をあげて聖なる人々の住処と述べています。アイルランドをインスラ・サクラと呼んだ[11]最初の人は四世紀のアウィアーヌスです。[12]その後、スペインおよびゲール諸族の侵入を経たあとで、この島は聖パトリックとその信奉者たちの布教を通じてキリスト教に帰依し、またもやホウリィ・アイルなる名称をかちえました。

ここでキリスト紀元最初の何世紀かにおけるアイルランド教会史をくまなくお話するつもりはありません。この講演ではそうするだけの時間的余裕がありませんし、おまけにそれはとりわけて興味ある話題でもないからです。しかしながら、「聖人と賢人の島」という表題について多少の説明を加え、その歴史的根拠を明らかにすることだけはしておかねばなりません。活動範囲がもっぱら国内に限られていた夥しい数にのぼる聖職者のいちいちの名前はさておくとして、これからしばらくの間は、ケルト族出身の多数の伝道者たちがほとんどすべての国に残してきた足跡のあらましを辿る所存ですので、御静聴のほどをお願いする次第です。聖職者は別として普通の現代人からみると些細なことと思われる出来事でも、この際その顛末をかいつまんでお話する必要があります。と申しますのは、それらの出来事が起きた何世紀かの間、そしてそれに続く中世を通じて、歴史のみならず科学をはじめとするさまざまな学問芸術さえ文字通り母なる教会の保護の下にあり、その本質においてすべて完全に宗教的であったという事情があるからです。そして、文芸復興期以前のイタリアの科学者や芸術家は神の従順な侍女であり、博識を以て聖典を評解し、韻文または絵画によってキリスト教説話の例証を事とする人たちでした。いえ、彼らは実際のところそれ以外の何者でもなかったのです。

文化の中心から遠く離れたアイルランドのような島が伝道者のための卓越した学舎たりえたのは、いささか奇異に思えるかもしれません。しかしながら少し考えてみればわかることなのですが、アイルランド民族が独自の文化を展開するために執拗な努力を傾けてきたのは、ヨーロッパ諸国と比肩しうる文化的地位の確保を願う若い民族の要請というよりはむしろ、過去の文明の栄光の数々を新しい形態のもとに甦えらせようとする非常に歴史の古い民族の願望のあらわれにほかならなかったのです。歴史の古さという点からすると、キリスト紀元の最初の世紀においてさえ、聖ペテロに従う者のなかにマンスウェトスなるアイルランド人がいたのです。(13) ローレーヌに赴き、その地で教会を設立した彼は半世紀にわたって伝道事業に献身し、後に聖人の列に加えられました。カタルダス(14)はジェネヴァの大聖堂で二〇〇人の神学者を擁し、やがてターラントの司教に任ぜられました。倦むことを知らぬ巡歴の布教者にして異端の首長たるペラギウス[15]は、通説によればアイルランド人ではないということになっておりますが、彼の腹心ケーレスティウスと同様にアイルランドあるいはスコットランド系の人物であったのは間違いないところです。セデュリウス[16]は世界各地を経巡ったのちローマに落着き、およそ五〇〇曲にのぼる美しい詠誦と数多くの聖歌を作曲しましたが、それらは今日でもカトリックの儀式に用いられています。フリドリヌス・ヴァイエイター[17]すなわち遍歴の人フリドリヌスはアイルランドの王族の出身ですが、ドイツに渡って伝道に従事し、ゼッキンゲンで死に、その地に埋葬されました。フランスの教会改革に尽力した熱狂の人コルンバヌス[18]は、その説法によりブルゴーニュの内乱に火をつけ、その後イタリアに行き、ロンバルディアの人々に教えを伝え、ボビィオに修道院を創設しました。北アイルランドの王の息子フリジディアンはルーカの司教に任命されました。かつてはコルンバヌスに師事し、彼と行をともにした聖ゴールは、スイスのグリゾンに隠遁し、狩と釣と農耕の日々を送りました。彼はコンスタンツ市の司教の職を勧められましたが、それを固辞し、九五歳の長寿を保ちました。この隠者の庵のあとに僧院が建てられ、僧院長は神の恩寵によってその州の統治者となり、ベネディクト会文庫の充実に大いに貢献しました。聖ゴールゆかりのこの古い町を訪れる者は、今もなおかつての景観を偲ぶことができるのです。

学識の人と呼ばれるフィニアン[19]は、アイルランドのボイン河畔に神学院を設立し、イギリス、フランス、アーモリカ[20]、それにドイツから集まってきた数千の学生にカトリックの教義を講じました。いい時代だったのですねえ、学生たちは授業に必要な書物を与えられただけでなく、宿泊と食事も無料だったのです。こんなことがありました、学生のうちの誰かが勉学用ランプに油を足すのを忘れたらしいのです。とつぜんランプの灯が消えたので一人の学生は神の恩寵を祈念しました。すると不思議なことに彼の指が輝きだしました。光り輝く指で頁を追うことによって彼は知識に対する渇望をいやすことができたのです。パリのサン・マテュラン教会には聖フィアクラの記念額がありますが、彼はフランス人に教えを説き、宮廷の費用で盛大な葬儀の数々を執り行いました。五カ国に修道院を設けたファージィの祭日は、彼の終焉の地ピカルディ地方のプロンヌで、今も祝われています。

アーボガスト[21]はアルザスとローレーヌで多くの教会堂、礼拝堂を建立し、ストラスブール司教区を五年間にわたって管轄しましたが、死期の近いのを感知するや罪人処刑地の小屋に移り住みました。時を経てこの町の大聖堂が建てられたまさにその跡だったのです。聖ウェルスはフランスにおいて聖母マリア崇拝を鼓吹しましたし、ダブリン司教ディシボッドはドイツ各地を遍歴すること四〇有余年におよびました。彼が建てたベネディクト派修道院はマウント・ディシボッドと名づけられましたが、現在ではディセンベルグと呼ばれています。ラモールドはフランスのムシュラン司教となり、殉教者アルビニスはシャルマーニュ大帝の庇護をうけてパリに学術院を設立し、さらに古都タキヌム（現在のパヴィーア）に設けた学術院の運営に長年の間たずさわりました。フランコウニアに教えを伝えたキリアンは聖別されてドイツのヴュルツブルク司教となりました。しかし彼は、ゴズベルト公の女性関係をめぐってバプテスマのヨハネの役割を演じようとしたため、処刑されました[22]。小セデュリウスは、グレゴリー二世に選ばれてスペインの聖職者間の反目に決着をつけるため派遣されましたが、かの地に着いてみると、スペインの司教たちは彼が異邦人であるという理由でその言葉に耳をかすことを拒否しました。これに応じてセデュリウスは言いました――わたしは古えのミレシウス[23]の種族に連なるアイルランド人なのだから、つまるところ生粋のスペイン人にほかならないのだ、と。それまで反感を抱いていた人たちもこの論法にすっかり得心がいき、彼がオレトウの司教館におさまることに異を唱えませんでした。

以上約言すれば、スカンジナヴィア諸族による侵略が行われた八世紀にいたるまでのアイルランド史は、一貫して伝道、布教、そして殉教の記憶であったと言い切ることができます。この国を訪れたアルフレッド大王はその印象を語る「国王の旅」と題する詩篇をものしていますが、第一連は次の通りです。

さすらいの身アイルランドにありしとき
わが目にとまるは麗しの淑女、真摯なる国人
われはまた知りぬ

平信者、聖職者、この国に充てるを。

そして、これはおおかたの認めるところなのですが、そのとき以来一二世紀を経た現在にいたるまで、状況は大して変っていないのです。もっとも、当時のアイルランドにあまたの平信者と聖職者を見たかのアルフレッドが現在の時点で再訪を試みたとすれば、彼は前者よりも後者のほうが数においてまさっているのを見出すことになるでしょうけれども。

イギリス人の到来に先立つ三世紀間のアイルランド史を繙く者は、誰にせよ強靭な神経の持ち合わせを必要とします。と言いますのは、黒い異邦人および白い異邦人と呼ばれたデインならびにノルウェー諸族を相手とする血なまぐさい葛藤と闘争は、間断なく全土に猛威をふるいつづけ、そのあげくこの国は屠殺場さながらの修羅の巷と化したからなのです。デイン族はこの島の東海岸沿いの主要な港をすべて掌握し、ダブリンに王国を樹立しました。このとき以降一二世紀にわたって中心的地位を占めてきたこの町は、現在のアイルランドの首都になるわけです。やがて土着の族長たちの殺し合いが始まりましたが、彼らはそれでも戦いの合い間には一息いれてチェスに興じたものでした。そうこうするうちに、ダブリン城外の砂丘で行われた凄惨な戦闘で僭王ブライアン・ボルーが北欧勢を撃破したことによって、スカンジナヴィア諸族の侵攻は終止符を打たれました。しかしながら、これら北欧人たちは国外に撤退したわけではありません。彼らはそのまま居残って、徐々にこの土地の社会に同化吸収されていったのです。この事実を度外視するならば、現代アイルランド人の奇妙な性格は理解しがたいものとなるでしょう[24]。

この時期は当然のことながら文化の衰退をみましたが、それでもアイルランドは三人の偉大な異端者ヨハネス・ドゥンス・スコトゥス、マカリウス、およびウェルギリウス・ソリウァガスを世に出したという栄誉を担っております。ウェルギリウスはフランス王によりザルツブルク修道院長に任命され、後にその管区の司教となり、その地に大聖堂を建立しました。彼は哲学者にして数学者であり、トレミーの著作を翻訳してもおります。地理学に関する論文で、彼は地球は円いという説を奉じていますが、これは当時としては危険な学説でした。かかる不敵な態度のゆえに、彼は教皇ボニファキウスおよびザカリアスから異説を流布する者として指弾されたのです。マカリウス[25]はフランスで生涯を過ごしました。現在もサンテリジェ修道院に保管されている論考『霊魂について』のなかで、彼は後にアヴェロウィーズ哲学として一般に知られるようになった学説を祖述しました。この説については、これもまたケルト系のブリタニー人エルネスト・ルナンが優れた考察を行っています。パリ大学総長スコトゥスは神秘的汎神論者で、フランスの守護聖人ディオニシウス・アレオパギタの神秘説をギリシア語から翻訳しました。この翻訳によって東方の超越的哲学がはじめてヨーロッパに紹介されたのです。これはその後のヨーロッパ宗教思想の展開に重大な影響を及ぼすことになりますが、その間の事情は、時を経てピコ・デラ・ミランドラ[26]の時代に行われたプラトンについてのさまざまな翻訳がイタリアの世俗的文明の進展に与えた影響と軌を一にしていました。このような新しい動きは、神聖不可侵の教会墓地に積みあげられた死人の骨さながらの正統派神学を甦えらせる生命の息吹きであり、アルダトの野(27)を思わせるものがあったのです。言うまでもないことですが、このような動きは教皇の嘉するところではありませんでした。教皇はスコトゥスの身柄と著書をローマに送り届けるようシャルル二世に要請しました。おそらくは礼を尽くすことによって懐柔しようと思ったのでしょう。スコトゥスは意気揚々たるものでしたが、それでも有頂天のあまり分別を失うことはなかったようです。表向きはこの丁重な招待の趣きが耳に入らなかったかのようにとりつくろって、彼は急拠故郷に旅立ってしまいました。

イギリス人によるアイルランド侵略の時代から現代にいたるまでには、おおよそ八世紀の時が経過しております。イギリス人の侵入に先立つ時期についてこれまでにお話しした考察はいささか繁雑に過ぎたかもしれませんが、それはひとえにアイルランド人気質の根底にあるものを御理解願いたいと思ったからにほかなりません。しかし外国の占領下にあってアイルランドが辿った盛衰の跡を詳述するにとどまるのは本来の趣旨ではないのです。では先を急ぐことにいたしましょう。ましてやあの時期にアイルランドはヨーロッパにおける有力な知的勢力たる地位から滑り落ちたのですから。かつてのアイルランド人が卓抜な才能を発揮した装飾芸術は見捨てられ、聖俗ともに文化は衰退の一路を辿ったのです。

暁闇にまたたく残りの星のように、この時期にも二つ三つの輝かしい名前が光を放っています。スコトゥス学派の祖ヨハネス・ドゥンス・スコトゥスについてはすでにお話ししましたが、言伝えによりますと彼は三日間にわたってパリ大学のすべての研究者の議論に耳を傾けたあげく、つと立ちあがるや記憶だけを頼りに彼らの意見を次々と論破し去ったということです。ヨハネス・デ・サクロボスコ(28)は、トレミーの地理学説および天文学説の最後のそして偉大な支持者でした。神学者ペトルス・ヒベルニクス(29)は、スコラ哲学の弁証『対異教徒大全』の著者聖トマス・アクィナスの精神を訓育するという至高の務めを果たしました。アクィナスこそはおそらく人類の歴史にみられる最も鋭敏にして明晰な精神の持ち主だったのです。

しかしこれら残りの星々がヨーロッパ諸国民にアイルランドの過ぎ去りし栄光を偲ばせるよすがとなっている間にも、ケルトの新しい種族が生まれつつありました。これは古来のケルト族を根幹とし、それに北欧系、アングロ・サクソン系、ならびにノルマン系各種族が融合するという過程を経て成立したものなのです。これまでのアイルランド人気質にさまざまな要素が混入し、古い母体の再生を通じて、民族性の新たなる一面が醸成されたというわけです。かつての仇敵は今や一体となってイギリスの侵略に立ち向かいました。プロテスタント系住民はすでにヒベルニス・ヒベルニオレスになっていました。つまり本来のアイルランド人よりもさらにアイルランド色を濃くしていたのです。彼らは大陸に由来するカルヴィン派およびルーテル派に連なる狂信者たちに拮抗するため、アイルランド・カトリック教徒と手を組みました。そしてデイン、ノルマン、ならびにアングロ・サクソン系移住民の子孫たちは、イギリスの圧制に対抗して新しいアイルランド民族の大義を擁護するために結束したのです。

最近のアイルランドでのことですが、選挙前夜の集会で有権者を前にして演説していたある議員は、自分こそこの古い歴史をもつ民族の直系の子孫であると自讃し、さらに対立候補を名指しのうえ、あれはクロムウェル時代の移住民の末裔にすぎないと非難しました。各新聞は筆を揃えてこの中傷を笑いものにしました。というのは、異国の血を引く人たちを現在のアイルランド国民から除外するのは実際問題として不可能なことですし、それに、生粋のアイルランド人でない者は愛国者の名に値しないということにでもなれば、近代の政治運動で中心的役割を果たした人たちはほとんどすべて失格者になってしまいます。その人たちの名前を列挙するだけでこの間の事情はおわかり頂けるでしょう——エドワード・フィッツジェラルド卿、ロバート・エメット、一七九八年の反乱の指導者シオボールド・ウルフ・トーンとナッパー・タンディ、青年アイルランド党を率いたトマス・デイヴィスとジョン・ミッチェル、アイザック・バット、議会における議事進行妨害者として名うてのジョウジフ・ビガー、教権反対を旗印とするフィニア会の多くの闘士たち、そして、最後にチャールズ・スチュアート・パーネル。おそらくパーネルこそはかつてアイルランド人を統率した者のなかでも比類ない逸材であったと言えるでしょうが、その血筋にはケルトの血は一滴たりともまじっていなかったのです[30]。

愛国者たちの見解によれば、アイルランド民族の歴史においてとりわけ不吉なものとして銘記さるべき事件が二度あったとされています——一つは、アングロ・サクソンおよびノルマンの侵入であり、第二は今から一世紀前に起きたイギリス、アイルランド両議会の統合[31]であります。今この段階で痛切にして含蓄に富む二つの事実を想起するのは意味あることだと思います。教皇庁に対してと同様に自らの民族的伝統に対しても全身全霊を傾けて忠誠を守っているという点を、アイルランドは誇りにしております。大多数のアイルランド人はこれら二つの伝統への忠誠を枢要な信仰個条と看做しているのです。しかし実のところ、イギリスの侵攻はあるアイルランド土着の豪族[32]の度重なる要請が因をなしたのでした。イギリス側としては大して食指を動かしたわけではありませんでしたし、自国の王[33]の勅許もない始末でした。しかし彼らにはローマ教皇エイドリアン四世の大勅書とアレキサンダー[34]の教書という後盾があったのです。彼らは東海岸に上陸しました。総勢七〇〇。このわずかな冒険者の群れが一国全体を敵に廻して乗り込んできたのです。土着の諸部族のなかには彼らを迎え入れるものもいくばくかはおりました。こうして一年も経ぬうちに、英国王ヘンリー二世はダブリン市で盛大なクリスマスの祝宴を催すことになったのです。さらに、議会統合案が立法化されたのは、ウェストミンスターではなく、ダブリンの議会においてであったという事実があります[35]。すなわち、この法案を承認したのは、アイルランド人が投票によって選任した議会自らにほかならなかったのです。英国首相の配下がひそかに行った狡猾きわまる策謀のために腐敗し弱体化していたとはいうものの、まぎれもなくそれはアイルランドの議会でした。私見にわたりますが、これら二つの事実に徹底的な解明がなされないかぎり、この国は自らの息子たちにむかって、無関心な傍観者たることをやめて確信に充ちた民族主義者たれ、と要請する基本的権利を主張しえないと思うのであります。

一方、不偏不党を標榜する態度が、実のところ、都合次第で事実に目をつぶる日和見主義にすぎない場合がよくあります。冷静な観察者を自任する人が、ヘンリー二世の時代に激烈な闘争に引き裂かれたアイルランドはウィリアム・ピットの時代にはすでにひたすら利に走るおぞましい腐敗の淵に沈みこんでいたと確信し、これらの事実から英国は現在および将来にかけてアイルランドで罪を償う筋合いはほとんどないのだという結論を引き出すならば、彼は大きな誤りをおかしているのです。勝利に酔う国が嵩にかかって他国に虐政を施すとき、虐げられた国民が反逆を志すのを非難する論理的根拠はありえません。人間とは本来そのようなものなのです。私利に目が眩んでいる人や天真爛漫の度が過ぎて物事の核心が目に入らない人は別として、現代に生きる者が冷静に考えるならば、植民地政策の根底には純粋なキリスト教的動機があるなどとまともに信じられるはずはありません。異国への侵入が行われる際には、そういった動機などきっぱり忘れ去られてしまうものです。よくあることですが、軍隊と略奪者たちが乗り込んでくるほんの数か月前に、ポケット版聖書をかかえた宣教師が先触れの役割を果たした場合でも事情は同じなのです。アイルランド人は、アメリカに渡った彼らの兄弟が成し遂げたことを、これまでのところ行いえないでおります。だからといって、母国にとどまるアイルランド人がこれから先も依然として腕をこまぬいたままでいるだろうということにはなりません。それに、ジョージ・ワシントンの想い出に脱帽し、オーストラリアにおける独自の、そしてほとんど社会主義的ともいえる共和政体の進展にわが意をえたりと喝采するイギリス人の歴史家たちが、一方ではアイルランド分離主義者を狂人の集団と目してはばからないのは、どうみても筋の通った話ではないのです。

精神面におけるこの両国間の隔絶はすでに厳然たる事実であります。わたしが記憶するかぎりでは、公の場でイギリス国歌「ゴッド・セイヴ・ザ・キング」が歌われるに際して、嘲笑、罵声、怒声の嵐がまきおこらなかった例はなかったと思います。おかげであの厳粛かつ荘重な調べが聞きとれなくなるほどでした。この種の心情的断絶の存在にいささかの疑念を持つ人でさえも、ヴィクトリア女王が逝去の前年にアイルランドの首都へ足を踏み入れたときの町並の模様を目撃したとすれば、納得するほかはなかったでありましょう(36)。これに関連して注目すべきことに次の事実があります。イギリスの君主が政治的目的によるアイルランド訪問を思い立つと、ダブリン市長に歓迎の礼を尽くさせようとの説得に例外なくてこずることになるのです。最近の例では、この町を訪れた英国王(37)は不本意ながらも州長官による非公式な歓迎の儀式をもって嘉しとせざるをえませんでした。市長はこの栄誉を体よく返上したのです。余談ながらここに附言しますと、ダブリンの現市長ナネッティ氏はイタリア人です。[38]

ヴィクトリア女王は以前にも一度だけアイルランドを訪れたことがあります。[39]今からおよそ五〇年前のことで、結婚後九年を経ていました。当時のアイルランド人は不幸なスチュアート家の人々への忠誠を依然として心の片隅にとどめていましたし、スコットランドの女王メアリ・スチュアートの名前やら流浪の人ボニー・プリンス・チャーリーの記憶やらも彼らの心から完全には薄れ去っていませんでした。そこで彼らは不逞にも、女王の夫君を退位したドイツ君主と見た立てて愚弄しようと思いたちました。彼は舌足らずの英語しか喋れないと噂に聞けばさっそくその口真似をして興じあい、彼がアイルランドの土地に足を踏み入れる瞬間を待ちかまえてキャベツの芯を盛大に投げかけて歓迎の挨拶にかえたのです。

アイルランド人の態度および気質からして女王への反感は当然でした。というのも、お気に入り宰相ベンジャミン・ディズレリィ[40]が抱懐する貴族的、帝国主義的理念に培われた女王は、アイルランド人の運命についてほとんど、あるいはまったく興味を持たず、まれに関心を示すとしても侮蔑的言辞を吐くのが関の山でした。それに対してアイルランド人が鋭敏な反応をみせたのは言うまでもありません。こんな話が伝っています。大飢饉の影響をまともにうけたケリィ州で土地の者の大半が食うものもなく住む家も失うという惨状に陥ったとき、巨万の富をがっちり握っている女王は救済委員会宛てに王室よりの見舞金をさげわたされました。[41]その総額十ポンド。社会各階層の篤志家たちからすでに数千ポンドの義捐金を集めていた委員会は、王室の有難いおぼしめしを拝領するや、直ちにそれを封筒に入れ、謝意を一筆書き添えて、折り返し便に託してやんごとなき寄進者に送り返したのです。ヴィクトリア女王と彼女の臣下たるアイルランド人との間にはすでに愛と名づけうるようなものはまったくなかったのですから、このような些細な出来事があったからといって大勢に変化はありませんでした。そして生涯の黄昏の時期に当たって彼女がアイルランドの民を訪れようと決心したとき、かかる訪問の意図が政治的配慮によるものであったのは疑う余地のないところでしょう。

ありていに言えば、彼女自ら好んでこの国を訪れたのではありません。助言者たちの計らいで送りこまれたというのが実情だったのです。当時、南アフリカでボーア人を相手に戦っていたイギリス勢は総崩れの状態に追いこまれ、英軍はヨーロッパ各紙の嘲笑の的になっていました。危殆に瀕した英軍の威信を回復するにはロバーツ卿およびキャチナー卿という二人の司令官(42)（両方ともアイルランド生まれです）の天才を要したわけです――これはかつて一八一五年に、勢いを盛り返したナポレオン軍をウォータールーに撃破するに当たって、かのアイルランドの名将(43)の天才が不可欠であったのと軌を一にしております。しかし二人の名司令官の天才のほかに、アイルランド出身の補充兵ならびに義勇兵が誉れも高い武勇のほどを戦場で発揮したからこそ、英軍の威信回復が可能になったのです。彼らの労を多とした英国政府は、あの戦争が終結するとアイルランド連隊にひとつの特典を与えました。聖パトリックの祝日に彼らが民族的な表象であるシャムロックを身につけることを許可したのです。女王のアイルランド訪問の目的は、実のところ、この国の気のいい連中の心をとらえたうえで、初年兵補充に苦労している徴募軍曹たちによい成果をあげさせることにあったのです。

さきほど申しましたように、かの女王のダブリン臨幸の現場に立ち合った人であれば、この両国民の間を現在も隔絶させている深淵がいかなるものであるかを容易に理解できたでありましょう。沿道はイギリス人兵士によって固められています。（ジェイムズ・スティーヴンズ(44)を指導者とするフィニア会の反乱以降、英国政府がアイルランド連隊をこの国に派遣したためしはありません。）そして、障壁のように立ちはだかる兵士の列の背後には、群なす市民がたむろしていました。飾りつけをしたバルコニーに立っているのは、夫人同伴の官吏諸氏、イギリス・アイルランド統一主義を奉ずる人たちとその細君、夫婦連れで旅を楽しんでいる観光客たちなどです。行列が近づくと、バルコニーの人たちは歓迎の声を張りあげ、ハンカチを振りはじめました。女王の馬車が通り過ぎます。その前後左右を厳しく固めるものものしい近衛兵たちは抜き身のサーベルを掲げています。垣間見ると、馬車の中には侏儒を思わせる小柄な婦人がちんまりとおさまっていました。喪服をまとった彼女は馬車の動きにつれてひょこひょこ揺り動かされ、生気のない無表情な顔につつのぶちの眼鏡が目立ちます。時折り、思い出したように散発的な歓迎の声がかかると、彼女はできの悪い生徒のようなしぐさで、ぎくしゃくと会釈しました。右へ左へ頷き返す身のこなしは機械仕掛けのようにうわの空なのです。英兵たちは彼らの君主が通り過ぎる間じゅう恭しく直立不動の姿勢を保っていました。一方、彼らの背後にあってこの仰々しい行列とその主役とに好奇の目を注いでいた市民たちは、ほとんど憐憫の情すら覚えていたのです。そして馬車のあとを追う彼らの視線にはとらえどころのない表情が浮かんでいました。このときは爆弾やらキャベツの芯やらを以てする騒ぎはありませんでした。老いたる英国女王は押し黙った人並を通り抜けてアイルランドの首都に入って行ったのです。

両国民の気質の相違をあげつらうのは今日ではフリート街[45]での常識になっていますが、この相違の因って来たるところは、なかば民族的なかば歴史的なものがあるのです。西欧文明は多種多様の要素が交ぜ織りになっている巨大な布地であり、北欧人の侵略性、ローマの法秩序、新興中産市民階級の慣習、そしてシリア地方の一宗教の名残[46]などが融和しております。このような織物に、本来の姿をそのまま保っている糸を探し求めるのは無益なことです。どの糸も隣り合う糸の影響を受けてしまっているのですから。今日もなお外来要素を交えぬ純粋さを誇りうる如何なる民族、如何なる言語が存在するというのでしょう？（もっとも、気まぐれな運命のいたずらで氷づけになってしまっている、たとえばアイスランドの人たちのようなわずかな例外はあるでしょうが。）そして、この種の純粋さに欠けているという点で、現在のアイルランドに住みついている民族は典型的な一例です。現今の科学者たちは数多くの既成概念に分析のメスを加え、それら諸概念は便宜的虚構にすぎないとして止めの一撃を与えてきました。民族性の実体がこの種の虚構でないとするならば、その存在理由は血と国語のように変化するものをしのぎ、それを超越し、それに活力を吹き込む何物かに根ざしているものであるはずです。「偽」ディオニシウス・アレオパギタと称される神秘主義神学者はこう言っております――「神はその天使に応じて諸国民の境界を定め給うた。」これをまったくの神秘主義的概念だとして片付けてしまうことはできないように思えます。デイン族、ファーボルグ族、スペインから渡来したミレシウスの一族、ノルマンの侵入者たち、それにアングロ・サクソン系移住民――アイルランドにおいてこれらの人たちが融合し新たな統一体を形成するに当たって、この土地の守護神の影響力が作用していたと考えられないでしょうか？　それに、アイルランド人の現状は時代に遅れをとり二流の地位に甘んじてはおりますが、ケルト系諸族のなかで一碗の羹のために家督権を売るをいさぎよしとしなかったのはこの民族のみであったという事実は注目に値します。

イギリスがアイルランドで行った悪業の数々を言いたてて事済めりとする態度は、いささかおとなげないもののように思えます。征服者というのはいつの世にも似たような行動に出るものなのです。アイルランドにおけるこれまで何世紀にもわたるイギリス人の所業は、今日のコンゴー自由国におけるベルギー人の行為に反映していますし、そして明日にでもなれば小人のような日本人がそれをどこかほかの土地でやってのけることになるでしょう。イギリスはアイルランドの内紛を煽り、その宝を手に入れました。新しい農業制度を導入することによって、イギリスはアイルランド土着の豪族の弱体化をはかり、広大な土地を自国の兵士に与えました。カトリック教会が反抗的な気配をみせればこれを迫害し、圧制のための有効な手段として利用できるとみれば迫害の手をゆるめました。肝要なのはこの国を分割支配することだったのです。したがって、有権者から全幅の信任をうけている英国政府が、たまたま自由主義的姿勢をとって明日にでもアイルランドにいささかの自治権を与えようとはかろうものなら、イギリスの保守系各紙は直ちに論陣を張って北アイルランド・アルスター地方を煽動し、ダブリンの権威に逆らわせようとするでしょう。

イギリスは狡猾かつ残忍でした。その武器は昔も今も、破城槌、棍棒、そして絞首索です。パーネルがイギリスを手こずらせる悩みの種となったのも、元はと言えばウィクローでの少年時代に彼が子守り女から聞かされたイギリス人の残虐行為の数々が原因でした。彼自身も語り草にしていた話に、ある小百姓にまつわる事件があります。刑罰法規を犯したかどで大佐の命により逮捕されたその男は、衣服をはぎとられ、馬車に縛りつけられたあげく、連隊の兵士の手で次々に鞭打たれました。大佐の指示に従って鞭はその男の下腹部めがけて打ち下ろされましたので、憐れな男が激しい苦痛にさいなまれたすえに息絶えたとき、その内臓は路上にはみ出していたのです。

やつらはカトリック教徒で、貧しいうえに無知な連中だ——イギリス人はこう言ってアイルランド人をけなします。しかしながら、誰に向かって投げるにしても、かかる侮蔑的言辞の正当な根拠を明らかにするのは容易なわざではありますまい。たしかにアイルランドは貧しい国です。しかしそれはイギリス人が定めた諸法令がこの国の産業、とりわけて羊毛業を壊滅させたが故の貧困であり、かの大飢饉に際して英国政府の怠慢によりこの国の住民の大半がむざむざ餓死するがままに放置されたが故の貧しさであり、さらに、アイルランドの人口が減少の一途を辿り犯罪はほとんど存在しない現状にもかかわらず、裁判官は王に比肩する収入をわがものとし無為無能の官公吏が巨額の所得を手にする現行の行政体系に起因する貧困にほかならないのです。参考のため例をダブリンにかぎってお話しますと、アイルランド総督の年収は五〇万フランに当たります。警官一人につき、ダブリン市民は年に三五〇〇フランを支給しています。（これはおそらくイタリアで高校教師に与えられる年収の倍額に当たると思います。）一方、市の課長職にある者でも日給英貨で六ポンドという薄給でなんとかしのいでいかなくてはなりません。そうです、批評家面をしたイギリス人の御託宣はそれなりに正しいのです。たしかにアイルランドは貧しい国ですし、それに政治的にも後れをとっています。アイルランド人にとって、ルーテルの宗教改革およびフランス革命の日付は何の意味も持っておりません。封建時代のイギリスで行われた王を相手とする貴族たちの争闘はバロンの戦い[47]として知られておりますが、アイルランドでも同様の紛争がありました。イギリスの貴族は同胞をみごとに殺戮するすべを心得ておりましたが、アイルランドの豪族にしてもその点では引けをとりません。当時のアイルランドでは、貴族的な血の所産とも言うべきその種の残忍な行為の例に事欠きませんでした。たとえば、生まれつき気性があまりにも激しかった豪族シェイン・オニールは、肉体的快楽を求める欲望がつのるたびに母なる大地に首まで埋めこまれなければならないほどでした。しかし、異国の政治家の狡猾な策謀により分断されていたせいもあって、アイルランドの豪族たちは統一的な行動をなしえなかったのです。彼らはもっぱら子供じみた内紛に明け暮れし、この国が持つ活力を空しい闘争に浪費していました。それにひきかえ、聖ジョージ海峡対岸のイギリス貴族たちはラニミードの野においてジョン王に迫り、近代における自由の第一章と目されるマグナカルタの調印をとりつけていたのです。

英国下院の基礎をかためたシモン・ド・モンフォールの時代およびその後のクロムウェルによる護民官政治の時代に英国を揺り動かした民主主義の波も、アイルランドの岸に達したときにはすでに力を失っていました。その結果、アイルランドの現状は貴族ぬきの貴族主義国家という奇妙な形をとることになりました——なにしろこの国は、神意の定めるところにより、いつの世にも、生真面目な世界のカリカチュアたる宿命を担っているのです。古代諸王の子孫たちは今もその姓を伝えてはおりますが、敬称を附せられることはありません。裁判所でみかける彼らは、弁護士用のかつらを着用し、宣誓供述書をかざし、法に訴えて被告の弁護に努めていますが、皮肉なことに彼らが王族の称号を失ったのはまさにその法のせいだったのです。かつての王位を追われた人たち。失意の境遇にありながらも彼らは依然としてそれと分かるほどに非実際的なアイルランド人なのです。彼らは似たような窮境に追いこまれたイギリスの同類の先例に従うことなど思いつきもしませんでした。イギリス人でしたら素晴らしいアメリカに赴いて、たとえそれが安ぴかのソーセージ王であろうとも、王と名のつく者の娘との結婚をはかるでしょう。

なにゆえにアイルランド人は反動主義者でありカトリック信者であるのか、彼が悪態をつくときクロムウェルとサタンの名を混用するのは何故か。これらの点を理解するのはさほど難しいことではありません。アイルランド人にとって、かの偉大なる公民権擁護者はその信念を伝え広めると称してこの国に来襲し火と剣の戦禍をもたらした残忍な野獣にほかならないのです。ドロイーダ(48)およびウォーターフォード略奪の記憶は薄れておりませんし、かの清教徒の首領の命によりさいはての島に狩り立てられた群なす男女の姿は今も思い出のうちに生きているのです。彼らに向かってかの人は言い放ちました、「大海原か地獄の底か」好きなほうへ落ちて行くがいい、と。さらにまたリメリックの石にかけて誓った盟約(49)を臆面もなく破り捨てたイギリスの背信行為をわれわれは決して忘れません。どうして忘れることができましょう。奴隷の背中は鞭の痛みを忘れられるでしょうか。英国政府のカトリック信仰禁圧によりその倫理的価値はかえっていや増す結果になった——これが真相なのです。

たゆまぬ弁論の力に加うるにフィニア会の実力行使のせいもあって、今や恐怖時代は過去のものとなりました。刑罰法は廃止されました。今日では、アイルランドのカトリック教徒にも選挙権が与えられ、官吏への道も開かれています。通商を営んだり、知的職業にたずさわったりすることも可能です。公立学校の教師になることも議員になることもできます。昔と違って、三〇年以上にわたる土地所有も認められていますし、英貨で五ポンド以上する馬を飼うことも許されています。それにカトリック教会のミサに出席しても、死刑執行人の手にかかって絞罪にされ内臓を抜かれ四つ裂きにされるおそれはありません。しかしこれらの刑罰法が廃止されたのはほんの最近のことですから、民族独立運動生き残りのある議員などはかつて実際に大逆罪の廉で絞首のうえ内臓を抜き四つ裂きに処すとの判決を受けた経験があるほどです。（ちなみにこのような場合には英軍の傭兵が死刑執行の任に当ります。傭兵のなかでも際立って精励恪勤と認められた者が執政長官により選任されるのです。）

　アイルランドの住民の九〇パーセントはカトリック教徒ですが、現在ではもはやプロテスタント教会維持のために寄進を余儀なくされることはなくなっております。言うまでもなく、プロテスタント教会はイギリスから移住してきた何千人かのためにのみ存在しているのです。この点に関しては、英国の財政がいくばくかの余分な出費をしいられ、ローマ教会は娘をさらに一人加えたと申しあげるにとどめます。教育について一言しますと、教育制度の整備とともに近代思潮の幾つかの流れがこの国の不毛な土壌にゆっくりと浸透しつつあります。時をかすならば、おそらくアイルランド民族の良心は再びおもむろな覚醒をみるにいたるでありましょう。そしてヴォルムス議会[50]から四、五世紀を経て、やがてはアイルランドの修道士が僧衣をかなぐり捨て、修道女と手をたずさえて出奔する日を迎えることになるやもしれません。そのときわれわれは、カトリシズムなる首尾一貫した不条理の終焉とプロテスタンティズムなる支離滅裂な不条理の到来を声高に宣言する彼らの姿を見せつけられることになるのでしょうか。

　とは言うものの、プロテスタント化したアイルランドなど考えうべくもありません。アイルランドはカトリック教会の最も忠実な娘として今日にいたっております。これは疑いようもない事実です。

キリスト教伝道師を丁重に迎え入れ、一滴の血も流すことなしにこの新しい教義に改宗した例は、おそらくこの国をおいて他にないでしょう。そして事実に照らしても、かつてキャシェルの司教がジラルドゥス・カムブレシス[51]の冷笑的言辞に対して昂然と応えたように、アイルランド教会史の殉教録は完全な空欄なのです。六世紀あるいは八世紀の長きにわたってこの国はキリスト教世界の精神的中心でした。この国が世界各国に送り出した息子たちはキリストの教えを説き、学者たちは聖書釈義に努めたのです。

この国のキリスト教信仰が大きく揺らいだためしは一度たりともありませんでした。さほどのこととも思えぬ例外は幾つかあるでしょう。たとえば、イエズス・キリストにおける神性と人性の位格的結合に関する五世紀ネストリウス[52]教義が及ぼしたある種の影響、剃髪の式次第とか復活祭式典挙行の日時など宗教的儀式にかかわる本質的ではないが人目をひくに足るさまざまな異同、そして最後に、エドワード七世の配下にそそのかされた何人かの聖職者の変節などです。しかしながら、キリスト教会に危機が迫りつつあるとの兆をみてとるや、アイルランド人は直ちに大挙出国し、海を越えて大陸各地に赴き、カトリック諸勢力を糾合して、異教徒に対抗する強力な運動の喚起に努めたのです。

さて、このような忠誠に報いるにローマ教皇庁は独特のやり方を以てしました。まず、教書と印璽の権威によって教皇庁はアイルランドを英国王ヘンリー二世に与え、ついで、教皇グレゴリー八世の時代になると、プロテスタントの異説の台頭という事情もあって、教皇庁は忠実なアイルランドをイギリスの異端の徒に与えてしまったことを遺憾に思い、この失策の埋合わせとして教皇庁の庶子[53]をアイルランドの至高統治者に任じたのです。当然のことながら彼は異教国の王たるにとどまりましたが、教皇の意向はそれでもなお好意的なものでした。一方、アイルランドの唯々諾々たる態度は一貫して変わることがありませんでした。すでにこの島をイギリス人とイタリア人の手に引き渡した前歴のある教皇が、複雑多岐なヨーロッパ情勢を慮ったうえで、当座のところ然るべき肩書のないアルフォンゾ宮廷の小貴族に明日にでもこの国を委ねる成行きになったとしても、アイルランドは愚痴らしいものもこぼさずにそれに従うことでしょう。ところが教会としての栄誉を授ける段になると教皇庁はそれほど太っ腹ではありませんでした。これまでの話でもお分り頂けるように、かつてのアイルランドは聖人言行録に多くの資料を与えてきたのですが、それはおおむねヴァチカン公会議の認めるところとならず、教皇がアイルランドの司教を枢機卿として登用しようと思い立つまでには一四〇〇年以上もの歳月を要したのでした。

ところで、ローマ教皇権に対する忠誠とイギリス王権に対する不信によって、アイルランドは何を獲ち得たのでしょうか。獲ち得たものは多大でした。しかしそのいずれもこの国そのものを利するところはなかったのです。一七、八世紀のアイルランド作家のなかで、英語を用い、出生の地を思い出すことすらほとんどなくなってしまった者として、次の人々の名をあげることができます。すなわち、唯心論哲学者バークリー、『ウェイクフィールドの牧師』の著者オリヴァー・ゴールドスミス、そして劇作家リチャード・ブリンズリー・シェリダンとウィリアム・コングリーヴ。この二人の著名な劇作家がものした傑作喜劇は不毛の近代英国劇壇で今日でも賞讃の的となっています。ジョナサン・スウィフトの『ガリヴァー旅行記』は、世界文学における最良の諷刺作品の地位をラブレーの著作とともに分けあっています。さらにエドマンド・バークは、イギリス人自らが彼をデーモステネースの再来と呼び、これまでに英国下院で弁舌をふるった者の中で最も博識な雄弁家とみなされているほどの人物です。

数々の重大な障害にもかかわらず、アイルランドは現在もなおイギリスの芸術ならびに思想への貢献を続けております。アイルランド人は文字通り不安定で手のつけられない愚か者だとする説を「スタンダード」紙や「モーニング・ポウスト」(54)紙のトップ記事で見かけますが、英文学における三人の最も優れた翻訳者の名前をあげるだけでもこの種の偏見を否定することができます。すなわち、ペルシアの詩人オマル・ハイヤーム作『ルバイヤート』の翻訳者フィッツジェラルド、アラビア文学の幾つかの傑作を翻訳したバートン、そして『神曲』の翻訳者として一流のケアリの三人です。偏見を正すにふさわしいアイルランド人はこれ以外にいくらでもおります――近代イギリス音楽の巨匠アーサー・サリヴァン、チャーティスト運動の創始者エドワード・オコナー、そして小説家ジョージ・ムア。降神術めいた、救世主きどりの、そして探偵まがいの無数の作品が英国をサハラ砂漠のように覆っていますが、その只中にあってムアの存在はさながら知的オアシスの趣きがあります。さらに二人のダブリン人の名前をあげておきましょう。逆説家にして偶像破壊者たる喜劇作家ジョージ・バーナード・ショー、それに、知らぬ者もなきかのワイルド、進歩的な女流詩人[55]の息子たるオスカー・ワイルドの二人です。

最後になりましたが、実務の分野においても、アイルランドに関する前述の侮蔑的言辞が不当である所以は次の事実によって明らかです。つまりアイルランド人がアイルランド国外の異なる環境にあるとき、人々の尊敬の的となる例が非常に多いという事実です。故国を支配している経済的ならびに知的状況のために、アイルランド人はその特性を十分に発揮しえないのです。この国の魂は何世紀にもわたる無益な闘争と裏切られた協約の数々によって弱められ、教会の禁圧的な影響力は個人の主体性を麻痺させております。しかもこの国の肉体は警察、収税吏、そして駐屯兵によって手かせを掛けられているのです。いささかたりとも自尊心を持つ者はアイルランドにとどまるをいさぎよしとせず、あたかもエホヴァの怒りに触れた国から逃れるがごとくに遥か彼方へ立ち去るのです。

リメリック協定締結のとき、いやむしろ、その協定がイギリスの背信行為によって破られたときから、何百万ものアイルランド人が故国を去りました。これら亡命者たちは何世紀か昔の呼び名通りに今も野鴨[56]と呼ばれています。彼らはヨーロッパ諸強――正確に言えば、フランス、オランダ、そしてスペインですが――の旅団に入隊し、彼らを雇い入れた主君のために数々の戦場で勝利の栄冠をかちとりました。彼らは第二の故郷をアメリカに見出しました。アメリカ独立のために戦った兵士の間では古きアイルランド語が聞かれました。一七八四年にマウントジョイ卿自らこう語っているほどなのです――「われわれはアイルランド移民ゆえにアメリカを失った。」アメリカ合衆国に渡ったこれらアイルランド移民の数は現在のところ一六〇〇万人にのぼっており、豊かで有力な、そして勤勉な集団を形成しています。このような事実があるからと言って、それが直ちにアイルランド復活の夢は必ずしも幻想ではないという証にはならないのかもしれません。

これまでアイルランドは他国に仕えて功労のあった人物を次々送り出してきました。たとえば、その名声が専門分野を超えてまで謳われている数少ない科学者の一人ティンダル、カナダおよびインドの総督を勤めたダファリン侯爵、同じく植民地の高官であったチャールズ・ギャヴィン・ダフィおよびヘネシィ、スペインで閣僚の地位を占めたテテュアン公爵、合衆国大統領候補ブライアン、フランス共和国大統領マーシャル・マクマホン、英国海軍の重鎮で最近イギリス海峡艦隊司令官に任命されたチャールズ・ベレスフォード卿、英国陸軍にあって勇名高き三人の将軍――最高司令官ウルズリー卿、スーダンの戦いで勝利を収め現在インドにおける陸軍総指揮官キャチナー卿、そしてアフガニスタンおよび南アフリカ戦役の勝利者ロバーツ卿――アイルランドは実際面において優れた才能を発揮したこれらの人々を他国のために送り出してきました。そしてこれは次のことを意味しているのです。すなわち、現在のアイルランドには何か有害不吉で専制的な状況が存在しているに違いない。なにしろアイルランドの息子たちがその努力を自らの故国のために傾注しえない現状なのですから。

そうです、今日でさえ、例の野鴨たちは相次いで飛び立っていきます。それでなくともすでに人口の激減をみているアイルランドは、さらに毎年六万人の息子たちを失っているのです。一八五〇年から現在にいたるまでの間に、五〇〇万人の移住民がアメリカに去りました。そして故国に残る友人、親戚を呼び寄せようとの書状がひきもきらずアイルランドに届きます。そこにとどまるのは年老いた人、気力の萎えた者、子供、そして貧乏人だけなのです。飼いならされた彼らの首にはさまざまのしがらみが軛のようにくいこんで深い跡を残しています。血の気もなく、生命のしるしも消えかけた哀れな人たちが死の床についているとき、それを囲んで支配者は命令を発し、司祭は臨終の儀式を執り行っているのです。

運命はこの国に北方のヘラス(57)と呼ばれたかつての地位を回復する希望を残してくれているでしょうか。多くの点で相通ずるところのあるスラヴの精神の例にみられるように、ケルトの精神には来るべき時代において新しい発見と新しい洞察によって民族の良心を豊かならしめる定めが残されているでしょうか。それとも、ケルト世界、ケルト五種族はより強力な民族によって大陸のふちへ、ヨーロッパのさいはての島に追い立てられ、数世紀におよぶ闘争のすえ、遂には大洋の彼方に追い払われなければならないのでしょうか。残念ながら、素人社会学者にすぎぬわれわれは二流の予言者にとどまらざるをえません。人間という動物の内臓をのぞきこみはするものの、結局のところそこには何も見えないと告白するほかないのです。未来の歴史を書くすべは人間の力の及ぶところではありません。

この民族の復活がありうるとすればそれは西欧文明にいかなる影響を及ぼすことになるか——今晩の話で予定した範囲を遥かに越えることになりますが、この点についての考察は興味あるものになりましょう。英国に隣接してその好敵手たりうる島国の出現がもたらす経済的影響。二つの国語を常用し、共和政体をとり、自己中心的で、しかも進取の気象に富む島国が、それ自らの商船団を擁し、世界のすべての港に領事を配置しえたとすれば、その影響は？　古きヨーロッパにアイルランドの芸術家と思想家が登場した場合の精神的影響は？　——なにしろ彼らは奇矯な精神の持主で、性と芸術の両面で規矩を知らず、理想主義に燃えながらしかもそれに殉じえない冷厳にしてなおかつ狂熱の人であり、子供のように純真でしかも辛辣な皮肉屋で、「つれなきアイルランド人」と呼びならわされている人たちなのです。しかしこのような復活を予想するに当たって、この国の魂の宮殿がローマの圧制によって占拠されている現状をふまえるならば、ひたすらイギリスの暴虐糾弾に終始するばかりでは致し方あるまいと思わずにいられません。

略奪者イギリスを口汚くののしったところで何になるのでしょう。巨大なアングロ・サクソン文明——たとえそれがほとんどまったく物質的文明であるにしても——それを侮蔑して事済めりとするわけにはいかないのです。それにまた古えのアイルランドの書籍を飾った装飾芸術を今さら自慢顔に触れ回ったところでどうなるものでもありますまい。たしかに『ケルズの書』、『リカンの黄書』、『ダン・カウの書』はイギリスがいまだ未開の国であった時代の作品ですし、古代中国の書物と古さを競うほどのものではありますが。ロンドンにやってきた最初のフランダース人がパンの製法をイギリス人に伝える以前、アイルランドは数代にわたって自国産の織物をヨーロッパに輸出していたと誇ってみたところで空しいばかりです。このようにして過去の栄光をかつぎ出すことが妥当であるとするならば、カイロの農夫がイギリス人観光客にカバンかつぎみたいなけちなことなぞやれるものかと開き直ったとしても当然至極の道理ということになってしまいます。古代エジプトが死滅したように古えのアイルランドは死んだのです。死者のための詠唱は歌いおさめられ、墓石は封印されました。伝説的な予言者、遍歴の吟遊詩人、そしてジェイムズ二世派の詩人たちの口をかりて、何世紀にもわたり語り続けていたかつての民族の魂は、ジェイムズ・クラレンス・マンガンの死とともにこの世界から姿を消したのです。彼とともに、右の三つの流れから成るケルト吟唱詩人の古く長い伝統は終局を迎えました。そして今日、新たなる理想に活気づく新たなる詩人たちが叫びをあげているのです。

はっきりしていることが一つあると思います。アイルランドは二度とふたたびかつての失敗を繰返しえない土壇場に来ているという一事です。彼女が真に復活する力を秘めているのであれば、その目覚めに期待しましょう。さめないとするならば、彼女が顔を覆い、ひっそりと墓に横たわって永遠の眠りにつくのを静かに見守ろうではありませんか。「われわれは」とオスカー・ワイルドが或る日わたしの友人(58)に向かって語りかけました、「われらアイルランド人は何事も成し遂げなかった。でも話上手という点にかけてはギリシアの昔からわれわれの右に出るものはない。」アイルランド人はたたしかに弁が立ちます。しかし大いなる変革が弁説と妥協によってもたらされることはないのです。これまでのアイルランドには韜晦と誤解とがあまりにも広く瀰漫していました。われわれが久しく待ち望んでいた劇の上演を彼女が遂に決意するというのであれば、今度こそ決定版の全幕を手落ちなく演じ切ってもらわねばなりません。この劇の制作者たるアイルランドの人々に対して、われわれの父親たちがそれほど遠くない昔に言ったのと同じ忠告を、ここにまた言い添えさせて頂きます――ぐずぐずするなよ！　いやまったく、ひとさまはいざ知らず、このおれは幕が上がるところを見られまいよ、そのころには最終列車で家に帰っちまってるだろうからな。

（１）「民族における愛国心とはすなわち個人におけるエゴイズムにほかならない」――ハーバード・スペンサー（一八八八）。

（２）初期キリスト教概観の書として好評であったのはＰ・Ｗ・ジョイス『ゲーリック・アイルランド小史』（一八九三）(P. W. Joyce, *A Short History of Gaelic Ireland*, 1893) であった。ジェイムズ・ジョイスはこの書から多くの資料を得ている。

（３）ダンテ『地獄篇』（第二〇歌一一五―一一七）。

（４）聖人列伝の編纂にたずさわる一七世紀ベルギーのイエズス会士たち。

（５）神学者、哲学者ヨハネス・ドゥンス・スコトゥス（一二六五―一三〇八）はアイルランド人ではない。ジョイスはヨハネス・スコトゥス・エリゲーナと混同している。

(6) イタリアの歴史家G・フェレロは『ローマの偉大と衰退』(一九〇一)を公刊した。
(7) ジョイスは古期ケルト語文法を研究したヨハン・K・ツォイス(一八〇六―一八五六)のような学者を意識している。
(8) アイルランド語の復活および維持によってアイルランドの脱英国化を唱えた「ゲール同盟」は一八九三年ダグラス・ハイドによって設立された。
(9) ベアラ(Bearla)―英語を意味するアイルランド語。
(10) チャールズ・ヴァランシィ(一七二一―一八一二)の意見の信憑性は今日では疑問視されている。
(11) Insula Sacra(聖なる島)。
(12) フェストゥス・アウィアーヌスは四世紀のローマの詩人。
(13) 聖マンスウェトス(四世紀)は聖人伝説によればアイルランドでの最も初期の聖人とされている。
(14) 聖カタルダス(七世紀)はターラントの司教。
(15) ペラギウス(五世紀)は大いなる異教の始祖と言われ、原罪説を否定し人間意志の自由を主張した。
(16) 初期キリスト教詩人セデュリウスがアイルランド人であったという確証はない。
(17) 遍歴の人フリドリウス(六世紀)はアイルランドの出身で、ドイツに渡り、ゼッキンゲンで死に、その地に埋葬された。
(18) 聖コルンバヌス(五四三頃―六一五)は四五歳でフランスに渡り、ヴォージュ地方に修道院を開設。
――おまえは奇跡を行うつもりだったろう、どうだい? 火のようなコルンバヌスのあとを追ってヨーロッパへ渡った宣教師ってところかな(『ユリシーズ』第三挿話)。
(19) 聖フィニアン(六世紀)は聖人伝においてアイルランド諸聖人の師と称されている。

(20)　アーモリカはほぼ現在のブルターニュに当たる地方。
(21)　アーボガスト（正しくは聖アーゴバスト）（七世紀）。
(22)　ヨハネはヘロデに「その兄弟の妻を納るるは宜しからず」と言ったため、獄につながれ、斬首された。
(23)　古えのミレシウスはスペインから来てアイルランドを征服したという伝説的人物。
(24)　『フィネガンズ・ウェイク』においてジョイスはその主人公イアウィッカーのスカンジナヴィア血筋を強調している。
(25)　マカリウス（九世紀）についてジョイスはここでエルネスト・ルナンの『アヴェロエとアヴェロウィースム』（一八五二）に言及している。
(26)　ピコ・デラ・ミランドラ（一四六二―一四九四）はイタリアの新プラトン主義者。
(27)　アルダトの野で予言者エズラは花を食しヴィジョンを見る（『エスドラス書』第二書九）。
(28)　サクロ・ボスコ（一三世紀）は数学者・天文学者。
(29)　ヒベルニクス（一三世紀）はナポリ大学教授。
(30)　パーネルの家系図はR・B・オブライエン『チャールズ・スチュアート・パーネルの生涯、一八四六―一八九一』（一八九八）にある。
(31)　アングロ・サクソンおよびノルマンの侵入（一一六八）、連合法・両議会統合（一八〇〇）。
(32)　土着の豪族とはレンスター王ダーモット・マクナマラ（一一一〇頃―七一）。
(33)　ヘンリー二世（一一三三―一一八九）。
(34)　ローマ教皇エイドリアン四世の大勅書（一一五五）。ローマ教皇アレキサンダー三世。
(35)　大ブリテンとアイルランドの併合を定めた一八〇〇年の併合法の結果、アイルランド固有の議会は消滅した。

——ぼくの祖先たちは自分たちの国語を捨てて別の国語を身につけた、とスティーヴンは言った。彼らはひと握りの外国人におめおめ屈服した。このぼくが生命と肉体を賭けて、連中のつくった借財をきれいに清算する気になれるとでも思ってるのか？　いったい何のために？（『若い芸術家の肖像』第五章）

（36）一九〇〇年四月四日から二六日にかけてのヴィクトリア女王アイルランド訪問期間中にはナショナリストの抗議活動が行われた。

（37）一九〇三年七月二一日から八月一日にかけてのエドワード七世アイルランド訪問を指す。

——労働者はドイツ系の君主のご機嫌を取り結ぶためにダブリンの名誉を泥の中に引きずりこんだりはしないよ。

——それはどういうわけです？　と老人は言った。

——知らないのか？　エドワード王が来年やってきたら、歓迎の辞を捧げようとしているんだ。外国の王様なんかに叩頭の礼をつくしていったいどうしようというんだ（短編集『ダブリナーズ』の「委員会室の蔦の日」）。

（38）ジョーゼフ・パトリック・ナネッティ（一八五一―一九一五）はフローレンス出身のイタリア系アイルランド人。一九〇四年当時はダブリン市議、一九〇六年にはダブリン市長。

——アルフ、あのノッポが後押ししてる市長候補は何て野郎かね？　とジョーは言う。

——おめえの友達さとアルフは言う。

——ナナン？　とジョーは言う。議員の？（『ユリシーズ』第一二挿話）

（39）女王は結婚九年後一八四九年にはじめてアイルランドを訪れた。

——それからあのプロシャだのハノーバーだのの連中だが、とジョーは言う。選挙候ジョージの昔から、ドイツの若造や死んだ見栄っぱりの婆あにいたるまで、ああいうソーセージ喰いの私生児どもを王座に座らせるのは、もううんざりじゃないか？（『ユリシーズ』第一二挿話）。

（40）ベンジャミン・ディズレリィ（一八〇四―一八八一）はイギリス首相（一八六八、一八七四―一八八〇）。

（41）女王は救済委員会に五〇〇ポンドを与えた。この十ポンド説は当時一般に流布された俗説。

（42）サー・フレデリック・スレイ・ロバーツは南阿（ボーア）戦争中、南阿方面イギリス軍の司令官。

（43）ウェリントン（一七六九―一八五二）はダブリンの出身とされている。

（44）ジェイムズ・スティーヴンズ（一八二四―一九〇一）は一八六七年反乱の指導者。アイリッシュ・リパブリカン・ブラザフット（ＩＲＢ）の創立者。

（45）フリート街（ロンドンの新聞業の中心地）。

（46）一宗教の名残（すなわちキリスト教）。

——〈馬鹿な〉、と市民は言う、お前さんにはわかるかどうか疑わしいが、いったい、見ようとしない奴が一番盲目なのさ、いまは四〇〇万しかいないけど、本来なら当然いるはずのアイルランド二〇〇〇万の国民、消え失せたわが民族はどこへ行ったんだい？　全世界でいちばん美しい、おれたちの陶器と織物は！（『ユリシーズ』第一二挿話）

（47）バロンの戦いは国王ヘンリー三世とシモン・ド・モンフォールを中心人物とする貴族たちとの内紛。一二六三―一二六七年。

（48）ドロイーダはアイルランドの海港。一六四九年九月、その住民たちはクロムウェルによって虐殺された。ウォーターフォード略奪は一六四九年一一月。

(49) アイルランドにおける信教の自由を保障したリムリック協定、一六九一年。

(50) ヴォルムス議会とは一五二一年ドイツのヴォルムスで宗教改革を阻止するために開かれた議会。そこでルーテルは異端者と宣告された。

——じゃあきみは、とクランリーが言った、プロテスタントになる気はないんだね?

——ぼくは信仰を失ったとは言ったけれど、とスティーヴンは答えた、自尊心まで失ったわけじゃない。論理的で整然としている不条理を捨てて、非論理的で乱暴な不条理を受け入れたって、それが開放になんかなるもんか(『若い芸術家の肖像』第五章)。

(51) カムブレンシスはウェールズの聖職者。一一八四年ジョン王子のアイルランド訪問に随行した。

(52) ネストリウスはその教義によって四三一年の宗教会議で異端者の宣告を受けた。

(53) 庶子とはグレゴリーの庶子ジャーコモ・ボンコンパーニョ。

(54) 両紙とも発行地はロンドン。

(55) ジェイン・フランチェスカ・ワイルド(一八二六—一八九六)は詩人としてはスペランザという筆名を用いた。

(56) ジェイムズ二世退位後故国を追われフランス軍に加わったアイルランド人たちは渡り鳥の野鴨「ワイルド・ギース」と呼ばれた。

(57) 北方のヘラス。

——まったくキンチよ、おれとおまえが組みさえすりゃ、この島のために一働きできようってもんだ、ギリシア風(原文= Hellenise it)に変えるとかさ(『ユリシーズ』第一挿話)。

(58) W・B・イェイツ。

解説

ジェイムズ・ジョイス「アイルランド・聖人と賢人の島」

大澤正佳

一九〇四年一〇月、ノラ・バーナクルを伴ってアイルランドをあとにした二二歳のジェイムズ・ジョイスはポーラ、トリエステ、ローマを経て一九〇七年三月再びトリエステにかろうじて辿り着き、不安定ながら英語教師として暮らしはじめる。この頃までにイタリア語（そのトスカナ方言）をそれなりに使いこなしていたジョイスはこの都市の市民大学（一種の成人教育センター）でイタリア語による講義をするよう依頼された。一九〇七年四月二七日に行われた第一回は「アイルランド・聖人と賢人の島」と題する講義で、アイルランドの政治的・文化的歴史を概観するものであった。

当時のトリエステでは一九世紀末から第一次大戦の間、「イレデンティズモ」が盛んであった。これはオーストリア・ハンガリー政府の支配に訣別を告げようと志す民族主義運動であって、ジョイスの講義に接した聴衆はイギリス支配からの脱出をはかるアイルランドの切迫した状況に共感し、鮮烈な印象を受けたのだった。ちなみに、イタリア語原題 *"L'Irlanda: Isola dei Santi e dei Savi"* の英訳は、*"Ireland: Island of Saints and Sages"*（アイルランド・聖人と賢人の島）である。さらにこのタイトルはラテン語の常套句“Insula sanctorum et doctorum”（聖人と学者の島）に由来している。

この講義でジョイスは『アイルランド語の古代様式論』（一七七二年）なる著作があるチャールズ・ヴァランシィ（一七二一―一八一二）に言及している。ジョイスはヴァランシィ説をふまえてアイルランド語は古代フェニキア語から派生した同系統のものと目されてきたと語り、さらに「古代アイルランドの宗教と文明は後にドゥルイディズムという名で知られるようになりましたが、本来はエジプト系なのです」と論じてもいる。

アイルランドにおいてはこのようなヴァランシィ説も一九世紀末から二〇世紀初頭にかけて広く受け入れられていたようで、トリエステ講義を考慮すればジョイスも一九〇七年以前からこの説に接していたと思われる。

前述のように、アイルランド語は古代フェニキア語から派生した同系統のものであるとする説を紹介する一方で、ジョイスは「同じインドヨーロッパ語族に属してはいるものの、アイルランド語と英語との違いは、ローマとテヘランとで耳にする言葉の相違に匹敵するほどのものであります」と述べてもいる。アイルランド語の系譜についてこのようにいささか整合性に欠ける見解を紹介するジョイスの双価性あるいは両面価値性ともいうべき思考様式はどう受け取るべきだろうか。

「フェニキア人たちが語る言葉は、ヴァランシィの見解によれば、今日のアイルランドで農夫が口にする言葉とほぼ同一だということです」と遠慮がちに語っているジョイス発言はここでも論理的整合性が十分ではないように思える。それなりの資料もない異郷にあってひとり論を進めるジョイスを批判するのは必ずしも当を得てはいないのではあるまいかと判官贔屓に傾きたいところだが、ともあれこの際とりわけて注目すべきはこの二面性あるいは視点の相対性に発する双価的な思考様式は、むしろジョイス芸術のアンビヴァレントな秘儀の一端のあらわれであり、トリエステ時代における彼の変容がもたらしたもののように思える。すでにこの時期に筆を進めはじめていた『ユリシーズ』に偏狭頑迷な〈シティズン〉とあまりにも人間的で柔軟なブルームとを対比的に登場させているのも両面性を重視するジョイス本来の人間観のあらわれであろう。

一九〇四年にはじめてトリエステに到着したジョイスは〈若い芸術家〉スティーヴン・ディーダラスと同じ二二歳であり、その一六年後にトリエステを去るジョイスは文化的多様性の象徴、包括的人物像の典型レオポールド・ブルームと同じ三八歳であった。「聖人と賢人の島」でジョイスは語る。

——「西欧文明は多種多様の要素が交ぜ織りになっている巨大な布地であり——（中略）——どの糸も隣り合う糸の影響を受けてしまっているのです。今日もなお外来要素を交えぬ純粋さを誇りうる如何なる民族、如何なる言語が存在するというのでしょう？　—（中略）—そして、この種の純粋さに欠けているという点で、現在のアイルランドに住みついている民族は典型的な一例です。」

そして、トリエステはアイルランドのダブリン以上に「純粋さに欠ける」多層文化の典型といえる都市であった。そこでは言語、習慣などの文化的諸特徴を共有する多彩な人種集団の混在が特異な都市空間を構成していた。トリエステに漂着したジョイスにしてみれば、その偶然がもたらしてくれる変化に促されるようにして、芸術家としてのさらなる成熟が可能になったのである。トリエステは一九一〇年ごろイタリアで起こった未来派芸術運動の中心地であった。マリネッティなど未来派芸術家たちと交流するジョイスの作家活動が活性化する様子は当時の創作・出版事情に注目すればおのずから明らかになる。ローマからトリエステに舞い戻った一九〇七年には詩集『室内楽』が出版され、謎めいた作品『ジアコモ・ジョイス』は作家としての意表をつく変容を示し、リアリズム作品『ダブリナーズ』出版に続いて一九一四年にはリリシズムとナチュラリズムが共存する『若い芸術家の肖像』が「エゴイスト」誌に連載開始、さらに、多義性を具現する巨大な構造体『ユリシーズ』の筆をとりはじめてもいるのである。

「聖人と賢人の島」で「今日もなお外来要素を交えぬ純粋さを誇りうる如何なる民族、如何なる言語が存在するというのでしょう?」と問いかけるジョイスはあらゆる文化文明は単に純粋なだけの存在ではありえないという確信を抱いていた。たまたま漂着したトリエステにおいてこのような状況がみごとに実現しているのを彼は知ることになる。ヨーロッパのいたるところから吸い寄せられるように集まってきた多様な民族群の集合体がこの都市を構成しているのだ。ジェイムズのあとを追ってこの都市にやってきた弟スタニスロース・ジョイスはトリエステという都市は多民族混交の「サラダ」であり、さまざまな人種や文化の入り混じる「メルティング・ポット」だという印象を日記に書き残している。トリエステに辿り着いたジョイスはそこで展開する多種多様な文化・言語の混在を眼前にする。この地域でたえず耳にする各種各様の外国語の響き合いがジョイスの心をとらえる。弟のスタニスロースによれば、『ダブリナーズ』出版をめぐって失意を味わっていた当時のジョイスは英語作品の出版がこれほど困難であるならば、いっそ外国語に翻訳して出版の可能性を探るとするかと呟いていたようだし、母語から離れようとさえ思っていた――たしかに彼はやがて『フィネガンズ・ウェイク』で通常の英語を離れて、アイルランド語をも含む多重言語世界の作品化を試みることになる。

ダブリンを描ききること――これは作家ジョイスの生涯を通じて一貫した主題であった。繰り返し述べてきたようにダブリンとトリエステを前にするとき、彼はダブリンを作品化する際の必須条件である視点の相対化に成功する。つまり、対象との間に心理的スタンスを設定し、視線の角度を変えることによってはじめて明確な対象把握が可能になるのだ。

一九世紀アイルランドでは政府による陸地測量と並行してアイルランド語の地名の英語化が進行していた。この地図改正事業に反応して、〈アイルランドとは何か〉という本質的な概念の再構築が試みられるようになった。それと呼応するかのように「聖人と賢人の島」のジョイスは語気を強めて話を結ぶ――「はっきりしていることが一つあると思います。アイルランドは二度とふたたびかつての失敗を繰り返しえない土壇場に来ているという一事です。彼女が真に復活する力を秘めているのであればその目覚めに期待しましょう。」

「彼女、アイルランドの目覚めに期待しましょう」という一九〇七年ジョイスの痛切なる思いは「フィネガン（たち）の目覚め」に捧げられたジョイス最終作品『フィネガンズ・ウェイク』（一九三九年）の前奏としての通奏低音を三二年前の時点ですでに響かせていたのだ。

「聖人と賢人の島」から三〇年あまりを経て『フィネガンズ・ウェイク』は公刊される。「楽しみは尽きず、フィネガンの通夜」というリフレインを持つアイリッシュ・バラッドをふまえたこの作品の、一見したところさりげない表題そのものが幾通りもの解釈を許容し、そのすべてを包容している。それは「フィネガン（たち）の通夜、あるいは目覚め、あるいは航跡」と読めるし、「フィネガンたちよ、甦れ」という痛切な響きもあって、それぞれが作品を支える主題の諸様相を反映している。実のところジョイスの独創性は詩的とも言える多言語的な言葉遊びの駆使において最もあざやかに発揮されている。なにしろこれは楽しみ尽きぬ通夜の宴なのだから。アイルランドにおけるかつての慣習ではお祭り騒ぎの陽気な通夜が一般であって、興を添えるために言葉遊びや謎かけなどさまざまなゲームが行われたという。きわめて前衛的なジョイス芸術の根は、最も伝統的なアイルランドの土壌に育まれているのであって、謎、すなわち両面価値的アンビヴァレントな問いかけは彼の芸術の本質的要素の一つをなしている。

一九〇七年、若い芸術家ジョイスの「聖人と賢人の島」はすでに彼の最終作、アイルランドを歌う『フィネガンズ・ウェイク』の曲想を響かせ、彼の芸術の通奏低音を奏でている。アイルランド作家ジョイスは母国アイルランド問題について生涯抱きつづけてきた自分なりの解答を人生の終わりにおいて提出したのである。

参考文献

James Joyce, *Poems and Shorter Writings*, Faber, 1991.
James Joyce, *Poems and Exiles*, Penguin Books, 1992.
The Critical Writings of James Joyce, Faber, 1959.
Letters of James Joyce, vol. I, 1957, vols. II and III, Faber, 1966.
James Joyce, *Occasional, Critical, and Political Writing*, Oxford, 2000.
Anthony Burgess, *Joysprick*, André Deutsch, 1973.
James Joyce, The Critical Heritage, 2 vols. Routledge, 1970.
Derek Attridge, *Peculiar Language*, Methuen, 1988.
Patrick O'Neill, *Polyglot Joyce*, Toronto, 2005.
Richard Ellmann, *James Joyce, new and revised edition*, Oxford, 1982.
John McCourt, *The Years of Bloom*, Lilliput Press, 2000.
Patrick Crotty, ed. *The Penguin Book of Irish Poetry*, Penguin, 2011.
Wes Davis, ed. *An Anthology of Modern Irish Poetry*, Harvard, 2011.

中央大学人文科学研究所翻訳叢書

6

ウィーンとウィーン人

多くの「ウィーン本」で言及されながらも正体不明であった幻の名著。手垢にまみれたウィーン像を一掃し、民衆の素顔を克明に描写。

四六判　一三〇二頁
定価　七五六〇円

7

フランス民話集Ⅱ

フランスの文化を分かり易く伝える民話集。ドーフィネ、ガスコーニュ、ロレーヌ、ブルターニュなど四つの地方の豊饒な昔話を収録。

四六判　七八六頁
定価　五七七五円

定価に消費税５％含みます。

訳者紹介

小菅《こすげ》奎申《けいしん》　研究員・中央大学教授
松村《まつむら》賢一《けんいち》　研究員・中央大学教授
三好《みよし》みゆき　研究員・中央大学教授
大澤《おおさわ》正佳《まさよし》　客員研究員・中央大学名誉教授
北《きた》　文美子《ふみこ》　客員研究員・法政大学教授
木村《きむら》正俊《まさとし》　客員研究員・神奈川県立外語短期大学名誉教授
真鍋《まなべ》晶子《あきこ》　客員研究員・滋賀大学教授
盛《もり》　節子《せつこ》　客員研究員・文京女子短期大学元講師

ケルティック・テクストを巡る
中央大学人文科学研究所　翻訳叢書 8

2013年 3 月20日　第 1 刷発行

編　　者　中央大学人文科学研究所
訳　　者　小菅奎申　松村賢一
　　　　　三好みゆき　大澤正佳
　　　　　北　文美子　木村正俊
　　　　　真鍋晶子　盛　節子
発 行 者　中 央 大 学 出 版 部
　　　　　代表者　遠　山　曉

〒192-0393
東京都八王子市東中野 742-1
発 行 所　中 央 大 学 出 版 部
電話 042(674)2351・FAX 042(674)2354
http://www.2.chuo-u.ac.jp/up/

㈱千秋社
ISBN978-4-8057-5407-8

索　　引

1．人名・地名・事項の三つに分けて作成し、いずれも五十音順に配列した。
2．項目選定は、はしがき・翻訳本文・原注・解説のすべてを対象とし、訳注については、補足説明的な記述を含む場合に限り適宜拾うことにした。
3．国名・作品名・定期刊行物名・作中人物名はすべて事項索引に収めた。
4．人名索引にのみ原語表記を添えた。

人　　名

ア行

アート
Art　236, 242
アーノルド、マシュー
Arnold Matthew　86, 332, 334-38, 340, 342-49
アーノルド、トマス
Thomas Arnold　336, 343
アーボガスト
Arbogast　409, 439
アイルゴル
Aergol　95
アウィアーヌス
Festus Avianus　406, 438
アスコリィ Graziadio Isaia Ascoli　366
アナイリン
Aneirin　127, 131, 137, 139, 141, 143, 149
アリル
Ailill　17
アルビニス
Albinis　409
アルフレッド大王
Alfred the Great　410
アルベール
Albert　218
アレキサンダー
Alexander Ⅲ　416, 439
アン（女王）
Queen Anne　247, 266
イェイツ
William Butler Yeats　86, 88, 89, 242, 251, 343, 347, 392, 397-99
イリエン
Uryen/Urien　96-100, 102-08, 110-16, 118, 127-30, 132, 133, 144, 145, 147-52
インゲール
Ingcél　17-22, 25-32, 35, 47, 51, 56, 79, 84, 85
インノケンティウス（二世）
Innocentius Ⅱ　204, 223
ヴィクトリア女王
Queen Victoria　418
ウィリアム三世
William Ⅲ　247-49, 251, 259, 263, 286, 358, 359, 386
ウィリアムズ、イヴォ——
Ifor Williams　128, 132, 136, 137, 143, 147
ウィリアムズ、J. E. カーウィン
J. E. Caerwin Williams　136
ヴィンディシュ
Ernst Windisch　366, 387, 396
ウェストウッド
John Westwood　358
ウェルギリウス
Vergilius Solivagas　412
ウォルシュ
Edward Walsh　239, 244
ウルズリー卿
Garnet Joseph Wolseley　433
ウルフ
Ulph　108, 131

エイディーン
Étain　3, 4, 59, 81
エイドリアン四世
Adrian Ⅳ/Hadrian Ⅳ　416
エウゲニウス三世
Eugenius Ⅲ　158, 220-22, 224
エーヒー・フェーレフ
Eochaid Feidleach　2, 4
エゲル
Eiccel　17, 57
エダール
Etair　3
エディルスゲール
Eterscéle　5-6, 18, 20, 28, 37, 48
エドワード七世
Edward Ⅶ　429
エメット、ロバート
Robert Emmet　415
エリウゲナ、ヨハネス・スコトゥス
Johannes Scotus Eriugena　220
エリザベス一世
Elizabeth Ⅰ　240, 248
オーカリー
Eugene O'Curry　337
オーコナー（オコナー）、エドワード
Edward O'Connor　431
オーコナー（オコナー）、フランク
Frank O'Connor　244
オーコンネル、ダニエル
Daniel O'Connell　361, 362, 381
オーサリヴァン、オーガン・ルア
Eoghan Ruadh Ó'Suilleabháin　239, 251
オーダーリー、ドノハ・モレ
Donagha More O'Daly　361
オートゥーマ、ショーン
Sean Ó'Tuama　249, 250
オードナヒュー（オドナヒュー）、タイグ
Tadhg Ó'Donaghue　243, 244
オードネル、ロバート
Robert O'Donnell　386
オーニール（オニール）、シェイン
Shane O'Neill　425
オーニール、ヒュー
Hugh O'Neill　245, 386, 387
オーブライエン（オブライエン）、スミス
Smith O'Brien　362
オーフリン（オフリン）、リアム
Liam O'Flynn　251
オーラヒリー、エーガーン
Aodhagán Ó'Rathaille　229, 239-44, 247, 250, 251, 253-56
オーレアリー、ジョン
John O'Reilly　392
オシアン
Ossian　295, 313, 324, 336
オブリアン、ムイルタッフ
Muirchertach Ua Briain　223
オラニェ公ウィレム　→ウィリアム三世
オワイン
Owein/Owain ap Urien 105, 116-18, 121, 129, 130, 144, 145, 147-49

カ行

カールトン、ウィリアム
William Carleton　363, 369
カタルダス
St.Cataldus　407
カデル
Katellig/Catellig　94, 126
カレン、ルイ
Louis Cullen　250
カンバーランド公爵
Duke of Cumberland　282
キーティング、ジェフリー
Geoffrey Keating　248
キナン
Kynan Garwin　94, 95, 125, 127, 138, 144, 146, 147, 150
キャチナー卿
Horatio Herbert Kitchener　420, 433
キリアン
St.Kilian/Cilian　410
ギルベルト
Gilbert　223
キンゲン
Kyngen　95, 125, 127
キンセラ、トマス
Thomas Kinsella　244, 251
グウィジエン

Gwyden　108, 114
グウィディオン
Gwydion　131
クーフリン
Cuchulainn　47, 75, 79
クリーフィン
Críomhthainn　236, 242
グルウィス
Gwrrwys　108
グリオン
Gwrion　107, 131
クリスティアヌス
Christianus　220
グレゴリー二世
Gregory Ⅱ　410
グレゴリー八世
Gregory Ⅷ 429
グレゴリー夫人
Lady Augusta Gregory　88-89
クロムウェル
Oliver Cromwell　250, 355, 359, 426
グワッサウク
Gwallawc　119-25, 133, 135, 145, 150
ケアリ
Henry Francis Cary　431
ゲイブリエル・コンロイ
Gabriel Conroy　87-88
ケーレスティウス
Celestius　408
ケーン
Cian　236, 242
ゲスト、シャーロット
Charlotte Guest　332, 333
ケレスチヌス
Celestinus　204
ケレハー、ジョン・V
John V.Kelleher　90
コイル（王）
Coel　106,　130
コイル・ヘン（コイル老王）
Coel Hen　130
コーカリー、ダニエル
Daniel Corkery　239, 246, 251
ゴールドスミス、オリヴァ――
Oliver Goldsmith　430
コナーラ（王）
Conaire Mór　5-9, 11-18, 20-28, 30, 31, 34-40, 45, 47-49, 51-58, 66, 76, 79-85, 87
コナル・ケルナハ
Conall Cernach　34, 51, 53, 58
ゴメル
Gomer　302, 333, 334
コルマック王
Cormac Mór　193, 194
コルマック・コンロンギィエス
Cormac Conlongas　3-4, 28, 29, 54
コルマック・マック・カルタッフ
Cormac Mac Carthaigh　219
コルンバヌス
Columbanus　408
コン
Conn　236, 242
コンガル（コンイーアル）・クリーン
Congal Cláen　79
コングリーヴ、ウィリアム
William Congreve　431
コンホヴァル Conchobar　29, 41, 64
コンホヴァル・ウァ・ブリアン（コンホヴァル王）
Conchobhar Ua Brian　193, 219, 220
コンラッド王
Conrad Mór　158, 221

サ行

ザカリアス
Pope Zacharias　412
サクロボスコ、ヨハネス・デ
Johannes de Sacrobosco　414, 439
サリヴァン、アーサー
Sir Arthur Sullivan　431
シェイクスピア
William Shakespeare　404
ジェイムズ（一世）
James Ⅰ　248, 249, 280
ジェイムズ（三世）
James Ⅲ (James Francis Edward Stuart) 239, 247, 268, 281
ジェイムズ（二世）
James Ⅱ　247-49, 386

ジェイムズ（六世）
James Ⅵ 280
シェリダン、リチャード・ブリンズリー
Richard Brinsley Sheridan 431
シガーソン、ジョージ
George Sigerson 358, 390, 392, 397
シャルル二世
Charles Ⅱ 413
シャルルマーニュ
Charlesmagne 409
ジュバンヴィーユ
Henri d'Arbois de Jubainville 358, 364, 366
ジョイス、ジェイムズ
James Joyce 86-90, 250, 443-49
ジョイス、スタニスロース
Stanislaus Joyce 446, 447
ジョージ（二世）
George Ⅱ 262, 279
ショー、ジョージ・バーナード
George Bernard Shaw 432
ジョン王
King John 426
ジラルドゥス・カンブレンシス
Girardus Cambrensis 429, 442
スウィフト、ジョナサン
Jonathan Swift 359, 431
ステュアート、チャールズ・エドワード（ボニー・プリンス・チャーリー）
Charles Edward Stuart (Bonnie Prince Charlie) 239, 247, 269, 276, 279, 293, 419
スコトゥス
Duns Scotus 403, 412
スコトゥス、マリアヌス
Marianus Scottus 218
スティーヴンズ、ジェイムズ
James Stephens 366, 421
ストラングフォード卿
Lord Strangford 334, 336, 338, 341
スペンサー
Edmund Spenser 368
スキーン、W．F．
William Forbes Skene 136
スミス、ゴールドウィン
Goldwin Smith 353
セデュリウス
Sedulius 408, 438
ソロモン
Solomon 184

タ行

ダヴィット、マイケル
Michael Davitt 385
ダ・デルガ
Da Derga 12, 20, 22, 47-48, 55, 58, 80, 83-84
ダヌ
Danu 131
ダファリン侯爵
Marquess of Dufferin 433
ダフィ、チャールズ・ガヴァン
Charles Gavan Duffy 384, 390, 433
タリエシン
Taliesin 102, 111, 113, 126-44, 301, 302, 332, 333
ダンテ
Dante 402
タンディ、ナッパー
James Napper Tandy 415
チャールズ一世
Charles Ⅰ 248, 280
チャールズ二世
Charles Ⅱ 248
チョーサー
Geoffrey Chaucer 361
ツィマー、ハインリッヒ
Heinrich Zimmer 358, 366, 396
ツォイス、カスパー
Johann Kasper Zeus 333, 348, 366
デイヴィス
Thomas Osborne Davis 362, 380, 385, 415
ディオニシウス・アレオパギタ
Dionysius Areopagita 412
ディシボッド
Disibod 409
ディズレリィ、ベンジャミン
Benjamin Disraeli 419, 441
ディニーン、パトリック・S

Patrick S. Dinneen 239, 241, 243, 244, 251
ディロン、ジョン・ブレイク
John Blake Dillon 385
ティンダル
John Tyndall 433
テオドゥルフ
Theodulf 130
テテュアン公爵
Duke of Tetuan 433
トゥールキニ
Tulchinni 17, 57
トヴナル
Tomnall 79
トゥンダル（トヌーズガル、トヌグダルス）
Tungdal (Tnuthgal, Tnugdalus) 159, 160, 163, 172, 184-98, 206, 215, 216, 218
トーン、シオボールド・ウルフ
Theobald Wolfe Tone 415
ドン
Don 108, 131
ドン・デーサ
Don Désa 6, 10, 16, 18, 21-22, 26, 29, 40, 52, 64, 79
ドン・テードスコラ
Don Tétscorach 14
ドンハズ王
Donnchadh Mór 193

ナ行

ナネッティ
Joseph Patrick Nannetti 418
ネーヴグラン
Nemglan 7
ネミアス
Nemias 158, 204, 219, 224, 225
ネンニウス
Nennius 127, 133, 139, 142-44, 149

ハ行

バーク、エドマンド
Edmund Burke 431
バークリー
George Berkeley 430
ハーディマン
James Hardiman 369
ハートネット、マイケル
Michael Hartnet 245, 251
バートン
Richard Francis Burton 431
パーネル Charles Stewart Parnell 392, 415
ハイド
Douglas Hyde 88, 390-99
ハイヤーム、オマル
Omar Khayyam 431
ハインリッヒ五世
Heinrich V 218
バヴ
Badb 23, 43, 50
バット、アイザック
Isaac Butt 415
パトリック
Saint Patrick 195, 204, 406
バロール
Balor 63, 66
ヒーニー、シェイマス
Seamus Heaney 245, 251
ビガー、ジョウジフ
Joseph Gillis Biggar 415
ピット、ウィリアム
William Pitt 417
ヒベルニクス、ペトルス
Petrus Hibernicus 414, 439
ヒルデガルド
Hildegarde 220, 221
ファーガソン、サミュエル
Samuel Ferguson 79, 86
フィッツジェラルド卿、エドワード
Lord Edward Fitzgerald 415
フィッツジェラルド、ジェラルド
Gerald Fitzgerald 240
フィニアン Saint Finnian 408, 438
フィン・マクーヴァル
Finn mac Cumhaill 60
フェル・カーリェ
Fer Caille 16, 22
フェル・ガル
Fer Gar 6, 18, 27, 40
フェル・ディア

Fer Diad　79
フェル・レー
Fer Le　6, 40
フェル・ロガン
Fer Rogein　6, 18, 20, 25, 27-29, 31, 32, 40, 47, 52, 54, 85
ブライアン
Bhriain　235, 241
ブラウン、ヴァレンタイン
Valentine Brown　249
ブラウン、ニコラス
Nicholas Brown　246
プラウトゥス
Plautus　406
プラトン Platon　412
フラムズウィン
Flamddwyn　105, 117, 129, 130, 133
ブランウェン
Branwen　65
フリジディアン
Frigidian　408
プルータルコス
Ploutarchos/Plutarchus　406
プレデリ
Pryderi　131
ブロホヴァイル
Brochfael　94, 125, 127, 146
――の息子
Mab Brochfael　94, 95, 138
フンボルト、ヴィルヘルム・フォン
Karl Wilhelm von Humboldt　313, 314, 337
ヘシオドス
Hesiodos　237
ペナー、メイリオン
Meirion Pennar　132
ヘネシィ
John Pope Hennessy　433
ペラギウス
Pelagius　408
ベルナルドゥス
Bernardus　158, 221-25
ベレスフォード卿
Lord Charles Beresford　433
ベンディゲイドブラン
Bendigeidfran　65
ヘンリー二世
Henry Ⅱ　416, 429
ヘンリー八世
Henry Ⅷ　247
ボヴ
Bodb Derg　50
ボナヴェントゥラ
Bonaventura　403
ホノリウス
Honorius　220
ボルー、ブライアン
Brian Boru　238, 241, 360, 386
ポルフローン
Porthalón　65

マ行

マーニ
Mane
お喋り――　～ As Mó-epert　17
お上手の――　～ Milscothac　17, 19
お人よしの――　～ Míngor　17
親孝行の――　～ Mórgor　17
父親似の――　～ Athremail　17
はしこい――　～ Andóe　17, 19
母親似の――　～ Máthramail　17
鷲づかみの――　～ Cotageib Uli　17
マーニ・ミルスコアハ
Maine Milscothacha　10
マイヤー、クノ
Kuno Meyer　366, 396
マウントジョイ卿
Luke Gardiner, 1st Viscount Mountjoy　433
マエルグウィン Mael-gwyn　301, 302, 323, 333
マカーシー、オーガン
Eoghan McCarthy　247
マカーシー、ジュスティン
Justin MacCarthy　366
マカリウス
Macarius　412, 439
マクドナルド、フローラ
Flora MacDonald　294
マクファースン、ジェイムズ

James Macpherson　295
マクマホン、マーシャル
Marshal MacMahon　433
マック・カルタッフ、ドナー
Donnchadh Mac Carthaigh　219
マッケーフト
Mac Cecht　12, 13, 20, 21, 31, 32, 52, 53, 55-58
マッツィニー、ジュゼッペ
Giuseppe Mazzini　353, 384
マハクヴァイスティル・アラステル、アラステル
Alasdair Mac Mhaighstir Alasdair　282-84, 292-295
マラキー
Malachy　158, 204, 222-25
マリネッティ
Filippo Tommaso Marinetti　446
マルクス
Marcus　156, 216-19, 221, 222, 224-26
マルタン、アンリ
Henri Martin　338
マルドゥーン、ポール
Paul Muldoon　90, 251
マンガン、ジェイムズ・クラレンス
James Clarence Mangan　245, 251
ミッチェル、ジョン
John Mitchell　415
ミランドラ、ピコ・デラ
Pico della Mirandola　412, 439
ムア、ジョージ
George Moore　412
メアリー二世
Mary II　247, 286
メーヴ
Medb　17, 59
モア
Thomas More　380
モンフォール、シモン・ド
Simon de Montfort　426

ラ行

ラブレー
François Rabelais　431
リーハ
Luigheach　236, 242
リンドハースト卿
Lord Lyndhurst　312, 315, 336
ルアダン Ruadan　203, 278
ルター（ルーテル）
Martin Luther　265, 425
ルナン、エルネスト
Ernest Renan　319, 333, 338, 342
ルフドン
Luchdond　21
レー・フェル・フラス
Le Fér Flaith　13-15, 53, 59
レドモンド、ジョン
John Redmond　366, 388
ロバーツ卿
Frederick Sleigh Roberts　420, 433

地　　名

ア行

カ行

サ行

タ行

ナ行

ハ行

マ行

ヤ行

ラ行

ワ行

事　項

ア行

カ行

サ行

タ行

ナ行

ハ行

ワ行